LES FRÈRES QUINN
À l'abri des tempêtes

Du même auteur
aux Éditions J'ai lu

Les illusionnistes (n° 3608)
Un secret trop précieux (n° 3932)
Ennemies (n° 4080)

Les trois sœurs :
Maggie la rebelle (n° 4102), Douce Brianna (n° 4147),
Shannon apprivoisée (n° 4371)

L'impossible mensonge (n° 4275)
Meurtres au Montana (n° 4374)

Lieutenant Eve Dallas :
Lieutenant Eve Dallas (n° 4428), Crimes pour l'exemple
(n° 4454), Au bénéfice du crime (n° 4481), Crimes en
cascade (n° 4711), Cérémonie du crime (n° 4756), Au cœur
du crime (n° 4918), Les bijoux du crime (n° 5981),
Conspiration du crime (n° 6027), Candidat au crime
(n° 6855), Témoin du crime (n° 7323)

Trois rêves :
Orgueilleuse Margo (n° 4560), Kate l'indomptable (n° 4584),
La blessure de Laura (n° 4585)

Magie irlandaise :
Les joyaux du soleil (n° 6144), Les larmes de la lune
(n° 6232), Le cœur de la mer (n° 6357)

L'île des trois sœurs :
Nell (n° 6533), Ripley (n° 6654), Mia (n° 6727)

Les frères Quinn :
Dans l'océan de tes yeux (n° 5106), Sables mouvants
(n° 5215), Les rivages de l'amour (n° 6444)

Question de choix (n° 5053)
La rivale (n° 5438)
Ce soir et à jamais (n° 5532)
Les bijoux du crime (n° 5981)
Conspiration du crime (n° 6027)
La villa (n° 6449)
La fortune des Sullivan (n° 6664)

Nora Roberts

LES FRÈRES QUINN
À l'abri des tempêtes

Traduit de l'américain
par Véronique Fourneaux

Titre original :

INNER HARBOR
Jove Books are published by The Berkley Publishing Group,
a member of Penguin Putnam Inc., N.Y.

Copyright © 1999 by Nora Roberts
Pour la traduction française :
© Éditions J'ai lu, 1999

PROLOGUE

Phillip Quinn mourut quatre-vingt-dix secondes à l'âge de treize ans. Grâce aux bons soins du personnel — aussi surmené qu'il était mal payé — du service des urgences de l'hôpital central de Baltimore, il en réchappa juste à temps.

Il aurait dû succomber à deux balles de calibre 22 tirées à travers la vitre ouverte d'une Toyota Celica volée. Et le doigt posé sur la détente était celui d'un ami très proche — enfin, aussi proche que pouvait le prétendre un jeune délinquant des bas quartiers de Baltimore. Un petit voleur âgé de treize ans.

Les balles avaient raté leur but: le cœur. Pas de beaucoup.

Ce cœur, jeune et vigoureux quoique déjà salement blasé, s'obstina à battre tandis que l'adolescent gisait, face contre terre, dans le caniveau, à l'angle de Fayette et de Paca, inondant de son sang les préservatifs usagés, les débris de pétards et autres sachets d'héroïne vidés de leur contenu.

La douleur, atroce, irradiait en cercles de feu dans toute sa poitrine tandis qu'un froid glacial l'envahissait peu à peu. Mais, si forte qu'elle fût, jamais elle ne lui permit de se réfugier dans une inconscience salvatrice. Il entendait parfaitement les hurlements des autres victimes mêlés aux cris des témoins, les crissements de freins, les rugissements des moteurs et sa propre respiration. Précipitée, erratique.

Il venait juste de fourguer un petit lot de jeux vidéo

piqué dans un drugstore à peine quelques blocs plus loin. Son portefeuille fraîchement lesté de deux cent cinquante dollars, il avait décidé de s'offrir un luxe et d'aller se payer le sachet de dope qui l'aiderait à passer la nuit. Seulement voilà, il venait de sortir — sans un sou en poche — de quatre-vingt-dix jours de maison de redressement pour un précédent délit et avait perdu ses anciens contacts.

A présent, il semblait bien que sa chance se fût également envolée.

Plus tard, il se souviendrait de ce qu'il avait pensé sur le moment. Merde, oh, merde, *ça fait mal!* Il ne parvenait pas à penser à autre chose, à oublier cette douleur. Il savait qu'il s'était simplement trouvé au mauvais endroit au mauvais moment. Les balles ne lui étaient pas particulièrement destinées. Il avait eu le temps d'apercevoir les couleurs du gang avant que les armes ne parlent. Ses propres couleurs — du moins lorsqu'il prenait la peine de faire équipe avec l'une des bandes qui écumaient les bas quartiers de la ville.

S'il avait encore fait partie d'un réseau, jamais il ne se serait trouvé en ce lieu, à cette heure. On l'aurait prévenu d'éviter le coin ce soir-là et rien de ce cauchemar ne serait arrivé.

Soudain, des lumières clignotantes envahirent le quartier. Des bleues, des blanches. Le hurlement des sirènes couvrit les cris humains. Les flics. Même au travers du brouillard de la douleur, son instinct lui commanda de fuir. En esprit, il se vit se relever et se fondre en un éclair dans l'obscurité. Ce seul effort — pourtant purement intellectuel — suffit à couvrir son visage d'une sueur glacée.

Il sentit une main se poser sur son épaule, puis des doigts tâtonner sur sa gorge, à la recherche de la moindre pulsation.

— Celui-ci respire encore. Envoyez-moi les ambulanciers.

On le retourna. La douleur se fit intolérable mais il

ne put émettre ce hurlement qui résonnait dans sa tête. Il vit danser des visages au-dessus de lui. Il rencontra les yeux durs d'un policier, le regard maussade d'un auxiliaire médical. Il entendit quelqu'un sangloter bruyamment.

— Tiens bon, le gosse.

Pourquoi ? voulut-il demander. Jamais il ne parviendrait à échapper à cette intolérable souffrance, à cette situation impossible. Ce qui restait de sa vie s'écoulait dans le caniveau. Ce qui avait précédé n'avait été que laideur. Maintenant, tout n'était plus que douleur atroce.

Pourquoi ?

Il s'en alla un moment, glissant tout doucement par-delà sa torture dans un monde rouge sombre où lui parvinrent vaguement les hurlements d'une sirène, une pression sur sa poitrine, les trépidations d'une ambulance roulant à pleine vitesse.

Puis de nouveau des lumières, d'une blancheur éblouissante à travers ses paupières closes. Et, tandis que des voix hurlaient partout autour de lui, il se mit à voler.

— Blessures par balles à la poitrine. Pouls à moins de 80, faiblissant. Pupilles O.K.

— Trouvez son groupe sanguin. On a besoin de radios... A trois. Un... deux... trois.

Il lui sembla qu'on secouait son corps, mais cela n'avait plus d'importance. Le rouge virait au gris. Il sentit un tube s'introduire dans sa trachée et n'essaya même pas de tousser pour s'en débarrasser. Tout réflexe l'avait quitté.

— Le pouls faiblit. On est en train de le perdre.

Cela fait bien longtemps que je suis perdu, eut-il envie de leur dire.

Vaguement intéressé, il les observa. Une demi-douzaine de types en vert dans une petite pièce violemment éclairée s'agitaient autour d'un gamin grand et blond allongé sur une table. Du sang partout. Son sang, réalisa-t-il alors. C'était lui qui gisait sur cette table, la poitrine ouverte. Il se contempla d'un regard détaché. Il n'avait plus mal à présent, et ce sentiment de soulagement le fit presque sourire.

Il s'envola plus haut, jusqu'à ne plus voir la scène au-dessous de lui qu'à travers une sorte de brouillard, jusqu'à ce que les sons ne lui paraissent plus être que de lointains échos.

La douleur s'empara de lui avec une soudaineté si brutale que le corps allongé sur la table sursauta, obligeant Phillip à le réintégrer. Tous ses efforts pour s'en échapper demeurèrent vains. Rien à faire, il était à nouveau dedans. Encore perdu.

Ensuite, il se sentit planer dans un brouillard de drogue à travers lequel il percevait vaguement un ronflement. La pièce était sombre, le lit étroit et dur. Une lumière tamisée filtrait à travers un panneau de verre maculé d'empreintes de doigts. Quelque part, des machines émettaient des bips et des bruits d'aspiration.

Il flotta ainsi deux ou trois jours. Il avait beaucoup de chance. C'est du moins ce qu'on lui dit. «On», c'était une jolie infirmière aux yeux cernés et un médecin grisonnant aux lèvres fines. Il n'était pas disposé à les croire, surtout en ce moment où il n'avait même pas la force de redresser la tête et où cette terrible douleur revenait le tarauder toutes les deux heures, avec la régularité d'un métronome.

Lorsque les deux policiers arrivèrent, il était réveillé, la douleur jugulée par une injection de morphine. Il les situa au premier regard. Son instinct n'était pas amoindri au point de ne pas reconnaître leur façon de marcher, leurs chaussures et surtout leur regard.

— Vous avez des clopes ? leur demanda Phillip, comme il le faisait à chaque visiteur.

Il souffrait de manque, même s'il ne savait absolument pas s'il serait capable de tirer sur une cigarette.

— Tu es trop jeune pour fumer.

Le premier policier plaqua un sourire d'oncle bienveillant sur son visage avant de se planter à côté du lit. Le gentil flic, songea Phillip avec lassitude.

— Je deviens plus vieux de minute en minute.

— Tu as surtout de la chance d'être en vie, rétorqua le second policier en sortant un calepin, le visage toujours aussi fermé.

Et le méchant flic, décréta Phillip *in petto*, presque amusé.

— Raconte-nous ce qui s'est passé, reprit celui-ci en posant la pointe de son stylo sur une page vierge de son carnet.

— Je me suis fait tirer dessus.

— Que fichais-tu dans la rue ?

— Je crois que je rentrais chez moi.

Il avait déjà mis au point son petit baratin et ferma les yeux.

— Je ne me souviens pas exactement. J'étais allé... au cinéma ?

Il avait transformé l'affirmation en question tout en ouvrant les yeux. Méchant Flic n'allait certainement pas avaler un bobard pareil, mais que pouvaient-ils bien faire ?

— Quel film as-tu vu ? Tout seul ? Qui t'accompagnait ?

— Ecoutez, j'en sais rien. C'est tout mélangé dans ma tête. Je me souviens juste qu'à un moment je marchais dans la rue et qu'au suivant j'avais le nez dans le caniveau.

— Dis-nous simplement ce dont tu te souviens, fit Gentil Flic en posant la main sur son épaule. Prends ton temps.

— Tout s'est passé très vite. J'ai entendu des coups de feu... enfin, je suis certain que c'étaient des détonations. Quelqu'un s'est mis à hurler, et puis c'est comme si quelque chose avait explosé dans ma poitrine.

Ça, au moins, ça ressemblait fichtrement à la vérité.

— Est-ce que tu as vu une voiture ? Est-ce que tu as vu qui a tiré ?

S'il les avait vus ? Ses deux agresseurs étaient gravés à l'encre rouge dans sa mémoire.

— Je crois que j'ai vu une voiture... de couleur sombre. Mais très vite.

— Tu appartiens aux Flammes.

Phillip leva le regard en direction de Méchant Flic.

— Je traîne avec eux de temps en temps.

— Trois des corps qu'on a ramassés dans la rue étaient des membres du gang la Tribu. Ils n'ont pas eu autant de chance que toi. Le sang a déjà coulé pas mal de fois, entre les Flammes et la Tribu.

— J'en ai entendu parler.

— Tu t'es pris deux balles, Phillip, reprit Gentil Flic en prenant l'air soucieux. Deux millimètres de plus, et tu étais mort avant même de toucher le pavé. Tu as l'air d'un gosse intelligent. Un gosse intelligent ne perd pas son temps à croire qu'il doit une quelconque loyauté à des salopards.

— Je vous répète que je n'ai rien vu.

Et cela n'avait rien à voir avec de la loyauté. C'était tout bonnement une question de survie. S'il se mettait à table, il était un homme mort.

— Tu avais plus de deux cents dollars en poche.

Phillip haussa les épaules avant de le regretter amèrement. Ce simple mouvement venait de réveiller la douleur.

— Ah oui ? Eh ben, comme ça, peut-être que je pourrai payer ma note dans ce Hilton.

— Arrête de te fiche de nous, sale petit punk, cracha Méchant Flic en se penchant sur le lit. Des mômes dans ton genre, j'en vois tous les jours de cette saloperie d'existence. Tu n'avais pas été relâché depuis vingt-quatre heures que tu saignais à mort dans un caniveau.

Phillip ne se laissa pas impressionner.

— Se faire tirer dessus serait-il une violation de la parole donnée ?

— Où as-tu trouvé l'argent ?

— Je ne me souviens pas.

10

— Tu étais allé là-bas pour te payer de la drogue.
— Avez-vous trouvé de la dope sur moi ?
— Peut-être. Mais tu ne t'en souviendrais toujours pas, n'est-ce pas ?

Bien vu, songea Phillip.

— Je crois qu'une petite dose ne pourrait pas me faire de mal, en ce moment.
— Mets la pédale douce, un peu, répondit Gentil Flic. Ecoute, fiston. Tu coopères et, en échange, on joue franc-jeu avec toi. Tu as suffisamment crapahuté dans le système pour savoir comment il fonctionne.
— Si votre système fonctionnait vraiment, je ne serais pas là, et vous le savez très bien. Vous ne pouvez absolument rien me faire qu'on ne m'ait déjà fait. Mais, bon Dieu, si j'avais su qu'il allait se passer un truc pareil, je ne serais jamais allé là-bas !

Un vacarme soudain derrière la porte attira l'attention des deux policiers. Phillip ferma les yeux, résigné. Impossible de ne pas reconnaître la voix criarde et furibonde qui s'élevait dans le couloir.

Complètement défoncée, fut sa seule pensée. Et lorsqu'elle s'engouffra dans la chambre, il ouvrit les yeux et constata qu'il avait vu juste.

Elle s'était habillée pour l'occasion, nota-t-il. Ses cheveux décolorés avaient été domptés à grand renfort de laque et elle s'était outrageusement maquillée. Elle aurait pu être jolie là-dessous, mais son masque était trop dur, trop factice. Le corps, ça allait — c'était d'ailleurs grâce à lui qu'elle pouvait encore gagner sa vie. Les strip-teaseuses qui se transforment en putains la nuit venue ont besoin d'un emballage impeccable. Elle avait enfilé une veste sur son jean et tangua jusqu'au lit sur des talons de quinze centimètres de haut.

— Hé, toi, tu t'imagines que c'est qui qui va payer pour ça ? T'es rien qu'un faiseur d'embrouilles.
— Salut, m'man. Moi aussi, ça me fait plaisir de te voir.

— Sois pas insolent avec moi ! J'ai eu des flics plein la maison à cause de toi.

Alors elle jeta un regard aux deux hommes présents. Comme son fils, elle les reconnut immédiatement.

— Il a presque quatorze ans. C'est plus mon problème. Ce coup-ci, il reviendra pas chez moi. Fini d'avoir sans arrêt les poulets et les assistantes sociales sur le dos.

Elle écarta violemment l'infirmière qui tentait de la prendre par le bras et se pencha sur le lit.

— Pourquoi t'es pas mort ?
— J'en sais rien, répondit calmement Phillip. J'ai essayé.
— T'as jamais rien réussi, grinça-t-elle, méprisante, avant d'insulter Gentil Flic qui tentait lui aussi de la tirer en arrière. Une nullité, voilà c'que t'es. Viens surtout jamais essayer de pieuter chez moi quand tu sortiras de là ! hurla-t-elle alors qu'on l'entraînait hors de la chambre. Je veux plus jamais te voir.

Phillip attendit en l'écoutant brailler, jurer et exiger des formulaires pour l'éjecter définitivement de son existence. Puis il leva les yeux vers Méchant Flic.

— Vous croyez vraiment pouvoir me faire peur ? Je vis avec ça. Il n'y a rien de pire au monde que de vivre avec ça.

Deux jours plus tard, des étrangers pénétrèrent dans la chambre. L'homme, grand et baraqué, avait des yeux d'un bleu incroyable et un visage avenant. La femme, des cheveux roux à moitié échappés d'un vague chignon et le visage constellé de taches de rousseur. La femme saisit son dossier au pied du lit, l'étudia, puis le tapota contre sa paume.

— Bonjour, Phillip. Je m'appelle Stella Quinn, et voici mon mari, Ray.
— Et alors ?

Ray tira une chaise à côté du lit et s'y installa en poussant un soupir de contentement. Il pencha la tête de côté et étudia brièvement l'adolescent.

— Tu te retrouves dans un beau sac d'embrouilles, ici. Je me trompe ? Tu as envie d'en sortir ?

1

Phillip desserra le nœud de sa cravate Fendi. Un bon bout de route séparait Baltimore du littoral du Maryland, et il avait programmé son lecteur de CD en conséquence. Avec, pour commencer, un peu de musique douce. Un petit Tom Petty and the Heartbreakers de derrière les fagots.

En ce jeudi soir, la circulation était aussi épouvantable qu'il était prévisible. Et ce n'étaient ni le crachin persistant ni les indécrottables curieux ralentissant pour mieux voir les trois voitures accidentées sur le périphérique de Baltimore qui allaient arranger les choses.

Lorsqu'il s'engagea enfin sur la nationale 50, même les guitares déchaînées des Rolling Stones ne parvinrent pas à lui remonter complètement le moral.

Il avait emporté du travail et se débrouillerait bien pour consacrer un peu de temps au projet Myerstone Tire durant le week-end. Le client exigeait une toute nouvelle image pour sa prochaine campagne publicitaire. Les bons pneus font les conducteurs heureux, songea Phillip en pianotant sur le volant au rythme de la guitare de Keith Richards.

N'importe quoi, décréta-t-il soudain. Personne ne peut être heureux en conduisant sous la pluie aux heures de pointe, quel que soit le revêtement qui habille ses roues.

Mais il venait de trouver une idée générale : faire

croire au consommateur que des pneus Myerstone le feraient se sentir heureux, en sécurité et sexy. La pub était son travail, et il y excellait.

A tel point qu'on l'avait chargé de quatre projets majeurs et d'en superviser six autres de moindre importance, le tout dans une apparente décontraction. Au sein des locaux impeccables d'Innovations, style, exubérance et créativité allaient de pair. Pas question de montrer qu'on peinait parfois à la tâche.

Lorsqu'il était seul, Phillip ne pouvait se bander les yeux.

Il savait qu'il brûlait non pas la chandelle, mais carrément une torche par les deux bouts depuis des mois. Il lui semblait avoir abdiqué sa personnalité et se demandait ce qu'il était advenu de sa petite vie confortable et rassurante.

La mort de son père, six mois plus tôt, avait mis sa vie sens dessus dessous. Cette vie que Ray et Stella Quinn avaient redressée dix-sept ans auparavant. Ils étaient entrés dans cette sinistre chambre d'hôpital et lui avaient offert une chance qu'il avait saisie.

Retourner courir les rues ne présentait plus le moindre attrait quand on venait de prendre deux balles dans la poitrine. Vivre avec sa mère n'était plus envisageable, même si elle avait changé d'avis et l'aurait laissé revenir dans son appartement crasseux des bas quartiers de Baltimore. Les services sociaux avaient l'œil sur lui et il savait qu'il serait englouti par le système à la première occasion, dès qu'il serait sur pied.

Il n'avait nulle intention de retomber entre les pattes de la DDASS, nulle intention de retourner vivre avec sa mère et, surtout, aucune intention de se retrouver encore une fois le nez dans le caniveau. Il avait juste besoin d'un peu de temps afin de pouvoir élaborer un plan pour se sortir de cette mauvaise passe.

Pour le moment, ce temps était amorti par des drogues qu'il n'avait aucun besoin d'acheter ou de voler. Mais il savait que cette aide ne durerait pas éternellement.

Gavé de Démerol, il avait observé les Quinn d'un œil circonspect avant que ce couple de bons Samaritains un peu bizarres prenne congé. Après tout, ce qu'ils lui proposaient lui convenait parfaitement. Ils voulaient jouer les anges gardiens, lui offrir un endroit où se reposer jusqu'à récupération totale de ses forces? Grand bien leur fasse, et surtout, tant mieux pour lui!

Ils lui avaient dit qu'ils possédaient une maison au bord de l'eau. Ce qui, pour un gosse de la ville, équivalait au bout du monde. Mais, avait-il songé, un changement de décor ne pourrait pas lui faire de mal. Ils avaient déjà deux fils, de son âge ou à peu près. Parfait.

Ils lui avaient expliqué qu'ils avaient établi des règles, que l'éducation était leur priorité. Aller à l'école ne le dérangeait pas.

— Pas de drogue.

Stella avait proféré cette exigence d'une voix calme, et Phillip avait réévalué son opinion d'elle tout en lui répondant poliment, l'air angélique:

— Non, madame.

Sûr que quand il aurait besoin d'un bon shoot, il parviendrait à trouver un dealer, même dans un trou paumé du bord de la mer.

Alors Stella s'était penchée sur le lit, l'œil perspicace, un fin sourire aux lèvres.

— Malgré ton visage de chérubin, tu n'en demeures pas moins un voleur, un petit truand et un menteur. Nous t'aiderons, si tu le veux. Mais ne nous prends surtout pas pour des imbéciles.

Ray avait éclaté de son rire tonitruant à cette déclaration et serré bien fort l'épaule de sa femme et celle de Phillip en s'écriant — si ses souvenirs étaient exacts — que ce serait pour lui un véritable délice de les voir s'affronter à coups de cornes durant les prochains mois.

Ils étaient revenus souvent au cours des deux semaines suivantes. Phillip avait discuté avec eux, et avec l'assistante sociale — infiniment plus facile à embobiner que les Quinn.

Puis, à sa sortie de l'hôpital, ils l'avaient emmené chez eux, dans la jolie maison blanche au bord de l'eau. Il y avait fait la connaissance de leurs fils et avait jaugé son territoire. Lorsqu'il avait appris que les deux autres garçons, Cameron et Ethan, venaient de milieux similaires au sien, il en avait déduit que le couple était complètement frappadingue.

Il s'était imaginé qu'il mettrait son séjour à profit. Pour un toubib et un prof, ils n'avaient pas accumulé beaucoup d'objets ou de bijoux aisément dérobables, mais il ferait avec.

Seulement voilà. Au lieu de les détrousser, il tomba amoureux d'eux. Il prit leur nom et passa les dix années suivantes dans la maison du bord de l'eau.

Puis Stella était morte, et une partie de son monde s'était écroulée. Elle était devenue sa mère à un point et dans une acception du terme qu'il n'aurait jamais crus possibles auparavant. Forte, stable, aimante et perspicace. En la pleurant, il comprit qu'il connaissait la première véritable perte de son existence. Alors il avait enseveli une bonne part de son chagrin dans le travail, s'était tracé à l'université un chemin couronné de succès, jusqu'à son embauche à un poste subalterne par Innovations.

Position qu'il entendait bien ne pas occuper longtemps.

Sa mutation à Baltimore avait représenté pour lui un petit triomphe. Il était de retour dans la cité de son enfance misérable, mais dans la peau d'un homme qui avait réussi. Rien à voir avec le petit truand, parfois dealer et occasionnellement prostitué qui l'avait quittée.

Tout ce qu'il avait conquis depuis dix-sept ans, il le devait à Ray et à Stella Quinn.

Puis Ray avait lui aussi disparu brutalement, laissant derrière lui des zones d'ombre encore à éclaircir. L'homme que Phillip avait aimé comme un fils avait perdu la vie par un bel après-midi ensoleillé, quand sa voiture avait percuté à grande vitesse un poteau télégraphique.

Il avait alors connu une autre chambre d'hôpital. Une chambre dans laquelle, cette fois-ci, c'était Ray qui gisait sur le lit, tandis que des machines ronronnaient autour de lui. Phillip et ses deux frères avaient fait serment, ce jour-là, de s'occuper du dernier fils choisi par Ray. Un autre gamin perdu.

Mais cet enfant-là avait ses secrets, et il vous regardait avec les yeux de Ray Quinn.

Les mauvaises langues, autour du front de mer et dans le voisinage de St. Christopher, petit port à l'extrémité est du Maryland, colportaient sans relâche des bruits d'adultère, de suicide et de scandale. Six mois après le début des commérages, Phillip avait le sentiment qu'ils n'étaient toujours pas près de connaître la vérité. Qui était Seth DeLauter et qu'avait-il représenté pour Raymond Quinn ?

Un autre chien perdu ? Un autre préadolescent à sauver d'un océan de violence ? Ou bien était-il plus ? Un Quinn par le sang autant que par les circonstances ?

Tout ce dont Phillip était certain, c'était que le petit Seth, âgé de dix ans, était son frère, tout comme Cam et Ethan. Chacun d'entre eux avait été arraché à un cauchemar. Chacun d'entre eux s'était vu offrir la chance de changer d'existence.

En ce qui concernait Seth, Ray et Stella n'étaient plus là pour lui laisser cette chance.

C'était seulement une toute petite part de l'esprit de Phillip, la toute petite part qui avait auparavant appartenu au même délinquant de Baltimore, qui parvenait à envisager que Seth était le fils naturel de Ray, un fils engendré dans l'adultère et abandonné par honte. Idée qui équivalait purement et simplement à nier tout ce que les Quinn lui avaient appris, tout ce qu'ils lui avaient enseigné en vivant leur vie telle qu'ils l'avaient vécue, sans le moindre préjugé.

Phillip se détestait cordialement lorsqu'il se surprenait à penser de la sorte, à scruter parfois Seth d'un regard perçant, en se demandant si l'existence de l'enfant était la raison de la mort de Ray.

Chaque fois que ces idées désagréables lui tournicotaient dans la tête, ses pensées revenaient à Gloria DeLauter, la mère de Seth, qui avait accusé le Pr Raymond Quinn de harcèlement sexuel alors qu'elle était étudiante à l'université. Le problème — pour elle — était qu'on n'avait jamais retrouvé trace de sa prétendue inscription à ladite université.

Cette femme avait vendu son fils à Ray comme elle lui aurait vendu un kilo de viande. Et, Phillip en était certain, c'était elle que Ray était allé voir à Baltimore avant de trouver la mort.

Elle avait disparu mais, quelques semaines plus tôt, avait envoyé aux Quinn une lettre de chantage. En gros : Si vous voulez garder le gosse, passez la monnaie. Mâchoire contractée, Phillip revit le visage blanc de peur de Seth, le jour où il l'avait appris.

Elle ne remettrait jamais la main sur l'enfant, se promit-il. Et elle ne tarderait pas à découvrir que les frères Quinn étaient des adversaires autrement plus coriaces qu'un vieil homme au cœur tendre.

Pas seulement les frères Quinn, à présent, songea-t-il en prenant la départementale qui le conduirait chez lui. Maintenant que Cam et Ethan étaient mariés, Seth avait également à ses côtés deux femmes diablement déterminées.

Mariés... Phillip secoua la tête, amusé. Qui l'aurait jamais cru? Cam s'était jeté dans les bras de la ravissante assistante sociale chargée du cas de Seth et Ethan venait d'épouser Grace aux yeux de biche, devenant immédiatement père de famille avec ce petit angelot d'Audrey.

Tant mieux pour eux. En fait, il devait bien admettre qu'Anna Spinelli et Grace Monroe semblaient avoir été taillées sur mesure pour ses frères. Ils n'en seraient que plus forts lorsqu'il s'agirait de demander — et d'obtenir — la garde permanente de Seth. Sans compter que le mariage leur réussissait visiblement. Même si ce simple mot lui donnait, à lui, la chair de poule.

En ce qui le concernait, il préférait largement la vie de célibataire, avec tous ses avantages, quoiqu'il n'ait guère pu en profiter, de ces avantages, depuis quelques mois. Passer tous les week-ends à St. Christopher à construire des bateaux avec ses frères, superviser les devoirs du soir de Seth, assumer la gestion de leur nouvelle société et faire les courses — bref, tout ce qui était devenu ses attributions — avait de quoi enlever tous ses moyens à un homme.

Ils avaient tous promis à leur père, sur son lit de mort, de prendre soin de Seth. En conséquence, les trois frères avaient donc décidé de revenir vivre sur la baie afin de s'en partager la garde et les responsabilités. Ce qui, pour lui, signifiait partager son temps entre Baltimore et St. Christopher, partager son énergie entre la poursuite de sa carrière — en d'autres termes, ses revenus —, l'éducation parfois problématique d'un nouveau petit frère et la mise en place d'une nouvelle entreprise.

Autrement dit, la corde raide. Eduquer un gamin de dix ans n'allait pas sans maux de tête, erreurs et maladresses. Seth DeLauter, élevé par une semi-putain droguée à plein temps et maître chanteur amateur, n'avait pas jusqu'à présent connu les meilleures circonstances pour s'épanouir.

Monter un chantier naval à partir de rien n'était pas non plus une sinécure. Mais au moins, il marchait — et même très bien.

Il n'y avait pas si longtemps, Phillip passait la plupart de ses week-ends en compagnie de femmes aussi attirantes qu'intéressantes — à dîner dans le dernier restaurant à la mode, à aller au théâtre, au concert ou au cinéma et, si tout collait, à prendre tranquillement le petit déjeuner à deux au lit le dimanche matin.

Tout cela reviendrait, se promit-il. Une fois que tout serait mis en route et tournerait tout seul, il retournerait à son ancienne vie. Mais ce n'était pas pour tout de suite...

Il engagea sa voiture dans l'allée. La pluie avait enfin cessé, parant feuilles et fleurs d'un film brillant. Dans le crépuscule, la fenêtre éclairée du salon semblait lui souhaiter la bienvenue. Par-ci par-là, quelques-unes des fleurs qu'avait plantées Anna s'obstinaient à fleurir, tandis que les arbres alentour se coloraient doucement des teintes de l'automne. Il entendit aboyer le chiot. Enfin, le chiot... A neuf mois, Pataud n'avait plus franchement le format correspondant à cette appellation.

Ce soir, c'était au tour d'Anna de faire la cuisine. Ce qui voulait dire que les Quinn auraient droit à un véritable repas. Il songea avec délices au verre de vin qu'il ne tarderait plus à se verser lorsqu'il aperçut Pataud, lancé à toutes pattes à la poursuite d'une balle de tennis jaune fluo.

La vue de Phillip, à peine sorti de sa voiture, lui fit immédiatement oublier le but de sa course. Il stoppa net, tenta de prendre l'air le plus féroce possible et se mit à aboyer comme un malade.

— Bougre d'imbécile, grommela gentiment Phillip, un sourire aux lèvres, tout en attrapant son attaché-case.

La voix familière eut aussitôt pour effet de transformer les aboiements en jappements joyeux. Ravi, le chien entreprit de sauter sur Phillip. Celui-ci se servit de sa mallette comme bouclier afin de protéger son costume des pattes boueuses.

— Assis, Pataud ! Tout de suite !

Déçu, le chien cessa son manège. Il s'assit par terre et leva une patte, langue pendante et regard brillant.

— Tu es un bon chien.

Phillip serra consciencieusement la patte répugnante et grattouilla les oreilles soyeuses de l'animal.

— Salut! lança Seth, déboulant lui aussi du coin de la maison.

Son jean était maculé de boue à force de jouer avec le chien et sa casquette de base-ball laissait échapper des mèches de cheveux blonds. Phillip remarqua aussitôt qu'il souriait beaucoup plus facilement qu'à peine quelques mois plus tôt. Mais c'était un sourire à trous.

— Dis donc, s'exclama Phillip en posant son doigt sur la visière de la casquette, tu n'aurais pas perdu quelque chose, toi?

— Hein?

Phillip tapota de l'ongle l'une de ses propres dents.

— Ah, oui.

Dans un mouvement d'épaule typiquement Quinn, Seth sourit tout en poussant le bout de sa langue dans le trou. Il avait le visage bien moins émacié qu'avant, le regard moins circonspect.

— Elle bougeait, alors j'ai dû la faire sauter. T'aurais vu comme ça a saigné! Un vrai veau!

— La petite souris t'a apporté quelque chose?

— Eh, chuis plus un môme.

— Et moi, je te dis que si tu n'as pas réussi à extorquer un dollar à Cam, tu n'es pas mon frère.

— J'en ai récupéré deux. Un de Cam et un d'Ethan.

Eclatant de rire, Phillip passa son bras sur l'épaule de l'enfant et l'entraîna vers la maison.

— Bon, eh bien, ne rêve pas, mon pote. Pas question que je t'en donne aussi un. Comment s'est passée la rentrée des classes?

— Bof. Enquiquinante, marmonna Seth, tout en pensant exactement le contraire.

Il avait littéralement adoré la rentrée. Anna l'avait emmené au centre commercial pour acheter des beaux crayons bien pointus, des cahiers tout neufs, plein de stylos, enfin tout ce qu'il fallait pour remplir sa trousse. Bon, bien sûr, il avait refusé qu'elle lui offre cette mallette à déjeuner X-Files — seul un nullard irait à l'école avec une boîte à déjeuner —, mais c'était tellement super d'y avoir pensé qu'il n'allait tout de même pas en faire un fromage.

Il avait aussi eu des fringues géniales et des baskets à tomber par terre. Et puis surtout, surtout, pour la première fois de sa vie, il était retourné dans la même école, dans la même ville, avec les mêmes copains qu'à la fin juin.

— Des devoirs ? demanda Phillip, un sourcil haussé, tout en ouvrant la porte d'entrée.

Seth roula des yeux.

— Jamais tu penses à autre chose ?

— Mon pote, je ne vis que pour les devoirs. Surtout quand ce sont les tiens.

Pataud bondit dans le vestibule avec un tel enthousiasme qu'il faillit renverser Phillip.

— En tout cas, tu as toujours des progrès à faire en ce qui concerne l'éducation de ce chien !

Mais son accès de mauvaise humeur s'envola, emporté par les arômes qui lui parvenaient de la cuisine. La fameuse sauce bolognaise d'Anna mijotait.

— Elle prépare des *manicotti*, l'informa Seth.

— Ah bon ? Eh bien, j'ai justement un *valpolicella* que je gardais pour une occasion pareille, dit-il en posant sa mallette. On verra tes devoirs après dîner.

Sur ce, il fila à la cuisine. Penchée sur le plan de travail, sa belle-sœur y emplissait de fromage des macaronis. Manches retroussées, chemisier et jupe protégés par un tablier, pieds nus, elle battait la mesure au rythme de la musique tout en s'affairant. *Carmen*, reconnut aussitôt Phillip. Seul subsistait de l'élégante assistante sociale le chignon impeccable. Pas une mèche de son opulente masse de cheveux noirs et bouclés ne s'en était encore échappée.

Phillip fit un clin d'œil à Seth, s'approcha d'elle à pas de loup, l'attrapa par la taille et lui plaqua un baiser sonore sur le sommet du crâne.

— Laisse-moi t'enlever, *cara mia*. Nous changerons de nom. Tu seras Sophia, et moi Carlo. Laisse-moi t'emmener dans un paradis où tu pourras cuisiner pour moi, rien que pour moi. Aucun de ces ploucs qui se prétendent notre famille ne saura jamais t'apprécier comme moi je le fais.

— Laisse-moi juste le temps de fourrer ce dernier macaroni, Carlo. Ensuite j'irai faire ma valise.

Elle tourna la tête vers lui. Ses yeux sombres d'Italienne riaient.

— Le dîner sera prêt dans une demi-heure.
— Je vais déboucher le vin.
— Y a rien à manger maintenant ? voulut savoir Seth.
— L'entrée est dans le réfrigérateur. Sors-la, s'il te plaît.
— C'est rien que des légumes, se plaignit le gamin en sortant le plat. Où est Cam ?
— Il doit être en train de revenir du chantier. Ethan et lui ont décidé de travailler une heure de plus. Le premier bateau Quinn est terminé et son propriétaire vient demain. Il est terminé, Phillip, répéta-t-elle, le visage rayonnant. A quai, impeccable et tout bonnement magnifique.

Ah, mince ! Il se sentit quelque peu déçu de n'avoir pas été là pour assister à ce grand moment.

— C'est du champagne que j'aurais dû prévoir.

La mine gourmande, Anna étudia la bouteille qu'il tenait à la main.

— Un *valpolicella* grande cuvée ?

Le sourire de Phillip s'élargit.

— 1975, je ne pouvais pas faire moins.
— Mazette, ce n'est pas moi qui vais me plaindre ! Félicitations, monsieur Quinn, pour votre premier navire.

— Je n'y suis pas pour grand-chose. Je me suis juste occupé de quelques détails et des travaux d'esclave.

— Archifaux. Tu y es pour beaucoup. Les détails sont nécessaires, et ni Cam ni Ethan n'auraient pu les régler avec ton… doigté.

— Ah, tiens, doigté… je crois que mes frères parlent plutôt de mon harcèlement.

— Ils ont besoin d'être harcelés. Tu devrais être infiniment fier de ce que tes frères et toi avez accompli ces derniers mois. Je ne parle pas uniquement du travail, mais également de la famille. Chacun d'entre vous a renoncé à une part importante de sa vie pour Seth. Et chacun de vous a reçu quelque chose d'important en échange.

— Je n'aurais jamais cru que ce gamin prendrait une telle importance pour nous, répondit-il en sortant deux verres à vin, tandis qu'Anna nappait de sauce ses macaronis. Mais parfois, je dois avouer que toute cette histoire me sort par les naseaux.

— C'est une réaction parfaitement normale, Phillip.

— Peut-être, mais ce n'est pas cela qui me réconforte, commenta-t-il en emplissant les verres. Cela dit, en matière de petit frère, on pourrait difficilement trouver mieux que Seth.

Anna entreprit de râper du fromage au-dessus de son plat tout en observant mine de rien Phillip qui portait son verre à son nez et le humait. L'homme valait le coup d'œil, comme ses frères. Physiquement, il approchait la perfection. Une chevelure bronze, épaisse et drue, des yeux plus dorés que marron. Un visage réfléchi, étroit et allongé. A la fois sensuel et angélique. Son grand corps mince semblait avoir été conçu tout exprès pour les costumes italiens. Mais elle l'avait déjà vu en jean élimé et torse nu, et savait que le mot « faible » ne lui convenait absolument pas.

Sophistiqué, robuste, érudit, perspicace, voilà les

qualificatifs qui lui convenaient. Bref, un homme intéressant, songea-t-elle.

Elle glissa son plat dans le four et prit son verre sur la table. Souriant, elle trinqua avec lui.

— Tu sais, en matière de grand frère, on pourrait difficilement trouver mieux.

Elle lui donna un baiser juste au moment où Cam pénétrait dans la cuisine.

— Enlève tes pattes de ma femme, veux-tu?

Phillip se contenta de sourire tout en enlaçant Anna.

— Elle s'est jetée à ma tête. C'est moi qu'elle aime.

— Mais c'est moi qu'elle préfère.

Pour corroborer ses dires, Cam attrapa Anna par le devant de son tablier, l'attira dans ses bras et l'embrassa passionnément. Puis, lui mordillant la lèvre inférieure, il lui tapota gentiment les fesses.

— Pas vrai, chérie?

Encore à moitié étourdie, Anna l'examina avec gravité.

— Tout bien considéré, probablement.

Mais elle se dégagea rapidement.

— Tu pues!

— J'étais juste venu me chercher une bière à emporter sous la douche, répondit-il en farfouillant dans le réfrigérateur. Et embrasser ma femme, bien évidemment, ajouta-t-il en lançant un regard en coin à son frère. Toi, va donc te chercher ta propre femme.

— Comme si j'avais le temps! rétorqua Phillip.

Après le dîner, Phillip s'offrit une bonne heure de divisions ardues, les principales batailles de la guerre d'Indépendance et une copieuse page de vocabulaire avant de pouvoir se réfugier dans sa chambre en compagnie de son ordinateur portable et de ses dossiers.

Cette chambre était toujours la même. Celle que lui avaient attribuée Ray et Stella Quinn le premier jour de son arrivée dans la maison. En ce temps-là, ses murs étaient d'une jolie nuance vert pâle. Un joli vert devenu rouge magenta pétant l'année de ses seize ans — sur un coup de tête. Il revoyait encore l'expression de sa mère — car Stella était devenue sa vraie mère entre-temps — en découvrant le résultat. Elle lui avait juste fait remarquer, l'air de rien, qu'il n'allait pas tarder à prendre cette couleur en aversion.

Lui, il trouvait cela sexy, ces murs magenta. Enfin, les trois premiers mois. Le quatrième, il avait tout repeint en blanc pur et accroché aux murs des photographies noir et blanc encadrées de noir.

L'ambiance, toujours l'ambiance, songea-t-il en souriant, amusé par ses propres réactions. Tout cela pour revenir au vert pâle d'origine, juste avant de partir s'installer à Baltimore.

Ils avaient eu raison du début jusqu'à la fin. Ses parents avaient toujours raison.

Ils lui avaient donné cette chambre, dans cette maison, dans ce bourg. Et pourtant, il ne leur avait pas facilité les choses, loin de là. S'il avait dû résumer les trois premiers mois de sa présence en ce lieu, un seul mot lui aurait suffi : « affrontement ». Il s'était drogué, il avait provoqué maintes bagarres, volé de l'alcool et était rentré plus d'une fois à l'aube, saoul comme un cochon.

Il savait à présent qu'il n'avait jamais fait que tester leur endurance, les provoquer, les mettre au défi de le flanquer à la porte. De le renvoyer là où ils l'avaient trouvé. « Vous n'arriverez jamais à me mater », semblait-il vouloir leur dire.

Et pourtant ils y étaient arrivés. Non seulement ils l'avaient maté, mais ils l'avaient reconstruit.

Tu sais, Phillip, lui avait un jour dit son père, *je me demande bien pourquoi tu tiens tant à gâcher un esprit intelligent et un corps solide. Pourquoi tu tiens tant à laisser gagner les ordures.*

Phillip, qui souffrait ce jour-là d'une gueule de bois carabinée — abus combiné de drogue et d'alcool —, n'avait pas relevé.

Alors, Ray l'avait embarqué sur son bateau en lui disant qu'une balade en mer lui éclaircirait les idées. Malade comme un chien, l'adolescent avait passé une bonne heure plié en deux par-dessus le bastingage à rendre tout le poison qu'il avait ingurgité la nuit précédente.

Il venait juste d'avoir quatorze ans.

Ray avait jeté l'ancre dans une petite crique, lui avait tenu la tête, nettoyé le visage, puis il lui avait gentiment offert une canette de *ginger ale*.

— Assieds-toi.

Il s'était laissé tomber comme un sac sur le banc, les mains tremblantes, l'estomac retourné par la première gorgée de soda. Ray s'était installé en face de lui, ses grandes mains posées à plat sur ses genoux, sa chevelure argentée ébouriffée par le vent marin. Et ces yeux, ces immenses yeux bleus pensifs.

— Tu as eu deux mois pour prendre tes marques ici. Stella pense que tu as bien récupéré physiquement. Tu es robuste et en suffisamment bonne santé, quoique cela risque de ne pas durer si tu continues longtemps comme ça.

Il avait pincé les lèvres et n'avait rien ajouté pendant un long moment. Un héron aussi immobile qu'une statue semblait planté dans les joncs. Le ciel était d'un bleu éclatant, de cette nuance typique de la fin d'automne, et il commençait à faire frisquet. Le vent agitait les branches dénudées des arbres et striait la surface de l'eau tout autour du bateau.

Et l'homme assis en face de lui se taisait toujours, visiblement heureux dans ce silence, dans ce cadre. Lui, en revanche, était à présent totalement avachi sur son banc, le visage crayeux et le regard farouche.

— On peut la jouer de mille manières, Phil, avait fini par reprendre Ray. On peut la jouer dure, te tenir en laisse très serrée, t'avoir à l'œil vingt-quatre heures sur vingt-quatre et te remonter les bretelles chaque fois que tu fais n'importe quoi — c'est-à-dire la plupart du temps...

Ray s'était tu, avait saisi une ligne et l'avait appâtée machinalement avec un marshmallow.

— ... Ou alors, on pourrait juste conclure que cette petite expérience est un échec total et te renvoyer là d'où tu viens.

L'estomac retourné, Phillip avait dû déglutir plusieurs fois afin de ravaler ce qui ressemblait bien à de la peur, même s'il n'en avait pas réellement conscience.

— J'ai pas besoin de vous. J'ai besoin de personne.

— Bien sûr que si, avait calmement rétorqué Ray en lançant sa ligne par-dessus bord. Si tu retournes là-bas, tu y resteras. Encore deux ans, et tu sors de la délinquance juvénile pour finir en taule. Autrement dit, enfermé avec des types peu recommandables, ce genre de types qui adorent les jolies petites gueules comme la tienne. Un beau jour, une armoire à glace avec des mains comme des battoirs te mettra le grappin dessus dans les douches ou ailleurs et fera de toi sa petite femme chérie.

Mon royaume pour une cigarette, avait alors songé Phillip, à qui cette simple image venait de donner des sueurs froides.

— J'peux parfaitement me défendre tout seul.

— Fiston, tu sais pertinemment qu'ils te feront passer de lit en lit. Tu sais te défendre, aussi bien en paroles qu'avec tes poings, mais certaines choses sont inévitables. Jusqu'à aujourd'hui, ta vie a joliment foiré, et tu n'en es absolument pas responsable. En revanche, tu devras assumer toute la responsabilité de ce qu'il adviendra de toi à partir de maintenant.

Il s'était tu de nouveau, puis avait sorti une canette de Pepsi de la glacière. Il en avait lentement fait sauter l'opercule avant de boire. Il semblait avoir l'éternité devant lui.

— Stella et moi pensions avoir vu quelque chose en toi, avait-il poursuivi au bout d'un moment en fixant l'adolescent. Et nous le pensons toujours. Mais si tu n'y mets pas du tien, nous n'irons pas beaucoup plus loin.

— Qu'est-ce que ça peut bien vous faire ? avait piteusement rétorqué Phillip.

— Difficile à dire pour le moment. Peut-être ne vaux-tu pas le coup. Peut-être finiras-tu par retourner traîner dans la rue.

Depuis trois mois, il dormait dans un lit décent, mangeait à sa faim et avait à sa disposition tous les livres possibles et imaginables — un secret bien caché, que son goût immodéré pour la lecture. La seule pensée de perdre tout cela faillit de nouveau le rendre malade, mais il n'en avait pas moins haussé les épaules.

— Je me débrouillais pas si mal.

— Si tout ce que tu veux faire se résume à continuer à te débrouiller, comme tu voudras. Ici, tu peux avoir une maison, une famille. Tu peux essayer de faire quelque chose de ta vie. Ou alors, effectivement, tu peux continuer comme avant.

Ray avait tendu le bras si vite que Phillip, surpris, s'était apprêté aussitôt à rendre le coup. Mais son bienfaiteur s'était contenté de soulever sa chemise afin de dévoiler la cicatrice livide qui barrait sa poitrine.

— Tu peux retourner à ça, avait-il calmement conclu.

Alors, Phillip avait fixé Ray dans les yeux. Dans ces yeux, il avait lu de la pitié, de l'espoir. Il y avait vu son image, saignant à mort dans un caniveau répugnant, au coin d'une rue où la vie ne valait pas tripette.

Malade, fatigué, terrifié, il avait laissé retomber sa tête entre ses mains.

— A quoi ça sert, tout ça ? Dans quel but ?

— Le but, c'est toi, fiston, avait répondu Ray en lui caressant les cheveux. Toi, et uniquement toi.

Oh, bien sûr, les choses n'avaient pas changé du jour au lendemain, songea encore Phillip, mais elles avaient commencé à changer. Ses parents lui avaient appris à croire en lui, malgré lui. Petit à petit, il s'était fait un point d'honneur de réussir à l'école, d'apprendre, de se reconstruire en tant que Phillip Quinn.

Et il ne s'était pas si mal débrouillé, tout bien considéré. Il avait paré ce gosse des rues d'un semblant de classe. Il menait une carrière brillante, était l'heureux propriétaire d'un appartement avec une vue époustouflante sur la baie et possédait la garde-robe d'un gentleman.

Il semblait boucler la boucle, en passant de nouveau tous ses week-ends dans cette chambre vert pâle aux meubles rustiques dont les fenêtres donnaient à la fois sur les arbres et sur la mer.

Mais cette fois-ci, le but avait pour nom Seth.

2

Phillip se tenait debout sur le pont de la future *Neptune's Lady*. A lui tout seul il avait bien passé quatre cents heures à la construction de ce sloop. Le pont de teck miroitait sous le soleil de septembre.

En dessous, la cabine avait de quoi faire la gloire d'un menuisier — l'œuvre de Cam, pour l'essentiel. Les cabines, élégantes, étaient habillées de bois naturel travaillé à la main et pouvaient facilement héberger quatre invités.

Il était beau, ce bateau, songea-t-il fièrement. Il avait de la classe.

Et il était effectivement esthétiquement parfait, avec sa coque fluide, son pont rutilant et sa ligne de flottaison allongée. Si la méthode choisie par Ethan pour habiller la coque leur avait demandé des heures et des heures de travail, le résultat était un véritable bijou.

Le pédicure de Washington allait débourser une jolie somme pour pouvoir en profiter.

— Eh bien ? s'enquit Ethan, les mains fourrées dans les poches arrière de son jean élimé, les yeux plissés dans le soleil.

Phillip laissa courir sa main sur le plat-bord satiné — Dieu seul savait combien d'heures il y avait passées !

— Il mérite un nom moins commun.

— Si son propriétaire a de l'argent à foison, il manque singulièrement d'imagination, répondit son frère en souriant. Il prend le vent comme aucun. Doux Jésus, Phil, il vole sur l'eau ! Quand je suis parti l'essayer, avec Cam, j'ai bien cru qu'il ne voudrait jamais revenir. Et pour tout dire, je ne sais pas si j'avais envie de rentrer, moi non plus.

Phillip se passa un pouce sur le menton.

— Je connais un peintre, à Baltimore, qui à côté de son travail commercial — enseignes d'hôtels ou de restaurants — produit des œuvres de toute beauté. Chaque fois qu'il en vend une, il en est malade. Je n'avais jamais vraiment compris pourquoi, jusqu'à maintenant.

— Et ce n'est que notre premier bateau.

— Mais pas le dernier.

Phillip n'aurait jamais pensé éprouver un tel... attachement pour ce sloop. Le chantier naval n'avait été ni son idée ni son choix, et il aimait à penser que ses frères l'avaient entraîné dans leur folie, sans pour autant se priver de leur dire à quel point leur projet était insensé, ridicule et, sans aucun doute, voué à l'échec.

Ensuite, bien sûr, il s'y était donné à plein, avait négocié le loyer du bâtiment qu'ils avaient choisi, déposé les demandes de licences et commandé le matériel nécessaire. La construction de la future *Neptune's Lady* lui avait valu ampoules aux mains, brûlures superficielles et courbatures innombrables. Ses muscles, peu habitués à l'effort, avaient protesté. Et il n'avait certes pas souffert en silence. Ça, non.

Mais le résultat de ces mois de labeur dansait gracieusement sous ses pieds. Et il lui fallait bien admettre que le jeu en valait la chandelle.

A présent, ils allaient encore une fois repartir de zéro.

— Cam et toi vous avez bien avancé, cette semaine.

— On veut pouvoir retourner la coque à la fin octobre, répondit Ethan en effaçant soigneusement les empreintes digitales de Phillip sur le plat-bord à l'aide de son bandana. Sinon, on ne tiendra jamais ce planning de fous que tu nous as concocté. Mais avant, il reste encore un tout petit truc à faire sur ce rafiot.

— Hein?

Les yeux plissés, Phillip descendit ses lunettes de soleil sur le bout de son nez.

— Bon sang, Ethan, tu avais dit qu'il était prêt à livrer. Son propriétaire ne va plus tarder. Il me reste juste quelques papiers à remplir...

— C'est seulement un petit détail de rien. Mais pour ça, on doit attendre Cam.

— Quel petit détail? s'enquit impatiemment Phillip en consultant sa montre. Le client sera là d'une minute à l'autre.

— Il n'y en aura pas pour longtemps, répliqua Ethan en tournant la tête vers les portes du hangar. Tiens, voilà justement Cam.

— Il est bien trop beau pour ce plouc, notre sloop, leur lança ce dernier en remontant le ponton, une perceuse à la main. Si vous voulez mon avis, on devrait vraiment embarquer les femmes et les enfants et le piloter nous-mêmes jusqu'à Bimini.

— Ce sloop est parfait pour le dernier paiement qu'il va nous faire. Et une fois qu'il m'aura donné un chèque certifié, ce sera lui le capitaine.

Phillip attendit que Cam ait grimpé à bord pour poursuivre :

— A partir de ce moment-là, je ne veux plus vous voir sur le pont. Compris?

— Il est jaloux parce qu'on a des femmes, *nous*,

confia Cam à Ethan. Tiens, ajouta-t-il en glissant la perceuse dans la main de Phillip.

— Et qu'est-ce que tu veux que j'en fasse ?

— Que tu termines le bateau, bien sûr !

Souriant de toutes ses dents, Cam extirpa de sa poche arrière une plaque de cuivre.

— On t'a gardé la dernière pièce à poser.

— Ah bon ?

Emu, Phillip saisit la plaque et la fit miroiter au soleil.

— On l'a commencé ensemble, précisa Ethan, alors on a pensé qu'on devait aussi le finir ensemble. Elle va là, sur le tableau de bord.

Prenant les vis que lui tendait Cam, Phillip se pencha vers l'endroit en question.

— J'ai pensé qu'on pourrait célébrer l'événement, après, dit-il en actionnant la perceuse. Au début, j'avais pensé à une bouteille de dom pérignon, ajouta-t-il en élevant la voix pour couvrir le bruit, mais je me suis dit qu'avec vous deux ce serait donner de la confiture à des cochons. Alors j'ai mis trois Harps à rafraîchir dans la glacière.

Il ne souffla mot de la petite surprise qui leur serait livrée en début d'après-midi.

Il était presque midi lorsque leur client finit de s'extasier sur le moindre centimètre carré de son nouveau bateau. Ethan avait eu le privilège de l'emmener faire un petit tour dans la baie avant de monter le sloop sur sa belle remorque toute neuve. Depuis le dock, Phillip regarda les voiles jaune paille — encore un choix du client — gonfler fièrement dans le vent.

Ethan a raison, songea-t-il. Il vole sur l'eau.

Le sloop longeait le front de mer, aussi beau qu'un rêve. Les derniers touristes de la saison devaient sûrement s'arrêter pour le contempler. Rien de tel qu'une superbe réalisation pour faire une publicité efficace.

— Sûr qu'il va s'échouer la première fois qu'il sortira avec, commenta Cam dans son dos.

— Sûr et certain. Mais il va se marrer, répondit-il en claquant l'épaule de son frère. Je vais aller remplir le certificat de navigabilité.

Le vieux bâtiment de brique qu'ils avaient loué et modifié était plutôt du genre rudimentaire. Mais il leur offrait ce dont ils avaient besoin : un vaste espace parfaitement éclairé, grâce aux lampes qu'ils avaient installées sur des rails — les fenêtres semblaient en permanence recouvertes d'une épaisse couche de poussière.

Les outils électriques, le bois, la quincaillerie, les bidons de résines époxy, de vernis, ainsi que la peinture étaient tous rangés à portée de main. Sur la plate-forme de travail reposait le squelette de la coque de leur commande suivante : un sloop dessiné par le client lui-même.

Un escalier de métal montait jusqu'à une petite pièce aveugle qui servait de bureau.

En dépit de son exiguïté, Phillip le maintenait dans un ordre impeccable. Le vieux bureau métallique venait peut-être des puces, mais il brillait comme un sou neuf. Dessus, un calendrier-planning, son vieil ordinateur portable, deux corbeilles à courrier, un téléphone avec répondeur et un pot à stylos en plastique.

Sur les côtés, deux classeurs, une machine à photocopier et un fax emplissaient le peu d'espace restant.

Phillip s'installa à la table et mit son ordinateur en marche. Le voyant du répondeur clignotait. Il appuya sur le bouton « écoute ». Deux messages raccrochés, qu'il effaça aussitôt.

Il lança le programme qu'il avait lui-même écrit pour leur entreprise et se surprit à sourire en voyant apparaître sur l'écran le logo des Bateaux Quinn.

Ils avaient peut-être dû gratter dans tous les coins pour réunir les fonds nécessaires, mais il n'était pas obligatoire de le montrer. Le filigrane du papier avait été sacrifié au profit des dépenses publicitaires. Phillip tenait à un minimum de classe.

Il lançait l'impression lorsque la sonnerie du téléphone retentit.

— Bateaux Quinn, bonjour.

Il perçut une hésitation à l'autre bout de la ligne, puis quelqu'un s'éclaircit la gorge.

— Navrée, j'ai fait un mauvais numéro.

Une voix assourdie, mais nettement féminine.

— Ce n'est pas grave, répondit-il alors que sa correspondante avait déjà raccroché.

— Nous avons fait un heureux, commenta Cam une heure plus tard, alors qu'ils regardaient s'en aller leur client au volant de sa camionnette.

— Et nous, nous le sommes encore plus, répliqua Phillip en brandissant le fameux chèque. Les factures d'équipement, le travail, les frais généraux, les fournitures… poursuivit-il en repliant le chèque. Bon, eh bien, on a de quoi s'en sortir.

— Modère ton enthousiasme, marmonna Cam. Tu tiens dans ta petite mimine un chèque pour cinq personnes. Offrons-nous plutôt ces bières.

— La majeure partie du bénéfice doit être réinjectée dans l'affaire, les prévint Phillip alors qu'ils rentraient dans le bâtiment. Une fois la froidure venue, nos factures de frais généraux vont atteindre des sommets.

Il jeta un regard vers le plafond.

— Au sens propre. Sans compter la T.V.A., payable la semaine prochaine.

Cam décapsula une canette et la tendit à son frère.

— Ta gueule, Phil.

— Cependant, poursuivit ce dernier, imperturbable, cette journée fera date dans la famille Quinn.

Il leva sa canette et trinqua avec Cam et Ethan.

— A notre pédicure, le premier d'une longue liste de clients satisfaits. Puisse-t-il naviguer en paix et soigner des montagnes de durillons.

— Puisse-t-il recommander à tous ses copains d'appeler les Bateaux Quinn, renchérit Cam.

— Puisse-t-il naviguer au large d'Annapolis et rester en dehors de mon territoire, conclut Ethan en secouant la tête.

— Qu'est-ce qu'il y a pour le déjeuner ? s'informa Cam. Je meurs de faim.

— Grace a préparé des sandwiches, répondit aussitôt Ethan. Ils sont dans la glacière.

— Dieu bénisse cette femme !

— On pourrait peut-être reculer de quelques minutes l'heure du déjeuner, intervint Phillip en entendant un bruit de moteur approcher. Je crois que ce que j'attendais vient juste d'arriver.

Il sortit du bâtiment, ravi de voir le camion de livraison manœuvrer devant l'entrepôt.

Le chauffeur passa la tête par la portière.

— J'suis bien chez Quinn ?

— Tout à fait.

— Qu'est-ce que tu as encore acheté ?

Sourcils froncés, Cam tentait d'estimer combien du beau chèque tout neuf venait déjà de partir en fumée.

— Quelque chose dont nous avions besoin. Allons, venez. Il ne pourra pas décharger tout seul.

— Bien vu, souffla le livreur en grimpant sur le plateau du camion. On n'a pas été trop de trois pour charger. Cette cochonnerie pèse plus lourd qu'un âne mort.

Il retira la bâche de protection. Etendue sur une autre bâche, reposait une enseigne de trois mètres de long sur deux de hauteur et dix centimètres d'épaisseur. Y était gravé dans le chêne poli, en lettres capitales : BATEAUX QUINN.

Au-dessus de l'inscription était gravé le dessin d'un bateau toutes voiles dehors.

Sous l'inscription, en lettres de moindre importance : CAMERON, ETHAN, PHILLIP & SETH QUINN.

— Ça, c'est une enseigne ! s'exclama Ethan, quand il put retrouver sa langue.

— J'ai chipé un des croquis de Seth pour le bateau sculpté. Le même que celui qui nous a servi pour l'entête du papier à lettres. J'ai fait le montage ordinateur à l'agence, précisa Phillip en faisant courir ses doigts sur le chêne lisse. L'entreprise qui l'a réalisée a fait un excellent travail de reproduction.

— Elle est tout bonnement superbe, lui glissa Cam en lui étreignant l'épaule. C'est vrai qu'on n'y avait absolument pas pensé. Le gosse va sauter au plafond quand il va la voir.

— J'ai mis nos prénoms dans l'ordre d'arrivée ici. Ça colle aussi bien alphabétiquement que chronologiquement. Je voulais quelque chose de propre, de simple.

Il recula de deux pas en fourrant les mains dans ses poches arrière, imitant inconsciemment l'attitude de ses deux frères.

— Je me suis dit qu'elle ferait bien sur le bâtiment, et qu'elle irait parfaitement avec ce que nous faisons à l'intérieur.

— Tu as raison, dit Ethan. C'est parfait.

— Bon, les gars, intervint alors le livreur, vous comptez l'admirer jusqu'à l'an prochain, ou m'aider à la décharger ?

Jolie photo, songea-t-elle. Trois spécimens relativement exceptionnels de la gent masculine en train de travailler par un superbe après-midi de septembre. Et le bâtiment leur convenait tout à fait. De vieilles briques sèches entourées d'un terrain où les mauvaises herbes prenaient nettement le pas sur le gazon.

Trois allures totalement différentes, aussi. L'un d'eux, très brun, avait les cheveux suffisamment longs pour les rassembler en catogan. Il portait un jean noir élimé et avait un quelque chose de vaguement européen dans sa manière de se tenir. Ce devait être Cameron Quinn, décréta-t-elle aussitôt. Celui qui s'était fait un nom dans le monde des courses.

Le deuxième portait des bottes de travail qui devaient dater de Mathusalem. Sa chevelure décolorée par le soleil émergeait d'une casquette bleue. Il avait une façon très fluide de se mouvoir et soulevait son côté de l'enseigne sans effort apparent. Lui, ce devait être Ethan Quinn, le marin.

Ce qui, donc, signifiait que le troisième était Phillip Quinn, le publicitaire travaillant dans la plus importante agence de Baltimore. Il avait l'air... parfait. Lunettes Wayfarers et Levi's, nota-t-elle. Des cheveux bronze qui devaient faire la joie de son coiffeur. Un corps élancé qu'il devait régulièrement entretenir dans un club de sport.

Intéressant. Physiquement, aucun ne ressemblait à l'autre. Ce qui corroborait ce qu'elle avait appris au cours de ses recherches. Si les trois frères partageaient le même nom, aucun n'était du même sang. Cependant, il y avait quelque chose dans leur langage corporel, dans leur manière de se mouvoir comme une équipe, qui indiquait clairement leur fratrie.

Elle n'avait pas prévu de s'attarder. Elle avait juste eu l'intention de venir jeter un coup d'œil à l'endroit où ils avaient installé leur entreprise. Et bien qu'elle ait appris qu'au moins un des trois était là — puisqu'il avait répondu au téléphone —, elle ne s'était pas attendue à les trouver tous trois dehors, ensemble, ni à pouvoir ainsi les étudier.

Elle était une femme qui aimait les occasions inespérées.

Son estomac fit un bond soudain. Surprise, elle inspira profondément trois fois et fit jouer ses épaules afin de les détendre. Prends l'air de rien, se gendarma-t-elle. Tu n'as aucune raison de te sentir mal à l'aise. Après tout, n'avait-elle pas l'avantage ? Elle les connaissait, alors qu'eux ne savaient rien d'elle.

Quoi de plus normal, songea-t-elle en traversant la rue, qu'une passante intéressée par la vue de trois hommes occupés à accrocher une enseigne monumentale ? Surtout une nouvelle venue dans une toute petite ville — ce que, justement, elle était ! Une touriste. Une célibataire rencontrant trois hommes superbes. Un léger marivaudage n'aurait également rien que de très normal.

Cependant, elle se campa à quelque distance de l'endroit où ils travaillaient. Leur tâche semblait difficile autant que délicate. L'enseigne, entourée de cordes, devait être mise en place grâce à un système de poulies. Celui des trois qui se tenait sur le toit guidait ses deux frères qui, eux, soulevaient l'immense planche. Encouragements, jurons et indications se succédaient avec un égal enthousiasme.

Ce qui faisait un bon nombre de muscles en action, songea-t-elle en haussant un sourcil.

— Lève un peu, Cam. Encore, bon sang !

Tout en grommelant des imprécations, Phillip se laissa tomber à plat ventre et se pencha tant qu'elle retint son souffle, persuadée que la gravité allait faire son travail, elle aussi.

Mais il n'en fut rien. Non seulement il ne tomba pas, mais il réussit à attraper la chaîne et à l'accrocher au piton qu'ils venaient de fixer, tout en marmonnant quelque chose qu'elle ne put entendre.

— Je l'ai. Tenez bon ! ordonna-t-il en se relevant sur les tuiles pour se diriger lentement vers l'autre extrémité.

Le soleil fit scintiller sa chevelure. Elle se surprit à rouler des yeux devant ce magnifique exemple de pure beauté masculine.

Il se remit à plat ventre sur les tuiles, attrapa l'autre chaîne et la fixa également tout en jurant à qui mieux mieux. Lorsqu'il se remit debout, il baissa un regard furibond sur la longue déchirure de sa chemise. Elle avait dû s'accrocher quelque part.

— Et merde ! Je l'ai achetée il y a à peine deux jours.

— Elle fut jolie, c'est vrai, commenta Cam d'en bas.

— Oh, toi, ça va, grommela Phillip en l'enlevant pour essuyer la sueur de son front.

Fantastique, décréta-t-elle aussitôt. Un jeune dieu américain. Spécialement conçu pour faire craquer les femmes.

Il fourra la chemise déchirée dans sa poche arrière et se dirigea vers l'échelle. C'est à ce moment-là qu'il la vit. Elle ne pouvait distinguer ses yeux, mais elle sut qu'il la regardait — à son immobilité soudaine et à l'angle de sa tête. Evaluation instinctive, décréta-t-elle. Le mâle aperçoit la femelle, l'étudie, l'examine et décide.

Il l'avait, en effet, parfaitement vue, et cogitait déjà en amorçant sa descente. Tout en espérant une deuxième vision un peu plus rapprochée.

— On a de la compagnie, souffla-t-il à l'intention de ses frères tout en mettant le pied par terre.

Cam jeta un coup d'œil par-dessus son épaule.

— Hon, hon. Très jolie.

— Elle est là depuis dix bonnes minutes, renchérit Ethan en s'essuyant les mains sur son jean. A admirer le spectacle.

Phillip lâcha l'échelle, pivota et sourit.

— Alors, l'interpella-t-il, de quoi a-t-elle l'air, cette enseigne ?

Lever de rideau, songea-t-elle avant d'avancer d'un pas.

— Très impressionnant. J'espère que ma présence ne vous a pas importunés. Je n'ai pas pu résister, je l'avoue.

— Absolument pas. C'est un grand jour pour les Quinn, répondit-il en lui tendant la main. Je suis Phillip.

— Et moi Sybill. Vous construisez des bateaux.

— C'est ce que dit l'enseigne.
— Passionnant. Je séjourne dans le coin pour quelque temps, mais je ne me serais jamais attendue à tomber sur un chantier naval. Quel genre de bateaux construisez-vous ?
— Des vaisseaux à l'ancienne, en bois.
— Vraiment ?

Elle se tourna vers ses frères et leur sourit également.

— Et vous êtes associés ?
— Cam, répondit celui-ci en lui rendant son sourire, avant d'agiter le pouce en direction du troisième. Et voici mon frère Ethan.
— Ravie de vous rencontrer, Cameron, commença-t-elle en levant les yeux vers l'enseigne. Cam, Ethan, Phillip...

Son pouls s'accéléra, mais elle réussit à conserver le sourire.

— Où donc est Seth ?
— A l'école, lui répondit Phillip.
— Oh ! A l'université ?
— Pas encore. Il a dix ans.
— Je vois.

Elle distinguait à présent des cicatrices sur sa poitrine. Des cicatrices anciennes, dangereusement proches du cœur.

— Votre enseigne a énormément d'allure. J'aimerais bien, si cela ne vous dérange pas, revenir pour vous regarder travailler, vous et vos frères.
— Quand vous voulez. Combien de temps restez-vous à St. Christopher ?
— Je ne sais pas encore. Ravie de vous avoir rencontrés.

L'heure de la retraite avait sonné. Elle avait la gorge sèche et le cœur fébrile.

— Bonne chance, avec vos bateaux.
— Passez donc demain, suggéra Phillip alors qu'elle s'éloignait. Vous verrez les quatre Quinn au travail.

43

Par-dessus son épaule, elle lui décocha un regard dont elle espéra qu'il ne reflétait qu'un intérêt amusé.

— Je vais y songer.

Seth, se dit-elle, tout en veillant à regarder droit devant elle. Il venait juste de lui offrir l'opportunité de voir Seth le lendemain.

Cam émit un grognement sourd.

— Je dirais que cette femme sait comment marcher.

— Tout à fait, renchérit Phillip, admirant la vue.

Hanches minces et longues jambes soulignées par un pantalon ajusté, chemisier de soie rentré dans une taille étroite, chevelure brun doré dansant sur les épaules. Oui, décidément, une bien jolie vue.

Le visage avait également de quoi attirer le regard, d'après ce qu'il en avait vu quelques instants auparavant. D'un ovale très classique, un teint de pêche, une bouche expressive et sensuelle à peine soulignée de rose. Et ces sourcils, songea-t-il. Très sexy. Foncés et délicieusement arqués. Il n'avait malheureusement pu voir ses yeux, dissimulés derrière des lunettes de soleil. Brun foncé, peut-être, assortis aux cheveux. Ou alors clairs, par contraste.

Et cette voix de contralto, pour couronner le tout...

— Eh, les mecs, vous comptez contempler son jeu de jambes toute la journée ? s'enquit Ethan.

— Comme si tu ne t'étais pas rincé l'œil, toi aussi ! le rembarra Cam.

— Je me le suis rincé. Mais bon, je n'en fais pas toute une histoire. On se met au boulot, ou non ?

— Dans une minute, répondit Phillip tout en souriant intérieurement tandis qu'elle disparaissait de sa vue. Sybill... j'espère que tu vas rester quelque temps à St. Christopher.

Elle ne savait absolument pas combien de temps elle resterait. Elle pouvait travailler quand elle en avait envie, là où elle avait envie et, pour l'instant, elle avait élu domicile à St. Christopher, à l'extrémité est du Maryland. Presque toute son existence s'était déroulée dans de grandes villes. Parce que ses parents en avaient décidé ainsi et, ensuite, parce que cela lui convenait également.

New York, Boston, Chicago, Paris, Londres, Milan. Le paysage urbain et ses habitants étaient son domaine. En fait, le Dr Sybill Griffin avait édifié sa carrière sur l'étude des milieux urbains. Au passage, elle avait récolté ses diplômes en anthropologie, sociologie et psychologie. Quatre années à Harvard, un D.E.A. à Oxford et un doctorat à Smith[1].

Elle avait gagné ses lauriers à l'université et maintenant, à la veille de son trentième anniversaire, elle pouvait choisir sa propre route. Et elle savait exactement ce qu'elle désirait faire pour gagner sa vie. Ecrire.

Son premier livre, *Paysage urbain*, avait reçu un accueil favorable, de bonnes critiques et lui avait rapporté un peu d'argent. Mais le deuxième, *Ces Etrangers familiers*, s'était envolé vers les listes des meilleures ventes nationales et l'avait entraînée dans un tourbillon de signatures, conférences et interviews. Maintenant que la chaîne PBS produisait toute une série de documentaires basés sur ses observations et ses théories quant au milieu urbain et ses coutumes, elle était plus qu'à l'abri du besoin. Elle était indépendante.

Son éditeur avait approuvé son idée d'écrire un livre sur la dynamique et les traditions des petites villes. Au départ, elle n'envisageait ce projet que comme une couverture idéale pour séjourner à St. Christopher dans un but personnel.

Puis elle était revenue sur son idée première. St. Christopher pourrait vraiment faire l'objet d'une

---

1. Smithsonian Institution (Washington). Institut scientifique fondé en vue de populariser les connaissances humaines. *(N.d.T.)*

étude très intéressante. Après tout, elle était une observatrice parfaitement rodée et savait comme personne trier et analyser les informations.

Et aussi, le travail lui serait un excellent dérivatif, songea-t-elle en parcourant de long en large la jolie suite qu'elle avait prise à l'hôtel. Il lui serait certainement plus facile et plus profitable de considérer ce voyage comme un projet. Une sorte de projet. Elle avait besoin de temps, d'objectivité. Et aussi d'avoir accès aux sujets concernés.

Grâce aux circonstances, il semblait bien qu'elle eût accès aux trois, maintenant.

Elle sortit sur le balcon minuscule que l'hôtel baptisait pompeusement «terrasse». De là, elle jouissait d'une vue impressionnante sur la baie de Chesapeake et sur le front de mer. Elle avait déjà observé les marins lorsqu'ils déchargeaient leurs casiers pleins de ces crabes bleus, spécialité de l'endroit. Elle avait regardé les trieurs de crabes, la valse des mouettes, le vol des aigrettes, mais ne s'était pas encore baladée dans les petites échoppes du port.

Pourtant, ce n'était pas la quête de souvenirs qui l'avait attirée à St. Christopher.

Peut-être pourrait-elle tirer la table devant la fenêtre et travailler en profitant du panorama. Lorsque la brise portait de son côté, elle percevait des bribes de conversations tenues avec un accent bien plus chantant que celui des rues de New York, où elle avait élu domicile ces dernières années.

Il ne ressemblait pas vraiment à celui du Sud tel qu'on pouvait l'entendre à Atlanta, Mobile ou Charleston, mais ne possédait pas les consonances rudes, les accents heurtés du Nord.

Les après-midi ensoleillés, elle pourrait s'installer sur l'un de ces banc métalliques disposés tout au long du front de mer et observer à loisir ce petit monde né de la navigation, du poisson et de la sueur humaine.

Ainsi, elle parviendrait sans doute à comprendre

comment une petite communauté comme celle-ci alliait son activité de pêche traditionnelle et le tourisme. Quelles coutumes survivaient à ce panachage : quelles manières de se vêtir, de se mouvoir et de s'exprimer. Les autochtones prennent rarement conscience du fait qu'ils se conforment souvent à des règles de conduite tacites, édictées par le lieu.

La coutume, les usages. On ne pouvait y échapper. Et Sybill croyait en leurs vertus.

Selon quelles règles vivaient les Quinn ? Quelle sorte de ciment les avait modelés en une famille ? Ils devaient certainement avoir leurs propres codes, leur propre jargon, leur propre hiérarchie, leur propre discipline.

Où et comment Seth s'inscrivait-il dans tout cela ?

Le découvrir — discrètement, s'entend — était sa grande priorité.

Il n'y avait aucune raison pour que les Quinn apprennent qui elle était, pour qu'ils suspectent la relation qui la liait à eux. Il était d'ailleurs infiniment préférable pour tous que nul ne la connaisse. Sinon, ils pourrait parfaitement l'empêcher de communiquer avec Seth. Cela faisait des mois qu'il vivait avec eux, à présent. Elle n'avait aucun moyen de savoir ce qu'on avait bien pu lui dire.

Elle avait besoin d'observer, d'étudier, d'évaluer et de juger avant d'agir, et ne tolérerait aucune pression, aucune culpabilisation. Elle prendrait son temps.

A en juger par son entrevue de l'après-midi, il était ridiculement facile d'entrer en contact avec les Quinn. Tout ce qu'elle aurait à faire serait de rôder aux alentours de ce bâtiment de brique et de montrer de l'intérêt pour la construction de bateaux à l'ancienne.

Phillip Quinn lui servirait de sésame. Il avait déployé l'arsenal typique du séducteur. Il ne serait pas difficile d'en tirer avantage. De plus, compte tenu qu'il ne séjournait que quelques jours par semaine à

St. Christopher, un léger flirt avec lui ne risquait pas de devenir vraiment dangereux.

Arriver à se faire inviter chez les Quinn ne devrait pas poser de problème majeur. Sybill avait besoin de savoir où Seth vivait, comment il vivait, s'il se trouvait bien, s'il était heureux.

Gloria prétendait que les Quinn lui avaient volé son fils. Qu'ils avaient usé de leur influence et de leur argent pour le lui prendre.

Mais Gloria était une menteuse congénitale. Fermant les yeux, Sybill dut lutter un moment pour retrouver son calme et son objectivité, pour se dépassionner. Oui, Gloria est une menteuse-née, songea-t-elle encore une fois. Une calculatrice. Mais elle n'en restait pas moins la mère de Seth.

Sybill se planta devant son bureau, ouvrit son Filofax et en sortit une photographie. Un petit garçon aux cheveux couleur paille et aux grands yeux bleus souriait à l'objectif. Elle avait pris ce cliché elle-même, la seule et unique fois où elle avait vu Seth.

Il devait avoir quatre ans, à cette époque-là. Phillip avait dit qu'il en avait dix, maintenant. Cela faisait donc six ans que Gloria était apparue à la porte de son appartement new-yorkais, remorquant son fils.

Elle était bien entendu au bout du rouleau. Fauchée, furieuse, larmoyante et implorante. Sybill n'avait eu d'autre choix que de l'accueillir chez elle. A cause de ce petit garçon, de son regard hanté. Sybill ne savait rien des enfants. Elle n'en avait jamais connu dans son entourage. Peut-être est-ce pour cela qu'elle était tombée si vite et si totalement amoureuse de Seth.

Et quand, trois semaines plus tard, elle était rentrée et avait constaté leur disparition — ainsi que celle de son argent liquide, de ses bijoux et de son onéreuse collection de porcelaines de Chine —, elle avait été bouleversée.

Elle aurait dû s'y attendre, elle le savait maintenant. Un tel comportement était parfaitement logique pour une femme telle que Gloria. Mais elle avait cru — ou avait voulu croire — qu'elles parviendraient à s'entendre. Que l'enfant ferait la différence. Qu'elle pourrait l'aider.

Bon, eh bien, cette fois-ci, se dit-elle en rangeant le cliché, elle se montrerait plus prudente. Moins émotive. Elle savait que Gloria disait au moins une partie de la vérité. Ce qu'elle-même ferait à partir de là dépendrait de son propre jugement.

Elle commencerait à former celui-ci lorsqu'elle aurait revu son neveu.

Tirant sa chaise devant le bureau, elle brancha son ordinateur portable et entreprit de saisir ses premières impressions.

Les frères Quinn semblent d'un abord facile, dû à un comportement typiquement masculin. A partir de mon observation, je dirais qu'ils travaillent ensemble harmonieusement. Une étude additionnelle me permettra de définir la fonction de chacun dans cette entreprise en partenariat ainsi que dans leurs relations familiales.

Cameron et Ethan sont tous deux nouvellement mariés. Nécessité de rencontrer leurs femmes respectives afin d'évaluer la dynamique de la famille. Selon toute logique, l'une d'entre elles doit représenter l'image de la mère. L'épouse de Cameron, Anna Spinelli, poursuit une carrière à plein temps. Il serait donc logique que Grace Monroe remplisse cette fonction. Cependant, il est toujours dangereux de généraliser. Une observation personnelle est donc indispensable.

J'ai découvert que l'enseigne accrochée cet après-midi par les Quinn comporte le prénom de Seth, mais en tant que Seth Quinn. Je ne pourrais dire si cette abstraction de son nom patronymique légal est à leur bénéfice ou au sien.

L'enfant doit certainement savoir que les Quinn ont demandé sa garde permanente. Je ne sais pas encore s'il a reçu les lettres que lui a expédiées Gloria ou si les Quinn les ont subtilisées. Bien que je compatisse pour sa situation désespérée et son désir de retrouver son enfant, il est préférable qu'elle ne sache rien de ma présence ici. Je la contacterai une fois mes recherches synthétisées. Si une bataille juridique doit s'ensuivre, la meilleure manière d'aborder le sujet est de réunir des faits plutôt que de se laisser guider par ses émotions.

Fort heureusement, l'avocat engagé par Gloria ne tardera pas à entrer en contact avec les Quinn, ainsi qu'avec les instances légales.

Pour ma part, j'espère voir Seth demain et me faire une opinion de la situation. Il serait utile de déterminer ce qu'il sait de ses origines. A partir du moment où je n'en ai été pleinement informée que très récemment, je n'ai pas encore totalement assimilé tous les faits et leur répercussion.

Nous verrons très bientôt si les petites villes sont réellement un foyer d'information sur leurs habitants. J'ai l'intention de glaner tout ce que je pourrai réunir sur le Pr Raymond Quinn avant la fin de mon séjour ici.

3

L'endroit idéal pour toute socialisation, pour tout regroupement d'informations et de rituels, dans les petites villes comme dans les grandes, avait observé Sybill, est le bar.

Le Snidley's Pub de St. Christopher ne dérogeait pas à la règle, avec son décor de bois sombre allié à des chromes bon marché et à des posters de bateaux à moitié effacés sur les murs. La musique était assourdissante, produite par quatre jeunes gens qui, juchés sur la minuscule scène, martyrisaient guitares et batterie avec plus d'enthousiasme que de talent réel.

Installés devant le bar, trois clients semblaient hypnotisés par le match de base-ball que retransmettait en silence la télévision murale, l'air positivement ravis par ce ballet muet de lanceurs et de batteurs, tandis qu'ils enfilaient bière sur bière tout en avalant de pleines poignées de cacahuètes salées.

La piste de danse affichait complet.

Les serveuses étaient costumées selon les fantasmes masculins les plus purs : minijupe noire, corsage largement décolleté, bas résille et hauts talons.

Sybill éprouva une compassion immédiate à leur endroit.

Elle s'installa aussi loin que possible des musiciens. Ni le bruit ni la fumée ne la dérangeaient, pas plus que le sol poisseux ou la table branlante. Le choix de son emplacement était stratégique. De là où elle se trouvait, elle avait une vue globale du lieu et de ses occupants.

Ravie d'échapper à l'enfermement de sa chambre d'hôtel une heure ou deux, elle se prépara donc à savourer un verre de vin tout en étudiant les autochtones.

Une petite serveuse brune à la poitrine plus qu'avantageuse et au sourire avenant s'approcha d'elle.

— Bonjour ! Que puis-je vous servir ?
— Un verre de chardonnay, je vous prie.
— Je vous l'apporte tout de suite, répondit-elle en posant sur la table une coupelle pleine de cacahuètes.

Venait-elle d'avoir son premier contact avec la femme d'Ethan ? se demanda Sybill. Elle savait que Grace Quinn travaillait ici. Mais l'annulaire de la brunette ne portait pas d'alliance, comme ce serait certainement le cas pour une toute jeune mariée.

L'autre serveuse ? Celle-ci avait l'air un peu... dangereux. Blonde, baraquée et maussade. Oh, elle avait certainement du charme, mais dans un genre bien précis. Cependant, rien en elle n'indiquait non plus la jeune mariée — et certainement pas cette manière qu'elle avait de se pencher vers le client afin de lui offrir la vue la plus plongeante possible sur son décolleté.

Sybill fronça les sourcils tout en grignotant quelques cacahuètes. S'il s'agissait effectivement de Grace Quinn, celle-ci devrait être définitivement écartée du rôle de mère emblématique.

Un incident dut se produire dans le match de baseball : les trois hommes accrochés au bar se mirent à hurler en chœur, scandant le nom d'un certain Eddie.

Selon son habitude, Sybill sortit son carnet et entreprit de noter ses observations. Les claques dans le dos typiquement masculines puis, passant aux autres consommateurs, la manière de se pencher pour plus d'intimité, caractéristique du langage corporel féminin, les mouvements de cheveux, les regards, les gestes. Et, bien évidemment, le rituel des couples en train de danser.

C'est ainsi que Phillip la vit lorsqu'il pénétra dans l'établissement. Souriant toute seule, le regard vagabondant de-ci de-là, la main crispée sur le stylo. Elle avait, se dit-il, l'air parfaitement froide, parfaitement distante. Elle eût tout aussi bien pu se trouver derrière une glace sans tain.

Elle avait rassemblé ses cheveux en queue-de-cheval. Des boucles en or se balançaient à ses oreilles. Il la regarda poser son stylo pour enlever sa veste jaune pâle.

Il était venu comme ça, plutôt par impulsion que par désir véritable. A présent, il se bénissait. La jeune femme représentait exactement ce qu'il recherchait.

— Sybill, c'est bien ça ?

Il vit une lueur de surprise traverser son regard lorsqu'elle tourna la tête vers lui. Et il vit également que ses yeux étaient aussi clairs, aussi purs qu'un lac.

— C'est bien cela, oui, acquiesça-t-elle en recouvrant ses esprits.

Elle ferma son carnet et lui sourit.

— Et vous, vous êtes Phillip, des Bateaux Quinn.
— Etes-vous seule ?
— Oui... à moins que vous ne vous asseyiez à ma table pour boire un verre.
— Ce serait avec plaisir, répondit-il en tirant une chaise. Mais peut-être vous ai-je interrompue ?
— Pas vraiment.

Elle sourit à la serveuse qui lui apportait son verre de vin.

— Salut, Phil. Un gin-tonic ?
— Tu lis dans mon esprit, Marsha, ou quoi ?

Ainsi, celle-ci se prénommait Marsha. Cela éliminait d'office la brunette.

— La musique est... pour le moins inhabituelle.
— Ici, la musique est toujours épouvantable, précisa-t-il en souriant, amusé. C'est une tradition de la maison.
— Aux traditions, donc.

Elle leva son verre, en but une gorgée, fit une horrible grimace et entreprit d'y rajouter des glaçons. Des tonnes de glaçons.

— Et... quelle note attribuez-vous au vin ?
— Eh bien, je dirais qu'il est... basique, élémentaire, primitif.

Elle goûta encore et sourit.

— Autant l'avouer : il est carrément épouvantable.
— C'est encore une des traditions immuables de Snidley. C'est pourquoi je prends toujours un gin-tonic.
— Je m'en souviendrai, répondit-elle en inclinant la tête de côté pour le regarder. Pour connaître aussi bien les traditions locales, je présume que vous vivez ici depuis un bon moment.
— Oui.

Il plissa les yeux et l'étudia, un peu comme si une vague réminiscence titillait sa mémoire.

— Je vous connais, conclut-il à la fin de cet examen.

Le cœur de Sybill fit un bond dans sa poitrine. Prenant son temps, elle saisit son verre. Sa main ne trembla pas, sa voix resta ferme et calme.

— Je ne le pense pas.

— Si, si, je vous connais. Je connais ce visage. Je n'ai pas percuté plus tôt à cause de vos lunettes de soleil.

Il tendit la main, la posa sous son menton et lui tourna la tête.

— Je connais cette expression.

Ses doigts étaient juste un peu calleux, leur contact assuré et confiant. Ce simple geste suffit à lui indiquer qu'elle avait affaire à un homme habitué à toucher des femmes. Et elle, elle était une femme peu habituée à être touchée.

Elle arqua un sourcil.

— Une femme tant soit peu cynique songerait immédiatement que c'est un truc de dragueur, et pas très original, par-dessus le marché.

— Je n'utilise jamais de trucs, murmura-t-il, toujours concentré sur son visage. Ou alors des trucs très originaux. J'ai la mémoire des visages, et j'ai déjà vu celui-ci. Des yeux clairs et perspicaces, un sourire légèrement amusé. Sybill...

Ses yeux coururent encore une fois sur ses traits, puis ses lèvres s'incurvèrent lentement.

— Griffin. *Docteur* Sybill Griffin. *Ces Etrangers familiers*.

Elle exhala lentement l'air coincé dans sa poitrine. Son succès était récent, et se voir reconnaître la surprenait toujours autant. Mais cette fois-ci, elle s'en sentit soulagée. Aucun rapport ne pouvait être établi entre Sybill Griffin et Seth DeLauter.

— Compliments ! répondit-elle d'un ton léger. Mais dites-moi, avez-vous lu mon livre, ou avez-vous simplement vu ma photo sur la quatrième de couverture ?

— Je l'ai lu. Assez fascinant, ce bouquin. Pour tout

vous avouer, je l'ai tellement aimé que je suis aussitôt allé acheter votre premier ouvrage. Mais je n'ai pas encore eu le temps de m'y mettre.

— Je suis flattée.

— Vous avez beaucoup de talent. Merci, Marsha, ajouta-t-il lorsque la serveuse vint lui apporter son cocktail.

— Appelle-moi si tu as besoin d'autre chose, répondit la serveuse, avant de lui faire un clin d'œil. Mais hurle de toutes tes forces, l'orchestre bat tous les records de boucan, ce soir.

Ce qui fournit bien entendu à Phillip une bonne excuse pour rapprocher sa chaise de celle de Sybill et se pencher vers elle. Parfum subtil, nota-t-il. Il fallait vraiment être très près pour capter son message.

— Dites-moi, docteur Griffin, que fait une illustre citadine dans un trou paumé comme St. Christopher ?

— Des recherches. Sur les schémas de comportement social et... les traditions, ajouta-t-elle en levant son verre. Dans les petites villes et les communautés rurales.

— Ça doit vous changer.

— Les études culturelles et sociologiques ne devraient pas se limiter aux grandes cités.

— Vous prenez des notes ?

— Quelques-unes. Le bar local, poursuivit-elle, plus à l'aise à présent. Les habitués. Ce trio, au comptoir, uniquement préoccupé des rituels d'un sport essentiellement masculin, indifférent au bruit et à l'agitation environnants. Ils pourraient très bien regarder le match chez eux, confortablement vautrés dans leur fauteuil favori, mais ils préfèrent visiblement cette expérience commune de participation passive à l'événement. Ainsi, ils ont de la compagnie, des partenaires avec qui partager leur passion, et éventuellement polémiquer.

Il découvrit qu'il adorait la manière dont elle parlait, ce ton un peu professoral qui faisait ressortir son accent yankee.

— Les Orioles sont champions tous azimuts en ce moment, et vous êtes en plein cœur de leur territoire. Peut-être est-ce le jeu.

— Le jeu est le vecteur. Le schéma resterait à peu près le même s'il s'agissait de basket-ball ou de football, répondit-elle avec un haussement d'épaules. L'homme moyen retire plus de plaisir du sport s'il a à ses côtés un compagnon qui partage sa passion. Il suffit d'observer les spots publicitaires adressés plus précisément à une clientèle masculine. Prenez la bière, par exemple. Il s'agit le plus souvent d'un groupe d'hommes séduisants. Le client moyen achètera cette marque précise de bière parce qu'il a été programmé pour croire que cela renforcera son image parmi son groupe d'amis.

Le voyant sourire, elle arqua un sourcil.

— Vous n'êtes pas d'accord avec moi ?

— Totalement. Je travaille dans la publicité, et ce que vous venez de dire est la stricte vérité.

— Vous êtes publicitaire ? s'étonna-t-elle. J'aurais cru que les débouchés n'étaient pas extraordinaires, dans le coin.

— Je travaille à Baltimore. Je ne viens ici que les week-ends. Un truc de famille. Une longue histoire.

— J'aimerais bien l'entendre.

— Plus tard.

Il y avait un quelque chose, songea-t-il, dans ces yeux bleu translucide soulignés par de longs cils noirs qui vous empêchait de regarder ailleurs.

— Faites-moi part de vos autres observations.

— Eh bien...

Fameux savoir-faire, décréta-t-elle *in petto*. Un maître en la matière. Cette manière qu'il avait de fixer une femme comme si elle était la chose la plus importante au monde en cet instant précis. Son cœur en bondissait de joie.

— Vous voyez l'autre serveuse ?

Phillip tourna la tête et regarda la jeune femme onduler soigneusement des hanches en retournant vers le bar.

— Difficile de la louper.

— En effet. Elle correspond point par point aux exigences des fantasmes masculins. Attention, en disant cela je fais uniquement référence à la personnalité et non pas à l'aspect physique.

— Oui, acquiesça Phillip en passant sa langue sur ses dents. Que voyez-vous précisément ?

— Elle est efficace, mais elle calcule déjà le temps qu'il reste avant l'heure de la fermeture. Elle sait repérer les clients les plus généreux et leur faire du charme. Elle ignore presque complètement la tablée d'étudiants, là-bas sur la droite, parce qu'ils ne laisseront pas un pourboire énorme. Vous observeriez les mêmes techniques de survie chez une serveuse expérimentée — et cynique — d'un bar new-yorkais.

— Elle s'appelle Linda Brewster, l'informa Phillip. Récemment divorcée, en quête d'un nouveau pigeon. Pardon, d'un nouveau mari. Sa famille possède la pizzeria du coin, ce qui fait qu'elle connaît le métier de serveuse depuis des années. Et qu'elle s'en moque éperdument. Vous voulez danser ?

— Hein ?

Bon, il ne s'agissait pas non plus de Grace, songeait-elle, avant de devoir faire un effort pour retrouver le fil de la conversation.

— Je vous demande pardon ?

— L'orchestre vient de ralentir le rythme. Aimeriez-vous danser ?

— Volontiers.

Elle le laissa lui prendre la main et l'entraîner vers la piste. Ils se glissèrent parmi la foule.

— J'ai bien l'impression que ce que nous entendons est supposé être une version de *Angie*, souffla Phillip à son oreille.

— Si Mick et ses copains entendaient ce que ces gens en font, je parie qu'ils tireraient à vue.
— Vous aimez les Rolling Stones ?
— Qui ne les aime pas ?

Puisqu'ils ne pouvaient pas faire grand-chose sinon se balancer d'un pied sur l'autre, elle leva la tête pour le regarder. Et se retrouver quasiment joue contre joue, forcée de presser son corps contre le sien, n'avait rien de désagréable ; bien au contraire.

— C'est du rock and roll hyper primaire, sans fioriture aucune. Exclusivement sexuel.
— Vous aimez le sexe ?

Elle se mit à rire.

— Qui ne l'aime pas ? Cependant, et quoique j'apprécie le fait d'y penser, je n'ai aucune intention de me livrer à une quelconque activité sexuelle ce soir.
— Il reste toujours demain.
— Sans aucun doute.

Elle envisagea de l'embrasser, de le laisser l'embrasser. A titre expérimental, évidemment. Au lieu de quoi, elle maintint sa joue contre la sienne. Il était bien trop attirant pour ne pas calculer les risques. Avec un tel homme, il ne fallait pas agir stupidement.

— Pourquoi ne vous inviterais-je pas à dîner demain soir ? suggéra-t-il en laissant sa main courir le long de sa colonne vertébrale. Je connais un restaurant charmant, ici en ville. Une vue fantastique sur la baie et les meilleurs fruits de mer du port. Nous pourrions bavarder sans hurler et vous pourriez me raconter votre vie.

Sur ce, il frôla de ses lèvres le lobe de son oreille. Un frisson la parcourut tout entière. Elle aurait dû se douter qu'un homme aussi attirant que lui se montrerait champion dans le domaine des manœuvres de séduction !

— Je vais y songer, murmura-t-elle, effleurant délicatement sa nuque du bout des doigts, et je vous donnerai ma réponse.

La chanson terminée, l'orchestre embraya sur de la plus pure techno. Elle se dégagea.

— Il faut que j'y aille.

— Pardon? s'enquit-il, se penchant afin qu'elle puisse lui hurler dans l'oreille.

— Je dois y aller. Merci pour la danse.

— Je vous raccompagne.

De retour à leur table, il tira quelques billets de sa poche tandis qu'elle rassemblait ses affaires. Sitôt dehors, ils furent accueillis par l'air frais et calme de la nuit. Elle se mit à rire.

— Eh bien, quelle expérience! Merci d'y avoir ajouté votre présence.

— Je n'aurais pas voulu manquer cela. Il n'est pas si tard que ça, ajouta-t-il en lui prenant la main.

— Mais tard quand même, répondit-elle en sortant ses clefs de voiture.

— Venez au chantier, demain. Je vous ferai visiter.

— Pourquoi pas? Bonne nuit, Phillip.

— Sybill.

Il porta tout naturellement sa main à ses lèvres et plongea son regard dans le sien.

— Je suis heureux que vous ayez fixé votre choix sur St. Christopher.

— Moi aussi.

Elle se glissa dans sa voiture, ravie de devoir se concentrer sur de menues tâches telles qu'allumer les phares, relâcher le frein à main et tourner la clef de contact. Conduire n'était pas une seconde nature chez elle, qui avait dépendu si longtemps des transports en commun ou des taxis.

Elle se mit en devoir d'effectuer sa manœuvre et de prendre la route sans se retourner, tâchant de ne plus penser à ce qui venait de se passer.

Mais elle ne put résister très longtemps et le regarda une dernière fois dans le rétroviseur en s'éloignant.

Ne tenant pas spécialement à regagner le pub, Phillip prit lui aussi le chemin de la maison, l'esprit tout occupé de Sybill. Sa manière de hausser un sourcil pour souligner un point important ou pour marquer son approbation. Ce parfum subtil, intime, qu'elle portait. Un parfum qui disait à un homme que s'il s'approchait suffisamment pour pouvoir le percevoir, alors peut-être, peut-être, il serait autorisé à se rapprocher encore.

Oui, elle méritait bien qu'il consacre un peu de temps à essayer de l'approcher de plus près. Belle, intelligente, cultivée, sophistiquée...

Et assez sexy pour éveiller ses hormones.

Il aimait les femmes, et regrettait de ne plus avoir de temps à leur consacrer. Essayer d'en attirer une au lit était diablement intéressant. Ces derniers temps, il avait négligé ce sport excitant. Epuisé par des journées de travail de dix à douze heures, il ne songeait guère, à leur terme, qu'à s'écrouler dans son lit. Sa vie sociale avait pris un sérieux coup dans l'aile depuis l'arrivée de Seth.

La semaine, il se consacrait à ses dossiers — ainsi qu'aux consultations avec l'avocat. La bagarre avec la compagnie qui refusait de payer l'assurance-vie de leur père arrivait à son terme. Le problème de la garde permanente de Seth serait résolu d'ici quatre-vingt-dix jours. La responsabilité de tout ceci, la montagne de papiers qui en découlait et les innombrables coups de téléphone nécessaires lui incombaient. Il avait toujours été le champion des détails.

Les week-ends étaient consacrés aux tâches ménagères, au chantier, et à tout ce qui avait échappé à ses frères durant la semaine.

Tout cela ne laissait plus beaucoup de temps pour dîner aux chandelles avec de jolies femmes. Sans parler, bien entendu, du long travail d'approche nécessaire pour parvenir à les glisser entre ses draps.

Son absence de vie sexuelle expliquait certainement ses accès de mauvaise humeur ou de mélancolie.

La maison était plongée dans le noir, à l'exception

de la veilleuse sous le porche, lorsqu'il arriva. Même pas minuit, un vendredi soir, songea-t-il en soupirant. Il n'y avait pas si longtemps, à cette heure-là, ses frères et lui étaient toujours en virée, à chercher un peu d'action. Les Quinn n'avaient pas pour habitude de roupiller le vendredi soir.

Aujourd'hui, songea-t-il en sortant de sa Jeep, Cam devait être en haut, en train de câliner sa femme. Et Ethan bien au chaud dans la petite maison de Grace. Tous deux enchantés de leur sort.

Enfoirés de veinards !

Sachant pertinemment qu'il ne pourrait trouver le sommeil, Phillip fit le tour de la maison et descendit jusqu'à l'appontement.

La lune était pleine, parant d'argent la surface paisible de la mer, les ajoncs et les feuilles des arbres.

La nuit résonnait du chant monotone des grillons. Au plus profond des bois, une chouette ulula longuement.

Peut-être préférait-il les bruits de la ville, les rumeurs de voix et de voitures au travers des vitres fermées, mais il ne manquait jamais de sentir tout l'attrait de cet endroit. Si la foule, les théâtres et les musées lui manquaient, ainsi que ce mélange éclectique de populations, il n'en appréciait pas moins la paix, la stabilité trouvée ici jour après jour, année après année.

Sans cette paix, il savait qu'il serait retourné droit dans le caniveau. Et qu'il y aurait trouvé la mort.

— Tu as toujours voulu plus que cela pour toi.

Un froid soudain l'envahit, depuis l'estomac jusqu'au bout des doigts. Alors qu'il se tenait là, à contempler le clair de lune, voilà qu'il se retrouvait face à son père. Ce père qu'il avait enterré six mois auparavant.

— J'ai seulement bu un gin-tonic, s'entendit-il marmonner.

— Tu n'es pas saoul, fiston.

Ray avança d'un pas. La lune fit scintiller sa chevelure argentée et briller ses incroyables yeux bleus, pétillants d'humour.

— Il va falloir que tu te décides à respirer, sinon tu vas passer l'arme à gauche sous peu.

Phillip reprit son souffle, mais ses oreilles continuaient à tinter.

— Je crois que je vais m'asseoir.

Il s'installa dans l'herbe lentement, prudemment, ainsi qu'un vieillard perclus de rhumatismes.

— Je ne crois pas aux fantômes, annonça-t-il à l'eau devant lui. Ni à la réincarnation, encore moins à la vie après la vie, et surtout pas aux apparitions ni à toute forme de phénomène parapsychologique.

— Tu as toujours été le plus pragmatique des trois. Rien ne pouvait te sembler réel si tu ne l'avais pas vu, touché ou reniflé.

Ray s'installa à côté de lui avec un soupir de contentement et étira ses longues jambes gainées de jean. Il croisa les chevilles. Ses pieds étaient chaussés des Dockside éculées que Phillip avait lui-même empaquetées presque six mois auparavant pour les donner à l'Armée du Salut.

— Eh bien, reprit-il gaiement, tu me vois, non ?

— Je suis victime d'une hallucination due à la disette sexuelle alliée à l'abus de travail.

— Je ne polémiquerai pas avec toi sur ce point. La nuit est bien trop belle pour cela.

— Je n'ai pas terminé mon deuil, poursuivit Phillip à voix haute. Je suis toujours furieux à propos des circonstances et des causes de sa mort, de toutes ces questions restées sans réponse. Alors je fais une projection.

— Je savais bien que tu serais le plus dur à convaincre des trois. Tu as toujours eu réponse à tout. Je sais aussi que tu as des questions à poser. Et je connais ta colère. Des questions et une colère légitimes. Tu as dû bouleverser totalement ton existence, endosser des responsabilités qui n'auraient jamais dû t'incomber. Mais tu l'as fait, et je t'en remercie.

— Je n'ai vraiment pas de temps à perdre en thérapie pour le moment. Emploi du temps archi-complet.

Ray se mit à rire.

— Fiston, tu n'es pas saoul, et tu n'es pas cinglé non plus. Simplement têtu comme une bourrique. Pourquoi n'utilises-tu pas ton esprit éminemment souple pour envisager que tout ceci est possible ?

Serrant ses bras autour de lui, Phillip tourna la tête. C'était bien le visage de son père, plein de vie et de gaieté.

— Ceci est impossible.

— D'aucuns ont dit, lorsque ta mère et moi vous avons recueillis, toi et tes frères, que parvenir à créer ensemble une famille était impossible. Ils avaient tort. Si nous les avions écoutés, si nous avions suivi la logique, aucun de vous trois ne serait devenu notre fils. Mais le destin passe son temps à faire la nique à la logique. C'est ainsi. Et votre destin était de devenir nos enfants.

— O.K.

Phillip tendit la main avant de la reculer, choqué.

— Comment ai-je pu faire cela ? Comment ai-je pu te toucher si tu es un fantôme ?

— Parce que tu en as besoin, répondit Ray en lui tapotant l'épaule. Je suis bien là. Du moins pour les quelques instants à venir.

La gorge serrée, Phillip sentit son estomac se nouer.

— Pourquoi ?

— Je n'ai pas terminé ce que j'avais à faire. Je vous ai tout laissé sur les bras, à toi et à tes frères. Et j'en suis navré, Phillip.

Cela ne pouvait être, bien sûr que non, se dit Phillip. Il vivait probablement les prémices d'une dépression nerveuse. Il pouvait sentir la brise sur son visage, tiède et humide. Les grillons stridulaient toujours, la chouette continuait à ululer.

Mais après tout, puisque cette chose étrange se présentait, autant la vivre à fond. Cela paraissait logique.

— Ils essaient de dire que tu t'es suicidé, dit-il lentement. La compagnie d'assurances refuse de payer la prime.

— J'espère que tu sais que ce sont des affabulations. Je ne faisais pas attention, j'étais distrait. C'était un accident.

La voix de Ray était montée d'un cran. Phillip reconnut cette intonation. Impatience et ennui mêlés.

— Je n'aurais jamais choisi la voie de la facilité. Et puis, je devais penser au gamin.

— Seth est-il ton fils?

— Je peux te dire qu'il m'appartient.

Sa tête, son cœur lui firent mal. Il se tourna de nouveau vers l'eau.

— Maman vivait toujours lorsqu'il a été conçu.

— Je le sais. Je n'ai jamais trompé ta mère.

— Alors comment...

— Tu dois l'accepter. Je sais que tu as de l'affection pour lui et que tu fais de ton mieux. Il te reste encore une dernière étape à franchir. Celle de l'acceptation. Il a besoin de vous. De vous tous.

— Rien ne lui arrivera, répondit Phillip, sourcils froncés. Nous y veillerons.

— Il va changer vos vies, si vous le laissez faire.

Phillip laissa échapper un bref éclat de rire.

— Fais-moi confiance, c'est déjà fait.

— Il va le faire encore. Dans un sens qui orientera la tienne. Ne te ferme pas à ces possibilités. Et ne te fais pas trop de souci à propos de cette petite visite, dit Ray en lui tapotant affectueusement le genou. Parles-en à tes frères.

— Oui, c'est ça! Je vais leur raconter que je me suis assis dans l'herbe au beau milieu de la nuit pour discuter avec...

Il tourna la tête. Et ne vit rien d'autre que le clair de lune sur les arbres.

— Personne, conclut-il avant de s'allonger sur l'herbe pour contempler la lune. Seigneur, j'ai bien besoin de prendre des vacances !

4

Surtout, ne pas avoir l'air crispée, se gendarma Sybill. Surtout, ne pas arriver trop tôt. Tout doit paraître normal. Impératif premier et absolu : se détendre.

Elle décida de ne pas prendre sa voiture. Sa visite semblerait plus naturelle si elle arrivait du front de mer en se promenant. Et si elle incluait une visite au chantier naval dans un après-midi de shopping et de balade, cela ajouterait à l'impression de décontraction qu'elle voulait donner.

Afin de se calmer, elle arpenta de bout en bout le front de mer. Cette claire et chaude matinée de week-end avait attiré les touristes. Ils musardaient de-ci de-là, comme elle, faisant parfois un crochet dans une des boutiques de souvenirs ou s'arrêtant pour contempler un bateau dans la baie.

Contraste intéressant, nota-t-elle, avec les dimanches en milieu urbain, où même les touristes donnent l'impression d'être pressés et affairés.

Il pourrait fort bien se révéler fructueux de mentionner, d'analyser ce point, et peut-être même d'élaborer une théorie à ce sujet dans son livre. Sybill sortit de son sac un dictaphone et énonça à mi-voix quelques remarques et commentaires.

Les familles flânaient, apparemment sans but précis. Les autochtones se mettaient au diapason. La vie ralentissait.

Les petites échoppes ne se livraient pas à ce qu'elle

appelait une activité effrénée. Leurs propriétaires n'affichaient pourtant aucune contrariété.

Elle acheta quelques cartes postales pour des amis ou des relations à New York puis, plus par habitude que par envie réelle, choisit un ouvrage sur l'histoire de la région. Cela l'aiderait sûrement dans ses recherches, pensait-elle. Elle hésita devant une petite fée en étain tenant une larme de cristal entre ses doigts fins mais résista à la tentation.

Le restaurant-bar Crawford semblait particulièrement prisé du public. Aussi y pénétra-t-elle pour s'offrir une glace. Un moyen comme un autre pour s'occuper les mains tandis qu'elle parcourait les quelques blocs la séparant des Bateaux Quinn.

Il ne fallait pas longtemps pour sortir de la ville. Selon ses calculs, le front de mer ne devait même pas couvrir deux kilomètres de long.

Les faubourgs descendaient jusqu'à la baie. Rues étroites, maisons proprettes et minuscules pelouses. Des haies basses, afin de pouvoir bavarder entre voisins, décréta-t-elle, juste ce qu'il fallait pour marquer les limites territoriales. Les arbres, immenses et feuillus, étaient toujours du vert de l'été. Ce devait être magnifique, lorsqu'ils se paraient des couleurs dorées de l'automne.

Des enfants jouaient dans les jardins ou faisaient de la bicyclette le long des allées. Elle vit un adolescent astiquer amoureusement une vieille Chevy, reprenant à pleine voix — quoique pas très juste — la mélodie que lui envoyaient ses écouteurs.

Un énorme chien aux oreilles tombantes se précipita vers la grille à son passage, aboyant à s'en décrocher les mâchoires. Elle sursauta en le voyant planter ses pattes monumentales sur le sommet de la clôture. Mais elle n'en poursuivit pas moins sa route.

Elle ne connaissait pas grand-chose aux chiens.

Elle aperçut la Jeep de Phillip dans le petit parking de terre battue jouxtant le chantier naval. Lui tenait compagnie une camionnette relativement usagée. Les portes, ainsi que plusieurs des fenêtres du bâtiment, étaient grandes ouvertes, laissant passer le hurlement d'une scie électrique et les accents du rock de John Foggerty.

O.K., Sybill, songea-t-elle en inspirant à pleins poumons avant d'avaler prudemment le reste de son cornet de glace. C'est maintenant ou jamais.

Elle entra et fut un instant distraite par l'aspect de l'endroit. Immense, poussiéreux et plus éclairé qu'une scène de music-hall en plein concert. Les frères Quinn étaient au travail. Ethan et Cam arrimaient une longue planche sur ce qu'elle supposa être l'armature à moitié terminée d'une coque. Phillip, debout devant l'établi, une scie électrique à la main, passait son pouce sur la lame.

Nulle part elle ne vit Seth.

Un instant, elle se contenta de regarder, se demandant si elle ne ferait pas mieux de s'esquiver sans bruit. Si son neveu n'était pas là, peut-être valait-il mieux reporter sa visite à un moment où elle était certaine de le trouver.

Il passait peut-être la journée avec des copains. Avait-il des amis ? A moins qu'il ne fût à la maison. Considérait-il cette maison comme son foyer ?

Avant qu'elle ne se fût décidée, la scie se tut, laissant John Foggerty chanter les aventures d'un bel homme aux yeux bruns. Phillip fit un pas en arrière, enleva ses gants de protection, se retourna. Et la vit.

Son sourire de bienvenue fut si rapide, si sincère qu'elle dut réprimer un brusque accès de culpabilité.

— Je vous dérange, dit-elle, haussant la voix afin de couvrir la musique.

— Dieu merci, répondit Phillip avant de se diriger vers elle en essuyant ses mains sur son jean. Je me suis enquiquiné toute la journée à regarder ces gars-là. Vous m'apportez une super-amélioration.

— J'ai décidé de jouer les touristes, annonça-t-elle

en secouant son sac en plastique. Et puis, je me suis dit que je pourrais profiter de la visite promise.

— J'espérais que vous viendriez.
— Donc...

Elle détourna délibérément le regard et le fixa sur la coque. C'était beaucoup moins dangereux que de contempler plus longtemps ces yeux fauves.

— Je suppose que c'est un bateau.
— C'est une coque. Ou du moins ça le sera, répondit-il en lui prenant la main pour l'entraîner plus loin. Cela va devenir un sloop de pêche.
— C'est-à-dire ?
— Un de ces jolis bateaux sur lesquels les hommes adorent sortir pour se conduire en hommes, autrement dit pour pêcher au gros ou boire de la bière.
— Bonjour, Sybill, lui lança Cam en souriant. Vous cherchez du travail ?

Elle contempla les outils, les lames acérées, les poutres épaisses.

— Je ne crois pas, non.

Il lui fut facile de sourire en retour et de tourner le regard vers Ethan.

— Selon toute apparence, vous connaissez votre affaire, tous les trois.
— Nous savons ce que nous faisons, nous deux, répliqua Cam en agitant son pouce en direction d'Ethan. On garde Phillip pour faire joli, c'est tout.
— Personne ne m'aime, par ici.

Elle rit, puis entreprit de faire le tour de la coque, consciente de sa totale méconnaissance en la matière.

— Je suppose qu'elle est à l'envers.
— Bien vu, répondit Phillip, avant de sourire devant son sourcil interrogateur. Une fois qu'elle sera entièrement recouverte, nous la retournerons pour commencer à travailler sur le pont.
— Vos parents sont-ils dans la construction navale ?
— Non. Ma mère était médecin. Mon père profes-

seur d'université. Mais nous avons grandi au milieu des bateaux.

Elle les perçut dans sa voix. L'amour et le chagrin. Un chagrin toujours présent. Et elle se détesta, incapable de poursuivre sur cette voie.

— Je ne suis jamais montée sur un bateau.

— Jamais ?

— Je suppose que plusieurs millions de gens dans le monde sont dans le même cas que moi.

— Ça vous dirait ?

— Peut-être. J'adore regarder les bateaux depuis la fenêtre de ma chambre d'hôtel.

Au fur et à mesure qu'elle l'étudiait, la coque lui parut se transformer en puzzle qu'elle devait résoudre.

— Comment savez-vous par où commencer sa construction ? Vous devez certainement travailler à partir d'un plan.

— Ethan fait le plus gros du design. Ensuite Cam le traficote, et puis Seth le dessine.

— Seth ?

Ses doigts se crispèrent sur la bandoulière de son sac.

— N'avez-vous pas dit qu'il était à l'école élémentaire ?

— Tout à fait. Mais le gamin possède un réel talent de dessinateur. Jetez donc un coup d'œil à ça.

A présent, elle percevait de la fierté dans sa voix. Une fierté qui la perturba. Luttant pour reprendre une attitude impersonnelle, elle le suivit jusqu'au mur du fond, où étaient accrochés des dessins de bateaux encadrés de bois brut. De bons croquis. Vraiment très, très bons. Des dessins intelligents réalisés au crayon avec autant de soin que de talent.

— Il... C'est un jeune garçon qui les a faits ?

— Oui. Joliment doué, non ? Celui-ci, nous venons juste de le terminer, dit-il en désignant un des cadres. Et celui-là, c'est celui sur lequel nous travaillons.

— Il a énormément de talent, murmura-t-elle, la gorge serrée. La perspective est excellente.

— Est-ce que vous dessinez?

— Un peu, ici ou là. C'est juste un passe-temps, répondit-elle en se détournant un instant, le temps de se reprendre. Cela me détend, et m'aide également dans mon travail.

Elle rejeta ses cheveux en arrière et réussit à décocher un immense sourire à Phillip.

— Mais où donc se cache l'artiste, aujourd'hui?
— Oh, il est...

Il s'interrompit au moment même où deux chiens se ruaient dans le bâtiment. Sybill fit instinctivement un pas en arrière quand le plus petit des deux fonça droit sur elle. Elle laissa échapper un son étranglé. Phillip agita le doigt et lança un ordre bref.

— Du calme, imbécile. On ne saute pas. J'ai dit, on ne saute pas, répéta-t-il, mais Pataud, trop bien lancé, était déjà debout, ses pattes plantées juste sous les seins de Sybill.

Elle tressaillit légèrement, ne vit que des crocs énormes et nus et prit pour une expression féroce ce qui n'était qu'un sourire de chien.

— Bon chien, réussit-elle à bafouiller. Bon chien.

— Crétin de chien, oui, la corrigea Phillip en tirant Pataud par son collier. Aucune éducation. Assis! Désolé, dit-il à Sybill tandis que le chien s'asseyait obligeamment sur son arrière-train et tendait la patte. Appelez-le Pataud.

— Eh bien, il est... un peu...

— Non. Pataud, c'est son nom — un nom qui lui va comme un gant. Il va rester comme ça jusqu'à ce que vous lui ayez serré la patte.

— Oh!

Elle prit maladroitement la patte en question entre deux doigts.

— Il ne mord pas, vous savez.

Phillip pencha la tête, l'observa et nota que ses yeux reflétaient plus de détresse que d'irritation.

— Désolé. Avez-vous peur des chiens ?

— Je... Peut-être un petit peu... des gros chiens bizarres.

— Bizarre, ça, il l'est. Le second se nomme Simon, et il est autrement mieux dressé, reprit Phillip en grattant les oreilles de Simon qui, tranquillement assis à ses pieds, étudiait posément Sybill. Il est à Ethan. L'imbécile appartient à Seth.

— Je vois.

Seth a un chien, fut tout ce qu'elle put penser alors que Pataud lui offrait encore une fois sa patte, la contemplant avec ce qui ressemblait à de l'adoration.

— J'ai bien peur de ne pas connaître grand-chose aux chiens.

— Ce sont des retrievers de la baie de Chesapeake — du moins, Pataud l'est à moitié. Nous ne savons pas trop ce qu'il est d'autre. Seth, appelle donc ton chien avant qu'il ne bave complètement sur les chaussures de madame.

Sybill releva brusquement la tête et aperçut l'enfant, debout sur le seuil. Il avait le soleil dans le dos et le visage dans l'ombre. Elle vit simplement un garçon de haute taille portant un grand sac marron, affublé d'une casquette de base-ball noir et orange.

— Il ne bave pas tant que ça. Pataud !

Les deux chiens sautèrent immédiatement sur leurs pattes et se précipitèrent vers lui. Seth se faufila entre eux et emporta son sac vers une table grossière faite d'une planche de contreplaqué posée sur deux tréteaux.

— J'vois pas pourquoi c'est toujours moi qui dois aller chercher le déjeuner et tout, se lamenta-t-il bruyamment.

— Parce qu'on est les plus costauds, tiens ! lui répondit Cam avant de plonger la main dans le sac. Tu m'as pris un sandwich au chorizo ?

— Oui, oui.

— Où est ma monnaie ?

Seth sortit une bouteille d'un litre de Coca-Cola, en dévissa le bouchon et but directement au goulot. Puis il sourit.

— Quelle monnaie ?

— Dis donc, espèce de petit malfrat, tu dois me rendre au moins deux dollars.

— Je ne vois pas de quoi tu parles. Tu dois encore avoir oublié les frais de livraison.

Cam tendit le bras vers lui. Seth fit un bond de côté en hurlant de rire.

— L'amour fraternel, commenta Phillip d'un ton léger. Voilà pourquoi je fais toujours attention à ne donner que l'argent nécessaire au gamin. Il ne vous rend jamais le moindre centime. Vous avez faim ?

— Non, je...

Elle ne pouvait détacher ses yeux de Seth, même si elle savait qu'il le fallait. Il parlait à Ethan, à présent, en faisant de grands moulinets avec sa main libre. Pataud était occupé à lécher consciencieusement les doigts de l'autre.

— J'ai déjà mangé. Mais vous, allez-y.

— Alors, vous boirez bien quelque chose. Tu as rapporté mon eau, le môme ?

— Oui. De l'eau plate. Autrement dit, de l'argent fichu en l'air. Dis donc, c'était bourré à craquer, chez Crawford.

Crawford. Un sentiment qu'elle ne put définir envahit Sybill à la pensée qu'ils s'étaient peut-être trouvés en même temps dans le restaurant. Qu'ils auraient pu se rentrer dedans. Elle aurait aussi bien pu le croiser dans la rue sans le reconnaître.

Le regard de Seth passa de Phillip à Sybill, qu'il étudia un instant, modérément intéressé.

— Vous voulez acheter un bateau ?

— Non.

Il ne la reconnaissait pas. Bien sûr qu'il ne la reconnaissait pas ! La seule fois où ils s'étaient vus, il était à peine plus qu'un bébé. Aucun signe de reconnaissance dans son regard, pas plus que dans le sien propre. Mais elle, elle savait.

— Je regarde, simplement.

— Ah. Sympa.

Sur ce, il retourna vers la table et s'empara d'un sandwich.

— Euh...

Parle-lui! s'ordonna-t-elle. Dis quelque chose. N'importe quoi.

— Phillip vient juste de me montrer tes dessins. Ils sont fabuleux.

— Ils sont pas mal, répondit-il en bougeant une épaule, mais elle crut déceler un éclat de plaisir dans son regard. J'pourrais faire bien mieux mais ils me tannent pour que je finisse vite.

L'air de rien — du moins, elle l'espérait —, elle se dirigea vers lui. Elle le voyait nettement, à présent. Il avait les yeux bleus, mais d'un bleu plus profond, plus sombre que ses yeux à elle ou ceux de sa sœur. Ses cheveux étaient raides, d'un blond plus foncé que ceux du tout petit garçon de la photo. Il avait la chevelure presque filasse, à quatre ans.

La bouche. N'y avait-il pas une certaine ressemblance du côté de la bouche ou du menton?

— C'est ce que tu veux faire, plus tard? lui demanda-t-elle, pressée par le besoin de le faire parler. Tu veux devenir un artiste?

— Peut-être, mais pour le plaisir, répondit-il en mordant gaillardement dans son sandwich avant de reprendre, la bouche pleine: Nous, on est des bâtisseurs de bateaux.

Ses mains étaient loin d'être propres, nota-t-elle, et son visage ne valait guère mieux. Elle imagina quelle place on devait laisser à des raffinements tels que se laver les mains avant de passer à table dans une maison pleine d'hommes.

— Peut-être pourrais-tu faire carrière dans le dessin.

— Seth, je te présente le Dr Sybill Griffin, dit Phillip en tendant à la susnommée un verre en plastique empli d'eau fraîche. Elle écrit des livres.

— Des histoires ?

— Pas exactement, lui dit-elle. Des observations. En ce moment, je passe quelque temps dans la région... à observer.

Il s'essuya la bouche du dos de la main. Une main que s'empressa aussitôt de lécher Pataud. Comme il l'avait fait auparavant, remarqua Sybill en grimaçant intérieurement.

— Vous allez écrire un bouquin sur les bateaux ? lui demanda-t-il.

— Non. Sur les gens. Les gens qui vivent dans des petites villes, et plus précisément les habitants des petites agglomérations situées au bord de la mer. A quel point aimes-tu cela — vivre ici, je veux dire ?

— J'aime bien. C'est nul de vivre en ville, répondit-il en saisissant de nouveau la bouteille de Coca. C'est rien que des nullards, les gens qui vivent là-bas.

Il sourit.

— Y a qu'à voir Phil.

— Tu n'es qu'un indécrottable bouseux, Seth. Je me fais du souci pour ton avenir.

Tout en ricanant, Seth mordit dans son sandwich.

— Je vais faire un tour dehors. Y a plein de canards.

Il disparut, les chiens sur ses talons.

— Seth a des opinions bien arrêtées sur tout, commenta aussitôt Phillip. Je suppose que le monde ne peut être que tout noir ou tout blanc quand on a dix ans.

— Il n'a pas l'air de beaucoup apprécier la vie urbaine, répondit-elle en constatant que son anxiété avait laissé place à une franche curiosité. A-t-il vécu à Baltimore avec vous ?

— Non. Il y a vécu quelque temps avec sa mère, précisa-t-il.

Sur un ton si amer que Sybill haussa un sourcil interrogateur.

— Ça fait partie de cette longue histoire dont je vous ai parlé.

— Je crois avoir mentionné que j'adorerais l'entendre.

— Alors, dînez avec moi ce soir, et nous échangerons nos histoires respectives.

Elle détourna le regard vers les immenses portes ouvertes par où Seth venait de disparaître, apparemment chez lui ici. Elle avait besoin de passer plus de temps en sa compagnie. De l'observer. Et elle avait également besoin de connaître la version des Quinn quant à la situation. Commencer par Phillip semblait parfaitement opportun.

— D'accord.

— Je passe vous chercher à sept heures.

Elle secoua la tête. Mieux valait ne pas prendre de risques inutiles.

— Je vous retrouverai au restaurant. Quelle en est l'adresse ?

— Je vais vous la noter. Entamons donc la visite par mon bureau.

La fameuse visite se déroula sans problème et se révéla fort intéressante. La tournée des locaux ne prit d'ailleurs pas énormément de temps car, si l'on exceptait l'immense aire de travail, le bâtiment ne comportait que le petit bureau de Phillip, une minuscule salle de bains et un entrepôt plein à ras bord.

Nul doute, même pour un néophyte, que la grande salle constituait le cœur et l'âme du chantier.

Ce fut Ethan qui lui expliqua patiemment comment on habillait une coque et les différents termes employés dans la construction navale. Il eût fait un excellent professeur, songea-t-elle en écoutant son parler clair et simple, appréciant sa manière concise et patiente de répondre aux questions, même les plus élémentaires.

Elle le regarda, fascinée, travailler une planche à la vapeur jusqu'à ce qu'elle ait la courbure requise. Cam lui montra ensuite comment il rainurait les bords afin que les planches soient parfaitement assemblées.

Puis elle l'observa travailler avec Seth, et fut bien obligée de constater le lien évident qui unissait l'homme et l'enfant. On aurait parfaitement pu les croire frères, ou père et fils. Tout est dans l'attitude, conclut-elle de son observation.

Là encore, ils avaient un public et faisaient certainement des efforts en conséquence.

Il serait intéressant de les voir agir une fois qu'elle serait parvenue à se fondre dans le décor et qu'ils auraient oublié sa présence.

Cam laissa échapper un long sifflement lorsque Sybill partit. Il agita comiquement les sourcils en direction de Phillip.

— Très mignon, tout ça, frérot. Vraiment joli comme tout.

Phillip lui sourit avant de porter la bouteille d'eau à ses lèvres.

— Je ne me plains pas.

— Crois-tu qu'elle va rester dans le coin suffisamment longtemps pour, euh...

— Si Dieu existe, peut-être.

Seth posa une planche à côté de l'établi et poussa un énorme soupir.

— Ça signifie que tu vas commencer à la draguer ? Vous pensez jamais à rien d'autre, les gars ?

— A part te mener la vie dure, tu veux dire ? rétorqua Phillip en lui arrachant sa casquette. Eh bien, non. Y a que ça qui nous intéresse, vieux.

— Vous arrêtez pas de vous marier, fit Seth, dégoûté, en tentant de récupérer son couvre-chef.

— Je ne veux pas me marier avec elle. Je veux juste m'offrir un chouette dîner en sa compagnie, nuance.

— Et puis ensuite te la taper, conclut Seth.

— Seigneur Dieu, c'est toi qui lui as appris cette expression, je parie ! lança Phillip à Cam.

— Il la connaissait déjà, se défendit l'interpellé en passant le bras autour des épaules de l'enfant. Pas vrai, bonhomme ?

La panique ne fut pas au rendez-vous, comme chaque fois qu'on le touchait. Il sourit même.

— Au moins, moi, je ne pense pas qu'aux filles. Vous êtes vraiment nuls, les mecs.

— Nuls ? intervint Phillip en posant la casquette de Seth sur sa tête et en se frottant les mains. Et si on rejetait ce poisson riquiqui à la flotte ?

— Si ça ne t'ennuie pas, on va repousser le châtiment à plus tard, intervint Ethan alors que Seth hurlait déjà de joie anticipée. A moins que je ne doive construire ce bateau tout seul ?

— Plus tard, d'accord, concéda Phillip en se penchant de façon à coller son nez contre celui de Seth. Et toi, tu ne sauras pas quand, tu ne sauras pas où et tu ne sauras pas pourquoi.

— J'en tremble déjà.

J'ai vu Seth, aujourd'hui.

Installée devant son ordinateur, Sybill se mordilla un ongle avant d'effacer ce qu'elle venait d'écrire.

J'ai pris contact avec le sujet cet après-midi.

Oui, c'est mieux, décréta-t-elle aussitôt. Plus objectif. Si elle voulait appréhender correctement la situation, mieux valait considérer Seth comme le sujet.

Aucune trace d'un quelconque signe de reconnaissance de part ou d'autre. Ce qui, bien entendu, correspond aux prévisions. Il paraît être en bonne santé. Il est beau, a la stature fine mais déjà robuste. Gloria a toujours été mince, et je pressens qu'il a hérité de sa consti-

tution physique. Il est blond, ainsi qu'elle l'est — ou l'était — la dernière fois que je l'ai vue.

Il m'a paru très à l'aise en ma présence. Je sais que certains enfants font preuve de timidité en face d'inconnus. Ce n'est visiblement pas son cas.

Bien qu'il n'ait pas été présent sur le chantier lors de mon apparition, il y est arrivé peu après. Il avait été envoyé chercher le déjeuner. D'après les plaintes et la conversation subséquentes, j'en déduis qu'il est souvent envoyé faire les courses. Ce qui pourrait avoir deux significations. Soit les Quinn profitent de la présence à leurs côtés d'un jeune garçon toujours disponible et en tirent avantage, soit ils lui instillent le sens des responsabilités.

La vérité réside probablement entre ces deux pôles.

Il a un chien. Je pense que c'est un fait habituel, peut-être même traditionnel, pour un enfant vivant dans un milieu suburbain ou rural.

Il possède également un réel talent pour le dessin. Ce qui m'a, en quelque sorte, prise par surprise. J'ai moi-même quelque talent dans ce domaine, hérité de ma mère. Gloria, en revanche, n'a jamais fait preuve d'un quelconque don ou attrait pour l'art. Cet intérêt commun pourrait représenter le moyen de développer un rapport plus intime avec l'enfant. Il me sera nécessaire de passer quelque temps seule avec lui afin de déterminer la meilleure manière d'agir.

Le sujet est, à mon avis, parfaitement à l'aise avec les Quinn. Il paraît heureux et tranquille. Cependant, on dénote chez lui une certaine rudesse, un certain manque de poli. Je l'ai entendu jurer plusieurs fois durant l'heure et quelque passée en sa compagnie. On l'a repris une fois ou deux, mais presque machinalement. Personne ne prêtait particulièrement attention à son langage.

De même, personne ne lui a demandé de se laver les mains avant de manger. De même, aucun des Quinn ne lui a fait remarquer qu'il parlait la bouche pleine ou qu'il donnait aux chiens des bribes de son déjeuner. Ses manières ne sont en aucun cas épouvantables, mais elles sont loin de la stricte politesse.

Il a mentionné qu'il préférait vivre ici plutôt qu'en ville. En fait, il affichait un certain mépris pour la vie urbaine. J'ai accepté de dîner avec Phillip ce soir, et vais le presser afin qu'il me raconte les circonstances de l'arrivée de Seth chez les Quinn.

L'adéquation ou non de cette version avec celle que m'a donnée Gloria m'aidera certainement à mieux comprendre la situation.

La prochaine étape sera de parvenir à me faire inviter chez les Quinn. Je désire absolument voir l'endroit où vit Seth. Et les Quinn dans leur milieu de vie. Faire également la connaissance des femmes qui font maintenant partie de sa famille adoptive.

J'hésite à contacter les services sociaux et à dévoiler mon identité tant que je n'ai pas complété cette étude personnelle.

Sybill se laissa aller en arrière sur sa chaise. Tambourinant sur le bureau, elle relut ses notes. Peu de chose, en vérité, pensa-t-elle, et par sa faute. Elle avait cru être prête pour ce premier contact, mais cela s'était révélé totalement faux.

Le simple fait de voir Seth lui avait serré le cœur. Ce garçon était son neveu, sa famille, et ils se retrouvaient comme de parfaits étrangers, à présent. N'était-ce pas autant sa faute que celle de Gloria ? Avait-elle jamais réellement essayé de reprendre contact avec Seth, de le ramener dans sa vie ?

Il était vrai qu'elle avait rarement su où il se trouvait, mais avait-elle vraiment fait des efforts pour le localiser, ou pour savoir où se trouvait sa sœur ?

Les quelques fois, ces dernières années, où Gloria l'avait contactée — pour lui réclamer de l'argent, uniquement pour cela —, elle avait demandé des nouvelles de Seth. Mais n'avait-elle pas cru sa sœur sur parole lorsqu'elle lui répondait qu'il allait bien ? Avait-elle jamais demandé à lui parler directement, à le voir ?

N'avait-elle pas choisi la facilité en leur envoyant de l'argent quand on le lui demandait et en les oubliant ensuite ?

Si, admit-elle. Parce que la seule fois où elle l'avait laissé pénétrer dans son existence, la seule fois où elle s'était laissée aller à ouvrir son cœur en même temps que sa porte, il lui avait été enlevé. Et elle avait souffert.

Cette fois-ci, elle ferait quelque chose. Elle ferait ce qui était juste, quoi que ce fût, ce qui était bien. Elle ne se permettrait pas un engagement émotionnel trop fort. Après tout, il n'était pas son enfant. Si Gloria gagnait et récupérait sa garde, il disparaîtrait encore une fois de sa vie.

Elle ferait l'effort, elle y consacrerait le temps qu'il faudrait, mais elle veillerait à ce qu'il vive dans de bonnes conditions. Ensuite, elle reprendrait le cours de sa propre existence, de son propre travail.

Satisfaite, elle sauvegarda le document et reprit les notes concernant son prochain ouvrage. Avant qu'elle ait pu s'y atteler, elle fut interrompue par la sonnerie du téléphone.

— Allô ?

— Il m'a fallu du temps pour te retrouver, Sybill.

— Mère, répondit Sybill en étouffant un soupir avant de fermer les yeux. Bonjour.

— Cela t'ennuierait-il de me dire ce que tu fabriques ?

— Pas du tout. Je fais des recherches pour mon prochain livre. Comment vas-tu ? Comment va père ?

— Ne me prends pas pour une imbécile, je te prie. Je croyais que nous étions d'accord pour que tu restes en dehors de cette affaire sordide.

— Non.

Ainsi qu'à chaque confrontation familiale, l'estomac de Sybill commença à la tourmenter.

— Nous étions d'accord sur le fait que *tu* voulais me voir rester en dehors de cela. J'ai décidé de faire autrement. J'ai vu Seth.

— Gloria ne m'intéresse pas, pas plus que son fils.

— Eh bien, moi, si. Je suis navrée que cela te dérange.

— Pourrais-tu t'attendre qu'il en soit autrement ? Ta sœur a choisi sa vie et ne fait plus partie de la mienne. Je ne me laisserai pas entraîner dans tout cela.

— Je n'en ai aucune intention, répliqua Sybill, résignée, en attrapant son sac pour en sortir son tube d'aspirine. Personne ne sait qui je suis. Et même si quelqu'un faisait la relation avec le Dr et Mme Walter Griffin, il pourrait difficilement en arriver à Gloria et à Seth DeLauter.

— Bien sûr que si, si ce quelqu'un est suffisamment intéressé pour fouiller un peu. De toute façon, tu ne pourras rien tirer à St. Christopher, Sybill. Je veux que tu partes. Retourne à New York ou viens ici, à Paris. Peut-être écouteras-tu ton père si tu ne m'écoutes pas.

Sybill avala l'aspirine avant de se mettre en quête d'un antiacide.

— Je veux voir de quoi il retourne. Désolée de te contrarier.

Un long silence suivit, chargé de colère et de frustration. Sybill referma les yeux et attendit.

— Tu as toujours été une joie pour moi. Jamais je n'aurais pu croire à une telle trahison de ta part. Je regrette sincèrement de t'avoir parlé de tout cela, et crois bien que je ne l'aurais jamais fait si j'avais su que tu réagirais de manière aussi scandaleuse.

— Nous parlons d'un enfant de dix ans, mère. De ton petit-fils.

— Il n'est rien pour moi, pas plus que pour toi. Si tu continues dans cette voie, Gloria te fera chèrement payer ce que tu considères comme de la gentillesse.

— Je peux contenir Gloria.

Il y eut un bref éclat de rire à l'autre bout de la ligne, aussi cassant que du verre.

— Tu l'as toujours cru. Et tu as toujours eu tort. Surtout, ne reprends pas contact avec moi ou avec ton père à ce sujet. J'attends de tes nouvelles quand tu auras retrouvé la raison.

— Mère...

Le *clic* de fin de communication lui fit grincer des dents. Barbara Griffin n'avait pas sa pareille pour avoir le dernier mot. Sybill replaça posément le combiné sur son support. Elle avala tout aussi soigneusement le comprimé contre les brûlures d'estomac.

Puis, adoptant un air de défi, elle se retourna vers son écran et se plongea dans le travail.

5

Sybill était d'une ponctualité redoutable et ne connaissait personne qui fût dans le même cas. Aussi trouver Phillip déjà installé à la table qu'il avait réservée pour le dîner la surprit-il grandement.

Il se leva aussitôt, lui décocha un sourire assassin et lui offrit une rose jaune. Les deux la ravirent tout en éveillant ses soupçons.

— Merci.

— Je vous en prie. Vous êtes superbe.

L'appel de sa mère l'avait laissée dans un tel état de dépression mêlée de culpabilité que, pour s'en défaire, elle avait déployé d'immenses efforts pour soigner son apparence.

Cette robe noire à manches longues et au décolleté carré était l'une de ses préférées. Le rang de perles lui venait de sa grand-mère paternelle adorée. Elle avait rassemblé ses cheveux en un chignon lâche et avait ajouté à l'ensemble les boucles d'oreilles à cabochons de saphir achetées à Londres l'année précédente.

Elle y avait en tout cas gagné en confiance en soi.

— Je vous remercie encore une fois, répondit-elle en se glissant sur la banquette, la rose sous le nez. Vous êtes splendide aussi.

— Je connais la carte des vins de cet établissement. Vous me faites confiance ?

— Sur les vins ? Pourquoi pas ?

— Parfait, répondit-il en regardant le serveur. Nous allons prendre une bouteille du numéro 103.

Elle posa délicatement la rose sur le menu gainé de cuir.

— Et quel est ce numéro 103 ?

— Un excellent pouilly-fuissé. J'ai cru comprendre, chez Snidley, que vous appréciiez le vin blanc. Je pense que vous trouverez celui-ci infiniment meilleur que ce que vous avez bu l'autre soir.

— A peu près n'importe quoi le serait.

Il pencha la tête et lui prit la main.

— Quelque chose ne va pas ?

— Non, répondit-elle immédiatement. Qu'est-ce qui pourrait ne pas aller ? Ce lieu est digne d'une affiche publicitaire.

Elle tourna la tête pour regarder par la fenêtre. La baie d'un bleu sombre s'étirait sous le soleil, virant à l'orange dans le crépuscule.

— Une vue magnifique, un endroit charmant, poursuivit-elle en se retournant. Le tout allié à un compagnon de table intéressant. C'est parfait.

Non, songea-t-il en la regardant dans les yeux. Il y manque un petit quelque chose. Sur une impulsion, Phillip se pencha par-dessus la table, prit le menton de Sybill entre ses doigts et effleura légèrement ses lèvres des siennes.

Elle ne se recula pas et savoura ce baiser doux et apaisant. Lorsqu'il se redressa, elle haussa un sourcil.

— Pourquoi avez-vous fait cela ?

— Vous aviez l'air d'en avoir besoin.

Elle ne soupira pas, bien qu'elle en eût grandement envie. Tout comme elle laissa les mains sur ses genoux.

— Merci, encore une fois.

— A votre disposition. En fait...

Ses doigts se resserrèrent juste un peu plus sur son visage. Cette fois, son baiser se fit juste un peu plus entreprenant, juste un peu plus long.

Les lèvres de Sybill s'entrouvrirent sous les siennes sans même qu'elle en prenne conscience. Son pouls s'accéléra sous la caresse de ses dents, tandis que la langue de son compagnon jouait nonchalamment avec la sienne.

— Et... la raison de celui-ci ? réussit-elle à lui demander ensuite.

— Je crois que c'est moi qui en avais besoin.

Ses lèvres se posèrent de nouveau sur les siennes, une fois, deux fois, jusqu'à ce qu'elle retrouve sa présence d'esprit et plaque la main sur sa poitrine. Une main qui, en réalité, ne rêvait que de se refermer sur sa chemise et de le retenir, au lieu de le repousser comme elle le fit, soucieuse de garder le contrôle.

— Je crois que cet apéritif était infiniment plaisant. Maintenant, nous devrions commander.

— Dites-moi ce qui ne va pas.

En prononçant ces mots, il se rendit compte qu'il voulait vraiment savoir et l'aider. Effacer les ombres qui obscurcissaient ces incroyables yeux clairs et les faire rire.

Il ne se serait jamais attendu à développer si vite une telle inclination pour elle.

— Ce n'est rien.

— Bien sûr que si. Et il n'a jamais existé meilleure thérapie que de se confier à un presque étranger.

— Vous avez raison, répondit-elle en ouvrant le menu. Mais la plupart des presque étrangers ne sont pas particulièrement intéressés par les petits problèmes des autres.

— Les vôtres m'intéressent.
Elle sourit et le regarda.
— Vous êtes attiré par moi. Ce qui n'est pas vraiment la même chose.
— Je pense qu'il y a des deux.
Il lui prit la main et la garda dans la sienne tandis que le serveur leur apportait le vin et lui montrait l'étiquette. Il attendit en la regardant intensément. Puis, les yeux toujours braqués sur elle, il porta le verre à ses lèvres et goûta.
— Il est parfait. Vous allez l'aimer, murmura-t-il.
Le garçon emplit leurs verres.
— Vous avez raison, acquiesça-t-elle après avoir goûté à son tour. Je le trouve excellent.
— Désirez-vous connaître nos plats du jour ? s'enquit le serveur.
Il récita sa litanie aux deux convives qui, main dans la main, yeux dans les yeux, semblaient à mille lieues de là.
Sybill était perdue dans le regard incroyable de l'homme assis en face d'elle. Un regard couleur de vieil or. Un regard qu'elle avait vu, une fois, sur un tableau, à Rome.
— Je prendrai la salade composée et le poisson du jour, grillé, parvint-elle à articuler.
Il continua à la regarder, un sourire se dessinant lentement sur ses lèvres tandis qu'il y attirait sa main, en embrassait la paume.
— La même chose pour moi. Et prenez votre temps. Je suis effectivement très attiré, dit-il à Sybill alors que le serveur s'éloignait en roulant des yeux. Et également très intéressé. Parlez-moi.
— Très bien.
A partir du moment où leur relation prenait ce tour, autant qu'ils sachent l'un et l'autre à qui ils avaient affaire.
— Je suis la fille idéale, commença-t-elle en sou-

85

riant. Obéissante, respectueuse, polie, studieuse et travailleuse.

— Quel fardeau !

— Oui, c'est parfois lourd à porter d'avoir à respecter les règles de vie de mes parents alors qu'elles me semblent caduques.

— Personne n'y échappe, observa Phillip en lui pressant les doigts.

— Vous non plus ?

Il songea à l'entretien qu'il venait d'avoir avec son père disparu.

— J'y ai été confronté plus récemment que je n'aurais pu le croire. En ce qui me concerne, mes parents ne m'ont pas donné le jour, ils m'ont donné *la vie*. Cette vie. Dans la vôtre, poursuivit-il, puisque vous êtes la bonne fille, y a-t-il une mauvaise fille ?

— Ma sœur a toujours été difficile. Elle a certainement constitué une déception pour mes parents. Et évidemment, plus elle les décevait, plus ils attendaient de moi.

— Vous étiez censée être parfaite.

— Exactement, et cela m'était impossible.

Elle avait voulu l'être, tenté de l'être — en vain. Ce qui équivalait à un échec.

— Il n'y a rien de plus ennuyeux que la perfection, commenta Phillip. Et de plus intimidant. Pourquoi essayer d'y atteindre ? Qu'est-il arrivé de précis qui vous bouleverse tant ? s'enquit-il en la voyant froncer les sourcils.

— Rien de grave, en fait. Ma mère est furieuse contre moi, en ce moment, parce que je ne me conforme pas à ce qu'elle voudrait que je fasse — ce qui m'est impossible.

— Moralité : vous vous sentez coupable, triste, désolée.

— Et effrayée que rien ne redevienne comme avant entre mes parents et moi.

— A ce point-là ?

— Je le crains, murmura Sybill. Je leur suis reconnaissante de l'éducation qu'ils m'ont offerte, des facilités qu'ils m'ont données. Nous avons pas mal voyagé, ce qui fait que je connais une bonne partie du monde, ainsi que des cultures très différentes depuis que je suis enfant. Ce qui est un atout de taille dans mon travail.

Des facilités, pensa Phillip, une éducation, des voyages, une structure familiale solide. A aucun moment Sybill n'avait parlé d'amour, d'affection ou de joie. S'en rendait-elle compte ?

— Où avez-vous grandi ?

— Hum. Ici et là. New York, Boston, Chicago, Paris, Milan, Londres. Mon père donne des conférences en même temps qu'il exerce son métier. C'est un psychiatre réputé. Mes parents vivent à Paris maintenant. Cela a toujours été la ville préférée de ma mère.

— Donc, une culpabilité longue distance ?

Elle rit.

— Oui.

Leurs salades arrivèrent sur ces entrefaites. Curieusement, Sybill se sentait un peu mieux. Cela lui avait visiblement fait du bien de confier une parcelle d'elle-même à son compagnon.

— Et vous, vous avez grandi ici ?

— Je suis arrivé quand j'avais treize ans. C'est à ce moment-là que les Quinn sont devenus mes parents.

— Sont devenus ?

— Toujours cette longue histoire.

Il leva son verre, l'étudiant par-dessus le bord. Habituellement, lorsqu'il évoquait cet aspect de sa vie avec une femme, il lui contait une version soigneusement édulcorée de sa vie avant les Quinn.

Or, ce soir, il avait envie de dire à Sybill la vérité, dans toute sa laideur et son authenticité. Il hésita, puis opta pour une solution médiane.

— J'ai grandi à Baltimore, du mauvais côté de la barrière. J'ai connu des ennuis, de sérieux ennuis.

Lorsque j'ai eu treize ans, j'allais tout droit dans le mur. Les Quinn m'ont donné une chance d'inverser le processus. Ils m'ont pris avec eux, m'ont amené ici. Ils sont devenus ma famille.

— Ils vous ont adopté ?

Cela, elle le savait, ayant cherché tout ce qu'elle pouvait trouver à propos de Raymond Quinn. Ce qu'elle ignorait, c'était le pourquoi de la chose.

— Oui. Ils avaient déjà Cam et Ethan, mais ils m'ont fait de la place. Je ne leur ai pas rendu la vie facile, au début, mais ils n'ont pas renoncé. Je ne les ai jamais vus reculer face à un problème.

Il se rappela son père, gravement blessé, gisant sur un lit d'hôpital. Même en cet instant douloureux entre tous, Ray s'était uniquement préoccupé de ses fils. De Seth. De sa famille.

— La première fois que je vous ai vus, lui confia Sybill, que je vous ai vus tous les trois, j'ai su que vous étiez frères malgré votre dissemblance physique. Vous illustrez on ne peut mieux la théorie selon laquelle l'environnement peut prendre le pas sur l'hérédité.

— Nous sommes plutôt le produit de ce que peuvent faire deux âmes généreuses et déterminées pour trois garçons perdus.

Sybill dut boire une gorgée de vin avant de reprendre la parole

— Vous oubliez Seth.

— Le garçon perdu numéro quatre. Nous tentons de faire pour lui ce que nos parents auraient fait, ce que notre père nous a demandé de faire. Ma mère est morte voilà plusieurs années. Sa disparition nous a laissés… un peu comme quatre âmes en peine. C'était une femme incroyable. Nous n'avons pas su l'aimer comme elle le méritait lorsqu'elle était encore avec nous.

— Je crois que si, l'interrompit-elle gentiment, émue par les intonations de sa voix. Je suis certaine qu'elle s'est sentie infiniment aimée.

— Je l'espère. Après sa disparition, Cam s'est envolé pour l'Europe, où il a gagné toutes sortes de courses — offshore, voitures, et j'en passe. Un fameux champion, mon frère. Ethan est resté. Il a acheté sa propre maison. C'est une véritable histoire d'amour qui le lie à la baie. Quant à moi, je suis parti à Baltimore. Il était une fois un citadin... reprit-il en souriant. Je revenais de temps en temps, pour les vacances ou les week-ends prolongés. Mais ce n'est plus pareil, maintenant.

Curieuse, elle pencha la tête de côté.

— Aimeriez-vous que les choses redeviennent comme avant ?

Elle se souvint de son excitation lorsqu'elle était partie à l'université. Etre enfin seule, libre, sachant que chacun de ses mots, chacun de ses gestes ne serait pas immédiatement soupesé et jugé.

— Non, mais il y a des moments que j'aimerais revivre. Ne vous arrive-t-il jamais de regretter un été de rêve ? Celui où vous aviez seize ans, un permis de conduire tout neuf dans la poche et où le monde vous appartenait ?

Elle rit, mais secoua la tête. Elle n'avait pas eu de permis en poche à seize ans. Cette année-là, ils vivaient à Londres, si ses souvenirs étaient exacts. Un chauffeur en uniforme l'emmenait partout où elle avait le droit de se rendre — excepté les rares fois où elle parvenait à s'échapper. Alors, elle se précipitait dans le métro. Cela avait été sa seule rébellion.

— Les jeunes garçons de seize ans, répondit-elle alors qu'on leur servait les entrées, sont plus attachés à leur voiture que les jeunes filles.

— A cet âge, on drague plus facilement si on a des roues.

— Je doute que vous ayez jamais connu un quelconque problème dans ce domaine.

— Sur le plan pratique, avoir une voiture facilite les manœuvres d'approche.

— Mettons. Et à présent, vous êtes de retour au bercail, ainsi que vos frères ?

— Oui. Mon père a recueilli Seth peu avant de mourir — dans des circonstances relativement compliquées, et pas tout à fait claires. La mère de Seth... Bah, vous en entendrez assez parler si vous restez encore quelque temps dans le coin.

— Ah ?

Sybill se concentra un moment sur son poisson. Pourvu qu'elle parvienne à avaler quelque chose...

— Oui. Mon père enseignait la littérature anglaise à l'université du Maryland. Il y a un peu moins d'un an, une femme est venue le voir pour un entretien privé. Nous ne connaissons donc pas tous les détails de l'affaire mais, selon toute vraisemblance, cette entrevue ne s'est pas déroulée dans la joie et la bonne humeur, puisque ensuite, elle est allée porter plainte contre mon père au rectorat pour harcèlement sexuel.

La fourchette de Sybill retomba brutalement dans son assiette. Elle la reprit aussi naturellement que possible.

— Cela a dû être très difficile pour lui. Pour vous tous.

— Difficile n'est pas le mot que j'emploierais. Elle a prétendu avoir été l'une de ses étudiantes des années auparavant et affirmé qu'à cette époque il avait exigé qu'elle couche avec lui si elle voulait obtenir son diplôme. Il aurait fait pression sur elle et aurait réussi à l'intimider suffisamment pour qu'elle accepte.

Non, elle ne pourrait décidément rien avaler, s'aperçut Sybill, la main étreignant si fort sa fourchette que ses doigts lui faisaient mal.

— Elle a vraiment eu une aventure avec votre père ?

— Non. En ce temps-là, ma mère était toujours en vie, répondit-il comme une évidence, et on n'a jamais retrouvé aucune trace de sa prétendue inscription à l'université. Mon père a enseigné sur ce campus durant vingt-cinq ans sans jamais le moindre problème de ce genre. Elle a tout fait pour ruiner sa réputation. Et cela a laissé des traces.

Bien sûr que c'était du pipeau, songea amèrement Sybill. Tout à fait le style de Gloria. Accuser, salir, et puis disparaître. Elle n'en avait pas moins le devoir de s'informer le mieux possible.

— Pourquoi ? Pourquoi aurait-elle fait cela ?
— L'argent.
— Je ne comprends pas.
— Mon père lui a donné de l'argent. Un bon paquet d'argent. Elle est la mère de Seth.
— Etes-vous en train de dire qu'elle... qu'elle a vendu son fils ?

Même Gloria ne pouvait faire quelque chose d'aussi répugnant. Non, même Gloria.

— Cela paraît difficile à croire, reprit-elle.
— Toutes les mères n'ont pas la fibre maternelle. Il a rédigé un chèque de plusieurs milliers de dollars au nom de Gloria DeLauter — c'est son nom — et il est parti quelques jours. Lorsqu'il est revenu, Seth était avec lui.

Elle se tut et avala une gorgée d'eau. *Il est venu et il a pris Seth*, avait sangloté Gloria. *Ils ont pris Seth. Tu dois m'aider.*

— Quelques mois plus tard, poursuivit Phillip, il a retiré presque toutes ses économies et a fait un chèque au porteur. C'est en revenant de Baltimore qu'il a eu un accident. Je dis bien un accident.
— Je suis désolée, murmura-t-elle, tout en sachant l'inutilité d'une telle phrase.
— Il a tenu jusqu'à ce que Cam revienne d'Europe. Alors il nous a demandé à tous les trois de nous occuper de Seth, de veiller sur lui. Nous faisons tout notre possible pour respecter notre promesse. Je ne dirai pas que cela a été facile tous les jours, ajouta-t-il, souriant à présent, mais cela n'a pas non plus été l'enfer. Revenir ici, monter le chantier naval nous a aussi

beaucoup apporté. Et Cam y a gagné une femme. Anna est l'assistante sociale qui s'occupait de Seth.

— Vraiment ? Votre frère et elle ne se connaissaient pas depuis très longtemps, alors ?

— Je pense que quand ça colle, ça colle. Le temps n'a rien à voir à l'affaire.

Elle avait toujours pensé le contraire. Pour elle, un mariage devait être prévu, planifié, il nécessitait une solide connaissance de l'autre, l'assurance d'une compatibilité totale d'humeur et de goûts et une évaluation des objectifs du partenaire afin de pouvoir durer.

— Quelle histoire !

Quelle était la part de vérité dans tout cela ? s'interrogea-t-elle, au comble de l'angoisse, et la part de bobards ? Etait-elle supposée croire que sa propre sœur avait vendu son enfant ?

Phillip ne savait rien de plus précis que ce qu'il avait dit, de cela elle était certaine. Il n'avait pas la moindre idée de ce que Gloria avait bien pu représenter pour Ray Quinn.

— Au point où nous en sommes à présent, cela fonctionne. Le gamin est heureux. D'ici deux mois environ, nous devrions obtenir sa garde définitive. Et puis, ce rôle de grand frère présente tout de même quelques avantages. Enfin quelqu'un à qui je peux mener la vie dure !

Elle avait besoin de réfléchir. Mettre ses émotions de côté et réfléchir. Mais elle devait d'abord tenir jusqu'à la fin de cette soirée sans se dévoiler.

— Comment réagit-il à tout cela ?

— Tout fonctionne comme sur des roulettes. Il peut se plaindre de moi auprès de Cam et d'Ethan, et il peut se plaindre de Cam et d'Ethan auprès de moi. Il sait parfaitement y faire, pas de problème. Seth est incroyablement brillant. Lorsque mon père l'a inscrit à l'école de St. Christopher, ils lui ont fait passer des tests d'aptitudes. Il est pratiquement hors normes. Son dernier bulletin de l'année dernière ? Que des A partout.

— Vraiment ? s'étonna-t-elle en souriant. Vous devez être fier de lui.

— Je le suis. Et de moi aussi. C'est moi qui ai écopé de la surveillance des devoirs du soir. Jusqu'à ces derniers temps, j'avais oublié à quel point je haïssais les fractions. Mais à présent que je vous ai raconté ma longue histoire, pourquoi ne me diriez-vous pas ce que vous pensez de St. Christopher ?

— Je prends mes repères, pour le moment.

— Cela veut-il dire que vous resterez encore un certain temps ?

— Oui.

— On ne peut réellement juger une ville du bord de l'eau sans avoir passé du temps sur l'eau, justement. Pourquoi ne pas venir naviguer avec moi demain ?

— Ne devez-vous pas retourner à Baltimore ?

— Lundi.

Elle hésita. Puis se remémora que c'était exactement pour cela qu'elle était venue. Si elle voulait découvrir cette fameuse vérité, il était hors de question de reculer maintenant.

— Je pense que cela me plairait. Quoique je ne puisse vous garantir quelle sorte de marin je suis.

— Nous le découvrirons. Je passerai vous prendre. Dix heures, dix heures et demie ?

— Parfait. Vous naviguez tous, je suppose ?

— Y compris les chiens, répondit-il avant de se mettre à rire devant son expression. Mais nous ne les emmènerons pas.

— Je n'ai pas peur d'eux. Simplement, je n'y suis pas habituée.

— Vous n'en avez jamais eu ?

— Non.

— Un chat, alors ?

— Non.

— Un poisson rouge ?

Elle se mit à rire et secoua la tête.

— Non. Nous déménagions relativement souvent.

Une fois, j'ai eu une condisciple, à Boston, dont la chienne a eu des petits. Ils étaient adorables.

Etrange, songea-t-elle, de s'en souvenir maintenant. Elle avait désespérément voulu adopter l'un de ces chiots, mais cela avait été impossible, évidemment. Incompatible avec le mobilier ancien, les invités — tous importants — et les obligations sociales de ses parents. Hors de question, avait tranché sa mère. Point final.

— Maintenant, je suis souvent en déplacement. Ce ne serait pas pratique.

— Où préférez-vous vivre ?

— J'ai des goûts éclectiques. L'endroit où j'atterris me plaît, généralement, jusqu'à ce que je m'envole pour une autre destination.

— Donc, en cet instant précis, c'est St. Christopher qui a vos faveurs.

— Oui. Le village ne manque pas d'attrait.

Elle tourna la tête vers la fenêtre. La lune montante parait d'argent la surface de la mer.

— Ici, le rythme de vie est paisible sans être stagnant. L'humeur varie au gré des variations du climat. Après seulement quelques jours, je suis capable de faire la différence entre les autochtones et les touristes. Sans parler des marins.

— Comment ?

— Comment ?

Distraite, elle reporta son regard sur lui.

— Comment arrivez-vous à les différencier ?

— Au moyen d'une observation élémentaire. De la fenêtre de ma chambre, j'ai vue sur le front de mer. Les touristes vont en couple, plus généralement en famille, et ne sont qu'occasionnellement solitaires. Ils déambulent de-ci, de-là ou font du shopping, louent un bateau. La plupart d'entre eux ont un appareil photo, une carte, parfois des jumelles. La plupart des autochtones sont là pour une raison bien précise. Un travail ou une course. Ils peuvent s'arrêter pour saluer un voisin ou une connaissance mais ils reprennent leur route sans flâner une fois la conversation terminée.

— Pourquoi regardez-vous depuis votre fenêtre?

— Je ne comprends pas votre question.

— Pourquoi ne descendez-vous pas sur le front de mer?

— Je l'ai fait. Mais, en général, l'étude est plus pure lorsque vous, l'observateur, ne faites pas partie intégrante de la scène.

— J'aurais pensé que vous obtiendriez des apports plus variés, plus personnels en étant sur place.

Il leva les yeux. Le serveur était devant eux, la carte des desserts à la main.

— Je prendrai juste un café, dit Sybill. Décaféiné, s'il vous plaît.

— La même chose, lança Phillip en se penchant en avant. Je repense à votre livre, et plus particulièrement au passage où vous évoquez l'isolement comme technique de survie. L'exemple que vous donniez était celui d'une personne allongée sur le trottoir. Comment les gens détournent le regard ou changent de direction. La manière dont certains hésitent avant de passer à toute allure.

— Pas d'investissement. Une dissociation.

— Exactement. Mais une personne peut s'arrêter et tenter d'apporter son aide. Une fois que cette personne a rompu l'isolement, d'autres commencent à s'arrêter à leur tour.

— Une fois que ce mur est ébréché par un sujet, il devient plus facile — et même parfois nécessaire — pour les autres de s'arrêter. C'est le premier pas qui est le plus difficile. J'ai mené cette étude à New York, à Londres et à Budapest avec des résultats similaires. Cela correspond au processus de survie en milieu urbain, qui fait qu'on évite le contact oculaire dans la rue, ou qu'on ne voit pas le SDF qui gît sous vos yeux.

— Qu'est-ce qui fait la différence pour la première personne qui s'arrête pour aider l'autre?

— Son instinct de survie n'a pas émoussé sa compassion, son émotion et sa spontanéité.

— Vous voulez dire qu'elle s'engage ?

— Vous pensez que, parce que j'observe, je ne m'engage pas ?

— Je ne sais pas. Mais je pense que prendre de la distance n'est certainement pas aussi gratifiant qu'être de plain-pied dans une situation.

— Observer est mon métier, et je le trouve très gratifiant.

Il se pencha encore plus, ignorant le serveur venu apporter leurs cafés, et garda ses yeux braqués sur ceux de la jeune femme.

— Vous qui faites des expériences, pourquoi n'essayez-vous pas de voir ce que donne le rapprochement ? Avec moi, par exemple.

Elle baissa le regard, contempla les doigts qui jouaient avec les siens. Et sentit une douce chaleur envahir ses veines.

— C'est une manière originale de me suggérer de dormir avec vous.

— En fait, ce n'est pas cela que je voulais dire, quoique si la réponse est oui, je sois tout à fait partant.

Il lui décocha un sourire assassin tandis qu'elle relevait les yeux vers lui, embarrassée.

— Je voulais simplement suggérer une promenade sur le front de mer une fois le café terminé. Mais si vous préférez dormir avec moi, nous pouvons être dans votre chambre d'ici... oh, cinq minutes !

Elle ne se déroba pas lorsqu'il inclina la tête et posa lentement les lèvres sur les siennes. Il avait un goût frais, un goût qui contenait une promesse de chaleur — si elle le désirait. Et le plus surprenant fut bien pour elle de découvrir qu'elle le désirait. Oui, en cet instant précis, elle avait envie que cet homme anéantisse en elle la tension, les inquiétudes et les doutes.

Mais toute sa vie elle avait appris à résister aux pulsions. Aussi posa-t-elle sa main bien à plat sur la poitrine de Phillip afin de mettre fin au baiser. Et à la tentation.

— Je pense qu'une promenade nous ferait du bien.
— Dans ce cas, allons-y.

Il voulait plus. Il aurait dû se douter que la goûter ne ferait qu'aiguiser son désir. Mais jamais il n'aurait cru que ce désir puisse se révéler aussi impérieux, presque douloureux. Peut-être était-ce dû en partie aux manifestations de son ego, songea-t-il en lui prenant la main pour musarder le long du front de mer, paisible à cette heure-ci. Elle avait répondu à ses ardeurs de manière si calme, si contrôlée, qu'il se posa une question. Qu'est-ce que cela donnerait, s'il la dépouillait de son intellect, couche après couche, pour trouver la femme enfouie au-dessous ? S'il traçait son chemin jusqu'à ses émotions, ses instincts les plus purs ?

La réponse guindée et presque distante du Dr Sybill Griffin faisait d'elle un défi auquel il allait avoir beaucoup de mal à résister.

— Je comprends pourquoi Snidley est un endroit très populaire, lui confia-t-elle en levant un regard rieur vers lui. Il est à peine neuf heures et demie et quasiment tout le reste est fermé, il n'y a presque personne dehors.

— C'est un peu plus vivant pendant l'été. Pas beaucoup plus, mais un petit peu. Le temps se rafraîchit. Vous n'avez pas froid ?

— Non, non. Cette brise est très agréable, répondit-elle en ralentissant pour regarder les bateaux. Amarrez-vous votre bateau ici ?

— Non. Nous avons un appontement à la maison. Voilà le skipjack d'Ethan.

— Où ça ?

— Là. C'est l'unique skipjack de St. Christopher. Vous le voyez ? Celui à un seul mât.

Pour elle qui n'y connaissait rien, rien ne ressemblait plus à un bateau qu'un autre bateau. Avec, bien sûr, des différences de taille et de gréement, mais bon, c'étaient des bateaux.

— Qu'est-ce que c'est, un skipjack ?

— C'est une variante de l'esquif à fond plat utilisé dans la baie pour la pêche au crabe, expliqua-t-il en l'attirant plus près de lui. Ils ont été élargis, avec une coque en V. Ces esquifs devaient être facilement construits, et à moindres frais.

— Alors on va pêcher le crabe là-dessus ?

— Non. La plupart des marins utilisent des bateaux à moteur. Le skipjack sert essentiellement pour les huîtres. Dans les années 1800, une loi est passée dans le Maryland, autorisant uniquement les bâtiments à voile à draguer les huîtres.

— Dans un but de préservation ?

— Exactement. Le skipjack a donc été créé pour cela, et il survit toujours. Mais il n'en reste plus beaucoup. Comme il reste plus beaucoup d'huîtres.

— Votre frère s'en sert-il toujours ?

— Oui. C'est un travail pénible, dans le froid et la frustration.

— On croirait entendre la voix de l'expérience.

— J'ai effectué ce genre de pêche un certain nombre de fois.

Il s'immobilisa près de la proue et glissa son bras autour de la taille de Sybill.

— Sortir en mer en février, avec le vent qui vous coupe en deux et la mer déchaînée qui ballotte le navire dans tous les sens... à tout prendre, je préfère encore vivre à Baltimore.

Elle gloussa, puis étudia le bateau. Il avait l'air ancien, presque hors d'âge.

— Sans avoir jamais mis le pied dessus, je suis d'accord avec vous. Mais à l'époque, pourquoi vous laissiez-vous ballotter par les vagues d'une tempête d'hiver plutôt que d'être à Baltimore ?

— Parce que c'est le pied.
— Je suppose que ce n'est pas sur ce bateau-ci que vous m'invitez demain.
— Non. Un charmant petit sloop de plaisance. Est-ce que vous savez nager ?
Elle haussa un sourcil.
— Cela doit-il me donner des craintes quant à vos talents de marin ?
Il se mit à rire.
— Non. J'ai juste une suggestion. L'eau est fraîche, mais pas assez froide pour renoncer à piquer une tête, si le cœur vous en dit.
— Je n'ai pas apporté de maillot de bain dans mes bagages.
— Et alors ?
Elle rit et se remit à marcher.
— Je pense qu'un baptême de la mer sera suffisant pour la journée. Je dois terminer un travail ce soir. Merci pour cette délicieuse soirée.
— Merci à vous. Je vous raccompagne jusqu'à votre hôtel.
— Ce n'est pas nécessaire. Il est juste à côté.
— Si, si.

Elle ne polémiqua pas. Tout bien considéré, elle ne s'y prenait pas trop mal avec lui, elle pouvait bien céder sur ce point. Il n'en demeurait pas moins que la situation paraissait confuse et compliquée. Une bonne nuit ne serait pas de trop pour analyser ses impressions et ses sentiments avant de le revoir.

Et puisque le bateau était amarré chez eux, tout indiquait qu'elle reverrait également Seth.

— Je descendrai dans la matinée, dit-elle en s'immobilisant à quelques mètres de l'entrée de l'hôtel. Dix heures, à peu près ?
— Oui, mais je passerai vous chercher.
— Y a-t-il quelque chose que je puisse apporter ? A part de la Dramamine, bien sûr.

Il lui sourit.

— Je m'en charge. Bonne nuit.
— Bonne nuit.

Elle se prépara pour le traditionnel — et attendu — baiser d'adieu. Il posa sur les siennes des lèvres douces et peu exigeantes. Soulagée, elle s'apprêtait à reculer lorsqu'il appuya fermement sa main sur sa nuque, lui inclina la tête et, durant un moment, lui prodigua un baiser brûlant, sauvage, presque menaçant. La main qu'elle avait posée sur son épaule resserra sa prise, faute de quoi Sybill serait tombée. Brusquement, le vide se fit dans son esprit. Son pouls rugit à ses tempes. Tout se mit à tourner.

Quelqu'un gémit. Longuement.

Cela ne dura que quelques secondes, mais quelques secondes aussi brûlantes qu'un brandon. Il lut le désir dans son regard ahuri lorsqu'elle rouvrit les yeux pour le fixer. Et il sentit ce besoin brut qu'il avait d'elle croître en intensité.

Pas de réponse distante et contrôlée cette fois-ci, songea-t-il. Première couche épluchée! Il fit courir son pouce le long de la mâchoire de Sybill.

— A demain matin.
— Oui. Bonne nuit.

Elle reprit rapidement ses esprits et lui sourit avant de se détourner. Mais ce fut la main pressée contre son estomac qu'elle pénétra dans l'entrée de l'hôtel.

Erreur de calcul, dut-elle admettre, tout en bataillant pour retrouver un souffle normal en marchant vers l'ascenseur. Il n'était pas, et de loin, aussi doux, aussi poli, ni aussi inoffensif qu'il le paraissait de prime abord.

Il y avait dans ce bel emballage quelque chose d'infiniment plus primitif et de bien plus dangereux que ce qu'elle avait cru.

D'autant qu'elle trouvait ce quelque chose beaucoup trop irrésistible pour son propre bien.

6

C'est comme faire du vélo. Ou l'amour, songea Phillip en manœuvrant vers un emplacement libre sur le front de mer. Cela faisait peut-être un bon bout de temps qu'il n'avait pas navigué en solo, mais il n'avait pas perdu la main. En revanche, s'il était une chose qu'il avait oubliée, c'était bien le plaisir intense que lui avait toujours procuré une escapade en mer par une belle matinée de dimanche, sous un chaud soleil d'automne, tandis que les cris des mouettes résonnaient autour de lui.

Désormais, il allait prendre le temps de s'offrir quelques plaisirs aussi simples que celui-ci. C'était aujourd'hui la première journée entière de vacances qu'il prenait depuis plus de deux mois, et il avait bien l'intention d'en tirer le maximum, tout comme il était fermement décidé à tirer le maximum des quelques heures qu'il s'apprêtait à passer en compagnie du Dr Griffin.

Il reporta son regard vers l'hôtel, tentant bêtement de deviner quelle fenêtre était la sienne. D'après ce qu'elle lui en avait dit, elle faisait face à la mer.

Soudain il la vit, debout sur un petit balcon, sa chevelure fauve tirée en arrière et illuminée par le soleil, le visage réservé et indéchiffrable à cette distance.

Il n'était pas si réservé que cela, de près, songea-t-il en évoquant leur baiser torride de la veille. Non ; le gémissement qu'elle avait poussé, le violent tremblement qui avait agité tout son corps pressé contre le sien étaient tout sauf réservés. Ils trahissaient plutôt un appel instinctif.

Et ses yeux — ces yeux d'eau claire — n'étaient ni calmes ni lointains lorsqu'il avait abandonné sa bouche pour y plonger son regard. Il les avait alors trouvés juste un peu embrumés, juste un peu désorientés. Ce qui ne les rendait que plus fascinants.

Phillip n'avait pas été vraiment capable d'oublier son goût, ni pendant le retour à la maison, ni pendant la nuit. Il ne l'était pas davantage à présent, alors qu'il la voyait de nouveau. Alors qu'il savait qu'elle le regardait, là-haut, debout sur son balcon.

Qu'est-ce que vous observez, docteur Griffin? Et que comptez-vous en faire?

Phillip lui sourit et agita la main afin de lui faire comprendre qu'il l'avait vue. Puis il détourna son attention et se concentra sur la manœuvre d'accostage.

Ahuri, il aperçut Seth, debout sur le quai, attendant qu'il lui lance l'amarre.

— Qu'est-ce que tu fais là?

D'une main experte, l'enfant noua l'amarre en deux temps, trois mouvements.

— Je fais le garçon de courses, comme d'hab! Ils m'ont envoyé chercher des beignets.

— Ah oui? répondit Phillip tout en mettant pied à terre. Ils vont se boucher les artères, avec ces trucs-là.

— Les gens normaux ne mangent pas des écorces d'arbre pour le petit déjeuner, le rembarra Seth. T'es bien le seul.

— Peut-être, mais je serai toujours aussi beau et fort quand tu ne seras plus qu'un vieillard bavotant.

— Ouais, mais au moins je me serai bien marré.

Phillip arracha la casquette de l'enfant pour lui donner une petite tape sur la tête avec.

— Ça dépend, vieux, de ta définition du verbe «se marrer».

— Je crois que la tienne se résume à draguer les filles de la ville.

— C'est l'une d'entre elles. Une autre est de te faire suer sang et eau sur tes devoirs, à la maison. Tu as terminé *Johnny Tremaine*, pour ton résumé de lecture?

— Mais oui, fit Seth en roulant des yeux. Hé, mec, jamais tu prends un jour de vacances ?

— Comment ? Alors que ma vie entière t'est dévouée ? rétorqua Phillip en riant. Alors, qu'est-ce que tu en as pensé ?

— Bof, ça allait.

Le gamin roula une épaule. Geste typiquement Quinn.

— C'est un fichtrement bon bouquin, se corrigea-t-il aussitôt.

— On rassemblera quelques notes pour ton exposé oral dans la soirée.

— Tu sais quoi ? Le dimanche soir, c'est la soirée que je préfère dans la semaine. Parce que ça veut dire que tu t'en vas pour quatre jours.

— Allons, tu sais bien que je te manque quand je ne suis pas là.

— C'est cela, ouiii.

— Tu comptes les heures jusqu'à mon retour.

Seth eut bien du mal à réprimer un éclat de rire. Mais il renonça lorsque Phillip lui fit une pseudo-prise de karaté.

Sybill entendit le son clair et heureux de son rire avant de voir le visage épanoui de Seth. Son cœur fit un bond dans sa poitrine. Que faisait-elle là ? Qu'espérait-elle accomplir ?

Elle ne pourrait partir avant de l'avoir compris.

— Bonjour.

Distrait par le son de sa voix, Phillip détourna le regard et baissa sa garde juste assez longtemps pour prendre le coude de Seth en plein dans le ventre. Il grogna, enroula son bras autour du cou du gamin et se pencha vers lui.

— Je te collerai une volée plus tard, lui lança-t-il dans un souffle. Quand il n'y aura pas de témoins.

— Cours toujours !

Rouge de plaisir, Seth remit sa casquette en place sur son crâne et feignit le désintérêt total.

— Y a des gens qui travaillent, aujourd'hui.

— Et d'autres non.

— Je croyais que tu venais avec nous ? demanda Sybill. Tu n'en as pas envie ?

— J'suis rien qu'un esclave, ici, répondit Seth en lorgnant sur le bateau avant de hausser une épaule. On a une coque à construire, nous. En plus, « joli garçon » va probablement le faire chavirer.

— Petit bêcheur.

Phillip lança la main, mais Seth fit un bond de côté en riant.

— J'espère qu'elle sait nager ! lança-t-il en se sauvant au pas de course.

Lorsque Phillip regarda de nouveau Sybill, elle se mordillait nerveusement la lèvre.

— Je ne vais pas chavirer, la rassura-t-il.

— Euh...

Elle jeta un coup d'œil en coin sur le bateau. Ridiculement petit. Ridiculement fragile.

— Je sais nager, donc je suppose que tout va bien.

— Dieu du ciel, il suffit qu'un gamin se pointe pour ruiner ma réputation ! Je navigue depuis plus longtemps que n'a vécu ce garnement.

— Ne soyez pas en colère contre lui.

— Pardon ?

— S'il vous plaît, ne vous mettez pas en colère contre lui. Je suis certaine qu'il plaisantait. Il ne voulait pas se montrer irrespectueux.

Phillip ne put que la fixer, ahuri. Elle était devenue très pâle et tortillait nerveusement la chaîne en or qu'elle portait autour du cou. Sa voix reflétait la plus profonde détresse.

— Voyons, Sybill, je ne suis pas en colère contre lui ! On chahutait, voilà tout. Détendez-vous.

Perplexe, il effleura brièvement son menton de la main.

— Se mettre en boîte l'un l'autre n'est qu'une manière bien masculine de prouver son affection.

104

— Oh...

Elle ne sut si elle devait se sentir gênée ou soulagée.

— Cette méprise prouve bien que je n'ai pas eu de frères.

— Leur boulot aurait été de transformer votre vie en un véritable enfer, répondit-il en se penchant pour effleurer ses lèvres. Ça aussi, c'est une tradition.

Sur ce, il grimpa sur le bateau et lui tendit la main. Après une très brève hésitation, elle la prit et le laissa la hisser sur le pont.

— Bienvenue à bord !

Elle fit de son mieux pour ignorer le mouvement de roulis sous ses pieds.

— Bon, maintenant, asseyez-vous, détendez-vous et profitez de la balade.

— Je devrais y arriver.

Du moins elle l'espérait. Elle s'installa sur l'un des bancs, en agrippant fermement le bord tandis qu'il détachait les amarres. Tout allait bien se passer, se rassura-t-elle. Elle allait bien s'amuser.

Ne l'avait-elle pas vu manœuvrer dans le port ? Il lui avait paru très compétent. Et même un peu trop sûr de lui lorsqu'il avait passé en revue les fenêtres de l'hôtel afin de découvrir l'emplacement de sa chambre.

Lui vint alors à l'esprit que cette scène avait eu un côté follement romantique. Lui, naviguant sur la mer éclaboussée de soleil, la cherchant, la trouvant. Puis son sourire accompagnant son geste de la main. Si le cœur de Sybill avait bondi, ce n'était qu'une réaction humaine parfaitement compréhensible.

Après tout, il offrait une bien belle image. Le jean élimé, le tee-shirt d'un blanc aussi éblouissant que les voiles, cette chevelure ébouriffée par le vent et ces bras musclés brunis sous le soleil. Quelle femme n'eût été ravie de passer quelques heures seule avec un homme comme Phillip Quinn ? D'être embrassée comme Phillip Quinn embrassait ?

A présent, le bateau sortait lentement du port au

moteur. Ce ronronnement sourd et régulier la rassura. En fin de compte, il n'y a pas grande différence avec une voiture, songea-t-elle, sinon que ce véhicule-là roule sur l'eau.

L'autre aspect de la question est qu'ils se retrouvaient vraiment seuls. Pourtant, la pression des mains de Sybill sur le bord du banc se relâcha tandis qu'elle regardait les autres bateaux glisser sur l'eau. Sur sa droite, un jeune garçon à peu près du même âge que Seth manœuvrait seul un petit esquif à voile triangulaire. Si cette activité était sans danger pour un enfant, elle n'avait aucun souci à se faire.

— On hisse la voile.

Elle tourna la tête et sourit à Phillip, absente.

— Je vous demande pardon?

— Regardez.

Il évolua gracieusement sur le pont tout en manœuvrant les cordages. Soudain, la voile s'éleva, se déploya et se gonfla dans le vent. Le cœur de la jeune femme fit un bond, ses doigts se resserrèrent sur le banc à mesure qu'elle prenait conscience de son erreur.

Oui, elle s'était trompée du tout au tout. Cet engin n'avait absolument rien à voir avec une automobile. C'était à la fois... primitif, magnifique et saisissant. Le bateau ne lui paraissait plus petit ni fragile, mais terriblement puissant. Même un peu dangereux. Et excitant.

Exactement comme l'homme qui faisait office de capitaine.

— C'est superbe, vu d'ici.

Elle sourit à Phillip.

— Je les ai toujours trouvés beaux depuis ma fenêtre. Mais voir ces bateaux d'en bas est tout simplement magnifique.

— Vous êtes assise, commenta Phillip en resserrant les cordages, vous vous régalez, mais je ne pense pas que vous soyez détendue.

— Pas encore, c'est vrai. Mais je devrais y parvenir.

Elle tourna son visage face au vent qui la fouetta.
— Où allons-nous ?
— Nulle part en particulier.
Son sourire s'élargit.
— J'ai rarement l'occasion d'aller là-bas.
Jamais elle ne lui avait encore souri ainsi, se dit-il en la regardant. D'un sourire sans arrière-pensées, naturel. Il n'était pas certain qu'elle sût à quel point cela transformait son visage. Sa beauté froide s'adoucissait, s'humanisait instantanément. Désireux de la toucher, il lui tendit la main.
— Venez ici profiter de la vue.
Le sourire s'évanouit aussitôt.
— Vous voulez que je me mette debout ?
— Bien sûr. Il n'y a pratiquement pas de roulis, aujourd'hui. Vous ne craignez rien sur cette mer d'huile.
— Me mettre debout, répéta-t-elle pensivement, comme si elle soupesait chaque mot. Et marcher jusqu'à vous ? Sur ce bateau ?
— C'est-à-dire faire exactement deux pas, répondit-il sans pouvoir s'empêcher de sourire. Vous ne voulez quand même pas demeurer spectatrice ?
— En fait, si.
Ses yeux s'arrondirent en le voyant lâcher le gouvernail et venir vers elle.
— Allons, je vous en prie...
Elle réprima un hurlement lorsqu'il se mit à rire et s'empara de sa main. Avant qu'elle puisse se rattraper à quoi que ce soit, il l'avait hissée sur ses pieds. Perdant immédiatement l'équilibre, elle tomba contre lui et se raccrocha à son épaule, terrifiée.
— Je n'aurais pu imaginer mieux, murmura-t-il, et, la tenant serrée contre lui, il recula vers le gouvernail. J'aime être assez près de vous pour percevoir votre parfum. J'adore ça.
Il pencha la tête et farfouilla du nez dans son cou.

— Arrêtez ! lui lança-t-elle, à la fois excitée et terrorisée. Faites attention.

— Oh, mais faites-moi confiance, je fais attention, répondit-il en lui mordillant l'oreille.

— Au bateau. Faites attention au bateau !

— Hein ? Oh, oui.

Mais il garda le bras enroulé autour de sa taille.

— Vous voyez ce petit bras de mer ? Il part droit dans les marais. Bientôt, vous verrez des hérons et des dindes sauvages.

— Où ?

— Parfois, il faut y pénétrer pour les trouver. Mais de temps à autre, on peut apercevoir un héron debout dans les joncs, aussi immobile qu'une statue, ou une dinde sauvage s'envolant d'un bosquet d'arbres.

Elle voulait les voir, découvrit-elle alors. Oui, elle espérait vraiment en voir.

— D'ici un mois, on verra arriver les oies sauvages. De leur point de vue, cette région ne doit pas être très différente des Everglades.

Si son cœur battait toujours à se rompre, Sybill s'obligea à inspirer lentement et calmement.

— Pourquoi ?

— A cause des marais. C'est trop loin de la plage pour intéresser les promoteurs. Le lieu est d'une totale tranquillité. C'est un des atouts de la baie, un des facteurs qui en font un estuaire. Un estuaire bien meilleur pour les marins que les fjords de Norvège.

Elle exhala lentement, puis inspira de nouveau.

— Pourquoi ?

— En premier lieu, à cause des hauts-fonds. Un bon estuaire a besoin de hauts-fonds. Ainsi le soleil peut nourrir les plantes aquatiques, le plancton. Et ensuite les marais. Ils aident à la formation des criques. Ça y est, dit-il en effleurant son front de ses lèvres. Vous vous détendez enfin.

Surprise, elle se rendit compte qu'elle n'était pas simplement détendue. Elle était réellement intéressée.

— Vous avez réussi à captiver la scientifique en moi.
— Je vous ai évité de penser à votre état de nerfs.
— C'est vrai.

Etrange qu'il eût deviné aussi vite sur quel bouton il fallait appuyer.

— Je ne pense pas avoir déjà le pied marin, mais cette vue est magnifique. Tout est encore si vert.

Elle regarda défiler les arbres majestueux encore couverts de feuilles, les larges taches d'ombre qu'ils dessinaient sur le marais. Dans le faîte de certains d'entre eux, elle aperçut d'énormes nids.

— Quels oiseaux bâtissent ces nids ?
— Les aigrettes. Elles sont expertes en indifférence. Vous pouvez passer juste devant l'une d'entre elles, assise dans son nid, elle regardera à travers vous.
— L'instinct de survie, murmura-t-elle.

Cela aussi, elle aimerait le voir. Une aigrette installée sur son énorme nid circulaire et ignorant les humains.

— Vous apercevez ces balises orange ? Elles indiquent l'emplacement d'un casier à crabes. Ce bateau de pêche, là-bas ? Il vérifie ses casiers et les réappâte. Et là, poursuivit-il en lui faisant tourner la tête vers la gauche, ce petit hors-bord ? M'est avis qu'ils espèrent bien ramener une belle rascasse pour le déjeuner dominical.

— C'est un endroit débordant d'activité, commenta Sybill. Je ne m'en étais pas rendu compte.
— Et l'activité a aussi bien lieu sous l'eau que dessus.

Phillip ajusta les voiles et vira légèrement de bord, suivant une épaisse rangée d'arbres. Lorsqu'ils la dépassèrent apparut à leurs yeux un étroit ponton accoté à une petite anse au rivage recouvert d'herbe folle, couchée par le vent, et de fleurs qui commençaient juste à perdre leur éclat estival. Au fond de l'anse, une maison blanche aux volets bleus. Un rocking-chair attendait sous la véranda, des chrysanthèmes couleur de bronze émergeaient d'un vieux tub de cuivre.

Sybill entendit une douce musique s'échapper des vitres ouvertes. Chopin, reconnut-elle au bout d'un instant.

— Quel endroit charmant! s'extasia-t-elle en inclinant la tête afin de pouvoir encore contempler la maison. Il ne manque plus à ce tableau idyllique qu'un chien, un ou deux enfants jouant à la balle et une balançoire.

— Nous étions trop vieux pour une balançoire, mais nous avons toujours eu des chiens. C'est notre maison, lui confia-t-il en caressant distraitement sa longue queue-de-cheval.

— La vôtre?

Elle se pencha pour regarder encore. C'était là que vivait Seth, songea-t-elle, déchirée par un flot d'émotions contradictoires.

— Nous avons passé des heures à lancer des balles — ou à nous lancer les uns les autres — dans le jardin. Nous reviendrons plus tard et je vous présenterai le reste de la famille.

Elle ferma les yeux, rongée de culpabilité.

— Cela me plairait beaucoup.

Il avait une destination bien précise en tête. La petite crique isolée et paisible, avec son eau clapotante et ses coins ombragés, lui paraissait le lieu idéal pour un pique-nique romantique. Il jeta l'ancre au bord des ajoncs.

— Mes recherches sur cette région sont visiblement pleines de lacunes.

— Ah? s'étonna Phillip en ouvrant la glacière pour en sortir une bouteille de vin.

— Oui. Elle réserve tout un tas de surprises.

— De bonnes surprises, j'espère.

— De très plaisantes, répondit-elle en souriant,

avant de hausser un sourcil appréciateur devant l'étiquette de la bouteille. Vraiment très plaisantes.

— Vous m'aviez bien semblé être femme à apprécier un bon sancerre.

— Je le suis, en effet.

Il sortit deux verres d'un panier et les emplit sans tarder.

— Aux agréables surprises, dit-il en trinquant avec elle.

— Y en a-t-il encore à venir ?

Il prit sa main et lui baisa le bout des doigts.

— Elles commencent à peine.

Posant son verre, il déplia une nappe blanche et l'étendit sur le pont.

— Madame est servie.

Ravie, elle s'assit, plissa les yeux dans le soleil et lui sourit.

— Quel est le plat du jour ?

— D'abord, un petit pâté, histoire d'aiguiser l'appétit.

Il ouvrit une boîte de crackers, en tartina un et le lui tendit.

— Mmmm... approuva-t-elle à la première bouchée. Délicieux.

— Ensuite, une salade de crabe à la Quinn.

— Miam ! Et... la préparâtes-vous de vos blanches mains ?

— Absolument, répondit-il en souriant. Je suis un véritable cordon-bleu.

— Un homme qui cuisine, doté d'un goût parfait en matière de vin, qui apprécie une bonne ambiance et qui porte le jean comme personne...

Elle mordit de nouveau dans sa tartine, parfaitement détendue, à présent qu'elle se retrouvait en terrain connu.

— Vous avez tout du bon parti, monsieur Quinn.

— Mais je le suis, docteur Griffin.

Elle rit en buvant son vin.

— Et combien de fois avez-vous amené une petite vernie ici pour... déguster une salade de crabe à la Quinn?

— En fait, je ne suis pas revenu ici avec une femme depuis l'été de ma deuxième année d'université. Au menu, il y avait eu un chablis relativement correct, des crevettes en salade et Marianne Teasdale.

— Je suppose que je devrais me sentir flattée.

— Je ne sais pas. Marianne était assez sensationnelle, fit-il en lui décochant ce fameux sourire assassin. Mais le crétin inexpérimenté que j'étais l'a plaquée pour une étudiante en médecine au zozotement incroyablement sexy et aux grands yeux bruns.

— Le zozotement a toujours fait craquer les hommes. Marianne s'en est-elle remise?

— Suffisamment pour épouser un plombier de Princess Anne et lui faire deux enfants. Mais bien sûr, nous savons qu'elle me regrette toujours, au plus profond de son cœur.

Sybill éclata de rire. Elle lui prépara un cracker.

— Je vous aime bien.

— Je vous aime bien aussi.

Il lui prit le poignet et mordit dans la tartine.

— Et vous ne zozotez même pas.

Ses dents mordillaient le bout de ses doigts, à présent. Comment parvenir à respirer?

— Vous êtes très doux.

— Et vous êtes adorable.

— Merci. Ce que je devrais dire, poursuivit-elle en récupérant sa main, c'est que même si vous êtes très doux et très beau, et même si j'aime passer du temps en votre compagnie, je n'ai pas l'intention de vous séduire.

— Vous savez ce qu'on dit à propos des intentions.

— J'ai tendance à respecter les miennes. Et même si j'apprécie votre compagnie, je vois aussi ce que vous êtes, reprit-elle en souriant. Il y a un siècle, je pense que le mot qui me serait venu à l'esprit aurait été «fripon» ou «polisson».

Il considéra le terme un instant.

— Cela ne sonne pas comme une insulte.

— Et ce n'en est pas une. Les polissons sont toujours charmants, et rarement sérieux.

— Là, je dois faire une objection. Sur certains sujets, je suis extrêmement sérieux.

— Alors, essayons cela, lança-t-elle en plongeant la main dans la glacière pour en sortir une boîte en plastique. Avez-vous jamais été marié?

— Non.

— Fiancé?

Elle souleva le couvercle et découvrit une somptueuse salade de crabe.

— Non.

— Avez-vous jamais vécu avec une femme durant une période d'au moins six mois ou plus?

Avec un haussement d'épaules, il sortit deux assiettes du panier et lui tendit une jolie serviette en papier.

— Non.

— Donc, nous pouvons déduire de tout cela qu'un des sujets à propos desquels vous n'êtes absolument pas sérieux est celui des relations amoureuses.

— Ou nous pourrions en déduire que je n'ai pas encore rencontré la femme avec qui j'aurais envie de vivre une relation sérieuse.

— Nous pourrions, en effet. Cependant...

Elle plissa les yeux tandis qu'il remplissait les assiettes.

— Vous avez... quoi, trente ans?

— Et un, précisa-t-il en ajoutant une épaisse tranche de pain sur chaque assiette.

— Trente et un ans. En principe, à cet âge, l'homme type a déjà fait l'expérience, au moins une fois, d'une relation monogame à long terme.

— Je ne voudrais surtout pas ressembler à l'homme type. Voulez-vous des olives?

— Oui, merci. Le fait de représenter un type social n'est pas nécessairement un aspect négatif. Pas plus que le conformisme. Tout le monde se conforme à une norme. Même ceux qui se considèrent comme rebelles à la société se conforment à certains codes, à certains standards.

Heureux de l'entendre raisonner, il pencha la tête de côté.

— Vraiment, docteur Griffin ?

— Presque tout le temps. Les membres des gangs qui se forment dans les quartiers déshérités des grandes villes ont leurs règles internes, leurs propres codes, leurs standards. Leurs couleurs, ajouta-t-elle en avalant une olive. En ce sens, ils diffèrent très peu des membres de la haute société.

— On voit bien que vous n'y étiez pas, marmonna Phillip.

— Je vous demande pardon ?

— Non, rien. Et qu'en est-il des... tueurs en série ?

— Ils suivent également un schéma bien défini.

Contente d'elle-même, elle mordit dans sa tranche de pain avant de poursuivre.

— Le FBI les étudie, les catalogue, détermine leur profil. La société ne voudrait certainement pas penser qu'ils correspondent à un standard mais, dans le sens le plus strict du terme, c'est précisément cela.

Quelle pertinence de vues, songea-t-il, littéralement fasciné.

— Donc, vous, l'observatrice, classifiez les gens en notant à quelles règles, à quels codes et à quels standards ils se conforment ?

— Plus ou moins. Les comportements ne sont pas très difficiles à percevoir, pour peu qu'on prête attention aux gens.

— Et qu'en est-il des surprises ?

Elle sourit, à la fois ravie par la question et le fait qu'il ait songé à la poser. La plupart des profanes avec qui il lui arrivait de bavarder ne montraient aucun intérêt pour son travail.

— Elles sont prises en compte. Nous laissons toujours une marge d'erreur, et donc d'ajustement. Cette salade est exquise. Et la surprise — une surprise infiniment plaisante — est que vous vous soyez donné la peine de la préparer.

— Ne trouvez-vous pas que les gens veulent généralement se donner de la peine pour ceux qu'ils aiment ?

Lorsqu'elle se contenta de ciller en le regardant, il inclina la tête.

— Eh bien, on dirait que vous ne vous y attendiez pas.

— Vous me connaissez à peine, rétorqua-t-elle en saisissant son verre en un geste défensif. Il y a une nette différence entre être attiré par quelqu'un et l'aimer. Cela prend beaucoup plus de temps.

— Certains sont rapides en ce domaine.

Ravi, il la vit rougir, ce qui ne devait pas lui arriver souvent. Il en profita pour se glisser plus près d'elle.

— C'est mon cas.

— Je l'avais remarqué. Cependant...

— Cependant, j'adore vous entendre rire. J'aime vous sentir trembler — juste un peu — quand je vous embrasse. J'adore entendre votre voix prendre une tonalité didactique lorsque vous développez une théorie.

Cette dernière affirmation provoqua aussitôt chez Sybill un froncement de sourcils.

— Je ne suis pas didactique.

— Vous l'êtes de façon charmante, murmura-t-il en déposant un baiser sur sa tempe. Et j'adore voir vos yeux au moment où je commence à vous troubler. Mais à mon tour, maintenant. Appliquons votre théorie précédente à vous-même, histoire de voir à quoi cela nous amène. Avez-vous jamais été mariée ?

Tout en parlant, il laissa lentement courir les lèvres

sous son oreille, lui rendant pratiquement impossible toute pensée cohérente.

— Non. Enfin, pas vraiment.

Il s'interrompit, se redressa et la fixa, les yeux plissés.

— Non, ou pas vraiment ?

— Ç'a été une impulsion, une erreur de jugement. Cela a duré moins de six mois et ne compte donc pas.

Elle devait avoir l'esprit embrumé, se dit-elle en tentant de reculer afin de pouvoir respirer. Mais il l'attira à lui.

— Vous avez été mariée ?

— Seulement sur le papier. Cela ne...

Elle tourna la tête pour lui donner son opinion face à face. Et ne rencontra que sa bouche. Une bouche bien présente sur la sienne, pressant ses lèvres de s'entrouvrir.

Ce fut comme se laisser emporter par une vague lente et douce, sur une mer frémissante et soyeuse. Tout en elle se liquéfia. Elle réaliserait plus tard que cette surprise-là, elle avait totalement omis de la prendre en compte dans l'élaboration de ce schéma bien particulier.

— Cela n'a pas compté, réussit-elle à répéter lorsque sa tête retomba en arrière.

Il lui embrassa délicatement la gorge.

— O.K.

S'il l'avait surprise, elle avait fait de même avec lui. Sa soudaine et complète reddition avait provoqué en lui un désir effréné. Désir de la toucher, d'emplir ses mains d'elle, de modeler ces délicates et ravissantes courbes qui se devinaient à travers le fin coton de son chemisier.

Il fallait qu'il la goûte plus profondément, il fallait qu'il entende ses petits grognements de plaisir. Et il le fit. Il la toucha, la goûta encore. Alors elle l'enlaça, ses mains lui caressèrent les cheveux, son corps se colla contre le sien.

Il perçut les battements de son cœur contre le sien.

La panique se mêla brutalement au plaisir lorsqu'elle le sentit tripoter les boutons de son corsage.

— Non !

Ses doigts recouvrirent ceux de son compagnon.

— C'est trop tôt.

Elle ferma les yeux et tenta de retrouver son sang-froid. Son objectivité.

— Je suis désolée. Je ne vais pas aussi vite. Je ne peux pas.

Pas facile de repousser ce besoin de briser les règles, ce besoin de la presser sous lui sur le pont jusqu'à ce qu'elle s'offre. Il posa des doigts tendus sous son menton et lui fit lever la tête. Non, vraiment pas facile, songea-t-il encore en lisant dans son regard autant de désir que de refus. Pas facile mais nécessaire.

— D'accord, pas de précipitation, admit-il en laissant courir son pouce sur sa lèvre inférieure. Parlez-moi de celui qui n'a pas compté.

Ses pensées s'étaient éparpillées dans sa tête. Elle ne pourrait jamais parvenir à les rassembler s'il continuait à la fixer de ses yeux fauves.

— Hein ?
— Le mari.
— Oh !

Elle détourna le regard et tenta de se concentrer sur son souffle.

— Que faites-vous ?
— De la relaxation.

Il sourit.

— Ça marche ?
— Parfois.
— Sympa !

Il s'installa hanche contre hanche avec elle. Puis il ajusta son souffle au sien.

— Donc, ce type avec qui vous n'étiez mariée que sur le papier...

— C'était à l'université. A Harvard. Il était étudiant en chimie.

Paupières closes, elle ordonna à ses orteils de se détendre, puis à ses voûtes plantaires, à ses chevilles.

— Nous avions à peine vingt ans et nous avons perdu la tête pendant une courte période.

— Vous avez fugué ?

— Oui. Nous n'avons même jamais vécu ensemble, puisque nous étions dans des dortoirs différents. Cela n'a donc pas vraiment été un mariage. Quelques semaines plus tard nous en avons informé nos familles respectives et, bien sûr, cela a donné lieu à quelques scènes particulièrement désagréables.

— Pourquoi cela ?

— Parce que...

Elle rouvrit les yeux, éblouie par le soleil. Quelque chose tomba dans l'eau à côté d'elle, ne laissant bientôt plus qu'un cercle.

— Nous n'étions pas du même milieu, nous n'avions aucun projet sérieux et réalisable. Nous étions trop jeunes. Le divorce s'est fait rapidement, sans heurt, de façon très civilisée.

— L'aimiez-vous ?

— J'avais vingt ans.

Son effort de relaxation atteignait ses épaules, maintenant.

— Bien sûr, j'étais persuadée de l'aimer. L'amour paraît infiniment simple à cet âge.

— Tout cela dit du haut de l'âge avancé de... vingt-sept, vingt-huit ans ?

— Vingt-neuf et quelque.

Elle exhala longuement. Puis, satisfaite de sa maîtrise retrouvée, elle se tourna vers lui.

— Je n'avais plus songé à Rob depuis des années. C'était un garçon très sympa. J'espère qu'il est heureux, aujourd'hui.

— Et c'est votre cas ?

— Cela doit l'être.

Il opina, mais trouva cette réponse étrangement triste.

— Alors je dois dire, docteur Griffin, que, selon votre propre échelle de valeurs, vous ne prenez pas les relations sentimentales au sérieux.

Elle ouvrit la bouche pour protester mais la referma aussitôt. L'air de rien, elle attrapa la bouteille de vin et emplit leurs verres.

— Vous avez peut-être raison. Il va falloir que je me penche sur la question.

7

Seth ne voyait aucun inconvénient à veiller sur Audrey. Après tout, elle était sa nièce, maintenant qu'Ethan et Grace étaient mariés. Son nouveau statut d'oncle le faisait se sentir plus adulte, plus responsable. Et puis de toute façon, la seule chose qu'elle voulait vraiment, c'était courir partout dans le jardin. Chaque fois qu'il lançait une balle ou un bâton aux chiens, elle éclatait de rire. Il ne pouvait rien faire d'autre que de trouver ça super-extra.

Sans compter qu'elle était jolie comme un cœur, avec ses boucles dorées et ses immenses yeux verts qu'elle écarquillait d'émerveillement à tout ce qu'il faisait. Passer une heure ou deux à la distraire le dimanche n'était pas franchement une corvée.

Il n'avait pas oublié l'endroit où il se trouvait un an auparavant. Un endroit où il n'y avait pas de jardin descendant vers la baie, pas de bois à explorer, pas de chiens avec qui jouer, pas de petite fille qui le contemplait comme s'il était Zorro, tous les Power Rangers et Superman en même temps.

Non, rien de tout cela. Seulement quelques pièces sordides à un quelconque deuxième étage sur rue. Des rues où, la nuit venue, se déroulait un sombre carnaval. Un endroit où tout avait sa valeur marchande. Le sexe, la drogue, les armes, la misère.

Il y avait appris que, quoi qu'il se passât dans ces pièces sordides, mieux valait ne pas mettre le nez dehors quand il faisait noir.

Personne ne se souciait jamais de savoir s'il s'était lavé ou s'il avait mangé, s'il était malade ou terrifié. Jamais, là-bas, il n'avait eu l'impression d'être un héros, ou même simplement un enfant. Il avait plutôt eu l'impression d'être une chose. Et il avait vite appris que les choses deviennent souvent gibier.

Gloria avait participé à toutes les étapes de ce carnaval, encore et encore. Elle avait amené monstres et arnaqueurs dans ces pièces, se vendant à qui lui donnerait le prix de son prochain fix.

Un an auparavant, Seth n'aurait jamais cru que sa vie puisse être différente. Et puis, Ray était venu, il l'avait amené dans la maison du bord de l'eau. Il lui avait montré un monde différent et lui avait promis qu'il ne retournerait jamais dans le précédent.

Ray était mort, mais il avait quand même tenu ses promesses. A présent, Seth pouvait être là, dans ce jardin, à entendre l'eau clapoter tout en lançant des balles aux chiens. Pendant qu'une gamine au visage d'ange riait aux éclats.

— A moi, Seth! A moi!

Dansant sur ses solides petites jambes, Audrey tendait les deux mains vers la balle mâchouillée.

— D'accord, lance-la.

Il sourit en la voyant grimacer de concentration. La balle retomba à quelques centimètres de ses minuscules tennis rouges. Simon la rattrapa aussitôt et la lui rendit, la faisant hurler de joie.

— Bon chien, fit-elle en lui tapotant la tête comme elle l'avait vu faire aux grands.

Désireux d'avoir sa part, Pataud se précipita sur elle et la fit tomber sur le derrière. Elle l'étreignit en riant.

— Maintenant, toi, ordonna-t-elle à Seth. Tu la lances.

Ce dont s'acquitta obligeamment le gamin. Il lança la balle le plus loin possible et se mit à rire en voyant les chiens se précipiter à sa suite, slalomant comme des joueurs de foot sur un terrain. Ils s'engouffrèrent dans le bois, chassant une couple d'oiseaux qui s'enfuirent à tire-d'aile en piaillant leur mécontentement.

En cet instant, avec le rire d'Audrey, l'aboiement des chiens, l'air frais de septembre lui fouettant les joues, Seth était totalement heureux. Une partie de son esprit se focalisa sur ce bonheur, histoire de le garder à jamais en lui : le soleil, ses reflets sur la mer, la voix langoureuse d'Otis Reading lui parvenant de la fenêtre ouverte de la cuisine, la complainte des oiseaux et la senteur iodée de la mer.

Il était enfin chez lui.

Puis le ronronnement d'un moteur attira son attention. Il se retourna et aperçut le sloop familial qui accostait. Debout devant le gouvernail, Phillip lui fit un signe de la main. Tout en le lui rendant, Seth tourna les yeux vers la femme debout à côté de Phillip. Alors il eut l'impression que quelque chose lui effleurait le bas de la nuque, quelque chose d'aussi léger que les pattes d'une araignée. Il y passa distraitement les doigts, puis remua une épaule avant de prendre fermement Audrey par la main.

— Souviens-toi, tu dois rester bien au milieu du ponton.

Elle leva vers lui un regard adorateur.

— Vi, promis. Maman a dit jamais aller toute seule au bord de l'eau.

— C'est cela.

Il l'emmena sur l'appontement. Là, il attendit que Phillip ait terminé sa manœuvre et lui lance les amarres. Sybill Quelque-Chose, se remémora-t-il. Durant un bref instant, lorsqu'elle se pencha et que

121

leurs yeux se rencontrèrent, il sentit de nouveau ce picotement sur sa nuque.

Puis les chiens bondirent à leur tour sur le ponton et Audrey éclata de rire.

— Salut, mon bébé ange, lança Phillip en aidant Sybill à reprendre pied sur la terre ferme.

— A bras! implora la petite fille.

— Ben tiens! répondit-il en la plantant sur sa hanche avant de lui plaquer un baiser sonore sur le crâne. Dis-moi, quand est-ce que tu grandis et qu'on se marie?

— Demain!

— Tu dis toujours ça. Je te présente Sybill. Sybill, je vous présente mon plus beau trésor, Audrey.

— Elle est jolie, s'extasia Audrey en souriant de toutes ses fossettes.

— Merci. Toi aussi, tu es très jolie.

Sybill sursauta quand les chiens, dans leur enthousiasme, percutèrent ses jambes. Phillip eut juste le temps de lui attraper le bras avant qu'elle ne recule trop et n'atterrisse droit dans l'eau.

— Du calme, les chiens! Seth, rappelle-les. Sybill n'est pas très à l'aise avec eux.

— Ils ne vous feront pas de mal, lança Seth avec un hochement de tête qui indiqua à Sybill qu'elle venait de descendre de plusieurs degrés dans son estime.

Il n'en saisit pas moins les deux chiens par le collier et les maintint à distance tandis qu'elle passait.

— Tout le monde est là? demanda Phillip à Seth.

— Oui. Tout le monde attend le dîner. Grace a apporté un gâteau au chocolat monstre. Et Cam a convaincu Anna de nous faire des lasagnes.

— Dieu le bénisse! Les lasagnes de ma belle-sœur sont une véritable œuvre d'art, dit-il à Sybill.

— En parlant d'art, je voulais te dire, Seth, à quel point j'ai aimé les dessins que tu as faits pour le chantier naval. Ils sont excellents.

Il haussa les épaules puis se pencha, ramassa un bâton et le lança aux chiens.

— J'dessine de temps en temps, c'est tout.

— Moi aussi.

Elle savait parfaitement que c'était ridicule, mais elle sentit ses joues s'empourprer à mesure que l'enfant l'étudiait, la mesurait, la jaugeait.

— C'est une activité que j'aime bien, quand j'ai du temps libre, reprit-elle. Ça me détend beaucoup et ça apporte de grosses satisfactions.

— Ouais...

— Peut-être pourras-tu me montrer d'autres de tes dessins, un jour.

— Si vous voulez.

Il ouvrit la porte de la cuisine et se dirigea tout droit vers le réfrigérateur. Signe parlant, songea-t-elle. Il était ici chez lui.

Elle parcourut rapidement la cuisine du regard, enregistrant ses impressions. Une casserole mijotait sur ce qui avait tout l'air d'un très ancien fourneau, dégageant un fumet aromatique. Divers petits pots en terre contenant des herbes fraîches s'alignaient sur le rebord de la fenêtre, juste au-dessus de l'évier.

Le comptoir un peu usé luisait de propreté. Une pile de papiers était posée à son extrémité, sous un téléphone mural et un râtelier à clefs. Au milieu de la table, un compotier en terre regorgeait de pommes vertes et rouges. Une cafetière à moitié pleine était posée en face d'une chaise sous laquelle quelqu'un avait enlevé et laissé ses chaussures.

— Crotte de bique ! Ce nullard devrait être fusillé sur-le-champ ! Il a lancé un kilomètre trop haut !

Sybill haussa un sourcil en entendant cette voix masculine hurler dans la pièce adjacente. Phillip se contenta de sourire tout en faisant sauter Audrey sur sa hanche.

— Le base-ball. Cam prend un intérêt tout personnel au championnat, cette année.

— Le match ! J'avais oublié ! s'exclama Seth en refermant à la volée la porte du réfrigérateur et en se précipitant hors de la cuisine. Où en est le score ? Qui perd ? Qui gagne ?

— Trois à deux pour les A. C'est à Mendez de lancer. Deux hors-jeu. Maintenant, assieds-toi et ferme-la.

— Tout personnel, disais-je, conclut Phillip en reposant Audrey à terre.

— Le base-ball devient très souvent un enjeu personnel pour le public. Surtout, ajouta-t-elle en reniflant, pendant le championnat de septembre.

— Vous aimez le base-ball ?

— Qui ne l'aime pas ? rétorqua-t-elle en riant. C'est un terrain d'étude fabuleux, aussi bien en termes d'hommes que d'équipe ou de combat. La vitesse, l'habileté, l'astuce et, toujours, le lanceur opposé au batteur. Tout cela se traduit finalement en termes de style et d'endurance. Et d'adéquation.

— Il va falloir que nous allions voir un match à Camden Yards, décréta-t-il aussitôt. J'adorerais vous entendre décortiquer la technique du jeu. Puis-je vous servir quelque chose ?

— Non, merci.

D'autres hurlements, d'autres jurons leur parvinrent du salon.

— Je pense qu'il pourrait se révéler dangereux de quitter cette pièce tant que l'équipe de votre frère n'a pas marqué.

— Quelle intuition ! répondit-il en lui caressant la joue du dos de la main. Eh bien, pourquoi ne nous...

— Vas-y, fonce, Cal ! hurla Cam. Ce fils de p... n'en fera jamais d'autre !

— Et merde ! renchérit aussitôt Seth. Sale Californien, va !

— Seth, je crois que nous avons déjà discuté de l'emploi d'un vocabulaire acceptable dans cette maison.

— Anna, murmura Phillip. Qui descend remettre un peu d'ordre dans tout cela.

— Cameron, tu es censé te conduire en adulte.
— C'est du base-ball, chérie.
— Si vous ne châtiez pas votre langage, tous les deux, j'éteins la télévision.
— Elle est très stricte, confia Phillip à Sybill. Elle nous terrifie tous.
— Vraiment ? répondit Sybill en lorgnant dans la direction de cette nouvelle voix.

Puis elle entendit une autre voix, plus basse, plus douce, suivie de la réponse d'Audrey.

— Non, maman, s'il te plaît. Je veux Seth.
— Tout va bien, Grace, elle peut rester avec moi.

Le ton de voix de Seth, coulant et presque absent, lui fit se poser des questions.

— Je dirais qu'il est inhabituel, pour un garçon de l'âge de Seth, de faire preuve d'une telle patience envers un bébé.

Phillip hocha la tête et s'en fut préparer du café frais.

— Ils s'entendent très bien, tous les deux. Audrey voue à Seth un véritable culte. Cela doit flatter l'ego du môme, car il est toujours très gentil avec elle.

Il pivota sur lui-même en souriant tandis que deux femmes pénétraient dans la cuisine.

— Ah, voici les plus belles. Sybill, je vous présente les deux femmes que m'ont volées mes frères. Anna, Grace, je vous présente le Dr Sybill Griffin.

— Il voulait juste qu'on lui fasse la cuisine, précisa Anna en riant, avant de tendre la main à Sybill. Ravie de vous rencontrer. J'ai lu vos ouvrages, et je les ai trouvés extrêmement brillants.

Prise par surprise autant par cette constatation que par la foudroyante beauté d'Anna Spinelli-Quinn, Sybill en bafouilla presque.

— Merci beaucoup. J'espère que vous ne voyez aucun inconvénient à cette intrusion dominicale.

— Quelle intrusion ? Nous en sommes enchantés.

Ainsi qu'insupportablement curieux, ajouta *in petto* Anna. Depuis sept mois qu'elle connaissait Phillip, c'était bien la première fois qu'il amenait une femme à la maison pour le dîner du dimanche.

— Va donc regarder le match, lança-t-elle à l'intéressé en le poussant d'une main ferme vers la sortie. Grace, Sybill et moi n'avons pas besoin de toi pour faire plus ample connaissance.

— J'avais oublié, c'est aussi un vrai gendarme, dit Phillip à Sybill. Hurlez si vous avez besoin d'aide, je volerai à votre secours sur mon blanc destrier.

Sur ce, il lui planta un baiser sur la bouche et fila sans demander son reste.

Anna s'éclaircit longuement la voix et sourit.

— Offrons-nous donc un verre de vin, proposa-t-elle.

Grace tira une chaise à elle.

— Phillip nous a dit que vous alliez rester quelque temps à St. Christopher et écrire un livre sur notre petite cité.

— En gros, oui.

Sybill inspira profondément. Trois fois. Allons, pas de quoi paniquer. Elles étaient entre femmes, après tout.

— En fait, je voudrais rédiger un ouvrage traitant de la culture, des traditions et des schémas sociaux typiques des petites cités et des communautés rurales.

— Autrement dit, l'habitat traditionnel de la baie.

— Exactement. Ethan et vous venez de vous marier, c'est bien cela ?

Le visage de Grace s'illumina tandis qu'elle baissait les yeux sur son alliance.

— Il y a juste un mois.

— Et vous avez tous deux grandi ici, ensemble ?

— Je suis née à St. Christopher. Ethan y est arrivé lorsqu'il avait à peu près douze ans.

— Etes-vous également de la région ? demanda Sybill à Anna, infiniment plus à l'aise maintenant qu'elle tenait le rôle de l'intervieweuse.

— Non, je suis de Pittsburgh. De là, j'ai déménagé

à Washington avant d'atterrir à Princess Anne. Je suis assistante sociale. C'est d'ailleurs pour cette raison que vos livres m'ont tant intéressée, lui répondit la magnifique brune en posant un verre de vin blanc devant elle.

— Ah oui, c'est vous qui êtes chargée du cas de Seth. Phillip m'a un peu parlé de... de la situation.

— Hmm, hmm, fut la seule réponse d'Anna, qui décrocha son tablier du portemanteau. Avez-vous apprécié la balade en bateau?

O.K., aucune discussion à propos de Seth devant des étrangers. Pour l'instant, elle devait s'incliner.

— Oh, oui, énormément. Plus que je ne l'aurais pensé, en fait. Je n'arrive même plus à imaginer comment j'ai pu passer autant de temps sans monter sur un bateau.

— J'ai moi-même vécu mon baptême de l'eau il y a seulement quelques mois, la rassura Anna en posant une énorme marmite sur le feu. En revanche, Grace a appris à naviguer au berceau, ou presque.

— Travaillez-vous ici, à St. Christopher?

— Oui, je fais des ménages.

— Y compris celui d'ici, grâce au ciel, intervint Anna. Je disais justement à Grace qu'elle devrait bien monter une entreprise de nettoyage. «Les Reines du Plumeau», ou quelque chose de ce genre.

Grace éclata de rire. Anna secoua la tête.

— Je suis on ne peut plus sérieuse. Ce serait un truc fabuleux, particulièrement pour les femmes qui travaillent. Vous pourriez même faire le ménage de bureaux. Il te suffirait de former deux ou trois personnes pour que ça marche comme sur des roulettes.

— Tu vois plus grand que moi. Je ne sais absolument pas comment gérer une entreprise.

— Je parie que si. Ta famille gère bien sa boîte de pêche au crabe depuis des générations, alors...

— De la pêche au crabe? s'enquit Sybill.

— Ramassage, tri, empaquetage et colisage, précisa Grace. Si vous avez mangé du crabe depuis que vous êtes à St. Christopher, il venait forcément tout droit de l'entreprise de mon père. Mais je n'ai jamais participé à sa gestion.

— Cela ne veut pas dire que tu ne serais pas capable de mener ta propre affaire, lança Anna tout en coupant un pain de mozzarelle. Tout un tas de gens, ici, seraient prêts à payer en échange d'un bon service à domicile, honnête et sérieux. Ils n'ont aucune envie de consacrer leurs rares loisirs à lessiver les parquets, à faire la cuisine ou à trier le linge pour la lessive. Ne trouvez-vous pas que nous assistons à une inversion des rôles traditionnels, Sybill ? Les femmes ne peuvent plus consacrer chaque minute de leur temps à la cuisine.

— Eh bien, je serais d'accord, mais... euh... c'est exactement ce que vous faites en ce moment, non ?

Anna se figea, cilla plusieurs fois, puis laissa retomber sa tête en arrière et éclata de rire. Ainsi, songea Sybill, elle faisait plutôt penser à une gitane dansant autour d'un feu de camp au son des guitares plutôt qu'à une cuisinière occupée à râper du fromage au fond d'une cuisine.

— Vous avez raison, cent pour cent raison, concéda la jeune femme en riant toujours. Oui, je suis là pendant que mon homme est vautré devant la télé, sourd et aveugle à tout ce qui n'est pas le match. Et c'est une scène coutumière du dimanche soir. Cela ne me dérange pas, j'adore cuisiner.

— Vraiment ?

Percevant la suspicion dans la voix de Sybill, Anna s'esclaffa derechef.

— Vraiment. J'y trouve énormément de satisfaction — sauf quand je dois rentrer à toute allure du travail et fourrer n'importe quoi vite fait dans la gamelle. C'est la raison pour laquelle nous avons instauré des tours de cuisine ici. Le lundi, on mange les restes de ce que j'ai préparé le dimanche. Le mardi, tout le monde souffre en chœur parce que, quoi que prépare Cam, c'est régulièrement immangeable. Le mercredi, on fait livrer. Le jeudi, c'est mon tour et le vendredi celui de Phillip. Le samedi, enfin, est à celui qui veut. C'est un excellent système... enfin, quand il marche.

— Anna a prévu de mettre Seth aux fourneaux le mercredi d'ici la fin de l'année.

— A son âge?

Anna repoussa ses cheveux.

— Il aura onze ans dans deux semaines. A cet âge-là, j'étais déjà la reine de la sauce bolognaise. Le temps et les efforts qu'il nous faudra consacrer à son apprentissage — et à le convaincre qu'il sera toujours un homme, même s'il sait préparer un repas — finiront bien par donner des résultats. De plus, ajouta-t-elle en disposant de larges pâtes plates dans l'eau bouillante, si j'arrive à le persuader qu'il peut surpasser Cam dans un domaine quelconque, je parie qu'il deviendra un élève exemplaire.

— Ils ne s'entendent pas très bien?

— Ils s'entendent comme larrons en foire, oui, corrigea Anna en faisant un signe de tête en direction des hurlements et autres cris de joie provenant du salon. Et Seth n'aime rien tant qu'impressionner son grand frère. Ce qui signifie, bien évidemment, qu'ils passent leur temps à se chamailler et à s'aiguillonner mutuellement.

Elle sourit.

— Dois-je déduire de votre remarque que vous n'avez pas de frère?

— Non, en effet.

— Des sœurs, alors? s'enquit Grace avant de se demander pourquoi le regard de Sybill se faisait soudain si distant.

— Une sœur.

— J'ai toujours rêvé d'avoir une sœur, dit Grace à Anna. Et maintenant, mon rêve est devenu réalité.

— Grace et moi sommes filles uniques, précisa

Anna en pressant affectueusement l'épaule de la blondinette.

Quelque chose dans ce simple geste, peut-être son naturel, fit monter une bouffée de jalousie dans le cœur de Sybill.

— Depuis que nous avons atterri dans la maison Quinn, nous avons vite regagné le temps perdu en matière de famille nombreuse. Votre sœur vit-elle à New York ?

— Non, répondit Sybill avec ce pincement familier à l'estomac. Nous ne sommes pas très proches. Excusez-moi, poursuivit-elle en se levant, puis-je me servir des toilettes ?

— Bien sûr ! Première porte à gauche dans le couloir.

Anna attendit qu'elle soit partie pour contempler Grace en se mordillant les lèvres.

— Je n'arrive pas à savoir ce que je dois penser d'elle.

— Elle paraît un peu... mal à l'aise.

Anna haussa les épaules.

— Bon, eh bien, je crois qu'il va nous falloir attendre pour nous faire une opinion, pas vrai ?

Enfermée dans la petite pièce, Sybill s'aspergea le visage d'eau fraîche. Elle avait trop chaud, se sentait presque malade d'énervement. Elle ne comprenait pas cette famille. Ils étaient bruyants, parfois grossiers, et formaient un mélange hétéroclite. Cependant, ils semblaient heureux, à l'aise les uns avec les autres, et particulièrement chaleureux.

Tout en se séchant le visage, elle aperçut son regard dans le miroir. Sa famille ne s'était jamais montrée bruyante ou grossière. Excepté les rares moments où Gloria avait dépassé les bornes. En cet instant précis, et en toute honnêteté, elle n'eût su dire s'ils avaient jamais été heureux, ou même tout simplement été à l'aise ensemble. Quant à l'affection, cela n'avait jamais fait partie des priorités.

Cela tenait simplement à ce qu'aucun d'entre eux ne se laissait gouverner par ses émotions, se dit-elle. Elle-même avait toujours été une cérébrale, sans véritable passion sinon celle de ne pas ressembler à Gloria. La vie est infiniment plus calme lorsqu'on dépend uniquement de l'intellect, elle le savait. Elle le croyait vraiment.

C'étaient pourtant ses émotions qui la titillaient en ce moment précis. La femme qu'elle voyait dans la glace ne lui apparaissait plus que comme une menteuse, une espionne, une moucharde. Certes, le fait de se dire qu'elle agissait uniquement pour le bien d'un enfant l'aidait. Se dire que cet enfant était son propre neveu et qu'elle avait le droit d'être là et d'émettre son avis la rassurait.

L'objectivité, songea-t-elle en pressant les doigts sur ses tempes afin d'enrayer un mal de tête naissant. Voilà ce qui l'aiderait à traverser cette épreuve jusqu'à ce qu'elle ait tous les faits en main et qu'elle puisse se faire une opinion.

Elle sortit tranquillement des toilettes et parcourut les deux ou trois pas la séparant de la porte du salon. Etalé à plat ventre par terre aux pieds de Cam, Seth hurlait son indignation à qui mieux mieux. Faisant de grands moulinets avec sa bière, Cam se disputait avec Phillip à propos du dernier coup de batte, visiblement douteux. Ethan se contentait de suivre le match, tandis qu'Audrey sommeillait sur ses genoux malgré le tintamarre ambiant.

La pièce était accueillante et confortable. Un vieux piano trônait dans un coin. Un vase empli de zinnias et des douzaines de photographies encadrées en parsemaient la surface polie. Un bol de chips à moitié plein attendait le bon vouloir de Seth à côté de son coude. Le tapis était jonché de miettes, de chaussures ainsi que du journal du dimanche et d'une vieille balle toute mâchouillée.

Le jour tombait mais personne n'avait songé à allumer une lampe.

Elle voulut reculer ; Phillip tourna la tête et l'aperçut. Il sourit. Tendit la main vers elle. Elle la saisit et le laissa l'attirer sur l'accoudoir de son fauteuil.

— Notre équipe mène d'un point, lui murmura-t-il.

Au score final, Seth bondit sur ses pieds en couinant de joie avant d'amorcer une sorte de danse du scalp.

— On est les meilleurs ! Bon sang, je meurs de faim !

Il fila au pas de course vers la cuisine. Tous l'entendirent supplier Anna de lui donner quelque chose à manger.

— Gagner un beau match comme celui-ci aiguise l'appétit, c'est bien connu, commenta Phillip en embrassant distraitement le dos de la main de Sybill. Comment ça va, dans la cuisine ?

— Anna paraît être à son affaire.

— Allons voir si elle nous a préparé des *antipasti*.

Il la poussa dans la petite pièce, déjà grouillante de monde. Audrey, la tête posée sur l'épaule d'Ethan, cillait comme une chouette. Seth se gavait d'amuse-gueules en résumant point par point le match.

Tout le monde semblait bouger, parler et manger en même temps, songea Sybill, éberluée. Phillip eut le temps de lui glisser un verre plein dans la main avant d'être sommé de s'occuper du pain. Parce qu'elle se sentait un peu moins mal à l'aise lorsqu'il était là, elle resta à ses côtés dans le chaos.

Il coupa de fines tranches de pain italien puis les frotta d'ail et les tartina d'une mince couche de beurre.

— Est-ce que c'est toujours comme ça ? lui demanda-t-elle à voix basse.

— Non, répondit-il en levant son verre. Parfois, ça devient vraiment bruyant et désordonné.

Lorsqu'il la ramena à son hôtel, elle avait les oreilles qui tintaient. Il y avait tant à traiter... les signes, les sons, les personnalités, les impressions. Elle avait vécu plus facilement certains dîners officiels que ce dimanche soir chez les Quinn.

Il lui faudrait du temps pour analyser tout ce qu'elle avait vu, entendu, senti. Dès qu'elle serait capable de noter ses pensées et ses observations, elle les mettrait en ordre, les disséquerait et commencerait à en tirer des lignes directrices.

— Fatiguée ?

— Un peu. Ce fut une journée mémorable. Fascinante, également. Et très mauvaise pour la ligne. Je crois que je vais définitivement m'inscrire au programme de remise en forme de l'hôtel, et pas plus tard que demain matin. Mais en tout cas, ajouta-t-elle alors qu'il arrêtait sa voiture à quelques mètres du bâtiment, je me suis régalée. Vraiment.

— Super ! Cela veut donc dire que vous aurez envie de revenir.

Il descendit, fit le tour de la voiture et lui ouvrit la portière.

— Vous n'avez pas besoin de me raccompagner jusqu'à ma porte. Je connais le chemin.

— Je vous emmène quand même.

— Je n'ai pas l'intention de vous inviter à pénétrer dans ma chambre.

— Je tiens quand même à vous raccompagner jusqu'à votre porte, Sybill.

Elle capitula et se dirigea en même temps que lui vers l'ascenseur et appuya sur le bouton de son étage.

— Donc, vous prenez la route de Baltimore demain matin ?

— Je pars cette nuit. Quand tout va bien ici, je repars le dimanche dans la nuit. Il n'y a aucune circulation à cette heure-ci et, de plus, cela me permet de commencer plus tôt le lundi matin.

133

— Cela ne doit pas être très facile, tous ces déplacements, avec vos responsabilités.

— Tout un tas de choses ne sont pas faciles à faire. Mais toutes valent la peine qu'on s'y efforce.

Il fit glisser son pouce sous son menton.

— Cela ne me dérange pas d'investir du temps et de la fatigue pour quelque chose à quoi je crois.

— Eh bien... commença-t-elle en sortant de l'ascenseur, j'apprécie le temps et les efforts que vous m'avez consacrés aujourd'hui.

— Je serai de retour jeudi soir. Je compte bien vous voir.

Elle sortit sa clef de son sac.

— Je ne puis être certaine de ce que je ferai à la fin de la semaine.

Il lui entoura simplement le visage des mains et posa ses lèvres sur les siennes. Ce goût qu'elle avait, pensa-t-il, il n'en serait jamais rassasié.

— Je *veux* vous voir, murmura-t-il contre sa bouche.

Elle qui avait toujours su conserver son sang-froid, qui avait toujours su se garder des tentations émotionnelles, elle qui avait toujours su résister à la persuasion de l'attirance physique ne comprenait plus rien à rien. Avec Phillip, elle avait chaque fois l'impression de glisser un peu plus loin, un peu plus profond.

— Je ne suis pas prête, s'entendit-elle dire.

— Moi non plus, répliqua-t-il en l'attirant tout près de lui, en la serrant plus étroitement et en l'embrassant avec passion.

Je vous veux.

Il passa des doigts contractés dans sa chevelure.

— Peut-être est-ce une bonne chose, ces quelques jours de séparation. Cela nous permettra de réfléchir à la suite des événements.

Elle leva les yeux vers lui, tremblante et juste un peu paniquée par ses réactions.

— Oui, je crois que c'est une excellente chose.

Elle se détourna, mais dut utiliser ses deux mains pour parvenir à insérer la clef dans la serrure.

— Soyez prudent, lui souffla-t-elle avant de refermer doucement sa porte.

Elle se laissa aller contre le chambranle jusqu'à être certaine que son cœur n'allait pas jaillir brusquement de sa poitrine comme un diable de sa boîte.

Dangereux, songea-t-elle. C'était parfaitement dangereux de se laisser emporter aussi rapidement. D'autant que ce qui lui arrivait en présence de Phillip Quinn n'avait absolument rien à voir avec Seth.

Cela devait cesser. Fermant les yeux, elle sentit de nouveau la pression de ses lèvres sur les siennes. Et elle eut peur de ne jamais vouloir que cela cesse.

8

C'était probablement un risque à prendre, songea Sybill, mal à l'aise de rôder aux alentours de l'école élémentaire de St. Christopher comme une criminelle, bien que sa raison lui répétât qu'elle ne faisait rien de mal.

Après tout, elle se promenait simplement sur une voie publique en plein après-midi. Ce n'était pas comme si elle avait dans l'intention de circonvenir Seth, ou de l'enlever. Elle désirait juste le voir, discuter seule à seul avec lui quelques instants. Rien de plus.

Elle avait attendu jusqu'au milieu de la semaine, restant à bonne distance le lundi et le mardi afin de se faire une idée de son emploi du temps. Elle savait donc, à présent, que le bus de ramassage scolaire se garait devant l'école quelques minutes avant que les enfants commencent à sortir.

D'abord les cours préparatoires, puis les petites classes et enfin les grandes.

Cette seule constatation offrait un enseignement quant au processus de développement physique et psychologique. D'abord les petits corps ramassés et un peu lourdauds et les bouilles rondes des petits, ensuite les silhouettes plus dégingandées, plus maladroites de ceux qui approchaient de la puberté. Enfin les jeunes gens, déjà étrangement adultes et beaucoup plus réservés.

Oui, une véritable étude sur la jeunesse, conclut-elle. Depuis les lacets défaits et les sourires édentés jusqu'aux jeans soigneusement destroy et aux blousons de marque.

Aucun enfant n'avait jamais fait partie intégrante de sa vie, ni de ses intérêts. Elle avait elle-même grandi dans un univers d'adultes auquel on s'était attendu qu'elle s'adapte et se conforme. Pas de bus de ramassage scolaire jaunes, pas de hurlements de joie en courant vers la liberté, pas de marivaudage dans le parking avec un quelconque mauvais garçon en blouson de cuir.

Aussi observait-elle tout ceci avec distance et trouvait-elle ce mélange de comédie et de drame à la fois divertissant et instructif.

Lorsque Seth surgit en courant avec le petit brun dont elle avait déjà déduit qu'il était son meilleur copain, son pouls s'accéléra. Il sortit sa casquette de sa poche arrière et se l'enfonça sur le crâne à l'instant même où il passait les portes de l'école. Pur rituel symbolisant le changement de règles. L'autre gamin fouilla dans sa poche et en extirpa une poignée de chewing-gums qu'il enfourna.

Le niveau sonore s'amplifia d'un coup, l'empêchant d'entendre les conversations. Des coudes s'entrechoquaient, des épaules se heurtaient.

Seth et son camarade tournèrent le dos au bus et commencèrent à marcher le long du trottoir. Quelques instants plus tard, ils furent rejoints à toutes jambes par un garçon plus petit qui se mit à sautiller en leur racontant quelque chose d'apparemment passionnant.

Elle attendit encore un peu, puis emprunta, comme par hasard, un chemin destiné à croiser le leur.

— Mince, alors, il était nul, ce contrôle de géo ! Un singe aurait pu le faire, ricanait Seth en changeant son cartable d'épaule.

L'autre garçon souffla une énorme bulle rose — relativement impressionnante — avant de ravaler son chewing-gum.

— J'comprendrai vraiment jamais pourquoi ils nous font autant d'histoires pour qu'on apprenne par cœur tous les Etats et toutes leurs capitales. Comme si j'voulais aller vivre dans le Dakota du Nord !

— Bonjour, Seth.

Sybill le vit s'immobiliser, ajuster le fil de ses pensées et se concentrer sur elle.

— Oh, c'est vous. Salut !

— Je suppose que l'école est finie, aujourd'hui. Tu rentres à la maison ?

— Non, au chantier.

Encore ce petit fourmillement sur sa nuque. Que c'était agaçant !

— On a du boulot.

— Je vais également dans cette direction, poursuivit Sybill en essayant de sourire gentiment aux deux autres garçons. Bonjour, je m'appelle Sybill.

— Et moi, Danny, lui répondit le plus grand des deux. Lui, c'est mon frère, Will.

— Ravie de vous rencontrer.

— On a eu des légumes pour le déjeuner, les informa doctement ce dernier. Et Lisa Harbough a vomi *absolument partout*. Alors Mme Jim a été obligée de nettoyer, et puis sa mère est venue la chercher, et on n'a pas pu faire notre page de vocabulaire.

Tout en débitant ses informations, il gambadait autour de Sybill. Puis il lui décocha un sourire à la

137

fois radieux et innocent. Si irrésistible qu'elle ne put résister plus longtemps.

— J'espère que ton amie Lisa ira mieux demain.

— Une fois j'avais vomi aussi, eh ben, je suis resté toute la journée à la maison à regarder la télé. Moi et Danny, on habite sur Heron Lane. Et vous, vous habitez où ?

— Moi ? Je suis juste en visite.

— Mon tonton John et ma tata Margie, ils sont allés habiter en Caroline du Sud et on est allés les voir, une fois. Même qu'ils ont deux chiens et un petit bébé qui s'appelle Mike. Vous avez des chiens et des bébés ?

— Non... non, non, je n'en ai pas.

— Mais vous pouvez en avoir, la rassura-t-il aussitôt. Vous pouvez aller à la Esse-pé-A pour avoir un chien — passque nous, c'est comme ça qu'on a fait, hein, Danny ? Et pis vous pouvez vous marier, alors vous faites un petit bébé et il habite dans votre estomac. C'est facile comme tout.

— Bon sang, Will ! lança Seth en roulant des yeux tandis que Sybill ne réussissait qu'à le fixer, bouche bée.

— Ben, quoi ? Moi, j'aurai des chiens et des bébés quand je serai grand. Plein. Autant que je voudrai.

Il décocha à Sybill un sourire tout aussi radieux avant de filer au pas de course.

— Salut !

— Quel couillon ! marmonna Danny avec le dédain typique du frère aîné. A demain, Seth.

Il entreprit de rattraper le marmot en agitant la main en direction de Sybill.

— Au revoir, madame.

— C'est pas vraiment un couillon, Will, dit Seth à la jeune femme. C'est juste un gamin, et aussi un vrai moulin à paroles. En fait, il est plutôt sympa.

— Il... l'est, sans aucun doute, répondit-elle en lui souriant. Cela t'ennuie si je t'accompagne un bout de chemin ?

— Non, ça va.
— Je crois t'avoir entendu parler d'un contrôle de géographie, tout à l'heure.
— Oui, on en a eu aujourd'hui. Vachement facile.
— Tu aimes l'école ?
— Elle est là, répliqua-t-il simplement. On n'a pas le choix, faut y aller.
— Moi, j'ai toujours aimé ça. J'adorais apprendre de nouvelles choses.

Elle se mit à rire.

— Je suppose que je devais être une couillonne ?

Seth pencha la tête de côté, plissa les yeux et étudia son visage. « L'observatrice ». Il se souvint que Phillip l'avait une fois baptisée ainsi. Elle avait de beaux yeux, à la couleur si claire qu'elle contrastait vraiment avec les cils foncés. Ses cheveux n'étaient pas aussi sombres que ceux d'Anna, ni plus clairs que ceux de Grace, mais vraiment brillants, et elle avait une manière de les rejeter en arrière qui dégageait bien son visage.

Elle pourrait être sympa à dessiner, un de ces jours.

— Vous n'avez pas l'air couillon, annonça-t-il au moment même où Sybill se sentait rougir lentement devant cette étude minutieuse. Je dirais plutôt jobard.

Jobard ? Allons bon !

Sybill préféra néanmoins ne pas approfondir le sujet.

Un court silence suivit.

— Quelle matière préfères-tu, à l'école ? reprit enfin Sybill.

— Je ne sais pas. En gros, c'est jamais qu'un tas de... choses, se corrigea-t-il rapidement. Je crois que je préfère quand on apprend des trucs sur les gens plutôt que sur les choses.

— J'ai toujours aimé étudier les gens.

Elle s'arrêta et désigna de la main une petite maison à un étage dotée d'un minuscule jardinet.

— Par exemple, je dirais qu'une jeune famille vit

ici. Le mari et la femme travaillent tous les deux et ils ont un enfant en âge préscolaire, probablement un garçon. Selon toute vraisemblance, ils se connaissent depuis des années mais ne sont mariés que depuis moins de sept ans.

Il ouvrit des yeux ronds.

— Comment vous pouvez le savoir ?

— Eh bien, nous sommes en plein milieu de la journée et personne n'est à la maison. Aucune voiture dans l'allée et la maison semble vide. Mais là, il y a un tricycle et différents camions en plastique. La maison n'est pas récente, mais elle est bien tenue. La plupart des jeunes couples, aujourd'hui, travaillent tous les deux afin de pouvoir acheter leur propre maison et fonder une famille. Ils vivent dans une petite communauté. Les jeunes gens s'installent rarement dans les petites villes, à moins que l'un d'eux n'en soit originaire. J'ai donc élaboré une théorie selon laquelle ce couple vivait déjà ici et se connaissait avant d'éventuellement se marier. Il est presque certain qu'ils ont eu leur premier enfant au cours des trois premières années de leur mariage : les jouets indiquent qu'il a trois ou quatre ans.

— Sympa, dit Seth au bout d'un instant.

Peut-être ne la classait-il plus, à présent, dans la catégorie « jobards ». Ravie, elle poursuivit :

— Mais j'aimerais en savoir plus. Pas toi ?

Là, elle avait éveillé son intérêt.

— Dans quel sens ?

— Eh bien, par exemple, pourquoi ils ont choisi précisément cette maison. Quelles sont leurs ambitions. Sur quel statut se base leur relation. Qui s'occupe des finances du ménage — autrement dit, qui a le pouvoir —, et pourquoi. Quand on étudie les gens, on découvre des schémas de comportement.

— Et pourquoi ça compte ?

— Je ne comprends pas.

— Qui cela intéresse ?

Elle réfléchit un instant.

— Eh bien, si on connaît les schémas et le tableau social sur une grande échelle, on comprend pourquoi les gens agissent d'une certaine manière plutôt que d'une autre.

— Et s'ils ne collent pas dans le tableau?

Diablement futé, ce garçon, pensa-t-elle avec fierté.

— Tout le monde colle dans un tableau. Selon des facteurs qui sont le passé, la génétique, l'éducation, le milieu social, la religion, la culture.

— On vous paie, pour savoir tout ça?

— Oui, enfin je suppose.

— Bizarre.

Non, rien à faire. Elle avait été définitivement classée jobarde.

— Cela peut se révéler très intéressant, reprit-elle en se torturant les méninges pour y dénicher un exemple qui la sorte enfin de ce statut. J'ai fait une expérience, une fois — la même dans différentes villes. Je m'étais arrangée pour qu'un homme se tienne debout dans la rue, les yeux levés vers un immeuble.

— Juste pour le regarder?

— Exactement. Il se tenait debout sans bouger et regardait en l'air, se protégeant les yeux du soleil lorsqu'il était trop éblouissant. Presque immédiatement, quelqu'un s'arrêtait près de lui et levait lui aussi les yeux vers le même immeuble. Puis un autre, puis un autre, et à la fin, un véritable attroupement regardait la façade. Ce n'est qu'au bout d'un très long moment que quelqu'un s'avisait de demander ce qui se passait, ou ce que regardaient tous ces gens. Personne n'a vraiment envie d'être le premier à poser la question, parce que ce serait admettre qu'on ne voit pas ce qu'on pense que tous les autres voient. On veut se conformer à l'attitude du plus grand nombre, montrer que l'on sait, voit et comprend ce que la personne à côté de nous sait, voit et comprend.

— Je parie que certains d'entre eux étaient persuadés que quelqu'un allait sauter par la fenêtre.

— Très certainement. La durée moyenne d'arrêt des gens était de deux minutes.

Pensant avoir repris possession de l'imaginaire de Seth, Sybill se dépêcha donc de poursuivre.

— Cela représente un relativement long moment passé à contempler un immeuble tout ce qu'il y a de plus normal.

— Ça, c'est plutôt sympa. Mais quand même, c'est bizarre.

Ils arrivaient à l'endroit où Seth devrait bifurquer pour se rendre au chantier. Pour une des rares fois de son existence, Sybill se laissa aller à suivre ses impulsions.

— Que penses-tu qu'il se passerait, si tu menais la même expérience à St. Christopher?

— Je ne sais pas. La même chose?

— J'en doute, répondit-elle en lui décochant un sourire de conspiratrice. Cela te dirait d'essayer?

— Peut-être.

— On pourrait retourner sur le front de mer. Est-ce que ton frère s'inquiète quand tu es en retard de quelques minutes? Faut-il que tu le préviennes que tu es avec moi?

— Non. Cam ne me tient pas en laisse. Il me laisse aussi du temps libre.

Elle ne sut que penser de cette discipline plutôt laxiste mais, pour le moment, préféra en profiter.

— Allons donc faire l'expérience, alors. Tiens, je t'offrirai même une glace.

— Alors là, vous avez gagné.

Ils firent demi-tour et tournèrent le dos au chantier.

— Tu dois trouver un endroit, lui dit-elle, et rester obligatoirement debout. Les gens ne prêtent généralement aucune attention à ceux qui sont assis et regardent quelque chose. Ils pensent qu'ils rêvassent en se reposant quelques instants.

— Je comprends.
— C'est plus efficace si on regarde quelque chose en l'air. Est-ce que ça te dérangera si je filme ?

Il haussa un sourcil en la voyant sortir un petit Caméscope de son sac.

— Non, je ne pense pas. Vous avez toujours ce truc-là sur vous, partout ?

— Quand je travaille, oui. Ainsi qu'un bloc-notes, un mini-enregistreur, des piles et des cassettes de rechange, des crayons, mon téléphone portable, énuméra-t-elle en riant. J'aime bien être parée à toute éventualité. Et le jour où on fabriquera un ordinateur assez petit pour tenir dans un sac, je serai certainement la première à en acheter un.

— Phillip adore tous ces machins électroniques, lui aussi.

— C'est le bagage du citadin. Nous tenons absolument à ne pas gâcher la moindre minute. Donc, bien sûr, nous ne pouvons jamais nous libérer parce que nous sommes connectés à chaque seconde de la journée.

— Vous pourriez simplement tout débrancher.
— Oui.

Bizarre, mais elle trouva profonde cette idée toute simple.

— Je suppose que je le pourrais.

Le front de mer n'était pas bondé. Elle vit un bateau décharger ses prises de la journée et une famille profiter de l'après-midi ensoleillé en dégustant des glaces à l'une des petites tables extérieures d'un café. Deux hommes âgés au visage tanné par le soleil et le sel étaient assis sur un banc, un échiquier entre eux. Aucun ne semblait vouloir bouger. Un trio de femmes papotait sur le seuil de l'un des magasins.

— Je vais me mettre là, décréta Seth en désignant un point précis. Et lever les yeux vers l'hôtel.

— Excellent choix.

Sybill resta où elle était tandis qu'il partait se

mettre en place. Une certaine distance était nécessaire afin de préserver la pureté de l'expérience. Elle ajusta son œil au viseur du Caméscope et procéda à ses réglages, tandis que Seth s'éloignait. Il se tourna une fois pour lui adresser un rapide sourire coquin.

Et lorsque son visage emplit son écran de contrôle, des émotions imprévues fondirent sur elle. Il était si beau, si brillant. Elle fit tout pour s'éloigner de ce dont elle avait bien peur que ce ne fût du désespoir.

Elle pouvait s'en aller, faire ses bagages et partir, ne plus le revoir de sa vie. Il ne saurait jamais qui elle était ni les liens qui les unissaient. Il ne regretterait jamais ce qu'elle aurait pu apporter dans sa vie — quoi que ce fût.

Elle n'était rien pour lui.

Elle n'avait jamais essayé d'être quelque chose pour lui.

Mais il en allait autrement, à présent. Elle voulait qu'il en aille autrement. Elle ordonna donc à ses doigts de se détendre, puis à son cou, puis à ses bras. Elle ne faisait rien de mal en essayant de le connaître, en passant quelque temps à l'étudier.

Elle l'enregistra alors qu'il se mettait en place et levait le nez. Il avait le profil plus fin et plus anguleux que Gloria. Peut-être sa structure osseuse lui venait-elle de son père.

Sa carrure non plus n'avait rien de celle de Gloria, ainsi qu'elle l'avait déjà noté, mais tenait plus de la sienne à elle. Ou de celle de sa mère. Il serait grand, une fois sa croissance terminée, tout en jambes, et mince.

Son langage corporel, découvrit-elle en tressaillant légèrement, était typiquement Quinn. Il avait déjà fait siennes quelques-unes des attitudes de sa famille d'adoption. Cette manière de se tenir hanches en avant, mains fourrées dans les poches arrière et tête penchée.

Elle réprima une brutale bouffée de ressentiment et s'obligea à se concentrer sur l'expérience proprement dite.

Il ne fallut pas plus d'une minute pour qu'une première personne s'arrête à côté de Seth. Elle reconnut la grande femme aux cheveux gris qui officiait derrière le comptoir de chez Crawford. Tout le monde l'appelait Mère ou Maman. Comme prévu, la femme pencha la tête en arrière pour regarder dans la même direction que l'enfant. Mais après quelques secondes, elle lui tapa sur l'épaule.

— Qu'est-ce que tu regardes, mon garçon ?
— Rien.

Il avait parlé si bas que Sybill dut se rapprocher pour pouvoir enregistrer sa voix.

— Eh bien, si tu restes là longtemps à ne rien regarder, les gens vont croire que tu es fada. Dis-moi, tu ne devais pas aller au chantier ?
— Si. Je vais y aller dans pas longtemps.
— Bonjour, Maman, salut, Seth, lança une jolie jeune fille avant de lever elle aussi les yeux vers l'hôtel. Il se passe quelque chose, là-haut ? Je ne vois rien.
— Il n'y a rien à voir, l'informa Mère Crawford. Ce garçon ne regarde rien de précis. Comment va ta maman, Julia ?
— Oh, pas terrible. Elle a mal à la gorge et elle tousse.
— Il lui faut du bouillon de poulet, du thé bouillant et du miel.
— Grace nous a apporté de la soupe ce matin.
— Veille à ce qu'elle la boive. Tiens, bonjour, Jim.
— Bonne journée, répondit un homme courtaud avant de donner une petite tape sur l'épaule de Seth. Qu'est-ce que tu regardes là-haut, gamin ?
— Bon sang, un type peut pas juste rester quelque part sans bouger ! s'exclama Seth en faisant face à la caméra pour rouler des yeux.

Sybill gloussa.

— Reste là longtemps, et les mouettes vont te décorer, lui lança Jim avec un clin d'œil. L'cap'tain' a pris

145

sa journée, poursuivit-il en parlant d'Ethan. Il arrive au chantier avant toi, il voudra savoir pourquoi tu tardes tant.

— J'y vais, j'y vais...

Epaules arrondies, tête basse, Seth revint vers Sybill.

— Personne ne marche dans le truc.

— Parce que tout le monde te connaît, dit-elle en éteignant sa caméra. Cela change le schéma.

— Vous saviez ce qui allait arriver ?

— J'avais élaboré la théorie, corrigea-t-elle, selon laquelle si l'expérience était menée dans une petite cité où le sujet est connu, le schéma serait que quelqu'un de connu s'arrête. Il commence par regarder, lui aussi, puis il questionne. Il n'y a aucun risque à questionner une personne familière — et surtout une personne jeune.

Il fronça les sourcils.

— Alors, je serai quand même payé ?

— Absolument, et en plus tu figureras dans un chapitre de mon livre.

— Super ! Je vais prendre un cornet pistache-amandes. Faut que j'aille au chantier avant que Cam et Ethan me cherchent des noises.

— S'ils doivent être furieux contre toi, je leur expliquerai que c'est par ma faute que tu es en retard.

— Vous inquiétez pas. En plus, je leur dirai que c'était pour la science, exact ?

En voyant son sourire, elle dut se retenir à quatre pour ne pas le serrer contre elle.

— C'est tout à fait exact.

Elle s'aventura à poser la main sur son épaule tandis qu'ils se dirigeaient vers chez Crawford. Pensant avoir senti Seth tressaillir, elle la laissa retomber mine de rien.

— Nous pourrions même les appeler sur mon téléphone portable.

— Ah oui ? Géant ! J'peux le faire ?

— Bien sûr.

Vingt minutes plus tard, Sybill était installée devant son bureau, les doigts courant sur le clavier.

Bien que j'aie passé moins d'une heure en sa compagnie, je dirais que le sujet est particulièrement brillant. Phillip m'a informée qu'il décroche les meilleures notes sans difficulté, ce qui est admirable. Ce fut une grande satisfaction de découvrir qu'il est de nature curieuse. Ses manières sont peut-être un peu rudes, mais nullement déplaisantes. Selon toute apparence, il est considérablement plus sociable que sa mère ou moi-même au même âge. En cela, je veux dire qu'il paraît relativement naturel face à de quasi-étrangers, sans ce carcan de politesse formelle qui m'a été fermement inculqué durant mon enfance. Cela est peut-être dû en partie à l'influence des Quinn. Cette famille est, ainsi que je l'ai noté plus haut, désinvolte et sans façon.

Je conclurais également, à la suite de mon observation des enfants et des adultes à qui il a eu affaire aujourd'hui, qu'il est généralement apprécié parmi la communauté, et accepté en tant que l'un de ses membres. Naturellement, je ne puis, à ce stade précoce de mon étude, déterminer si la meilleure chose pour lui serait de rester ou non dans ce milieu.

Il est de toute façon impossible d'ignorer les droits de Gloria. Je dois par ailleurs tenter de découvrir les souhaits de l'enfant en ce qui concerne sa mère.

Je préférerais qu'il s'habitue à ma présence, qu'il se sente parfaitement à l'aise en ma compagnie avant qu'il n'apprenne nos liens de parenté.

J'ai besoin de plus de temps pour...

Elle s'interrompit en entendant retentir la sonnerie du téléphone. Parcourant rapidement ses notes du regard, elle décrocha.

— Dr Griffin à l'appareil.

— Bonjour, docteur Griffin. Pourquoi ai-je l'impression de vous interrompre dans votre travail ?

Elle reconnut aussitôt la voix de Phillip, une voix amusée. Un brin coupable, elle referma son ordinateur.

— Parce que vous êtes un homme très perspicace. Mais je puis me permettre de vous consacrer quelques minutes. Comment vont les affaires, à Baltimore ?

— Chargées. Que pensez-vous de cela ? Visuel : un jeune couple très beau, souriant jusqu'aux oreilles, portant un bébé hilare vers une voiture. Texte en surimpression : « Pneus Myerstone. Votre famille nous importe. »

— Manipulateur. Le consommateur est conduit à penser que s'il achète des pneus d'une autre marque, sa famille ne lui importe pas.

— Oui. Ça marche. Bien sûr, nous insérons une tout autre publicité dans les magazines automobiles. Une décapotable dernier cri, rouge pétant, une longue route sinueuse, une super-blonde au volant. « Pneus Myerstone. Vous pouvez aller là où vous devez être. »

— Futé.

— Le client adore, et ça, ça ôte tout de suite un poids. Comment va la vie à St. Christopher ?

— Calme.

Elle se mordilla la lèvre.

— Je suis tombée sur Seth, un peu plus tôt dans l'après-midi. J'en ai profité pour lui demander un coup de main pour une expérimentation. Cela s'est bien passé.

— Ah bon. Comment avez-vous dû le payer ?

— Une crème glacée. Deux boules.

— Vous vous en êtes bien tirée. Ce gamin sait y faire. Que diriez-vous d'un dîner demain soir et de partager une bouteille de champagne pour célébrer nos succès respectifs ?

— En parlant de gens qui savent y faire...

— J'ai pensé à vous toute la semaine.

— Donc, trois jours, précisa-t-elle tout en commençant à gribouiller sur son bloc.
— Vous oubliez les nuits. Puisque ce contrat est bouclé, je peux partir un peu plus tôt demain. Je passe vous prendre à sept heures ?
— Je ne suis pas certaine de savoir où nous allons, Phillip.
— Moi non plus. Est-ce obligatoire ?
Elle comprit qu'aucun d'entre eux ne parlait du restaurant.
— Je me sens très déboussolée.
— Alors nous en parlerons, et peut-être viendrons-nous à bout de cette confusion. Sept heures demain soir.
Elle baissa les yeux. Et se rendit compte qu'elle venait de dessiner inconsciemment son visage. Mauvais signe. Pour ne pas dire signal d'alarme.
— Très bien.
Il vaut toujours mieux affronter les complications en face, se dit-elle.
— A demain, donc.
— Faites-moi plaisir, voulez-vous ?
— Si je peux.
— Pensez à moi, cette nuit.
Avait-elle le choix ? Elle en doutait.
— Au revoir.

Dans son bureau, treize étages au-dessus des rues de Baltimore, Phillip repoussa sa chaise, ignorant le *bip-bip* de son ordinateur lui annonçant l'arrivée d'un message interne. Puis il se tourna vers la fenêtre.
Il adorait la vue sur la ville qu'il avait de là. Les immeubles réhabilités, un coin de port et, au-dessous, la masse confuse des voitures et des piétons. Mais aujourd'hui il ne voyait rien de tout cela.
Il ne parvenait absolument pas à effacer Sybill de son esprit. Et cette obsession, interférant sans cesse

avec ses pensées comme avec sa concentration, représentait une expérience toute nouvelle pour lui. Elle ne l'empêchait pas de travailler. Il pouvait bûcher, participer à des conférences, et faire ses présentations aussi talentueusement qu'avant de la connaître.

Mais elle était tout bonnement toujours là. Quelque part dans son esprit, prête à resurgir à tout moment.

Il n'était pas certain d'apprécier qu'une femme accapare autant son attention — surtout une femme qui faisait si peu d'efforts pour l'encourager.

Peut-être considérait-il ce léger voile de formalisme, cette distance prudente qu'elle tentait de maintenir entre eux comme un défi. Il pensait pouvoir l'accepter. Après tout, ce n'était jamais qu'un autre des jeux aussi variés que divertissants auxquels pouvaient s'adonner les hommes et les femmes entre eux.

Ce qui l'inquiétait davantage était qu'un bouleversement plus profond soit en train de se produire en lui. Sur ce plan, il lui semblait que Sybill n'avait rien à lui envier.

— Ça te ressemble bien, dit Ray derrière lui.

— Seigneur...

Phillip ne bougea pas. Il se contenta de fermer les yeux.

— Joli bureau, que tu as là. Ça fait un petit moment que je suis arrivé.

Mine de rien, Ray fit le tour de la pièce, pinçant les lèvres devant un tableau vivement coloré de rouge et de bleu.

— Pas mal, décréta-t-il. Un bon stimulateur cérébral. Je pense que c'est pour cela que tu l'as accroché dans ton bureau. Pour activer l'inspiration.

— Je refuse de croire que mon défunt père est debout dans mon bureau et se livre à de la critique d'art.

— En fait, ce n'est pas exactement de cela que je voulais te parler, dit Ray avant de s'immobiliser devant une sculpture métallique. Mais j'aime bien cette pièce.

Tu as toujours eu du goût et de la classe. En art comme en nourriture ou en femmes.

Un chaud sourire illumina son visage lorsque Phillip se retourna enfin.

— Cette femme que tu as dans la tête, par exemple. Elle a énormément de classe.

— Je crois que j'ai grandement besoin de congés.

— Là, je suis entièrement d'accord avec toi. Tu vis à cent cinquante à l'heure depuis des mois. Sybill est une femme intéressante, Phillip. Il y a bien plus en elle que ce que tu vois, ou ce qu'elle-même imagine. J'espère que, le moment venu, tu sauras l'écouter, que tu seras prêt à l'écouter.

— Mais de quoi parles-tu, à la fin ? s'enquit Phillip, la main levée. Et moi, pourquoi diable est-ce que je te demande de quoi tu parles alors que tu n'es pas là ?

— J'espère que, tous les deux, vous allez bientôt cesser d'analyser chaque pas, chaque étape de votre relation et l'accepter telle qu'elle est.

Ray roula des épaules, puis fourra les mains dans les poches de sa veste de velours côtelé.

— Par ailleurs, tu as ton propre chemin à suivre, et il n'est pas facile. Bientôt de nouveaux obstacles se présenteront à vous trois. Vous devrez faire front avec Seth, le soutenir, car il va beaucoup souffrir. Je voulais simplement te dire que tu peux lui faire confiance, à elle, dans ce domaine. Lorsque surviendra la crise, aie confiance en toi, Phillip, et tu auras confiance en elle.

Un nouveau frisson parcourut sa colonne vertébrale.

— Qu'est-ce que Sybill a à voir avec Seth ?

— Ce n'est pas à moi de te le dire.

Ray sourit encore, mais ce sourire n'atteignit pas ses yeux.

— Tu n'as pas parlé de moi à tes frères. Tu dois le faire. Tu dois cesser de croire qu'il te faut toujours tout contrôler. Dieu sait à quel point tu excelles dans ce domaine, mais lâche un peu de lest.

Il inspira profondément et entreprit de faire le tour de la pièce à pas lents.

— Seigneur, ta mère aurait adoré cet endroit ! Tu as fichtrement réussi ta vie !

A présent, son regard aussi souriait.

— Je suis fier de toi. Je sais que tu sauras venir à bout des difficultés qui s'annoncent.

— C'est vous qui avez fichtrement réussi ma vie, maman et toi, murmura Phillip.

— Bien sûr ! rétorqua Ray avec un clin d'œil. Chaque chose qui arrive doit arriver. C'est ce qu'on en fait qui fait la différence. Réponds au téléphone, Phillip, et souviens-toi que Seth a besoin de vous.

Il n'y eut soudain plus qu'un bureau vide, où résonnait la sonnerie du téléphone. Le regard rivé sur l'endroit où se trouvait son père peu de temps auparavant, Phillip tendit la main vers l'appareil.

— Phillip Quinn.

Tandis qu'il écoutait, son regard se durcit. Il s'assit, attrapa un stylo et commença à noter ce que lui rapportait le détective privé des derniers agissements de Gloria DeLauter.

9

— Elle est à Hampton, annonça Phillip, le regard braqué sur Seth.

Il vit Cam poser la main sur l'épaule de l'enfant, en un geste de protection.

— Elle a été ramassée par la police pour ébriété, usage de stupéfiants et désordre sur la voie publique.

— Si elle est en prison, énonça Seth, le visage aussi blanc que de la craie, ils n'ont qu'à la garder.

— Elle y est en ce moment, mais combien de temps

y restera-t-elle ? Elle a probablement les moyens de payer la caution.

— Tu veux dire qu'elle peut leur donner de l'argent et sortir de taule ?

Sous sa main, Cam perçut le tremblement qui venait de saisir Seth.

— Comme ça ?

— Je ne sais pas. Mais pour l'instant, nous savons exactement où elle se trouve. Je vais aller lui parler.

— Non ! N'y va pas !

— Nous en avons déjà discuté, Seth, intervint Cam en massant affectueusement ses épaules. Le seul moyen de régler définitivement le problème est de nous arranger directement avec elle.

— Je n'y retournerai pas, souffla Seth en un murmure furieux. Jamais ! Je n'y retournerai jamais !

— Tu n'as rien à craindre, dit à son tour Ethan en dégrafant sa ceinture à outils pour la poser sur l'établi. Tu n'as qu'à rester avec Grace en attendant qu'Anna rentre à la maison, poursuivit-il en regardant ses deux frères. Nous allons nous rendre tous les trois à Hampton.

— Et si les flics disent que je suis obligé d'y retourner ? Et s'ils viennent pendant que vous n'êtes pas là et que… ?

— Seth, l'interrompit Phillip en s'agenouillant pour lui prendre le bras, tu dois nous faire confiance !

Le gamin le fixa. Il avait les yeux de Ray Quinn, des yeux à présent vitreux de larmes et de terreur. Et, pour la première fois, Phillip plongea son regard dans celui de Seth sans ressentir l'ombre d'un ressentiment, la moindre parcelle de doute.

— Tu es l'un des nôtres, renchérit-il calmement. Rien ne pourra changer cela.

Seth exhala un long soupir tremblant, puis hocha la tête. Il n'avait pas le choix, rien d'autre à faire qu'espérer. Et redouter.

— On prend ma voiture, décréta Phillip.

— Grace et Anna vont le calmer, déclara Cam en se tortillant sur le siège passager de la Jeep de Phillip.

— C'est dingue d'être aussi terrorisé...

Assis sur le siège arrière, Ethan se pencha légèrement, histoire de regarder le compteur. Phillip grillait allégrement la limitation de vitesse.

— De ne pas savoir quoi faire, reprit-il, à part attendre de voir ce qui va se passer.

— Elle s'est collée toute seule dans le pétrin, constata Phillip. Cette arrestation ne va pas arranger ses affaires, en ce qui concerne le droit de garde — à supposer qu'elle le demande toujours.

— Elle ne veut pas du gosse.

Phillip jeta un rapide coup d'œil à Cam.

— Non, elle veut de l'argent. Et elle n'est pas près de nous en extorquer. En revanche, nous allons exiger des réponses. Il faut en finir une bonne fois pour toutes avec cette peste.

Elle mentirait, songea-t-il. Nul doute qu'elle mentirait, sans compter qu'elle essaierait certainement de les amadouer. Mais elle ne savait pas à quelle résistance elle se heurterait si elle pensait pouvoir récupérer Seth comme ça.

Tu sauras venir à bout des difficultés qui s'annoncent, avait dit Ray.

Les doigts de Phillip se resserrèrent sur le volant. Il garda le regard braqué sur la route. Il saurait quoi faire, c'était vrai, et il le ferait.

La tête bourdonnante, l'estomac retourné, Sybill pénétra dans le petit poste de police. Gloria lui avait téléphoné en geignant, désespérée, pour la supplier de lui avancer le montant de la caution.

Liberté sous caution, songea Sybill en frémissant. Gloria avait prétendu que c'était une erreur, une épouvantable méprise. Bien sûr, comment pouvait-il en être autrement ? Elle avait été sur le point d'envoyer un mandat télégraphique et ne savait toujours pas ce qui l'avait arrêtée. Ce qui l'avait poussée à sauter dans sa voiture et à y aller.

Pour aider, bien évidemment. Elle voulait seulement apporter son aide.

— Je viens pour Gloria DeLauter, dit-elle au policier debout derrière un étroit comptoir. J'aimerais la voir, si c'est possible.

— Votre nom ?

— Griffin. Dr Sybill Griffin. Je suis sa sœur. Je vais régler sa mise en liberté sous caution, mais je... j'aimerais la voir.

— Puis-je voir votre pièce d'identité ?

— Oh, bien sûr.

Elle fouilla dans son sac et en sortit son portefeuille. Elle avait les mains moites et tremblantes, mais le policier la fixa d'un regard totalement froid tandis qu'elle lui donnait ses papiers.

— Pourquoi n'iriez-vous pas vous asseoir ? suggéra-t-il en reculant sa propre chaise pour s'en aller dans une pièce adjacente.

La gorge plus sèche que de l'amadou, elle se dirigea vers la petite salle d'attente meublée de chaises en plastique et se pencha sur la fontaine d'eau fraîche. Mais l'eau glacée percuta son estomac comme de la grêle.

L'avaient-ils mise dans une cellule ? Ô mon Dieu, avaient-ils vraiment enfermé sa sœur dans une cellule ? Etait-ce dans un tel cadre qu'elle devrait voir Gloria ?

Malgré l'émotion, son esprit continuait à fonctionner de façon claire et pragmatique. Comment Gloria avait-elle su où la joindre ? Que fabriquait-elle si près de St. Christopher ? Pourquoi l'accusait-on d'usage de drogue ?

C'était pour cela qu'elle avait renoncé au mandat

télégraphique, admit-elle. Elle voulait des réponses à ces questions.

— Docteur Griffin.

Elle sursauta et pivota vers le policier, l'air aussi hébété qu'un lapin pris dans des phares.

— Oui. Puis-je la voir, maintenant ?

— Vous allez devoir me confier votre sac. Je vous donnerai un reçu.

— D'accord.

Elle le lui tendit, signa le formulaire à l'endroit qu'il lui indiquait et empocha le reçu.

— Par ici.

Il désigna une porte qui donnait sur un étroit couloir ouvrant, à gauche, sur une petite pièce meublée d'une table et de quelques chaises. Gloria y était assise, le poignet droit entravé.

La première pensée de Sybill fut qu'il y avait erreur. Ce ne pouvait être sa sœur. Ils avaient amené une autre personne dans cette pièce. Cette femme était bien trop vieille, bien trop squelettique. Ses épaules saillaient sous un sweat-shirt si étriqué que les pointes de ses seins se dessinaient à chaque respiration.

Sa masse de cheveux frisottés couleur paille était séparée par une raie bien plus sombre. De profondes rides entouraient sa bouche. Quant au regard, il était aussi calculateur, aussi aigu que ses épaules.

Alors ces yeux s'emplirent de larmes, cette bouche se mit à trembler.

— Syb, chevrota-t-elle en tendant une main implorante, Dieu merci, tu es venue !

— Gloria...

Elle avança d'un pas et lui prit la main.

— Que s'est-il passé ?

— Je ne sais pas. Je n'y comprends rien du tout. J'ai tellement peur !

Elle laissa retomber sa tête sur la table et se mit à sangloter bruyamment.

— S'il vous plaît, dit Sybill au policier en s'asseyant à côté d'elle pour la prendre dans ses bras. Pourrions-nous rester seules un instant ?

— Je serai derrière la porte, répondit-il en fixant Gloria.

S'il se dit que la femme effondrée qu'il avait sous les yeux n'avait rien à voir avec la furie jurant comme une poissarde qu'on avait amenée au poste quelques heures plus tôt, son visage n'en laissa rien paraître.

— Laisse-moi aller te chercher un peu d'eau, veux-tu ? proposa Sybill quand elles furent seules.

Elle se leva et se précipita vers la carafe posée sur la table, emplit un gobelet puis revint prendre fermement les mains de sa sœur.

— Tu as payé la caution ? Pourquoi on se tire pas d'ici ? J'veux pas rester.

— Je vais m'en occuper. Dis-moi ce qui s'est passé.

— J't'ai dit que je sais pas. J'étais avec ce type. Je me sentais seule, dit-elle en reniflant, avant d'accepter le mouchoir en papier que lui tendait Sybill. On a discuté un moment. Et puis on allait sortir déjeuner quand les flics ont radiné. Lui, il s'est carapaté, et ils m'ont arrêtée. Tout ça s'est passé si vite…

Elle enfouit le visage dans ses mains.

— Ils ont trouvé de la drogue dans mon sac. C'est sûrement lui qui l'avait mise là.

— Très bien. Je suis certaine que nous allons arranger cela.

Sybill voulait désespérément la croire, accepter sa version des faits, et se haïssait de ne pas y parvenir. Du moins, pas complètement.

— Quel était son nom ?

— John. John Barlow. Il avait l'air si gentil, Sybill. Si compréhensif. J'étais vraiment au trente-sixième dessous. A cause de Seth.

Elle baissa les mains, dévoilant un regard tragique.

— Mon petit garçon me manque tant.

— Etais-tu en route pour St. Christopher ?

Elle baissa les yeux.

— Je me disais que si jamais j'avais une chance de seulement le voir...

— Est-ce cela que t'a suggéré ton avocat ?

— Mon... euh...

Elle hésita. Oh, peu de temps, mais suffisamment pour faire tinter une sonnette d'alarme dans la tête de Sybill.

— Non, mais les avocats ne comprennent rien. Tout ce qu'ils font, c'est réclamer du fric.

— Quel est le nom de ton avocat ? Je l'appellerai. Il pourrait nous aider à arranger cette histoire.

— Il n'est pas dans le coin. Ecoute, Sybill, je veux juste me tirer d'ici. Tu peux pas savoir à quel point c'est horrible. Tu vois ce flic, là-dehors ? souffla-t-elle en désignant la porte. Eh bien, il m'a tripotée.

L'estomac de Sybill recommença à lui faire mal.

— Que veux-tu dire par là ?

— Tu sais très bien ce que je veux dire ! répondit Gloria en laissant transparaître dans sa voix le premier signe d'agacement. Il m'a pelotée en disant qu'il reviendrait plus tard. Il va me violer, si je reste.

Sybill ferma les yeux et pressa ses doigts sur ses paupières closes. Lorsqu'elles étaient encore adolescentes, Gloria avait accusé une bonne douzaine de jeunes gens ou d'hommes de l'avoir molestée. Y compris le proviseur de leur collège. Et leur propre père.

— Ne recommence pas avec ça, Gloria. J'ai dit que je t'aiderais.

— Je te répète que ce saligaud a mis ses mains partout sur moi. Dès que je serai sortie d'ici, je porte plainte ! s'écria-t-elle en écrasant le gobelet vide. Et j'en ai rien à cirer si tu me crois pas. Je sais ce que je sais.

— Très bien. Mais laissons tomber pour l'instant. Comment as-tu su où me trouver ?

— Hein ?

Cette soudaine bouffée de colère avait bien failli

faire oublier son rôle à Gloria. Elle dut batailler pour reprendre le cours de ses manœuvres.

— Qu'est-ce que tu veux dire ?
— Je ne t'ai pas précisé où j'allais, ni combien de temps j'y séjournais, je t'ai seulement dit que je te contacterais bientôt. Comment as-tu su dans quel hôtel m'appeler, à St. Christopher ?

Appeler Sybill avait été une erreur, Gloria s'en était rendu compte tout de suite après avoir passé ce coup de fil. Mais à ce moment-là elle était hors d'elle et saoule comme un cochon. Et elle n'avait pas suffisamment d'argent sur elle pour payer la caution. Mais elle avait eu le temps de cogiter, depuis. Et elle savait parfaitement comment manipuler sa sœur. Culpabilité et responsabilité étaient des armes infaillibles.

— Je te connais bien, expliqua-t-elle en souriant à travers ses larmes. J'ai tout de suite su que tu allais m'aider quand je t'ai raconté ce qui était arrivé à Seth. J'ai d'abord essayé ton appartement, à New York…

Elle l'avait effectivement fait, mais une semaine plus tôt.

— … et quand ton service d'abonnés absents m'a précisé que tu étais en déplacement, je leur ai expliqué que j'étais ta sœur et que c'était un cas de force majeure. Alors ils m'ont donné le numéro de ton hôtel.

— Je vois.

C'était plausible. Et même logique.

— Je vais m'occuper de ta mise en liberté, Gloria, mais sous certaines conditions.

— Ah, ouais ! s'esclaffa Gloria. J'ai déjà entendu ça quelque part.

— Je veux le nom de ton avocat afin de pouvoir le contacter. Je veux être plus amplement informée sur les tenants et les aboutissants de la situation, en ce qui concerne Seth. Je veux que tu me dises tout. Nous allons dîner ensemble et tu vas tout me raconter à propos des Quinn. Tu m'expliqueras également pourquoi ils prétendent que Ray Quinn t'a donné de l'argent pour Seth.

— Ces salauds sont tous des menteurs.

— Je les ai rencontrés, objecta calmement Sybill. Ainsi que leurs femmes. J'ai également vu Seth. Après cela, il m'est extrêmement difficile de te croire.

— On ne peut pas toujours se fier aux apparences. Bon Dieu, on dirait le vieux ! lança Gloria en tentant de se lever, avant de pousser un juron en entendant tinter la menotte à son poignet. Les deux éminents Drs Griffin !

— Cela n'a absolument rien à voir avec mon père, répondit paisiblement Sybill. Et tout, j'en ai peur, avec le tien.

— Va te faire voir ! hurla Gloria, ses lèvres tordues en un rictus hideux. La fille parfaite, l'étudiante modèle ! Un vrai petit robot. Contente-toi de payer cette saloperie de caution ! J'ai du fric de côté, je te rembourserai. Et je récupérerai mon gamin sans ton aide, ma chère sœur. Mon gosse. Tu préfères écouter ce que te racontent tout un tas d'inconnus plutôt que de croire ta chair et ton sang ? O.K. De toute façon, tu m'as toujours détestée.

— Je ne te déteste pas, Gloria. Je ne t'ai jamais détestée.

Mais elle le pourrait. Oh oui, très facilement.

— Et je ne dis pas que je les crois. J'essaie seulement de comprendre.

Gloria tourna la tête. Pas question que Sybill voie son sourire de triomphe. Elle avait fini par trouver sur quel bouton appuyer.

— J'ai besoin de sortir d'ici, de faire un brin de toilette.

Elle fit en sorte que sa voix s'éraille au bon moment.

— Je ne peux plus parler de tout cela. Je suis si fatiguée.

— Je vais aller m'occuper des papiers. Je suis certaine que cela ne prendra pas longtemps.

Comme elle se levait, Gloria attrapa sa main et la pressa contre sa joue.

— Excuse-moi, excuse-moi, j'ai dit des horreurs. Mais je ne les pensais pas, promis. Je suis tellement à bout que je ne sais plus ce que je dis. Je me sens si seule.

— Tout va bien, répondit Sybill en récupérant sa main.

Elle se dirigea vers la porte sur des jambes qui lui parurent aussi fragiles que du verre.

Une fois sortie, elle avala deux aspirines et un antiacide tout en attendant les formulaires. Physiquement, songea-t-elle, Gloria avait énormément changé. La jeune fille étonnamment jolie s'était durcie et avait pris un sacré coup de vieux. Mais émotionnellement, elle avait bien peur qu'elle ne soit exactement la même. Cette enfant insatisfaite, perturbée et manipulatrice qui avait pris un malin plaisir à semer la confusion dans leur famille.

Elle allait insister pour que Gloria suive une thérapie, décréta-t-elle. Si sa toxicomanie était avérée, elle veillerait également à ce qu'elle fasse une cure de désintoxication. La femme à qui elle venait juste de parler n'était certainement pas en état d'assumer la garde d'un jeune garçon. Elle allait donc s'enquérir de ce qui serait le mieux pour lui en attendant que Grace retrouve le nord.

Elle devrait, bien évidemment, se faire assister d'un avocat. Dès demain matin elle en trouverait un, afin de discuter avec lui des droits de Gloria et du bien de l'enfant.

Et puis, il lui faudrait affronter les Quinn.

Cette seule pensée suffit à raviver ses maux d'estomac. La confrontation était inévitable. Et rien ne la laissait plus désemparée, plus vulnérable, que les mots de colère et les sentiments haineux.

Mais elle s'y préparerait. Elle prendrait le temps de réfléchir ; elle anticiperait leurs questions comme leurs exigences et leur donnerait les réponses appropriées. Elle saurait, par-dessus tout, rester calme et objective.

Lorsqu'elle vit Phillip pénétrer dans le bâtiment, son esprit se vida totalement. Blême, statufiée, elle vit son regard se rétrécir, se durcir dès qu'il l'aperçut.

— Que faites-vous là, Sybill ?
— Je... euh...

Ce ne fut pas la panique qui la submergea, mais l'embarras et la honte.

— Je suis venue pour affaires.
— Vraiment ?

Il fit deux pas vers elle tandis que ses frères, immobiles, attendaient en silence. Et il lut sur son visage sa culpabilité et sa frayeur.

— Que représente pour vous Gloria DeLauter, docteur Griffin ?

Elle s'ordonna de garder un visage impassible, un regard direct.

— C'est ma sœur.

Sa fureur était froide, terrible. Il serra les poings et les fourra dans ses poches.

— C'était bien pratique, n'est-ce pas ? Espèce de garce ! dit-il d'une voix égale qui la fit tressaillir comme s'il l'avait frappée. Vous vous êtes servie de moi pour arriver jusqu'à Seth, hein ?

Elle secoua la tête, mais ne put rien lui opposer car c'était la vérité. Elle l'avait utilisé, elle les avait tous utilisés.

— Je voulais seulement le voir. C'est mon neveu. Je devais savoir s'il était bien traité.

— Ah oui ? Alors pouvez-vous me dire ce que vous avez foutu, ces dix dernières années ?

Elle ouvrit la bouche, mais Gloria, en arrivant, coupa court à ses excuses, à ses explications.

— Foutons le camp d'ici et paie-moi un verre, Syb.

Elle rajusta un sac rouge sur son épaule et décocha à Phillip un sourire charmeur.

— On parlera tant que tu voudras. Eh, salut, beau gosse !

Elle tortilla un peu du derrière, se posa la main sur la hanche et tenta sa chance auprès des deux autres hommes.

— Comment ça va, vous autres ?

Le contraste entre les deux sœurs était total. D'un côté, Sybill, pâle et impassible, sa chevelure lustrée soigneusement rejetée en arrière, le visage vierge de tout maquillage et les yeux cernés, vêtue avec une élégance discrète d'un tailleur-pantalon gris sur un corsage blanc pur. De l'autre, Gloria, ses os saillants et ses quelques courbes soigneusement soulignées par un jean et un tee-shirt plus que moulants, les lèvres du même rouge vif que son sac et les yeux charbonneux. Elle avait tout à fait l'air, songea Phillip, de ce qu'elle était. Une putain vieillissante à la recherche d'un client potentiel.

Le souvenir de sa mère que Gloria éveillait en lui le rendit malade.

Elle puisa une cigarette dans un paquet chiffonné sorti de son sac et l'agita entre ses doigts.

— T'as du feu, beau mec ?

— Gloria, je te présente Phillip Quinn.

Cette seule formule résonna sinistrement à ses oreilles.

— Les deux autres sont ses frères, Cam et Ethan.

— Bien, bien, bien.

Le sourire de Gloria vira à une épouvantable grimace.

— Alors comme ça, voilà le foutu trio de Ray Quinn. Qu'est-ce que vous voulez ?

— Des réponses, assena durement Phillip. Sortons.

— J'ai rien à vous dire. Vous faites un geste qui me plaît pas, et je hurle, rétorqua-t-elle en agitant sa cigarette toujours éteinte. Y a tout un tas de flics par ici. On verra si vous aimez leurs cages.

— Gloria, intervint Sybill en posant une main apaisante sur son bras, le seul moyen de régler le problème est d'en discuter calmement.

— Ils ont pas l'air de vouloir discuter calmement du tout. Ils veulent me casser la gueule, oui !

Elle changea adroitement de tactique et se rapprocha de sa sœur, lui enlaçant la taille.

— Ils me foutent la trouille. S'il te plaît, me laisse pas tomber, Sybill !

— Je fais de mon mieux. Personne ne va te frapper, Gloria. Nous allons trouver un endroit où nous asseoir et parler posément de tout ceci. Je serai à côté de toi.

— J'crois bien que je vais être malade, se lamenta aussitôt Gloria.

Et, bras serrés autour du ventre, elle se précipita vers les toilettes.

— Joli numéro ! persifla Phillip.

— Elle n'en peut plus, répondit Sybill en se tordant les doigts. Elle n'est absolument pas en état de discuter de cette histoire ce soir.

Il reporta son regard sur elle. Un regard empli de dérision.

— Vous ne comptez tout de même pas me faire croire que vous avalez ses bobards ? Soit vous êtes incroyablement crédule, soit vous me prenez pour une poire.

— Elle a passé la majeure partie de l'après-midi en prison, s'énerva Sybill. N'importe qui réagirait mal. Ne pouvons-nous remettre la discussion à demain ? Depuis le temps que cette histoire traîne, vous n'en êtes certainement plus à un jour près.

— Nous sommes ici maintenant, intervint Cam. Donc nous réglerons le problème maintenant. Bon, vous allez la chercher, ou c'est moi qui m'en charge ?

— Est-ce ainsi que vous envisagez de résoudre le problème ? En la brutalisant ? Et moi avec, tant que vous y êtes ?

— Vous feriez mieux de ne pas me demander comment j'envisage de résoudre le problème, intervint Cam. Après ce qu'elle a fait voir à Seth, on ne peut rien lui faire qu'elle n'ait largement mérité.

Mal à l'aise, Sybill regarda par-dessus son épaule, en direction de l'homme en uniforme debout derrière le comptoir.

— Je ne pense pas qu'aucun d'entre nous tienne à provoquer un scandale en plein poste de police.

— Parfait, répondit Phillip en lui prenant le bras. Sortons donc d'ici et provoquons-en un.

Si elle demeura sur ses positions, ce fut autant par crainte que par bon sens.

— Nous nous verrons demain, à l'heure qui vous conviendra. Pour l'instant, je l'emmène à mon hôtel.

— Je vous interdis de l'amener à St. Christopher!

Sybill tressaillit sous la pression de ses doigts.

— Très bien. Que suggérez-vous?

— Je vais vous dire, moi, ce que je suggère, commença Cam — mais Phillip leva la main.

— Princess Anne. Vous l'amenez au bureau d'Anna, dans le bâtiment des services sociaux, demain à neuf heures, afin que tout cela reste dans un cadre officiel. Cela vous convient-il?

— Oui.

Soulagée, elle laissa échapper un soupir.

— C'est entendu. Je vous l'amènerai. Vous avez ma parole.

— Votre parole, je n'en donnerais pas un radis, Sybill, rétorqua Phillip en se penchant vers elle. Mais je vais vous dire une bonne chose : si vous ne l'amenez pas, nous la trouverons tout seuls. Dans le même temps, si l'une ou l'autre d'entre vous essaie de s'approcher à moins d'un kilomètre de Seth, croyez bien que vous passerez toutes deux un certain temps en prison.

Sur ce, il relâcha son bras et recula.

— Nous serons là à neuf heures, conclut-elle, résistant au besoin de se frotter le bras.

Puis elle pivota et partit rejoindre sa sœur dans les toilettes.

— Pourquoi diable lui as-tu cédé ? s'emporta Cam en sortant. On l'avait enfin sous la main !

— On en tirera bien plus demain matin.

— A d'autres !

— Phillip a raison, intervint Ethan. Il faut maintenir tout ça dans un cadre officiel et garder la tête froide. C'est beaucoup mieux pour Seth.

— Pourquoi ? Pour permettre à sa garce de mère et à sa sale menteuse de tante de s'entendre sur ce qu'elles vont dire ? Seigneur, quand je pense que Sybill a passé une bonne heure seule avec Seth hier, j'ai envie de...

— C'est fait, c'est fait, l'interrompit sèchement Phillip. Il va bien. Nous allons bien.

Le sang bouillonnant dans ses veines, il ouvrit la portière de la Jeep à la volée.

— Et nous sommes cinq. Jamais elles ne poseront ne serait-ce qu'un doigt sur Seth.

— Il ne l'a pas reconnue, fit alors remarquer Ethan. C'est drôle, non ? Il ne savait visiblement pas qui était Sybill.

— Moi non plus, marmonna Phillip en passant la première. Mais maintenant, si.

La priorité pour Sybill fut d'offrir un repas chaud à Gloria et de la calmer. Elle l'interrogerait plus tard. Le petit restaurant italien situé à quelques encablures du poste de police lui parut tout à fait approprié.

— J'ai les nerfs à fleur de peau, lança Gloria en tirant d'énormes bouffées de sa cigarette tandis que Sybill insérait la voiture dans une place libre. Le culot de ces sales bâtards, me courir après comme ça ! Tu sais ce qu'ils auraient fait si j'avais été toute seule, n'est-ce pas ?

Sybill soupira et sortit de voiture.

— Tu as besoin de manger.

— Tu parles !

Gloria examina le décor du restaurant en reniflant de mépris. Un cadre coloré accueillant, avec ses poteries, ses bougeoirs et ses nappes à carreaux.

— J'veux pas de la bouffe ritale mais un bon steak bien épais.

— S'il te plaît.

Ignorant son irritation, Sybill prit le bras de sa sœur et demanda une table pour deux.

— Fumeur, ajouta Gloria en sortant une autre cigarette, tandis qu'on les emmenait vers le coin le plus bruyant du restaurant. Plus un gin-tonic. Double.

Sybill se massa les tempes.

— De l'eau minérale. Merci.

— Eh, lâche la pression, suggéra Gloria en voyant repartir la serveuse. T'as la mine de quelqu'un qui a besoin d'un verre.

— Non. Je conduis, et de toute façon je n'en veux pas, répondit Sybill en se détournant du nuage de fumée exhalé par sa sœur. Il faut que nous parlions sérieusement.

— Laisse-moi d'abord avaler un peu de lubrifiant, O.K. ?

Tout en fumant, elle passa en revue les hommes installés au bar.

Seigneur, Sybill était vraiment assommante ! Elle l'avait toujours été, songea-t-elle en pianotant des ongles. Mais elle était utile, la petite sœur. Ça aussi, elle l'avait toujours été. Si on savait comment s'y prendre, torrents de larmes à l'appui, on en faisait ce qu'on voulait.

Elle avait bien besoin d'un atout maître, avec les Quinn. Qui conviendrait mieux que Sybill, le respectable Dr Griffin ?

— Gloria, tu n'as même pas demandé des nouvelles de Seth.

— Comment il va ?

— Je l'ai vu plusieurs fois, je lui ai parlé. J'ai vu où

il habite, où il va à l'école. J'ai même rencontré quelques-uns de ses copains.

Gloria perçut immédiatement le sérieux de sa sœur et reprit une position plus correcte.

— Il va bien ? demanda-t-elle avec un sourire soigneusement hésitant. Dis, il a demandé après moi ?

— Il va très bien. Merveilleusement bien, en fait. Qu'est-ce qu'il a grandi, depuis que je ne l'avais pas vu !

Tu parles, y bouffe comme un cochon ! se souvint Gloria. Ses fringues et ses pompes étaient toujours trop petites. Comme si elle avait du fric à claquer rien que pour lui.

— Il ne savait pas qui je suis.

— Hein ? Comment ça ?

Gloria attrapa son verre au vol avant même qu'il atteigne la table.

— Tu lui as pas dit ?

— Non, je ne lui ai pas dit, répondit Sybill en levant les yeux vers la serveuse. Nous n'avons pas encore choisi.

— Alors comme ça, tu farfouillais incognito ! s'esclaffa Gloria en laissant échapper un hennissement de rire. Tu m'étonnes, petite sœur !

— Je pensais qu'il valait mieux commencer par observer la situation avant d'en modifier la dynamique.

Gloria renifla, méprisante.

— Ah, ça, ça te ressemble plus. Tu changeras jamais. Observer la situation avant d'en modifier la dynamique, répéta-t-elle en singeant Sybill. Mince, la situation est que ces fils de pute ont mon fils. Ils m'ont menacée, et Dieu seul sait ce qu'ils lui font subir. J'veux du pognon pour arriver à le récupérer.

— Je t'ai envoyé de l'argent pour l'avocat, lui rappela Sybill.

Gloria fit cliqueter les glaçons contre ses dents en buvant. Ouais, z'étaient arrivés juste à point, ces cinq mille billets. Comment aurait-elle pu deviner que le fric soutiré à Ray filerait aussi vite ? Mais elle avait eu des frais, n'est-ce pas ? Pour une fois, elle avait voulu prendre du bon temps. S'amuser un peu. C'est le double qu'elle aurait dû extorquer au vieux.

Pas grave, elle tirerait Seth des griffes de ces bâtards qu'il avait élevés.

— Tu as bien reçu l'argent que je t'avais envoyé pour payer l'avocat, n'est-ce pas, Gloria ?

Gloria avala une autre gorgée.

— Ouais. Mais bon, les avocats savent comment te piquer tout ton flouze. Hé ! cria-t-elle en agitant son verre vide en direction de la serveuse. Un autre, s'il vous plaît.

— Si tu continues à boire sans manger, tu vas être à nouveau malade.

Gloria réprima un hennissement d'énervement en s'emparant du menu.

— Eh, ils ont du steak à la florentine. Je vais prendre ça. Tu te souviens quand le vieux nous a emmenées en Italie, un été ? Tous ces types si sexy sur leurs motos... Dieu du ciel, j'en ai passé, un sacré bon moment, avec ce mec, là... quel était son nom, déjà ? Carlo, Léo, ou je ne sais quoi. Je l'avais fait entrer en douce dans notre chambre. Toi, tu étais trop coincée pour regarder, alors tu avais dormi dans le vestibule pendant qu'on s'envoyait en l'air comme des malades dans la piaule !

Elle attrapa son deuxième verre et le leva.

— Dieu bénisse les Italiens !

— Je vais prendre des *linguini* au pistou et une salade.

— Donnez-moi un steak, saignant, dit Gloria en tendant le menu à la serveuse sans même la regarder. Et évitez-moi la bouffe pour lapin. Ça fait un bail, pas vrai, Syb ? Quoi ? Quatre, cinq ans ?

— Six. Cela fait juste six ans que je suis rentrée à la maison pour constater que Seth et toi aviez disparu. De même que quelques-uns de mes objets personnels.

— Ouais. Navrée. J'étais ratissée. Pas évident d'élever un môme toute seule, tu sais. L'argent manque toujours.

— Tu ne m'as jamais vraiment parlé de son père.

— Quoi en dire ? C'est du vieux, tout ça, fit Gloria en suçant un glaçon.

— Comme tu voudras. Venons-en donc aux événements présents. J'ai besoin de savoir absolument tout ce qui est arrivé. Je dois comprendre, afin de pouvoir t'aider et savoir comment mener notre réunion de demain.

Le gin-tonic retomba lourdement sur la table.

— Quelle réunion ?

— Nous allons aux services sociaux demain matin afin de mettre tous les problèmes sur le tapis, discuter de la situation et tenter d'y apporter une solution.

— Tu rigoles, ou quoi ? J'irai pas. La seule chose qu'ils veulent, c'est m'entuber.

— Baisse le ton, ordonna sèchement Sybill. Et écoute-moi. Si tu veux t'en sortir, si tu veux récupérer ton fils, tout cela doit être fait dans le calme et la légalité. Tu as besoin d'aide, Gloria, et je suis prête à t'aider. D'après ce que je peux voir, tu n'es pas en état de récupérer Seth maintenant.

— Mais de quel côté tu es ?
— Du sien.

C'était sorti tout seul, mais elle se rendit alors compte que c'était la plus stricte vérité.

— Je suis de son côté, et j'espère que cela signifie que je suis également du tien. Je dois savoir ce qui s'est passé aujourd'hui.

— Je t'ai déjà dit que j'avais été piégée.

— Parfait. Mais ce point aussi sera examiné. Les tribunaux ne sont jamais très cléments face à une femme accusée de détention de drogue.

— Super ! Pourquoi n'irais-tu pas à la barre des témoins pour leur dire à quel point je suis nulle ?

Parce que c'est ce que tu penses, de toute façon. Ce que tu as toujours pensé.
— Arrête cela, s'il te plaît.
Baissant la voix, Sybill se pencha par-dessus la table.
— Je fais tout ce que je peux pour toi. Si tu veux me prouver que tu tiens vraiment à ce que cela fonctionne, il te faut coopérer, il te faut me donner quelque chose en échange, Gloria.
— Rien n'a jamais été gratuit, avec toi.
— Nous ne parlons pas de moi. Je paierai tes frais de justice, je parlerai à l'assistante sociale, je ferai en sorte que les Quinn comprennent tes droits et tes désirs. Je veux que tu acceptes de suivre une cure de désintoxication.
— Pour quoi faire ?
— Tu bois trop, Gloria.
Elle renifla, puis avala intentionnellement une autre gorgée de gin.
— J'ai eu une rude journée.
— Tu avais de la drogue en ta possession.
— J'ai dit qu'elle était pas à moi, merde !
— Oui, tu l'as déjà dit, rétorqua Sybill, plus calmement. Voici ce que je te propose : tu te fais conseiller, tu entreprends une thérapie et une cure de désintoxication. Moi, en échange, j'arrange ton problème, je paie les factures, je t'aide à trouver un travail et un appartement.
— Une thérapie ! hennit Gloria en finissant son verre. Et puis quoi, encore ? Le vieux et toi, vous avez toujours cru que c'était la panacée.
— Ce sont mes conditions.
— Alors c'est toi qui mènes la danse. Seigneur, commande-moi un autre verre, faut que j'aille pisser.
Sur ce, Gloria s'empara de son sac et s'en fut vers le bar.
Sybill se laissa aller contre le dossier de sa chaise en fermant les yeux. Pas question de commander un autre verre, pas quand l'élocution de sa sœur commençait

à s'embrouiller. Encore une petite bataille supplémentaire.

Les aspirines avalées un peu plus tôt n'avaient servi à rien. La douleur lui martelait les tempes régulièrement, à présent. Elle avait l'impression d'avoir le front serré dans un étau. Oh, pouvoir s'étendre, éteindre la lumière et glisser dans un oubli bienheureux...

Phillip la rejetait, à présent. Comme cela faisait mal, ce rejet, cette honte, quand elle se rappelait le mépris lu dans son regard ! Peut-être le méritait-elle, après tout. Mais là, maintenant, elle n'avait plus les idées assez claires pour en être certaine. En revanche, elle savait qu'elle en était mortifiée.

Mais surtout, surtout, elle était furieuse contre elle de l'avoir laissé prendre une telle importance pour elle en si peu de temps... C'était ridicule ; elle ne le connaissait que depuis quelques jours à peine. Elle qui avait toujours bien verrouillé ses émotions !

Une banale attraction physique, quelques heures agréables, voilà ce que cela aurait dû être. Comment les choses avaient-elles pu prendre ce tour ?

Mais elle savait que le baiser impétueux de Phillip avait tout déclenché, éveillant en elle des pulsions qu'elle avait jusqu'alors réussi à refouler au plus profond d'elle-même.

Et maintenant elle se retrouverait frustrée. Vu les circonstances, Phillip Quinn et elle n'étaient pas destinés à entretenir une relation, de quelque nature qu'elle fût. S'ils parvenaient à se parler à présent, ce serait uniquement à cause de l'enfant. Ils se comporteraient tous deux en adultes responsables, seraient froidement polis l'un envers l'autre et — elle l'espérait — raisonnables.

Pour le bien de Seth.

Elle ouvrit les yeux. La serveuse lui servait sa salade, une expression de pitié détestable dans le regard.

— Puis-je vous apporter autre chose, madame ? Encore de l'eau ?

— Non, je vous remercie. Vous pouvez emporter cela, dit-elle en désignant le verre vide de Gloria.

Si son estomac se rebellait à la seule pensée de nourriture, elle se força à empoigner sa fourchette. Durant cinq bonnes minutes, elle joua avec sa salade tout en jetant de fréquents coups d'œil vers le fond de la salle.

Elle doit encore être malade, songea-t-elle amèrement. Elle allait devoir y aller, lui tenir la tête, l'écouter gémir et nettoyer derrière.

Repoussant et son ressentiment et la honte qui en découlait, elle se leva et se dirigea vers les toilettes.

— Gloria, ça va ?

Personne devant le lavabo, aucune réponse de l'un ou l'autre box. Résignée, elle entreprit d'en ouvrir les portes.

— Gloria ?

Dans le dernier box, elle découvrit son propre portefeuille ouvert sur le couvercle des toilettes. Stupéfaite, elle s'en empara.

Ses papiers d'identité, ses cartes de crédit s'y trouvaient toujours, mais tout son argent liquide s'était envolé. En même temps que sa sœur.

10

La tête sur le point d'exploser, les mains tremblantes, à la limite de l'évanouissement sous les coups de boutoir de la migraine, Sybill réussit tant bien que mal à déverrouiller la porte de sa suite. Si elle parvenait à avaler son médicament et à trouver l'oubli dans l'obscurité de sa chambre, peut-être trouverait-elle un moyen de garder la tête haute le lendemain matin et de faire face aux Quinn, seule, nonobstant ce cuisant et honteux sentiment d'échec.

Ils seraient persuadés qu'elle avait aidé Gloria à s'enfuir. Et comment pourrait-elle les en blâmer ? A leurs yeux, elle était déjà une menteuse, doublée d'une moucharde. Aux yeux de Seth également, à l'heure qu'il était.

Et, devait-elle bien admettre, aux siens aussi.

Elle tourna lentement, posément le verrou, accrocha la chaîne de sécurité, puis se laissa aller contre la porte refermée, le temps de récupérer l'usage de ses jambes.

Lorsque la lumière se fit, brutalement, elle étouffa un hurlement tout en couvrant de ses mains son regard ébloui.

— Vous aviez raison à propos de la vue, dit Phillip depuis la porte-fenêtre donnant sur le balcon. Elle est stupéfiante.

Elle baissa les mains, tentant de reprendre ses esprits. Il avait enlevé sa veste et sa cravate, mais à part ce détail, il était exactement le même que lors de leur confrontation au poste de police. Poli, urbain, l'écrasant de sa fureur froide.

— Comment êtes-vous entré ?

Il afficha un sourire cynique. Son regard était d'or glacé. De la couleur du soleil d'hiver.

— Vous me décevez, Sybill. J'aurais cru que les recherches que vous aviez menées sur votre... sujet vous avaient appris que je maîtrisais l'art et la manière du cambriolage depuis ma plus tendre enfance.

Elle resta où elle était, appuyée à la porte.

— Vous étiez voleur ?

— Entre autres choses, oui. Mais assez parlé de moi, lança-t-il en s'installant confortablement sur un bras du canapé — à l'image d'un ami rendant une petite visite à une vieille connaissance. Vous savez que je vous trouve fascinante ? Vos notes sont extrêmement révélatrices, même pour un profane.

— Vous avez lu mes notes ? Vous n'aviez absolument pas le droit de vous introduire ici sans y avoir été invité. Encore moins de brancher mon ordinateur et de lire mon travail.

Elle est si calme, songea-t-il en se levant pour aller se chercher une bière dans le minibar. Quel genre de femme est-elle, à la fin ?

— Pour autant que je suis concerné, Sybill, les jeux sont faits. Vous m'avez menti, et vous m'avez utilisé. Vous aviez tout prévu, n'est-ce pas ? Lorsque vous êtes arrivée au chantier, la semaine dernière, ce n'était absolument pas dû au hasard. Cela faisait partie de votre plan.

Il ne parvenait pas à garder son calme. Plus elle demeurait immobile, à le fixer d'un regard totalement inexpressif, plus il s'énervait.

— Autrement dit : infiltrer le camp ennemi, poursuivit-il en posant brutalement sa canette sur la table.

Le grincement de l'aluminium contre le bois lui transperça le crâne plus sûrement qu'une flèche.

— Observer, noter, et tout répéter à votre sœur. Et si je pouvais vous aider à vous glisser plus facilement derrière les lignes, vous étiez prête à vous sacrifier. Dites-moi, seriez-vous allée jusqu'à coucher avec moi ?

— Non, réussit-elle à répondre, une main sur les yeux, et résistant à l'envie irrépressible de se laisser glisser à terre pour s'y recroqueviller. Je n'ai jamais voulu...

— Je pense que vous mentez, l'interrompit-il en venant à elle.

Il lui attrapa le bras et l'obligea à se hausser sur la pointe des pieds.

— Je crois que vous auriez fait n'importe quoi. En considérant cela comme une leçon de choses supplémentaire, n'est-ce pas ? En plus d'aider votre garce de sœur à nous soutirer encore plus d'argent. Seth ne signifie rien de plus pour vous qu'il ne signifie pour elle. Juste un moyen d'arriver à vos fins.

— Non, ce n'est pas... Je n'arrive plus à penser...

La douleur devenait insupportable. S'il ne l'avait pas tenue en l'air comme un poulet, elle se serait mise à genoux pour le supplier.

— Je... Nous en parlerons demain. Je ne suis pas bien.

— Encore une chose que vous avez en commun, Gloria et vous. Cinéma, cinéma. Je ne marche pas dans la combine.

Le souffle commença à lui manquer, sa vue à se brouiller.

— Je vous demande pardon. Je ne peux plus supporter d'être debout. Il faut que je m'asseye. S'il vous plaît, il faut que je m'asseye.

Il la fixa, oubliant momentanément sa colère. Elle avait le visage blafard, les yeux vitreux, la respiration saccadée. Si elle simulait, alors, Hollywood avait manqué une actrice magistrale.

Marmonnant un juron, il la poussa jusqu'au canapé. Elle s'y laissa tomber comme une pierre.

Trop malade pour ressentir la moindre gêne, elle ferma les yeux.

— Mon porte-documents. Mes comprimés... dans mon porte-documents.

Il attrapa la petite mallette de cuir posée à côté du bureau et l'ouvrit.

— De l'Imitex ?

Il la regarda. La tête rejetée en arrière, les yeux fermés, elle serrait ses poings sur ses genoux comme pour arracher la douleur qui la tenaillait jusqu'à l'étouffer.

— Il n'y a pas plus fort contre la migraine.

— Oui, j'en prends de temps à autre.

— J'aurais dû les emporter. Si je l'avais fait, les choses ne seraient pas allées si loin.

— Tenez, dit-il en lui tendant un comprimé et un verre d'eau.

— Merci.

Elle renversa presque le verre, dans sa hâte d'avaler le remède.

— Cela prend un peu de temps, mais c'est mieux qu'une piqûre.

Elle referma les yeux et pria pour qu'il la laisse enfin seule.

— Avez-vous mangé?
— Pardon? Non, mais ça va aller.

Elle avait l'air fragile, tellement fragile... D'un côté, il se dit qu'elle méritait amplement cette douleur et fut tenté de la laisser seule face à son calvaire. Il n'en attrapa pas moins le téléphone pour demander le service de chambre.

— Je ne veux rien.
— Contentez-vous de rester tranquille.

Il commanda de la soupe et du thé, puis se mit à rôder dans la pièce.

Comment avait-il pu se méprendre aussi complètement sur elle? Il possédait pourtant l'art et le talent de confondre rapidement les gens, sans jamais se tromper. Et là, il n'avait vu qu'une femme intelligente, intéressante. Une femme qui avait de la classe, de l'humour et du goût, alors que sous cet impeccable vernis se cachait une menteuse, une tricheuse et une opportuniste.

Il ne fut pas loin d'éclater de rire. Car il venait d'évoquer précisément une partie de sa propre personnalité qu'il avait passé la moitié de sa vie à enterrer.

— Dans vos notes, vous dites ne pas avoir revu Seth depuis qu'il avait quatre ans. Pourquoi êtes-vous venue maintenant?

— Je pensais pouvoir être utile à quelque chose.
— Pour qui?

L'espoir d'une rémission enfin possible de la douleur lui donna la force de rouvrir les yeux.

— Je ne sais pas. Je croyais que je pourrais l'aider, lui, et aussi Gloria.

— Si vous en aidez un, vous faites souffrir l'autre.

J'ai lu vos notes, Sybill. Allez-vous essayer de me faire croire que vous aimez Seth ? « Le sujet paraît en bonne santé », je vous cite. Seth n'est pas un sujet mais un enfant, bon sang !

— Il est nécessaire d'être objectif.

— Il est nécessaire d'être humain.

Ce trait particulièrement acéré lui fit mal. Très mal.

— Déformation professionnelle, soupira-t-elle. Les schémas de comportement, je sais comment les manipuler. Les émotions, elles, me laissent totalement désarmée. J'avais espéré être capable de garder une certaine distance par rapport à la situation, afin d'être en mesure de l'analyser et de déterminer ce qui paraissait le mieux pour toutes les parties. Je n'y ai pas réussi.

— Pourquoi n'avez-vous rien fait avant ? Pourquoi n'avez-vous rien fait pour analyser la situation lorsque Seth était encore avec votre sœur ?

— Je ne savais pas où ils se trouvaient.

Elle secoua la tête. L'heure n'était pas aux excuses. Et puis, de toute façon, l'homme qui se tenait devant elle et dardait sur elle un regard glacial n'en accepterait aucune.

— Il est vrai aussi que je n'ai jamais fait vraiment l'effort de les chercher. J'envoyais parfois de l'argent à Gloria quand elle me contactait pour m'en demander, c'est tout. Ma relation avec elle a presque toujours été stérile et déplaisante.

— Pour l'amour de Dieu, Sybill, nous parlons d'un petit garçon, pas de vos souvenirs de rivalités entre sœurs !

— J'avais peur de m'attacher, rétorqua-t-elle brutalement. La seule fois où je l'ai vu, elle l'a emmené. C'était son fils, pas le mien. Je n'avais aucun droit sur lui. J'ai demandé à Gloria de me laisser l'aider, mais elle n'a rien voulu entendre et l'a élevé absolument seule. Mes parents l'ont déshéritée. Ma mère ne veut même pas savoir qu'elle a un petit-fils. Je sais que Gloria a des problèmes, mais cela ne doit pas être facile pour elle.

Phillip ne répondit rien pendant un long moment, puis :

— Vous parlez sérieusement ? s'enquit-il.

— Elle n'a jamais eu personne sur qui compter, commença-t-elle avant de fermer les yeux en entendant un coup discret à la porte. Je suis désolée, mais je ne crois pas être en mesure d'avaler quoi que ce soit.

— Bien sûr que si.

Phillip ouvrit la porte et demanda au serveur de déposer son plateau sur la table. Puis il le renvoya, muni d'un généreux pourboire.

— Essayez de manger un peu de soupe, ordonna-t-il. Vous devez absolument avaler quelque chose, sinon votre médicament va vous faire mal à l'estomac. N'oubliez pas que ma mère était médecin.

— Très bien.

Elle absorba avec difficulté quelques cuillerées comme elle l'aurait fait d'un médicament.

— Merci. Je suis certaine que vous faites un gros effort pour vous montrer gentil.

— Il m'est impossible de frapper quelqu'un qui est déjà à terre. Mangez, Sybill, et ensuite nous nous offrirons un round ou deux.

Elle réprima un soupir. Sa migraine commençait à s'apaiser un peu. Elle pourrait s'en arranger, pensa-t-elle. Et de lui avec.

— J'espère qu'au moins vous ferez l'effort d'essayer de comprendre mon point de vue. Gloria m'a appelée il y a quelques semaines, désespérée, terrifiée. Elle m'a dit qu'elle avait perdu Seth.

— Perdu ?

Phillip laissa échapper un bref éclat de rire sarcastique.

— Ça, c'est le comble !

— J'ai d'abord pensé à un enlèvement mais, par la suite, j'ai réussi à lui arracher quelques détails. Elle m'a expliqué que votre famille le lui avait pris. Elle était presque hystérique, paniquée à l'idée qu'elle ne le récupérerait peut-être jamais. Elle n'avait pas d'argent pour payer un avocat. Elle se battait toute seule contre une famille entière, contre tout un système. Je lui ai télégraphié l'argent pour l'avocat et lui ai dit que j'allais l'aider. Qu'elle devait attendre que je reprenne contact avec elle.

Manger lui faisait du bien, tout compte fait. Elle attrapa un des petits pains disposés dans un panier et le rompit.

— Alors j'ai décidé de venir et de voir par moi-même de quoi il retournait exactement. Je sais que Gloria ne dit pas toujours l'exacte vérité, qu'elle peut maquiller les faits pour mieux coller à sa version. Mais une chose est certaine : Seth est chez vous.

— Dieu merci !

Sybill contempla le morceau de pain au creux de sa main et se demanda si elle aurait la force de le porter à sa bouche. Puis elle reprit :

— Je sais que vous lui offrez un foyer agréable, mais elle est sa mère, Phillip. Elle a le droit de garder son enfant.

Il observa attentivement son visage, évalua la tonalité de sa voix, sans savoir s'il devait se mettre en colère ou la croire.

— Vous pensez vraiment ce que vous dites ?

La couleur revenait peu à peu à ses joues. Ses yeux s'étaient éclaircis. Ils croisèrent les siens sans ciller.

— Qu'entendez-vous par là ?

— Vous croyez vraiment que ma famille s'est emparée de Seth, a spolié une mère célibataire traversant une passe difficile en lui confisquant son enfant et qu'elle veut à toute force le récupérer ? Qu'elle a même un avocat pour faire valoir ses droits ?

— Seth est chez vous, répéta-t-elle.

— C'est vrai. Il est exactement là où il doit être, et il y restera. Laissez-moi vous énumérer quelques faits, à mon tour. Gloria a fait chanter mon père et lui a vendu son enfant.

— Je sais que c'est ce que vous croyez, mais...
— J'ai dit des faits, Sybill. Il y a moins d'un an, Seth vivait dans un taudis crasseux de Baltimore, et votre sœur faisait le trottoir.
— Pardon ?
— Dieu du ciel, mais d'où sortez-vous, bon sang ? Elle faisait le *tapin* ; suis-je suffisamment clair ? Et pas comme une mère désespérée faisant n'importe quoi pour survivre et nourrir son enfant. Simplement pour pouvoir continuer à se camer.

Sybill se contenta de secouer très lentement la tête, même si, au fond d'elle-même, elle était persuadée que chacun des mots qu'il venait de prononcer était vrai.

— Vous ne pouvez rien savoir de tout cela !
— Oh, si, je peux. Parce que je vis avec Seth. Parce que j'ai parlé avec lui. Parce que j'ai écouté ce qu'il me disait.

Elle avait si froid aux mains qu'elle les posa sur la théière.

— C'est un enfant. Il a pu se méprendre.
— Oh, bien sûr ! Je parie que vous avez raison. Il se trompait quand il disait qu'elle ramenait un jules à la maison, qu'elle était si défoncée qu'elle tombait par terre, si inerte qu'il se demandait si elle n'était pas morte. Il se méprenait, en racontant qu'elle le battait comme plâtre parce qu'elle était en manque !
— Elle le battait... ?

La tasse heurta violemment la soucoupe.

— Oui, elle le battait. Et je ne parle pas de petites fessées, docteur Griffin. Je parle de coups de poing, de coups de ceinture ou autres. Avez-vous déjà reçu un coup de poing dans la figure ? lui demanda-t-il en lui collant son propre poing serré sous les yeux. Essayez d'imaginer ce que vous ferait le mien. Et proportionnellement, ce serait à peu près la même chose qu'un poing de femme percutant le visage d'un enfant de cinq ou six ans. Rajoutez à cela l'alcool et la drogue, et déduisez-en la violence du coup. Je parle d'expérience. Ma mère me traitait comme Gloria traitait Seth.

Phillip tourna son poing et le contempla un instant.

— Ma mère avait un penchant pour la blanche — l'héroïne, si vous préférez. Si elle n'avait pas eu son fix, je vous jure qu'on apprenait vite fait à se tenir à distance. Je sais exactement ce que c'est, quand une femme vicieuse et en manque lève le poing sur vous.

Son regard revint sur elle.

— Votre sœur n'aura jamais plus l'occasion de lever le sien sur Seth.

— Je... Elle a besoin de suivre une thérapie. Je n'ai jamais... Il allait bien quand je l'ai vu. Si j'avais su qu'elle le maltraitait...

— Et je n'ai pas terminé. Seth est un beau petit garçon, n'est-ce pas ? C'est exactement ce que pensaient certains des clients de Gloria.

Le peu de couleur qui était revenu à ses joues disparut sur-le-champ.

— Non !

Tremblante, elle le repoussa et se remit sur ses pieds.

— Non, je ne peux pas vous croire ! C'est trop horrible ! C'est impossible !

— Elle n'a rien fait pour s'y opposer.

Sans plus se soucier de ses joues livides ou de sa fragilité, il poursuivit, inexorablement :

— Elle n'a jamais levé le petit doigt pour le protéger. Seth devait se débrouiller tout seul. Il se battait ou se cachait. Tôt ou tard, il y en aurait eu un auquel il n'aurait pu échapper.

— Ce n'est pas possible ! Elle n'aurait jamais fait ça !

— Mais si. D'autant que ça pouvait lui rapporter quelques dollars supplémentaires. Il a fallu des mois avant que Seth supporte qu'on le touche de façon tout à fait anodine. Il fait toujours des cauchemars. Et il suffit de prononcer le prénom de sa mère pour voir la terreur envahir son regard. Ça nous rend chaque fois malades. La voici, votre situation, docteur Griffin.

— Mon Dieu! Pensez-vous que je puisse accepter cela, la croire capable de telles horreurs? s'écria-t-elle, la main pressée contre son cœur. J'ai grandi avec elle. Vous, je vous connais depuis moins d'une semaine. Quelles raisons aurais-je de prendre vos paroles pour argent comptant, de considérer comme un fait acquis cette vilenie dont vous faites état?

— Je pense que vous l'acceptez déjà, répondit-il au bout d'un moment. Je sais que vous êtes intelligente et, disons, suffisamment perspicace pour pressentir la vérité. Vous refusez de l'admettre ; c'est tout à fait différent.

Elle en avait une peur bleue, en effet.

— Si c'est la vérité, pourquoi les autorités n'ont-elles jamais rien fait? Pourquoi n'a-t-on jamais aidé Seth?

— Sybill, avez-vous vécu si longtemps sur un joli petit nuage pour ignorer totalement à quoi ressemble la vie dans la rue? Et combien de Seth il y a, dans la rue? Le système marche, de temps en temps, pour un petit nombre de veinards. Il n'a pas fonctionné pour moi. Il n'a pas fonctionné pour Seth. C'est Ray et Stella Quinn qui m'ont sauvé. Et il y a moins d'un an, mon père a donné à votre sœur un premier acompte pour un garçon de dix ans. Il a ramené Seth à la maison et lui a offert une existence décente.

— Elle a dit... elle a dit qu'il l'avait pris.

— Oui, il l'a pris. Dix mille dollars la première fois, plus deux autres versements d'à peu près la même somme. Puis, en mars dernier, elle lui a envoyé une lettre lui réclamant un montant forfaitaire. Cent cinquante mille dollars en liquide, et il n'entendait plus jamais parler d'elle.

— Cent...

Consternée, elle se tut. Puis elle tenta de se concentrer sur un élément vérifiable.

— Elle lui a envoyé une lettre ?

— Je l'ai lue. On l'a trouvée dans la voiture à bord de laquelle mon père s'est tué. Il revenait de Baltimore. Il avait vidé presque tous ses comptes bancaires. Tout porte à croire qu'elle a pratiquement tout claqué dans les derniers mois, puisqu'elle nous a écrit pour nous réclamer encore davantage il y a quelques semaines.

Sybill pivota et fila vers la porte-fenêtre du balcon, qu'elle ouvrit brutalement. Elle avait besoin d'air frais. Un besoin urgent.

— Je suis donc censée croire que Gloria a fait tout ceci avec l'argent pour motivation principale ?

— Vous lui avez envoyé de l'argent pour son avocat. Quel est son nom ? Pourquoi n'a-t-il jamais contacté le nôtre ?

Elle ferma les yeux. Cela ne servirait à rien de se sentir trahie.

— Elle a éludé la question lorsque je la lui ai posée. Elle n'a visiblement aucun avocat, et je doute qu'elle ait jamais eu l'intention d'en consulter un.

— Eh bien ! railla-t-il, franchement sarcastique, vous y mettez le temps mais vous finissez quand même par piger !

— Je voulais la croire. Nous n'avons jamais été proches lorsque nous étions enfants, et cela doit être autant ma faute que la sienne. J'ai vraiment espéré pouvoir l'aider, et aider Seth.

— Donc, elle s'est jouée de vous.

— Je me sentais responsable. Ma mère est si intransigeante là-dessus... Elle est furieuse que je sois venue. Elle a refusé de revoir Gloria depuis qu'elle s'est enfuie, à dix-huit ans. Gloria prétendait que le proviseur du collège l'avait violentée. Ma mère et elle ont eu une discussion épouvantable à ce sujet et, le lendemain, Gloria avait disparu, avec une bonne partie des bijoux de ma mère, la collection de pièces de monnaie de mon père et du liquide. Je n'ai plus entendu parler d'elle pendant près de cinq ans. Cinq années qui furent un véritable soulagement.

« Elle me haïssait, poursuivit-elle posément, le regard braqué sur les flots. Elle m'a toujours haïe, aussi loin que je m'en souvienne. Quoi que je fasse, que je me batte avec elle ou que je m'efface, elle me détestait. Garder mes distances était la seule solution. Je ne la haïssais pas ; simplement, je n'éprouvais rien pour elle. Et si je fais abstraction de tout le reste, maintenant, c'est exactement la même chose. Je ne parviens pas à éprouver le moindre sentiment envers Gloria. Ce doit être un défaut, murmura-t-elle. Peut-être est-ce génétique.

Avec un pauvre sourire, elle lui fit de nouveau face.

— Cela pourrait donner lieu à une étude intéressante, un de ces jours.

— Vous n'avez jamais eu la moindre idée de ce qu'elle faisait ?

— Non. Dire que mon don d'observation est réputé... Je suis désolée, Phillip. Je suis terriblement désolée de ce que j'ai fait et n'ai pas fait. Je vous jure que je ne suis pas venue dans le but de nuire à Seth. Et je vous donne ma parole que je ferai tout ce qui sera en mon pouvoir pour l'aider. Je voudrais beaucoup aller aux services sociaux demain matin, parler à Anna et à votre famille. Si vous me le permettiez, j'aimerais parler à Seth, essayer de lui expliquer.

— Nous ne l'emmènerons pas au bureau d'Anna. Nous ne laisserons jamais Gloria l'approcher.

— Elle ne viendra pas.

Il cilla.

— Je vous demande pardon ?

— Je ne sais pas où elle est.

Vaincue, elle leva les bras.

— Quand j'ai promis de vous l'amener, j'étais sincère.

— Vous l'avez laissée filer ? Merde, alors !

— Non. Enfin, pas intentionnellement, se défendit-elle en se laissant tomber sur le canapé. Je l'ai emmenée au restaurant. Je voulais lui offrir un repas décent et parler avec elle. Elle était agitée et s'est mise à boire. Je ne savais pas comment m'y prendre avec elle. Je lui ai dit que nous allions régler le problème et lui ai annoncé notre visite à Anna dans la matinée. J'ai même posé des ultimatums, alors que j'aurais dû savoir à quoi m'en tenir. Cela ne lui a pas plu, mais je ne voyais pas comment elle pouvait s'y soustraire.

— Quel genre d'ultimatums ?

— Suivre une cure de désintoxication. Se faire aider, se reprendre en main avant d'essayer de récupérer la garde de Seth. Elle s'est rendue aux toilettes et, ne la voyant pas revenir, je suis allée la chercher. Je n'ai trouvé que mon portefeuille. Elle avait dû le subtiliser dans mon sac. Au moins, elle m'a laissé mes cartes de crédit, précisa-t-elle ironiquement. Elle devait savoir que je les aurais aussitôt déclarées volées. Elle a seulement pris mon argent liquide. Ce n'est pas la première fois qu'elle me vole, mais cela me surprend chaque fois. J'ai rôdé en voiture dans Hampton pendant presque deux heures en espérant la retrouver. Peine perdue. Je ne sais absolument pas où elle est ni ce qu'elle a l'intention de faire.

— Elle s'est bien fichue de vous !

— Je suis une adulte. Je peux faire face à ce genre de choses, remettre en cause mon point de vue. Mais Seth... Si seulement une partie de ce que vous m'avez dit est exacte... il va me haïr. Je le comprends, et je dois l'admettre. J'aimerais avoir une chance de lui parler.

— C'est lui qui en décidera.

— Cela me semble juste. Je vais avoir besoin d'accéder aux dossiers, reprit-elle en croisant les doigts. Je suis consciente du fait que vous pourriez me répondre que je n'ai qu'à revenir avec une injonction du tribunal, mais j'aimerais autant éviter cela. J'agirais mieux si je pouvais tout avoir noir sur blanc.

— Tout n'est pas toujours noir sur blanc lorsqu'on traite de la vie des gens, de leurs sentiments.

— Peut-être pas. Mais j'ai besoin de faits, de documentation, de rapports. Une fois que je les aurai, si je suis persuadée que l'intérêt de Seth est de rester dans votre famille, par le biais d'une garde légale ou d'une adoption, je ferai tout ce que je pourrai afin que cela se réalise.

Elle devait insister, maintenant. Insister jusqu'à ce qu'il accepte de lui donner une seconde chance. Juste une seule chance.

— Je suis psychologue, et la sœur de la mère naturelle. Je crois que mon opinion aurait un certain poids devant un tribunal.

Il l'étudia attentivement, objectivement. Les détails, pensa-t-il, c'était lui qui s'occupait des détails de cette affaire, après tout. Et celui qu'elle venait d'ajouter aurait son importance pour régler la situation selon le vœu des frères Quinn.

— Je pense que vous avez raison sur ce point, et je vais en discuter avec ma famille. Mais il me semble que vous n'avez pas encore compris, Sybill. Elle ne va pas se battre pour Seth. Elle n'a jamais eu l'intention de le faire. Elle essaie juste de s'en servir comme monnaie d'échange pour obtenir encore plus d'argent. A cela non plus, elle n'arrivera pas. Elle n'aura plus un centime.

— Donc, je ne peux servir à rien ? Vous ne voulez pas de mon concours ?

— Je ne sais pas. Je n'ai pas encore pris de décision.

Il se leva et se mit à faire les cent pas, faisant tinter des pièces de monnaie au fond de sa poche.

— Comment vous sentez-vous ?

— Mieux. Beaucoup mieux. Merci. Je suis navrée de m'être écroulée ainsi, mais ma migraine était arrivée à un point culminant.

— Vous en avez souvent ?

— Quelques-unes dans l'année. En général, je parviens à prendre un médicament lorsqu'elle démarre, et elles ne deviennent jamais aussi épouvantables. Mais lorsque je suis partie, cet après-midi, j'étais... J'avais la tête ailleurs.

— Faire libérer sa sœur de prison a de quoi vous distraire, en effet, répondit-il en la regardant de nouveau, presque curieux. Combien cela vous a-t-il coûté ?

— La caution avait été fixée à cinq mille dollars.

— Eh bien, je peux vous prédire que vous ne les reverrez jamais.

— Très probablement. Bah ! l'argent n'a pas vraiment d'importance.

— Ah bon ?

Il s'arrêta et se tourna vers elle. Elle avait l'air épuisée et terriblement fragile. Mais on ne laissait pas passer un avantage, même déloyal. Il insista donc.

— Qu'est-ce qui a de l'importance pour vous, Sybill ?

— Finir ce que j'ai commencé. Même si vous n'avez pas besoin de mon aide, je n'ai pas l'intention de m'en aller avant d'avoir fait ce que je dois faire.

— Si Seth ne veut pas vous voir, s'il ne veut pas vous parler, il ne le fera pas. Il en a déjà assez vu. Et sans lui, vous ne pourrez rien faire.

Elle redressa les épaules.

— Qu'il veuille ou non me voir ou me parler, j'ai la ferme intention de rester jusqu'à ce que tout ceci soit légalement réglé. Vous ne pouvez pas m'obliger à partir, Phillip. Vous pouvez me rendre la vie difficile et inconfortable, mais vous ne pouvez me forcer à partir tant que je ne serai pas satisfaite.

— Oh, oui, je peux vous la rendre très difficile. Je peux vous faire une vie quasiment insupportable si je le veux. Et j'y songe, justement.

Il se pencha vers elle, ignorant son sursaut de défense, et lui prit fermement le menton entre les doigts.

— Seriez-vous allée jusqu'à coucher avec moi ?
— Dans les circonstances actuelles, je trouve votre question parfaitement déplacée.
— Pas moi. Répondez.

Elle ne se déroba pas, garda les yeux plongés dans les siens.

— Oui.

Voyant son regard flamboyer, elle se dégagea d'un mouvement.

— Oui, j'aurais couché avec vous. Mais pas à cause de Seth ou de Gloria. Je l'aurais fait parce que j'en avais envie. Parce que vous m'attiriez, parce que, dès que vous étiez dans les parages, toutes mes priorités s'estompaient.

— Vos priorités s'estompaient ! s'exclama-t-il en se redressant et en fourrant les mains dans ses poches. Seigneur, vous êtes vraiment un cas ! Pourquoi est-ce que je trouve cette attitude mollassonne fascinante ?

— Je ne me sens absolument pas mollassonne. Vous m'avez posé une question, j'y ai répondu honnêtement. Et, vous l'aurez noté, ma réponse était formulée au conditionnel passé.

— Eh bien, maintenant j'ai autre chose sur quoi cogiter, si je veux que cela revienne au présent de l'indicatif. Ne dites pas que c'est déplacé, Sybill, l'avisa-t-il en la voyant ouvrir la bouche pour répondre. Je suis obligé de considérer cela comme un défi. Si nous terminions la soirée au lit, ni l'un ni l'autre ne serait très content de lui demain matin.

— Je ne vous apprécie pas particulièrement en ce moment.

— J'en ai autant à votre service, chérie, rétorqua-t-il en faisant de nouveau tinter sa monnaie. Nous allons maintenir le rendez-vous de demain matin dans le bureau d'Anna. Pour autant que je suis concerné, vous pourrez avoir accès à tous les documents en notre possession — y compris les lettres de chantage de votre sœur. Pour ce qui est de Seth, je ne vous fais aucune promesse. Si vous tentez de nous contourner, ma famille ou moi, pour arriver jusqu'à lui, vous le regretterez amèrement.

— Ne me menacez pas.

— Je ne vous menace pas, je vous livre des faits. C'est votre famille qui aime menacer.

Son sourire se fit acéré, presque dangereux. Et sans une once d'humour.

— Quand les Quinn font des promesses, ils les respectent.

— Je ne suis pas Gloria.

— Non, mais il nous reste toujours à découvrir qui vous êtes. Neuf heures demain matin. Oh, j'oubliais. Vous allez peut-être vouloir revoir une dernière fois vos notes, docteur Griffin. Ce faisant, il serait peut-être intéressant — d'un point de vue psychologique s'entend — de vous demander pourquoi vous trouvez beaucoup plus gratifiant d'observer au lieu de participer. Prenez quand même le temps de dormir, suggéra-t-il en partant vers la porte. Vous aurez besoin d'être en forme, demain matin.

— Phillip...

Mue par un coup de colère, elle se leva et attendit qu'il lui fît face.

— N'est-ce pas une chance que les circonstances se soient modifiées avant que nous ayons commis l'erreur de coucher ensemble ?

Il inclina la tête, à la fois impressionné et amusé. Elle osait une bien téméraire réplique finale.

— Chérie, je mesure pleinement ma chance.

Sur quoi il referma tranquillement la porte derrière lui.

11

Il fallait absolument mettre Seth au courant des événements de la journée. Pour cela, un seul moyen : tout lui raconter, sans rien omettre, comme on le fait en famille. Ethan et Grace le ramèneraient à la maison dès qu'ils auraient confié Audrey à sa baby-sitter.

— On n'aurait jamais dû la perdre de vue ! tonna Cam en arpentant la cuisine, les mains dans les poches, le regard étincelant de rage. Maintenant, Dieu seul sait où elle a filé. Et nous, au lieu d'obtenir des réponses et de la remettre à sa place une fois pour toutes, on se retrouve gros-Jean comme devant !

— Ce que tu viens de dire n'est pas tout à fait exact, intervint Anna tout en préparant du café frais. N'oublie pas que j'ai un rapport de police à ajouter à mon dossier. Et puis, sois réaliste : tu n'aurais jamais pu la traîner de force hors du poste de police et l'obliger à nous parler, Cam.

— Peut-être, mais ça aurait été nettement plus gratifiant que de la voir jouer les filles de l'air.

— Momentanément, je veux bien. Il n'en reste pas moins que, dans l'intérêt de Seth, tout doit se dérouler dans la légalité la plus totale.

— Mais, bon sang, que crois-tu qu'il va penser de tout ça, Seth ? l'apostropha-t-il en lui faisant face, furibond. Tu penses vraiment qu'il va trouver son intérêt dans le fait que nous n'ayons rien fait alors que nous avions Gloria sous la main ?

— Vous avez fait quelque chose, répondit Anna d'une voix égale : vous avez accepté de la rencontrer à mon bureau. Si elle ne vient pas au rendez-vous, cela nous fera un atout supplémentaire et la desservira d'autant.

— Elle ne traînera certainement pas aux alentours

des services sociaux demain matin, intervint Phillip en pressant deux doigts sur ses yeux, histoire de soulager quelque peu la pression. Mais Sybill sera là.

— On est supposés la croire, railla Cam, alors que jusqu'à présent elle n'a fait que mentir?

— Tu ne l'as peut-être pas vue ce soir, lui répondit posément son frère. Moi, si.

— Ouais, c'est ça! Comme si on ne savait pas avec quelle partie de ton anatomie tu la regardes, frérot!

— Ça suffit! s'exclama Anna en bondissant pour s'interposer. Vous n'allez pas vous battre comme des chiffonniers... Cela ne nous avancera à rien. Et puis, nous avons besoin de faire front commun. Seth en a besoin, ajouta-t-elle en les repoussant de toutes ses forces, chacun de son côté.

Alors, elle entendit s'ouvrir la porte d'entrée.

— Maintenant, assis, tous les deux. J'ai dit assis! ordonna-t-elle d'un ton sans réplique.

Le regard toujours aussi furibond, les deux frères obtempérèrent. Anna eut à peine le temps de souffler avant l'apparition de Seth, remorqué par deux chiens à la queue fouettant l'air.

— Salut! Comment ça va?

Son sourire radieux s'évanouit immédiatement. Une vie passée à subir les brusques changements d'humeur de Gloria lui avait appris très tôt à évaluer une atmosphère. Et dans la cuisine régnaient indubitablement tension et colère.

Il recula d'un pas et se figea lorsque Ethan arriva derrière lui et lui posa la main sur l'épaule, lui disant doucement:

— Ça sent bon le café.

— Je vais sortir des tasses, lança Grace, qui pénétrait dans la cuisine, sachant pertinemment qu'elle était bien plus à l'aise lorsque ses mains étaient occupées.

— Seth, tu veux un Coca?

— Qu'est-ce qui s'est passé? demanda-t-il, les mains glacées.

— Il va nous falloir un petit moment pour tout t'expliquer, répondit Anna en venant se placer devant lui.

Elle lui caressa la joue. Priorité absolue : éloigner cette peur abjecte qui avait d'ores et déjà pris possession du regard de l'enfant.

— Mais tu n'as pas à te faire de souci, précisa-t-elle.
— Elle a encore demandé de l'argent ? Elle va venir ici ? Ils l'ont laissée sortir de taule ?
— Non. Viens t'asseoir. On va tout t'expliquer.

Elle secoua la tête en direction de Cam avant qu'il puisse seulement ouvrir la bouche et planta son regard dans celui de Phillip tout en faisant asseoir Seth. C'était Phillip qui détenait les informations de première main. A lui, donc, de les délivrer.

Par quoi diable était-il censé commencer ? Il se passa la main dans les cheveux.

— Seth, connais-tu, même un peu, la famille de ta mère ?
— Non. Elle passait son temps à me raconter des craques. Un jour, elle disait que ses parents étaient riches à millions, vraiment pleins aux as, mais qu'ils étaient morts et qu'un avocat véreux avait volé tout l'héritage, le suivant, elle prétendait être orpheline, et qu'elle s'était sauvée de sa famille d'accueil parce que son père adoptif avait essayé de la violer. Ou bien que sa mère était une actrice de cinéma célèbre qui l'avait abandonnée pour ne pas ruiner sa carrière. Ça changeait tout le temps.

Tout en parlant, il étudiait chaque visage, tentant de deviner ce qui se passait.

— Mais bon, qu'est-ce que ça peut faire ? poursuivit-il en refusant d'un geste le soda que lui tendait Grace. Il n'y avait certainement personne, sinon, vous pensez bien qu'elle l'aurait tapé.
— Il y a quelqu'un et, pour reprendre tes mots, elle l'a tapé plusieurs fois, objecta Phillip d'une voix égale. Nous avons découvert aujourd'hui qu'elle a des parents, et aussi une sœur.

— Personne ne peut me forcer à aller avec eux! s'écria Seth en bondissant comme un diable de sa chaise, une sonnette d'alarme résonnant dans sa tête. Je ne les connais même pas. J'suis pas forcé d'y aller.

— Bien sûr que non, répondit Phillip en lui attrapant le bras. Mais tu dois savoir qui ils sont.

— Je veux pas!

Il tourna la tête vers Cam et lui jeta un regard implorant.

— Je ne veux rien savoir! Vous avez dit que je pourrais rester. Vous avez dit que rien ne changerait ça.

Même si ce désespoir le rendait littéralement malade, Cam pointa la chaise du doigt.

— Tu restes, et rien ne changera cela. Assieds-toi. On ne résout jamais rien en s'enfuyant.

— Regarde autour de toi, Seth, intervint doucement Ethan.

Comme toujours, la voix de la raison.

— Il y a ici cinq personnes, cinq personnes qui sont avec toi.

— Qu'est-ce qu'ils vont faire? Comment ils m'ont trouvé?

— Il y a quelque temps, Gloria a téléphoné à sa sœur, commença Phillip en voyant l'enfant se rasseoir enfin. Tu ne te souviens vraiment pas de sa sœur?

— Je ne me souviens de personne, marmonna Seth, épaules contractées.

— Eh bien, il semble qu'elle ait inventé une belle histoire à raconter à sa sœur. Elle lui a dit que nous t'avions volé à elle.

— Quelle merde!

— Seth! gronda Anna en lui décochant un regard qui le fit grimacer.

— Elle lui a extorqué de l'argent pour un avocat, poursuivit Phillip, en lui disant qu'elle était sur la paille et désespérée. Que nous l'avions menacée. Qu'elle avait besoin d'argent pour te récupérer.

Seth s'essuya la bouche du dos de la main.

— Et sa frangine a avalé ça ? Eh ben, ça doit être une fameuse imbécile.

— Peut-être, mais ce n'est pas sûr. La sœur n'a tout de même pas gobé toute l'histoire. Elle a eu envie de vérifier par elle-même. Alors elle est venue à St. Christopher.

— Elle est là ? s'exclama Seth en redressant brusquement la tête. Je ne veux pas la voir ! Je ne veux pas lui parler !

— Tu l'as déjà fait. Tu la connais. Il s'agit de Sybill.

Les yeux de Seth s'arrondirent, son menton retomba.

— C'est pas possible ! C'est un docteur, elle écrit des livres !

— Quoi qu'il en soit, elle est bien la sœur de ta mère. Lorsque nous sommes allés à Hampton, Cam, Ethan et moi, nous l'avons vue.

— Vous l'avez vue ? Vous avez vu Gloria ?

— Oui, nous l'avons vue. Du calme, répondit Phillip en posant la main sur celle, crispée, du garçon. Et Sybill était là-bas aussi. Elle était en train de payer la caution. C'est comme ça que nous avons tout compris.

— C'est une menteuse ! lança Seth d'une voix partant dans les aigus. Exactement comme Gloria. C'est rien qu'une foutue menteuse !

— Laisse-moi terminer, veux-tu ? Nous sommes convenus de les rencontrer toutes les deux dans la matinée, au bureau d'Anna. Nous devons connaître la vérité, Seth, ajouta-t-il lorsque l'enfant dégagea sa main. C'est pour nous le seul moyen de régler définitivement cette affaire.

— J'irai pas !

— Ce sera à toi d'en décider. De toute façon, nous ne pensons pas que Gloria sera là. J'ai vu Sybill il y a une heure. Gloria lui avait glissé entre les doigts.

— Elle est partie ?

Le soulagement et l'espoir commencèrent enfin à prendre le pas sur la peur.

— Elle est encore partie ?

— On le dirait bien. Elle a fauché de l'argent dans le portefeuille de Sybill et a pris la clef des champs.

Phillip jeta un coup d'œil à Ethan et devina aussitôt que la nouvelle le laissait à la fois résigné et furieux.

— Sybill viendra au rendez-vous fixé dans le bureau d'Anna demain matin. Je pense qu'il vaudrait mieux que tu viennes avec nous et que tu lui parles.

— J'ai rien à lui dire. Je ne la connais pas. Je m'en moque, d'elle. Elle ferait bien de s'en aller et de me laisser tranquille.

— Elle ne peut pas te faire de mal, Seth.

— Je la déteste. Elle est sûrement pareille que Gloria. Seulement, elle prétend le contraire, c'est tout.

Phillip songea à la fatigue, à la culpabilité et au désespoir qu'il avait lus dans le regard de la jeune femme.

— Pour cela aussi, ce sera à toi de décider. Mais avant, tu as besoin de la voir et d'écouter ce qu'elle a à te dire. Elle dit qu'elle t'a vu une seule fois. Gloria était venue à New York et vous avez habité un petit moment dans l'appartement de Sybill. Tu devais avoir quelque chose comme quatre ans.

— J'me souviens pas, rétorqua-t-il, le visage toujours aussi fermé, toujours aussi obstiné. On a habité dans des millions d'endroits, alors…

— Seth, je sais que cela ne paraît pas juste, intervint Grace en pressant les mains rigides de l'enfant, mais ta tante pourrait peut-être nous aider. Nous serons tous là avec toi.

Cam vit le refus s'inscrire dans les yeux de Seth et se pencha en avant.

— Les Quinn ne reculent jamais devant l'adversaire…

Il s'interrompit et attendit que Seth le regarde.

— Ils se battent jusqu'à la victoire.

Ce furent la fierté et la peur de ne pas mériter le

nom qu'ils lui offraient qui lui firent redresser les épaules.

— J'irai. Mais rien de ce qu'elle pourra dire n'aura d'importance pour moi.

Il lança à Phillip un regard brûlant et menaçant.

— T'as couché avec elle ?

— Seth !

La voix d'Anna avait jailli aussi durement qu'une gifle, mais Phillip leva aussitôt une main apaisante.

Et si sa première intention avait été de répondre à l'enfant que cela ne le regardait pas, il n'en fit rien.

— Non.

Seth remua brièvement l'épaule.

— C'est déjà ça.

— C'est toi qui comptes le plus, poursuivit Phillip.

Les yeux de Seth s'écarquillèrent, tant sa surprise fut grande.

— J'ai fait le serment que tu passerais en premier, et je compte bien le respecter. Rien ni personne ne changera cela.

Profondément ému, Seth se sentit brusquement honteux.

— Excuse-moi, marmonna-t-il en baissant les yeux.

— Ce n'est pas grave, conclut Phillip en avalant son café, froid à présent. Demain matin, nous écouterons ce qu'elle a à nous dire, puis elle écoutera ce que nous avons à lui dire. Ce que *tu* as à lui dire. Ensuite, nous aviserons.

Elle n'avait pas la moindre idée de ce qu'elle allait dire. Et cela la rendait malade. Les séquelles de sa migraine lui embrumaient toujours le cerveau, et ses nerfs étaient tendus à se rompre à l'idée de rencontrer les Quinn. De rencontrer Seth.

Ils devaient la haïr. Car ils ne pouvaient certainement pas éprouver plus de mépris pour elle qu'elle n'en ressentait elle-même. Si ce que lui avait dit Phillip était vrai — la drogue, les coups, les hommes —, alors elle avait laissé vivre son neveu en enfer et péché par omission.

Elle n'avait pas dormi de la nuit, et c'est la peur au ventre qu'elle gara sa voiture dans le parking attenant au bâtiment des services sociaux, se préparant à vivre un nouveau cauchemar.

Elle orienta le rétroviseur vers elle et se mit soigneusement du rouge à lèvres. Des mots durs, des regards froids, tout ce à quoi elle était épouvantablement vulnérable, voilà ce qui l'attendait.

Allons, elle pourrait leur faire face. Elle parviendrait à préserver un calme apparent, quelles que fussent ses réactions intérieures. Cette forme de défense, elle l'avait largement assimilée au cours des années. Demeurer distante et réservée. Et survivre.

Oui, elle survivrait à cela. Et si jamais elle parvenait à apaiser, ne serait-ce qu'un peu, l'esprit de Seth, alors, ses blessures ne seraient pas vaines.

Elle descendit de voiture. Ou plutôt, il en descendit une femme froide et posée vêtue d'un élégant tailleur de soie sombre, aux cheveux ramenés en un chignon sobre et au maquillage aussi discret que subtil.

Personne ne pouvait savoir qu'elle avait l'estomac noué.

Elle pénétra dans le bâtiment.

— Je suis le Dr Griffin, annonça-t-elle à la réceptionniste. J'ai rendez-vous avec Anna Spinelli-Quinn.

— En effet. Elle vous attend. Suivez ce couloir, je vous prie. C'est la deuxième porte à gauche.

Le cœur lui dégringola dans l'estomac lorsqu'elle atteignit le seuil du bureau. Ils étaient tous là à l'attendre. Anna était installée derrière son bureau. Son blazer marine et ses cheveux tirés lui conféraient un air très professionnel. Elle consultait un dossier ouvert devant elle.

Grace était assise à côté d'Ethan, sa main disparaissant dans celle de son mari. Cam, debout devant la fenêtre, regardait au-dehors. Dans un fauteuil, Phillip feuilletait un magazine.

Installé au milieu d'eux, Seth fixait le sol, paupières baissées, lèvres serrées et épaules contractées.

Elle rassembla son courage et ouvrit la bouche pour annoncer sa présence. Mais au même moment Phillip leva les yeux et l'aperçut. Son regard la prévint aussitôt que son humeur ne s'était en rien adoucie depuis la veille. Elle choisit d'ignorer l'accélération brutale de son pouls et lui adressa un signe de tête.

— Vous êtes ponctuelle, docteur Griffin.

Aussitôt, tous les regards se braquèrent sur elle, lui donnant l'impression d'être punaisée au mur comme un vulgaire papillon. Elle franchit cependant le seuil et pénétra dans l'arène.

— Merci de me recevoir.

— Oh, mais nous attendions tous impatiemment cet instant !

La voix de Cam était dangereusement douce. Sa main, nota-t-elle, s'était instinctivement posée sur l'épaule de Seth, en un geste aussi possessif que protecteur.

— Veux-tu fermer la porte, s'il te plaît, Ethan ? demanda Anna en joignant les mains sur son dossier. Asseyez-vous, je vous en prie, docteur Griffin.

Pas de Sybill, pas d'Anna ici. Envolée, la complicité féminine née dans une cuisine accueillante, autour d'un pot de café.

Résignée, Sybill se dirigea vers la seule chaise vacante, en face du bureau d'Anna. Elle posa son sac sur ses genoux, referma dessus des doigts mous comme de la pâte à modeler et croisa négligemment les jambes.

— Avant de commencer, j'aimerais vous dire quelque chose.

Voyant Anna hocher la tête en signe d'assentiment, elle inspira profondément et se tourna vers Seth. Qui garda obstinément les yeux rivés au sol.

— Je ne suis pas venue dans l'intention de te faire du mal, Seth, ni de te rendre malheureux. Si j'en ai donné l'impression, j'en suis navrée. Si vivre avec les Quinn est ce que tu veux, si c'est ce dont tu as besoin, alors je t'aiderai à rester avec eux.

Seth releva la tête. Ce furent des yeux étonnamment adultes, étonnamment durs, qui la fixèrent alors.

— Je ne veux pas de votre aide.

— Mais tu pourrais bien en avoir besoin, murmura-t-elle avant de se tourner vers Anna.

Elle vit sur son visage le doute et — du moins, elle l'espérait — de l'intérêt.

— Je ne sais pas où est Gloria. Je suis désolée. J'avais donné ma parole que je vous l'amènerais ce matin. Cela faisait très longtemps que je ne l'avais pas vue, et je... je ne m'étais pas rendu compte de... de son instabilité.

— Son instabilité! railla Cam. N'importe quoi!

— Elle a pris contact avec vous? commença Anna en décochant un regard torve à son mari.

— Oui, il y a de cela quelques semaines. Elle était très en colère et prétendait qu'on lui avait volé Seth. Elle disait avoir besoin d'argent pour prendre un avocat et récupérer la garde de son fils. Je lui ai demandé toutes les informations que j'ai pu. Qui avait Seth, où il vivait, et je lui ai envoyé cinq mille dollars.

« Ce n'est qu'hier, en lui parlant, que j'ai compris qu'il n'y avait pas d'avocat. Gloria a toujours parfaitement su jouer la comédie. Je l'avais oublié. Ou alors j'avais choisi de l'oublier.

— Etiez-vous consciente du fait qu'elle avait un problème de drogue?

— Non. Encore une fois, pas jusqu'à hier. Lorsque je l'ai vue, lorsque je lui ai parlé, j'ai clairement constaté qu'elle était, à l'heure actuelle, dans l'incapacité de prendre un enfant en charge.

— Elle ne *veut* pas prendre un enfant en charge, commenta Phillip.

— C'est ce que vous m'avez dit, répondit froidement Sybill. Vous m'avez également indiqué qu'elle voulait de l'argent. Je sais parfaitement que l'argent a de l'importance pour Gloria. Comme je sais, tout aussi bien, qu'elle est instable. Il m'est cependant difficile de croire, sans preuves, qu'elle a fait tout ce dont vous l'accusez.

— Ah, vous voulez des preuves ?

Cam fit un pas en avant, furibond.

— Eh bien, vous allez en avoir ! Montre-lui ses lettres, Anna.

— Assieds-toi, Cam, ordonna fermement Anna avant de se retourner vers Sybill. Sauriez-vous reconnaître l'écriture de votre sœur ?

— Je pense, oui.

— J'ai là une copie de la lettre trouvée dans la voiture de Ray Quinn après l'accident, et une autre lettre envoyée à nous tous plus récemment.

Elle les tendit à Sybill.

Les mots, les phrases lui sautèrent aux yeux, lui brûlant le cerveau.

Ray, j'en ai marre de me serrer la ceinture. Tu veux à toute force le môme ? Alors il est grand temps d'allonger le pognon.

Cent cinquante mille, ça me paraît honnête pour un joli petit gosse comme Seth.

Ô mon Dieu ! fut tout ce qu'elle put penser. Dieu du ciel !

La lettre adressée aux Quinn après la disparition de Ray ne valait guère mieux.

Ray et moi avions conclu un accord.
Si vous voulez vraiment le garder... je vais avoir besoin d'argent.

Si Sybill ordonna à ses mains de ne pas trembler, elle ne put empêcher le sang de se retirer de son visage.

— Elle a eu cet argent ?

— Le Pr Quinn a établi des chèques à l'ordre de Gloria DeLauter, deux de dix mille dollars, un de cinq mille.

Anna s'exprimait clairement, sans émotion aucune.

— Il a amené Seth à St. Christopher à la fin de l'année dernière. La lettre que vous avez entre les mains porte le cachet du 10 mars. Le lendemain, le Pr Quinn a vidé ses comptes d'épargne, vendu des actions et sorti une grosse somme de son compte en banque. Le 12 mars, il a dit à Ethan qu'il devait se rendre à Baltimore pour affaires. Il s'est tué en voiture en rentrant à St. Christopher. Son portefeuille ne contenait qu'un peu plus de quarante dollars. On n'a jamais retrouvé l'argent.

— Il a promis que j'y retournerais jamais, intervint Seth d'une voix monocorde. Il était honnête. Il avait promis, et elle savait qu'il lui donnerait l'argent.

— Elle en a demandé encore et encore. Et elle a continué à vous en demander. A vous tous.

— C'était un mauvais calcul.

Phillip se laissa aller contre son dossier tout en étudiant Sybill. Elle ne laissait rien transparaître. Seule sa pâleur trahissait ses sentiments.

— Elle ne nous saignera pas à blanc, docteur Griffin. Elle peut nous menacer autant qu'elle veut, elle ne nous saignera pas à blanc et elle ne récupérera jamais Seth.

— Voici une copie du courrier que j'ai adressé à Gloria DeLauter, dit Anna. Dans ce courrier, je l'informais que Seth était placé sous la protection des services sociaux et que ce bureau procédait à une enquête, suite à l'accusation d'abus sexuels sur mineur de moins de quinze ans. Si elle pénètre dans le comté, elle sera immédiatement passible de prison et un mandat sera délivré contre elle.

— Elle était si furieuse, intervint Grace, qu'elle a appelé à la maison aussitôt après avoir reçu la lettre d'Anna. Elle m'a balancé tout un tas de menaces et d'exigences. Elle a dit que si on ne lui donnait pas d'argent, elle reprendrait Seth. Je lui ai répondu qu'elle ne le pourrait pas, conclut-elle en plantant son regard dans celui de l'enfant. Que Seth était à nous, maintenant.

Elle a vendu son enfant. Ce fut tout ce que réussit à penser Sybill. Exactement ce que lui avait dit Phillip. Tout était parfaitement exact.

— Vous avez sa garde temporaire.

— Qui deviendra permanente sous peu, l'informa Phillip. Nous y veillerons.

Sybill reposa les papiers sur le bureau d'Anna. Elle avait froid, très froid. Elle joignit les doigts sur son sac et s'adressa à Seth.

— Te battait-elle ?

— Qu'est-ce que ça peut vous faire ?

— Réponds à la question, Seth, ordonna Phillip. Raconte à ta tante à quoi ressemblait ton existence avec sa sœur.

— Bon, d'accord.

Il réprima un juron avant de s'exécuter, mais ce juron informulé leur sauta à la figure à tous.

— Bien sûr qu'elle me cognait, quand l'envie lui en prenait. Quand j'avais de la chance, elle était trop bourrée ou trop camée pour me faire vraiment mal. Mais bon, j'arrivais souvent à me planquer, d'une manière ou d'une autre, précisa-t-il en haussant les épaules. Mais des fois, elle me prenait par surprise. Peut-être parce qu'elle avait pas réussi à se payer sa dose. Alors elle me réveillait et me cognait dessus un bon moment. Ou alors elle me trempait complètement, tellement elle chialait.

Sybill aurait voulu se détourner de ces images, mais elle ne put, et garda son regard braqué sur l'enfant.

— Pourquoi n'en as-tu jamais parlé à personne ? Pourquoi n'as-tu jamais cherché de l'aide ?
— A qui me serais-je adressé ?
Elle était bête, ou quoi ?
— Les flics ? Elle m'avait dit ce qu'ils feraient s'ils venaient. Je finirais en maison de correction et des types se serviraient de moi comme ses clients voulaient le faire. Ils pourraient me faire tout ce qu'ils voudraient une fois que je serais enfermé. Tant que j'étais dehors, je pouvais toujours me carapater.
— Elle te mentait, déclara Anna tandis que Sybill cherchait désespérément quoi dire. La police t'aurait aidé.
— Elle le savait ? réussit enfin à prononcer Sybill. Que ces hommes essayaient de... de te toucher ?
— Bien sûr. Elle trouvait ça rigolo. Bon sang, quand elle est camée, elle trouve presque tout rigolo. C'est quand elle est bourrée qu'elle devient violente.
Etait-ce possible que le monstre décrit si facilement par l'enfant fût sa propre sœur ?
— Comment... Est-ce que tu sais pourquoi elle a décidé de contacter le Pr Quinn ?
— Non, je ne sais rien de tout ça. Un jour, elle est devenue complètement surexcitée. Elle s'est mise à raconter partout qu'elle avait mis la main sur une mine d'or. Et puis elle est partie quelques jours.
— Elle t'a laissé tout seul ?
Pourquoi ce simple fait l'horrifia-t-il, après tout ce qu'elle venait d'entendre ? Impossible à expliquer.
— Eh, je peux m'occuper de moi tout seul ! Quand elle est revenue, elle avait presque des ailes. Elle a dit que j'allais enfin servir à quelque chose. Elle avait de l'argent. Du véritable argent, puisqu'elle est sortie et s'est payé un bon paquet de dope sans faire le tapin. Elle est restée raide défoncée, à rigoler comme une imbécile, pendant deux jours. Et puis, Ray est venu. Il a dit que je pouvais aller avec lui. Au début, j'ai cru qu'il était comme les types qu'elle ramenait à la mai-

son. Mais c'était pas vrai. Je l'ai vite compris. Il avait l'air triste et fatigué.

Sa voix avait changé, nota-t-elle. Elle s'était adoucie. Sa douleur aussi, visiblement. Alors, elle vit le dégoût envahir son regard.

— Elle a recommencé à le tanner, et il s'est vraiment mis en rogne. Il a pas hurlé, ni rien, mais ses yeux sont devenus vraiment durs. Il l'a obligée à s'en aller. Il avait de l'argent sur lui, et il a dit que si elle le voulait, il fallait qu'elle s'en aille. Alors c'est ce qu'elle a fait. Il m'a dit qu'il avait une maison au bord de la mer, et puis un chien, et que je pourrais habiter là si je voulais. Et que plus personne essaierait de me tripoter.

— Tu es parti avec lui ?

— Il était vieux, répondit-il avec un haussement d'épaules. Je me suis dit que j'aurais pas de mal à lui échapper s'il tentait quelque chose. Mais on pouvait lui faire confiance, à Ray. Il était honnête. Il a dit que je serais jamais obligé de revivre ce que je vivais. Et je le ferai jamais. J'y retournerai jamais, n'importe comment. Et je vous fais pas confiance.

Ses yeux étaient redevenus ceux d'un adulte. Mais sa voix était parfaitement contrôlée. Et pleine de sarcasme.

— Parce que vous avez menti. Vous avez prétendu être honnête. Tout ce que vous faisiez, c'était nous espionner.

— Tu as tout à fait raison.

Ce lui fut bien la chose la plus difficile de son existence de conserver son regard rivé à celui de l'enfant et de reconnaître ses torts.

— Tu n'as aucune raison de me faire confiance. Je ne t'ai pas aidé. Je l'aurais pu, il y a des années, quand elle t'a amené à New York, mais je n'ai pas voulu voir la réalité. C'était tellement facile, de ne pas voir. Quand je suis rentrée à la maison, un jour, pour découvrir que vous aviez disparu, je n'ai rien fait non plus. Je me suis dit que ce n'était pas mon problème, que tu n'étais pas sous ma responsabilité. Ce n'était pas simplement une erreur, c'était de la lâcheté.

Il ne voulait pas la croire, il ne voulait pas entendre le regret et les excuses dans sa voix. Il serra les poings.

— Maintenant non plus, ce n'est pas votre problème.

— Gloria est ma sœur. Je ne peux rien y changer.

Cela faisait si mal, ce mépris dans son regard, qu'elle se retourna vers Anna.

— Que puis-je faire pour vous aider ? Une déposition pour le dossier ? M'entretenir avec votre avocat ? Je suis docteur en psychologie, et la sœur naturelle de Gloria. Je pense que mon opinion pourrait avoir du poids lorsqu'il sera question de la garde définitive.

— J'en suis certaine, approuva Anna à mi-voix. Cela ne va pas être facile pour vous.

— Je n'éprouve rien pour elle. Je ne suis pas particulièrement fière de l'avouer, mais c'est la stricte vérité. Je n'ai absolument aucun sentiment pour elle, et la responsabilité que je pensais avoir envers elle est caduque. Quoi que Seth en pense, que cela lui plaise ou non, je suis sa tante, et j'ai bien l'intention de vous aider.

Elle se leva et inspecta les visages de ses interlocuteurs. Son estomac lui faisait un mal de chien.

— Je suis terriblement désolée de tout ce qui s'est passé. Je sais que des excuses sont inutiles. Je n'en ai aucune pour ce que j'ai fait. J'ai des raisons, mais pas d'excuses. Il est à présent parfaitement clair à mes yeux que Seth est là où il doit être. Là où il est heureux. Si vous voulez bien m'accorder un instant pour rassembler mes idées, je vous ferai ensuite ma déposition.

Elle sortit sans se presser. Dieu seul savait, pourtant, à quel point elle avait besoin d'air frais...

— Bon, elle est peut-être partie sur de mauvaises

bases, mais elle a l'air de vouloir sérieusement rectifier le cap, à présent, lança Cam en se mettant à faire les cent pas dans le bureau, histoire de se défouler un chouia. En tout cas, la demoiselle n'est pas facile à démonter.

— Pas sûr, marmonna Anna.

Car elle aussi avait appris à observer. Et quelque chose — son instinct et son expérience professionnelle — lui soufflait que des torrents d'émotion bouillonnaient sous l'apparente pondération de Sybill.

— L'avoir de notre côté nous sera sans conteste de la plus grande utilité. Il serait peut-être bien que vous nous laissiez seules toutes les deux, afin que je puisse lui parler. Phillip, il faudra que tu appelles l'avocat, que tu lui expliques la situation et que tu voies s'il veut recevoir sa déposition.

— Je m'en occupe, répondit-il, pensif, tout en pianotant des doigts sur son genou. Elle avait une photo de Seth dans son Filofax.

— Pardon ?

Anna le fixa, interloquée.

— J'ai fouillé dans ses affaires en l'attendant, hier soir, expliqua-t-il en souriant à demi, ignorant le regard consterné de sa belle-sœur. A ce moment-là, je me suis dit que c'était une chose à faire. Elle a un Polaroid de Seth quand il était petit dans son Filofax.

— Et alors ? intervint l'enfant.

— Et alors, c'est la seule et unique photo que j'aie trouvée dans ses affaires. Intéressant, non ?

Il leva les mains, puis les laissa mollement retomber.

— Et puis, il se pourrait qu'elle sache quelque chose de la relation qui unissait Gloria à papa. Etant donné que nous ne pouvons interroger Gloria, pourquoi ne pas le lui demander, à elle ?

— Il me semble, intervint paisiblement Ethan, que tout ce qu'elle sait ou peut savoir à ce sujet doit lui avoir été confié par Gloria. Gardez bien ce fait présent à l'esprit. Je pense qu'elle nous dira ce qu'elle sait, mais ce qu'elle sait peut très bien ne rimer à rien.

— Nous ne saurons si c'est la vérité ou de la fiction, fit très justement remarquer Phillip, que si nous lui posons la question.

— Quelle question voulez-vous me poser ?

Plus maîtresse d'elle-même, et bien décidée à en finir une bonne fois pour toutes, Sybill pénétra dans le bureau et referma la porte derrière elle.

— La raison pour laquelle Gloria est venue trouver notre père, répondit Phillip en se levant et en lui faisant face. La raison pour laquelle elle savait qu'il la paierait afin de protéger Seth.

— Seth a dit que c'était un homme honnête, dit Sybill en fixant tour à tour chacun des hommes présents. Je crois que vous en êtes la preuve vivante.

— Les hommes honnêtes ne trompent pas leur femme avec une autre deux fois plus jeune qu'eux, comme ils ne se désintéressent pas d'un enfant né de cette aventure.

La voix de Phillip s'était faite amère. Il esquissa un pas dans sa direction.

— Et vous n'arriverez jamais à nous faire croire que Ray a couché avec Gloria dans le dos de notre mère, ni qu'il a ensuite ignoré l'existence de son enfant.

— Hein ?

Sans même s'en rendre compte, elle tendit la main et agrippa son bras, presque déséquilibrée par le choc.

— Bien sûr que non. Vous m'avez vous-même dit que vous ne croyiez pas que Gloria et lui...

— Ce n'est pas le cas de tout le monde.

— Mais c'est... Où diable avez-vous pris l'idée que Seth était son fils, un fils qu'il aurait eu de Gloria ?

— Il est facile de l'entendre murmurer en ville, pour peu que vous tendiez l'oreille, répondit Phillip en fronçant les sourcils. Ces ragots, votre sœur les a soigneusement entretenus. Elle clame à qui veut l'entendre qu'il a attenté à sa pudeur, puis elle le fait chanter et lui vend son fils.

Il se détourna et fixa Seth dans les yeux. Dans les yeux de Ray.

— Et moi, je dis que c'est un mensonge.

— Bien sûr que c'est un mensonge. Un épouvantable mensonge.

Voulant désespérément faire enfin quelque chose de juste, elle alla vers Seth et s'accroupit devant lui. Elle aurait tant voulu lui prendre la main, mais se l'interdit en le voyant se reculer imperceptiblement.

— Ray Quinn n'était pas ton père, Seth. C'était ton grand-père. Le père de Gloria.

Les lèvres de l'enfant se mirent à trembler, ses yeux luisirent de larmes contenues.

— Mon grand-père?

— Oui. Je suis désolée qu'elle ne te l'ait jamais dit, tellement désolée que tu ne l'aies pas su avant qu'il...

Elle secoua la tête. Se redressa.

— Je ne m'étais pas rendu compte qu'il y avait méprise à ce sujet. J'aurais dû. Puisque je l'ai moi-même appris il y a quelques semaines à peine.

Elle retourna s'asseoir.

— Je vais vous dire tout ce que je sais.

12

Ce lui fut infiniment plus facile que le reste. Un peu comme une conférence. Et des conférences de sciences sociales, Sybill avait l'habitude d'en donner régulièrement. Tout ce qu'elle eut à faire, ce fut de se dissocier du sujet et de passer l'information de manière claire et cohérente.

— Le Pr Quinn a eu une aventure avec Barbara

Harrow, commença-t-elle en se mettant debout, dos à la fenêtre, afin que tous puissent la voir. Ils se sont rencontrés à l'American University de Washington. Je ne connais pas les détails mais, d'après ce que j'ai compris, il y enseignait et elle était étudiante. Barbara Harrow est ma mère. La mère de Gloria.

— Mon père, fit Phillip. Votre mère.

— Oui. Il y a de cela presque trente-cinq ans. Je suppose qu'ils ont été attirés l'un par l'autre, du moins physiquement. Ma mère...

Elle s'éclaircit la gorge.

— Selon ma mère, il avait un potentiel étonnant, et elle avait pensé qu'il gravirait rapidement les échelons académiques. Le statut social est une condition *sine qua non* pour elle. Ça l'a toujours été. Bref, elle a été profondément déçue par lui — ou plutôt par ce qu'elle considéra comme son manque d'ambition. Il était heureux d'enseigner et, visiblement, les obligations sociales inhérentes à l'avancement d'une carrière ne l'intéressaient pas le moins du monde. De plus, il professait des opinions bien trop libérales pour elle.

— En résumé, elle désirait un mari riche et important, résuma Phillip en haussant un sourcil, et elle a découvert qu'il ne le deviendrait jamais.

— En gros, c'est ça, approuva Sybill d'une voix ferme. Il y a trente-cinq ans, le pays était en proie à une certaine agitation, une sorte de guerre entre les jeunes et l'ordre établi. Dans les universités, bon nombre d'étudiants contestaient non seulement une guerre impopulaire[1], mais également le statu quo. Et, selon toute vraisemblance, le Pr Quinn posait lui aussi des questions.

— Il croyait en la vertu de faire fonctionner son esprit, marmonna Cam. Ainsi que de prendre position.

---

1. La guerre du Vietnam. *(N.d.T.)*

— Selon ma mère, il avait effectivement pris position, poursuivit Sybill en souriant fugacement. Des positions qui ne plaisaient pas toujours au rectorat de l'université. Ma mère et lui se sont retrouvés en profond désaccord, tant sur des principes de base que sur des convictions. A la fin de l'année, elle rentra chez elle, à Boston, profondément déçue, furibonde et, elle allait le découvrir bientôt, enceinte.

— Foutaises! Pardon, s'excusa rapidement Cam en voyant le regard furibond d'Anna. Mais ce sont des craques, ça! Jamais il n'aurait ignoré ses responsabilités vis-à-vis d'un enfant. Pour rien au monde.

— Elle ne lui a jamais rien dit.

Sybill replia les mains en voyant tous les yeux se braquer à nouveau sur elle.

— Elle était furieuse. Peut-être était-elle aussi paniquée, mais en tout cas elle était furieuse de se savoir enceinte d'un homme dont elle avait déjà décidé qu'il n'était pas convenable. Elle a songé à interrompre sa grossesse. Elle venait de rencontrer mon père, et ils avaient... percuté.

— Il était convenable, conclut Cam.

— Je suppose qu'ils se convenaient l'un l'autre, répliqua-t-elle d'une voix glaciale.

Il s'agissait de ses parents, tout de même! Il fallait bien qu'il lui reste quelque chose, bon sang!

— Ma mère était dans une position difficile et relativement effrayante. Elle n'était plus une enfant. Elle avait presque vingt-cinq ans, mais une grossesse non prévue et non désirée est toujours un événement traumatisant pour une femme, quel que soit son âge. Dans un instant de faiblesse — ou de désespoir, je ne saurais le dire —, elle avoua tout à mon père. Et il lui offrit le mariage. Il l'aimait. Il doit l'avoir énormément aimée. Le mariage s'est fait sans problème, très rapidement. Elle n'est jamais retournée à Washington. Elle n'est jamais revenue sur le passé.

— Papa n'a jamais su qu'il avait une fille ? s'étonna Ethan en recouvrant de sa main celle de Grace.

— Non. Comment aurait-il pu le savoir ? Gloria avait trois ans — ou peut-être quatre — quand je suis née. Je ne pourrais dire quelles étaient ses relations avec mes parents durant ses jeunes années. Mais je sais que, plus tard, elle s'est sentie exclue. C'était une enfant difficile, cyclothymique et exigeante. Farouche, certainement. Elle refusait systématiquement de se plier à certaines règles de comportement exigées d'elle.

Tout cela paraissait si... froid, songea-t-elle. Si rigide.

— En tout cas, elle a quitté la maison alors qu'elle n'était encore qu'une adolescente. Plus tard, j'ai découvert que mes deux parents — comme moi-même — lui envoyaient régulièrement de l'argent, en cachette l'un de l'autre. Elle prenait contact avec l'un d'entre nous, implorait, exigeait ou menaçait, selon ce qui fonctionnait avec chacun. Je ne savais absolument rien de tout cela jusqu'à ce que Gloria m'appelle, le mois dernier.

Elle s'interrompit un instant, le temps de rassembler ses pensées.

— Avant de venir ici, j'ai fait un saut à Paris pour voir mes parents. J'avais le sentiment qu'ils devaient être informés des derniers événements. Seth est leur petit-fils et, pour autant que je le susse à ce moment-là, il avait été enlevé à Gloria et vivait avec des étrangers. Lorsque j'ai raconté à ma mère ce qui se passait, elle a refusé de s'en mêler ou d'offrir son aide. Cela m'a stupéfiée et rendue furieuse à la fois, et nous nous sommes disputées.

Elle laissa échapper un bref éclat de rire sans joie.

— Je pense qu'elle a été tellement surprise qu'elle en est venue à me raconter ce que je viens de vous répéter à l'instant.

— Gloria devait le savoir, fit remarquer Phillip.

Elle devait forcément savoir que Ray Quinn était son père, sinon elle ne serait jamais venue le voir.

— Oui, elle le savait. Il y a deux ans, elle est allée voir ma mère. Mes parents habitaient alors à Washington. Ils y sont restés quelques mois. Je puis, sans risquer de me tromper, présumer que sa visite a donné lieu à une scène épouvantable. D'après ce que m'a dit ma mère, Gloria a exigé une forte somme d'argent en menaçant de contacter les journaux, ou la police, enfin, quiconque lui prêterait une oreille attentive, et d'accuser mon père d'inceste et ma mère de complicité passive. Bref, un tissu de mensonges, précisa-t-elle fermement. Gloria a toujours considéré le sexe comme l'équivalent du pouvoir. Elle accusait régulièrement des hommes d'avoir tenté de la violer, et plus particulièrement des hommes occupant des positions en vue.

« A ce moment-là, ma mère lui a donné plusieurs milliers de dollars — et lui a raconté l'histoire que je viens de vous rapporter. Elle a juré à Gloria qu'elle ne lui donnerait plus jamais un seul centime, et qu'elle refuserait désormais de lui adresser la parole. Ma mère revient rarement, très, très rarement, sur un serment qu'elle a fait, de quelque sorte qu'il soit. Et Gloria devait forcément le savoir.

— Alors, elle est venue trouver Ray Quinn, conclut Phillip.

— Je ne sais pas quand elle a décidé de le faire. Cela a dû lui trotter dans l'esprit un bon moment. Maintenant, elle doit être persuadée que c'est pour cette raison qu'elle n'a jamais été aimée, désirée ou acceptée ainsi qu'elle pensait le mériter. J'imagine qu'elle n'a pas dû se priver d'en accuser votre père. Lorsque Gloria a des problèmes, c'est toujours la faute de quelqu'un d'autre.

— Donc, elle l'a retrouvé.

Phillip se leva de sa chaise et entreprit d'arpenter le bureau.

— Et, selon son habitude, elle a exigé de l'argent, porté des accusations et menacé. Seulement, cette fois-ci, en prenant pour argument son propre fils.

— Apparemment, oui. Je suis désolée. J'aurais dû me rendre compte que vous n'étiez pas au courant de toute l'histoire. J'étais persuadée que votre père vous en avait tenus informés.

— Il n'en a pas eu le temps, répondit Cam d'une voix aussi froide qu'amère.

— Il m'avait dit qu'il attendait des informations complémentaires, se souvint alors Ethan. Qu'il nous expliquerait tout lorsqu'il les aurait en main.

— Il a dû essayer d'entrer en contact avec votre mère, lança Phillip en épinglant Sybill du regard. Il a certainement dû vouloir lui parler, savoir ce qui s'était vraiment passé.

— Je ne peux pas vous répondre. Je n'en sais rien.

— Mais moi, je sais, répliqua-t-il sèchement. Il a dû faire ce qui lui semblait juste. Pour Seth, d'abord, parce qu'il est un enfant. Mais il a certainement voulu aider Gloria également. Pour ce faire, il devait parler à votre mère, découvrir la vérité. Cela importait pour lui.

— Je puis juste vous dire ce que je sais ou ce qu'on m'a dit, répondit Sybill en levant les mains, avant de les laisser retomber. Ma famille a agi... elle a mal agi.

Le terme était faible. Elle n'en eut que trop conscience.

— Nous avons tous mal agi, dit-elle en fixant Seth. Je t'en demande pardon, autant pour moi que pour eux. Je me n'attends pas que tu...

Que tu quoi ? Elle laissa tomber.

— Je ferai tout mon possible pour vous aider.

— Je veux que tout le monde le sache, dit Seth en la regardant bien en face. Je veux que les gens sachent qu'il était mon grand-père. Ils racontent plein de trucs sur lui, des trucs qui sont faux. Je veux que tout le monde sache que je suis un Quinn.

Sybill ne put qu'opiner du menton. Si c'était tout ce

qu'il exigeait d'elle, alors elle le ferait, et plutôt deux fois qu'une. Elle prit une profonde inspiration et se tourna vers Anna.

— Que puis-je faire ?
— Vous avez déjà pris un bon départ, répondit la jeune femme en consultant sa montre.

Elle avait d'autres cas à examiner. Et un rendez-vous dans moins de dix minutes.

— Etes-vous disposée à rendre officielle et publique l'information que vous venez de nous donner ?
— Oui.
— Alors, je crois savoir comment nous allons nous y prendre.

Il ne fallait à aucun prix se laisser entamer par les jugements extérieurs, se remémora Sybill. Elle devrait supporter, elle *supporterait* les murmures, les regards en coin que sa présence ne manquerait pas de susciter, une fois qu'elle aurait agi ainsi que l'avait suggéré Anna.

Elle avait rédigé elle-même sa déposition, passant plus de deux heures à choisir le bon mot, la bonne tournure de phrase. L'information devait être claire. Détaillés, les actes de sa mère. Ceux de Gloria. Et même les siens propres.

Une fois son texte revu et imprimé, elle n'hésita pas une seule seconde. Elle descendit à la réception de l'hôtel avec le document et, le visage impassible, demanda à ce qu'il soit envoyé au bureau d'Anna par télécopie.

— J'aurai besoin de récupérer l'original, dit-elle à la réceptionniste. Et j'attends une réponse — également par télécopie.
— Je vais m'en occuper personnellement, madame.

Sur ce, la jeune réceptionniste au visage avenant lui décocha un sourire très professionnel avant de disparaître dans le bureau attenant.

Sybill ferma brièvement les yeux. Plus de dérobade, maintenant, s'ordonna-t-elle. Elle croisa les mains sur le comptoir, adopta l'air de celle qui faxait la recette d'un bon petit plat à une vieille copine, et attendit.

Cela ne prit pas longtemps. Et à voir la tête de la réceptionniste quand elle revint derrière le comptoir, nul doute qu'elle avait pris le temps de parcourir le texte à transmettre.

— Désirez-vous attendre la réponse, docteur Griffin ?

— Oui, s'il vous plaît.

Sybill tendit la main vers son document, réprimant un sourire lorsque la jeune femme le lui lança presque. Comme s'il lui brûlait les doigts.

— Est-ce que vous... euh... appréciez votre séjour parmi nous ?

Tu n'en peux plus d'attendre pour faire circuler l'information, pas vrai ? songea Sybill. Comportement normal.

— C'est une expérience relativement passionnante, jusqu'à maintenant.

— Eh bien... veuillez m'excuser un instant, répondit la jeune réceptionniste en disparaissant de nouveau dans le bureau.

Sybill soupirait de soulagement lorsque ses épaules se contractèrent brusquement. Elle sut que Phillip se trouvait juste derrière elle avant même de se retourner.

— Je viens de faire envoyer le fax à Anna, lui dit-elle, très sèche. J'attends sa réponse. Si elle le trouve satisfaisant, j'aurai le temps de me rendre à la banque[1] pour le faire enregistrer avant la fermeture. J'ai donné ma parole.

— Je ne suis pas venu jouer les chiens de garde, Sybill. J'ai pensé que vous auriez besoin d'un peu de soutien moral.

---

1. Aux Etats-Unis, on fait enregistrer officiellement un document par une banque, et non par l'équivalent d'un notaire. *(N.d.T.)*

Elle se contenta de renifler.

— Je vais parfaitement bien.

— Non, ce n'est pas vrai.

Et, pour le lui prouver, il posa la main sur les tendons de son cou, crispés à se rompre.

— Mais vous jouez magnifiquement la comédie, bravo!

— Je préfère m'acquitter de ceci toute seule, merci.

— Eh, on n'a pas toujours ce qu'on veut, dans la vie. Et pourtant, elle continue.

Il tourna les yeux et sourit, sa main toujours posée sur le cou de Sybill. L'employée revenait, une enveloppe à la main.

— Salut, Karen. Comment vas-tu?

La réceptionniste s'empourpra aussitôt jusqu'à la racine des cheveux. Son regard courut du visage de Sybill à celui de Phillip.

— Très bien. Euh... voici votre réponse, docteur Griffin.

— Merci.

Sans ciller, Sybill prit l'enveloppe et la fourra dans son sac.

— Vous mettrez cela sur mon compte.

— Oui, bien sûr.

— A un de ces jours, Karen.

Phillip laissa négligemment glisser sa main du cou de Sybill jusqu'au creux de son dos et la poussa vers la sortie.

— Elle aura téléphoné la nouvelle à ses six meilleures amies avant même de faire sa pause, lui souffla Sybill.

— Au moins. Ça fait partie des merveilles des petites communautés... Les Quinn vont être le sujet de discussions acharnées à bon nombre de tables, ce soir. A l'heure du déjeuner, le moulin à cancans tournera déjà à plein régime.

— Et cela vous fait rire!

— Cela me rassure, docteur Griffin. Les traditions

sont faites pour rassurer. J'ai parlé à notre avocat, poursuivit-il alors qu'ils longeaient le front de mer.

Les mouettes criaillaient dans le sillage d'un bateau rentrant au port.

— L'acte enregistré nous sera utile, mais il aimerait bien recevoir votre déposition au début de la semaine prochaine, si cela vous convient.

— Je prendrai rendez-vous.

Elle pivota et lui fit face en arrivant devant la banque. Il s'était changé et avait remis ses vêtements de tous les jours, le vent marin ébouriffait ses cheveux. Ses yeux étaient dissimulés derrière des lunettes de soleil. Et, de toute façon, elle n'était pas certaine d'avoir envie de voir leur expression.

— Je pense que j'aurai moins l'air en état d'arrestation familiale si j'y vais toute seule.

Il leva simplement les mains, paumes vers elle, et recula d'un pas. Une vraie dure à cuire, décréta-t-il en la voyant s'engouffrer dans la banque. Mais il avait le sentiment que, la coque une fois cassée, il devait y avoir quelque chose de très doux à l'intérieur.

Pourquoi diable quelqu'un d'aussi intelligent, d'aussi parfaitement formé à détecter les réactions humaines ne parvenait-il pas à voir sa propre détresse ? Pourquoi ne s'apercevait-elle pas, ou ne voulait-elle pas admettre qu'une lacune dans son éducation la forçait à s'entourer de murailles protectrices ?

Il s'était presque complètement fourvoyé en la croyant froide, distante et inaccessible aux émotions les plus désordonnées. Il ne savait trop pour quelle raison, mais il voulait croire qu'il en était autrement. Peut-être n'était-ce qu'une vue de l'esprit, mais il avait bien l'intention de le découvrir par lui-même. Et vite.

Il savait que l'idée d'Anna de rendre publics et, donc, accessibles à tous les secrets honteux de sa famille serait humiliant pour elle. Et peut-être même douloureux. Mais elle avait accepté sans condition, elle suivait ce plan sans hésitation aucune.

Les règles de comportement, pensa-t-il encore. L'intégrité. Elle possédait les deux. Et, par-dessus tout, il était persuadé qu'elle avait du cœur.

Sybill lui décocha un pauvre sourire en sortant de la banque.

— Eh bien, c'est la toute première fois que je vois les yeux d'un officier ministériel lui jaillir pratiquement des orbites! Je crois que cela devrait...

Le reste de sa phrase se perdit sous les lèvres de Phillip. Elle leva la main vers son épaule mais, au lieu de le repousser, elle se referma sur le tissu de sa chemise.

— Vous aviez l'air d'en avoir besoin, murmura-t-il en caressant sa joue d'une main légère.

— Quand même...

— Bon sang, Sybill, on leur a déjà donné à cancaner! Pourquoi ne pas ajouter au mystère?

Envahie par une foule d'émotions, elle parvenait de plus en plus mal à garder son attitude compassée.

— Je n'ai aucunement l'intention de rester ici pour me donner en spectacle. Donc, si vous voulez bien...

— Très bien. Allons ailleurs. Je suis venu avec le bateau.

— Le bateau? Je ne peux pas sortir en bateau, je ne suis pas vêtue pour cela. Et puis, j'ai du travail.

J'ai aussi besoin de réfléchir, se dit-elle. Mais il l'entraînait déjà vers le port.

— Une balade en mer vous fera le plus grand bien. Vous commencez déjà une nouvelle migraine. Un peu d'air frais vous fouettera le sang.

— Je n'ai pas la migraine.

Seulement quelques prémices désagréables.

— Et je ne veux pas...

Elle fut à deux doigts de glapir, stupéfaite, lorsqu'il la souleva sans autre forme de procès et la déposa sur le pont du bateau.

— Estimez-vous enrôlée de force dans l'équipage, Doc, lui lança-t-il en détachant prestement les amarres.

J'ai comme l'impression que vous n'avez pas assez subi de traitements de ce genre au cours de votre petite existence bien protégée.

— Vous ne savez absolument rien de ma vie. Si vous faites démarrer ce moteur, je...

Elle s'interrompit en grinçant des dents. Le moteur ronflait déjà.

— Phillip, je veux rentrer à mon hôtel. Immédiatement.

— Vous ne trouvez que rarement des gens qui vous disent non, je me trompe ? lui lança-t-il gaiement, tout en l'obligeant à s'asseoir d'un coup de coude. Asseyez-vous, et contentez-vous de profiter de la balade.

Comme elle n'avait aucune intention de sauter par-dessus bord et de nager jusqu'au port en tailleur de soie et chaussures italiennes, elle croisa les bras. Ainsi, c'était sa manière à lui de lui rendre la monnaie de sa pièce. En lui enlevant toute liberté de choix, en lui imposant sa volonté et sa domination physique.

Typique.

Elle tourna la tête et fixa le regard sur l'horizon. Elle n'avait pas peur de lui. Du moins, pas physiquement. Il avait un côté plus rude qu'elle ne l'avait cru au départ, mais il ne lui ferait jamais de mal. Et, parce qu'il aimait profondément Seth — elle le croyait, maintenant —, il avait besoin d'elle.

Elle se ferma à toute exaltation lorsqu'il hissa les voiles. Le bruit de la toile s'ouvrant au vent, la vue du soleil se reflétant dans sa blancheur immaculée, la gîte soudaine que prit l'embarcation, elle se refusa à réagir à tout cela.

Elle se contenterait de tolérer son petit jeu sans lui laisser deviner ses réactions. Il prendrait certainement conscience de son silence hermétique, de son total désintérêt, et la ramènerait enfin au port.

— Tenez.

Il lui lança quelque chose, la faisant littéralement

sursauter. Elle baissa les yeux. Ses lunettes de soleil venaient d'atterrir sur ses genoux.

— Le soleil est méchant, aujourd'hui, même si la température se rafraîchit. L'été indien n'est plus très loin.

Il sourit devant son mutisme obstiné. Elle se contenta de glisser les lunettes sur son nez, les yeux toujours braqués dans la direction opposée.

— Mais d'abord, poursuivit-il, imperturbable, il nous faut une bonne gelée. Quand le feuillage vire au roux, la baie devient absolument splendide, vue de la maison. Un véritable tableau aux nuances d'or et de pourpre. Ce ciel d'un bleu limpide, cette eau miroitante, ces senteurs épicées de l'automne dans l'air... c'est là qu'on commence vraiment à se demander s'il existe un plus bel endroit au monde.

Elle garda soigneusement les lèvres closes et resserra les bras autour de sa poitrine.

Phillip dut se retenir pour ne pas pouffer.

— Même une paire d'indécrottables citadins comme vous et moi sont capables d'apprécier la beauté d'une journée d'automne par ici. Ce sera bientôt l'anniversaire de Seth.

Du coin de l'œil, il la vit sursauter, tourner la tête et ouvrir la bouche. Elle la referma aussitôt mais, lorsqu'elle fit de nouveau face à la mer, ses épaules s'étaient contractées.

O.K. Elle n'avait pas perdu sa faculté d'émotion. Et il y en avait visiblement un bon paquet qui bouillonnait, sous ce bel emballage glacé.

— On a pensé lui organiser une fête, avec quelques-uns de ses copains. Grace, vous le savez, fait un gâteau au chocolat à tomber par terre. On s'est déjà occupés de ses cadeaux. Mais il y a quelques jours à peine, j'ai vu un truc d'enfer dans la vitrine d'un magasin de fournitures pour dessin, à Baltimore. Pas un machin pour gosse, un vrai de vrai. Une mallette avec des pastels, des fusains, des sanguines, une palette, de l'aquarelle, du papier et que sais-je encore... C'est un magasin pour professionnels qui est à seulement quelques rues de mon bureau. Quelqu'un qui s'y connaît un peu en art pourrait aller y faire un tour et acheter exactement ce qu'il faut.

Il avait eu l'intention de le faire lui-même, mais il savait maintenant que son instinct avait vu juste en le poussant à lui raconter cela. Elle lui faisait face, à présent, et malgré le reflet du soleil dans ses lunettes, il savait qu'elle l'avait écouté attentivement.

— Il n'acceptera jamais rien venant de moi.

— Vous ne lui accordez pas suffisamment de crédit. Mais peut-être ne vous en accordez-vous pas suffisamment non plus.

Il corrigea légèrement sa trajectoire, prit le vent et vit qu'elle venait de reconnaître la rangée d'arbres qui longeait la baie. Elle sauta instantanément sur ses pieds.

— Phillip, quoi que vous pensiez de moi à l'instant présent, cela ne vous aidera en rien de m'obliger à revoir Seth aussi rapidement.

— Je ne vous emmène pas à la maison, répondit-il en inspectant au passage le jardin du regard. De toute façon, Seth est au chantier avec Cam et Ethan. Vous avez besoin d'une distraction, Sybill, pas d'une confrontation. Et pour votre gouverne, je n'ai pas la moindre idée de ce que je pense de vous en ce moment.

— Je vous ai dit absolument tout ce que je sais.

— Oui. Je pense que vous m'avez donné les faits. En revanche, vous ne m'avez rien dit de ce que vous pensez, de la manière dont ces faits ont pu vous affecter personnellement.

— Là n'est pas la question.

— J'en fais, moi, la question. Que cela nous plaise ou non, Sybill, nous sommes dans le même bateau. Et je ne parle pas de celui qui danse sous vos pieds. Seth est votre neveu, comme il est le mien. Mon père et votre mère ont eu une liaison. Ce qui ne va pas tarder à être notre cas, à nous aussi.

— Non, répondit-elle fermement. Certainement pas.

Il tourna la tête assez longtemps pour lui décocher un regard étincelant.

— Allons, Sybill, ne faites pas la bête! Je vous ai dans la peau et je sais parfaitement quand une femme m'a également dans la peau.

— Et nous sommes tous deux suffisamment adultes pour contrôler nos pulsions.

Il la dévisagea encore un moment, puis se mit à rire.

— Bien évidemment! Mais ce n'est pas le sexe qui vous panique. C'est l'intimité.

Le bougre mettait en plein dans le mille chaque fois. Et si cela la faisait enrager, cela l'inquiétait encore plus.

— Vous ne me connaissez pas.

— Oh si, je commence, rétorqua-t-il, placide. Et je suis quelqu'un qui a pour habitude de terminer ce qu'il a commencé, justement. Je change de direction, reprit-il à mi-voix. Attention.

Elle se poussa et se rassit, reconnaissant la petite crique dans laquelle ils avaient déjeuné. A peine une semaine plus tôt, songea-t-elle amèrement. Tant de choses avaient changé depuis. Tout avait changé.

Elle ne pouvait rester là avec lui, elle ne pouvait prendre ce risque. Avoir pensé qu'elle pourrait le manœuvrer était totalement absurde. Cependant, elle ne pouvait rien faire d'autre qu'essayer.

Elle l'observa froidement. L'air de rien, elle rajusta sa coiffure sophistiquée, mise à mal par le vent. Puis elle sourit, caustique.

— Quoi, pas de vin cette fois-ci? Pas de musique, pas de déjeuner fin préparé par un gourmet?

Il rabattit les voiles et jeta l'ancre.

— Vous avez peur.

— Quelle arrogance! Vous ne me faites pas peur.

— Vous mentez.

Tandis que le bateau dansait sur l'eau, il fit un pas vers elle et lui enleva ses lunettes de soleil.

— Je vous fais peur, et pas qu'un peu. Vous croyez toujours m'avoir catalogué, et je n'agis jamais comme vous l'avez prévu. La plupart des hommes que vous avez laissés vous approcher devaient être diablement prévisibles, j'en mettrais ma main à couper. Ce devait être plus facile pour vous.

— Est-ce là votre définition d'une distraction ? contra-t-elle aussitôt. Cela correspond plutôt à ce que, moi, j'appelle une confrontation.

— Vous avez raison, dit-il en enlevant ses propres lunettes de soleil. Mais nous procéderons à une analyse sémantique plus tard.

Puis tout alla très vite. Elle le savait déjà capable de mouvements rapides comme l'éclair, mais elle ne l'aurait jamais cru à même de passer du cynisme à la fougue amoureuse en un clin d'œil. Sa bouche s'abattit sur la sienne, brûlante, exigeante et dure, ses mains se refermèrent sur ses bras, la pressant si fort contre lui qu'elle n'eût su déterminer lequel de leurs deux corps dégageait cette chaleur entêtante.

Il n'avait jamais dit que la vérité en affirmant qu'il l'avait dans la peau. Et qu'elle lui fût un poison ou une bénédiction n'avait plus l'air d'importer.

Il s'écarta enfin, mais si peu que, si leurs bouches se séparèrent, leurs visages restèrent à quelques centimètres l'un de l'autre. Ses yeux dorés luisaient plus fort que le soleil.

— Dis-moi que tu ne me désires pas, que tu ne veux pas de cela. Dis-le-moi en le pensant vraiment, et on arrête là.

— Je...

— Non !

Impatient, il la secoua jusqu'à ce qu'elle relève les yeux.

— Non. Dis-le-moi en me regardant dans les yeux.

Elle lui avait déjà menti, d'un mensonge qui pesait

lourd sur sa conscience. Elle ne put se résoudre à recommencer.

— Cela ne fera que compliquer les choses, que les rendre infiniment plus difficiles.

Une incontestable expression de triomphe illumina alors le regard doré.

— Bien sûr que ça va les compliquer, marmonna-t-il. Mais là, maintenant, je m'en moque comme de ma première chemise. Embrasse-moi ! lui ordonna-t-il ensuite. Embrasse-moi vraiment.

Elle ne put s'empêcher de lui obéir. Jamais encore elle n'avait éprouvé un tel désir. Brut, sauvage. Irrépressible. La laissant totalement désarmée. Sa bouche chercha celle de Phillip, aussi affamée qu'elle, aussi vorace. Et le long gémissement qui s'échappa de sa gorge ne fut que l'écho de ce désir primitif qui venait de s'emparer d'elle.

Elle cessa de penser pour n'être plus qu'émotions, sensations, besoin. Leur baiser se fit violent, presque douloureux. Elle agrippa ses cheveux, hors d'haleine, frémissant de tout son être.

Pour la première fois de sa vie, elle rendit totalement les armes devant l'urgence physique. Et voulut encore plus.

Il lui arracha sa veste et la balança n'importe où. Il voulait la toucher, sentir sa peau sous ses mains, connaître son goût sous sa bouche. Pas le temps de déboutonner son fin chemisier de soie ivoire. Il le fit passer par-dessus sa tête et posa immédiatement ses deux mains en coupe sur ses seins frémissants, à peine voilés par le soutien-gorge de dentelle.

Elle avait la peau plus tiède que de la soie, inexplicablement plus douce, aussi. Impatient, il dégrafa le dernier rempart de sa pudeur et l'envoya également n'importe où. Alors il put enfin goûter sa peau.

Le soleil l'éblouit complètement. Malgré ses yeux fermés, elle le sentit peser sur ses paupières. Incapable de rien voir, elle ne put que sentir. Sentir cette bouche presque brutale la dévorer, ces mains exigeantes et rudes courir là où l'envie leur en prenait. Sa plainte inarticulée se transforma en hurlement dans sa tête.

Oui, oui, oui !

A tâtons, elle lui arracha son sweat-shirt et plaqua les mains sur son torse dur et couturé tandis qu'il faisait glisser sa jupe sur ses hanches. Elle portait des bas. A un autre moment, il eût pu apprécier cette preuve de féminité. Mais là, maintenant, il n'avait qu'une chose en tête : la posséder. Profondément ravi, il l'entendit hoqueter lorsqu'il déchira le fin triangle de soie, dernière barrière entre son corps et le sien. Avant même qu'elle puisse reprendre son souffle, il plongea ses doigts en elle, la faisant brutalement jouir.

Elle cria, bouleversée. Cette violente onde de chaleur la fit tituber. Si violente, si inattendue qu'elle crut s'envoler.

— Ô mon Dieu, Phillip !

Sa tête retomba sur l'épaule de son compagnon. De tendu, son corps se fit aussi mou qu'une poupée de chiffon. Il la prit dans ses bras et l'étendit sur le pont de bois.

Le sang tambourinait à ses tempes. Tout son corps réclamait l'assouvissement. Son cœur cognait durement contre ses côtes.

Le souffle erratique, le regard braqué sur son visage, il se débarrassa rapidement de ses vêtements. Ses mains empoignèrent ses hanches et les soulevèrent. Alors il plongea enfin en elle. Si fort, si profond que son long gémissement se mêla à celui de Sybill.

Elle referma étroitement les jambes autour de ses reins en ondulant sous lui, tremblant d'impatience, gémissant son prénom.

Il plongea et replongea en elle, puissant et impérieux. Accrochée à lui, elle adopta son rythme effréné. Ses cheveux s'échappèrent des épingles qui les retenaient et s'éployèrent sur ses épaules tel un somptueux col de vison sauvage. Il enfouit son visage dans cette masse odorante et chaude, dans la gloire éblouissante d'une femme totalement offerte.

Elle planta ses ongles dans son dos, étouffa son cri dans son épaule lorsque la jouissance la submergea. Tout son corps se contracta, le posséda, le détruisit.

Il cria. Et se répandit en elle.

Aussi liquéfié qu'elle, il batailla pour parvenir à reprendre son souffle. Sous lui, le corps de la jeune femme tressautait toujours de plaisir.

Lorsqu'il parvint, au bout d'un long moment, à récupérer une vision normale, il aperçut les éléments de son très conventionnel tailleur trois pièces éparpillés partout sur le pont. A côté d'une seule chaussure à talon noire. Il sourit tout en se soulevant légèrement afin de lui mordiller l'épaule.

— J'essaie, en général, de me... conduire un peu plus galamment.

Il laissa paresseusement sa main jouer avec la dentelle décorant le haut de son bas.

— Mais, dites-moi, vous êtes pleine de surprises, docteur Griffin.

Elle flottait toujours, quelque part entre rêve et réalité. Incapable d'ouvrir les yeux ou de bouger ne serait-ce qu'une main.

— Pardon?

Le ton rêveur, le son étouffé de sa voix lui firent redresser la tête pour étudier son visage. Elle avait les joues rougies, les lèvres gonflées, les cheveux complètement ébouriffés.

— Au terme d'une observation objective, je suis bien obligé de conclure que tu n'avais jamais été comblée auparavant.

Cette arrogance virile suffit à la ramener aussitôt sur terre. Elle ouvrit les yeux et vit son léger sourire de victoire.

— Tu es lourd, dit-elle sèchement.
— O.K.

Il se redressa et s'assit sur le pont. Mais, dans le même temps, il l'empoigna, la retourna et l'installa sur ses genoux.

— Tu portes toujours tes bas, et une de tes chaussures, constata-t-il en souriant, tout en lui caressant les fesses. Seigneur, c'est extrêmement sexy!

— Arrête.

La chaleur revenait, mélange d'embarras et de désir renouvelé.

— Laisse-moi me lever.

— Je n'en ai pas encore terminé avec toi, dit-il en inclinant la tête pour prendre un de ses mamelons entre ses lèvres. Tu es toute chaude.

Il laissa sa langue courir sur le téton érigé, le sentit durcir encore plus, l'entendit haleter doucement.

— Je veux plus. Et toi aussi.

Son corps s'arqua contre lui, frémissant sous la bouche qui courait jusqu'à son cou. Oh oui, oui, elle voulait plus!

— Mais cette fois-ci, promit-il, cela va prendre un peu plus de temps.

Gémissant, elle lui offrit sa bouche.

— Oui.

Le soleil était bas lorsqu'il se sépara enfin d'elle, la laissant rompue, épuisée. Pleine aussi d'une folle énergie. Jamais elle n'aurait pensé posséder un tel appétit sexuel. Et à présent qu'elle venait de le découvrir, elle n'avait pas la moindre idée de ce qu'elle allait bien pouvoir en faire.

— Nous devons discuter de...

Fronçant les sourcils, elle baissa les yeux et entoura sa poitrine du bras. A moitié nue, trempée de sueur, elle se trouva plus embarrassée que jamais.

— Nous... euh... ça... ça ne peut pas continuer.

— Pas tout de suite, acquiesça-t-il. Même moi, j'ai mes limites.

— Je ne voulais pas dire... C'était juste une diversion, pour reprendre ton expression. Quelque chose dont nous avions apparemment tous deux besoin, d'un point de vue physique. Et maintenant...

— Ferme-la, Sybill, dit-il à mi-voix, indubitablement contrarié. C'était mille fois plus que de la diversion ; mais nous disséquerons ce point plus tard.

Il repoussa ses cheveux et étudia son visage. Elle commençait juste à se sentir mal à l'aise, réalisa-t-il, gênée par sa nudité. Par la situation. Il sourit.

— Maintenant, nous sommes dans un état lamentable. Alors il nous reste une seule chose à faire avant de nous rhabiller et de rentrer.

— Laquelle ?

Toujours souriant, il lui retira sa chaussure, puis la souleva dans ses bras.

— Celle-là, dit-il en la balançant par-dessus bord.

Elle poussa un hurlement avant de disparaître sous l'eau. Et ce fut une femme furibonde qui refit surface, les cheveux dans les yeux.

— Espèce de salaud ! Imbécile !

— Je le savais.

Debout sur le plat-bord, il riait comme un fou.

— Je le savais, que tu étais magnifique quand tu es en colère !

Sur ce, il plongea la rejoindre.

13

Personne ne l'avait jamais traitée ainsi que l'avait fait Phillip Quinn. Et Sybill ne savait absolument pas que penser de cela. Ni, encore moins, comment réagir.

Il s'était montré dur, insouciant, exigeant. Il l'avait, selon ses propres termes, comblée — et plus d'une fois. Et, bien qu'elle ne puisse prétendre avoir tenté le moindre geste méritant le terme de défense, ce qui s'était passé était très, très loin de ce que l'on appelle communément une séduction civilisée.

Jamais encore elle n'avait couché avec un homme qu'elle connaissait depuis si peu de temps. Agir ainsi était très certainement irresponsable, pour ne pas dire dangereux. Même en tenant compte du facteur attirance — irrépressible, et sans précédent —, cette conduite était totalement ahurissante. Folle.

Plus que folle, admit-elle, puisqu'elle mourait d'envie de perdre à nouveau la tête avec lui.

Elle devrait très sérieusement revenir sur tout cela, une fois qu'elle aurait réussi à dissocier son esprit de son corps. Et à oublier l'incroyable plaisir découvert sous ces mains fermes et assurées.

Ils voguaient à présent vers le port. Debout devant le gouvernail, Phillip paraissait parfaitement à son aise. Impossible, en le voyant, de s'imaginer qu'il venait de faire frénétiquement l'amour pendant plus d'une heure.

Impossible, oui. A moins d'y avoir participé.

Mais une chose ne faisait absolument aucun doute pour elle : tout cela allait compliquer une situation déjà diablement enchevêtrée. Tous deux devraient dorénavant se montrer froidement raisonnables, ils devraient faire preuve de la plus extrême prudence. Elle fit de son mieux pour démêler ses cheveux, complètement ébouriffés par le vent de la course.

Une conversation. Voilà ce qu'il fallait pour combler le fossé entre sexe et sensibilité.

— Comment t'es-tu fait ces cicatrices ?

— Lesquelles ? jeta-t-il par-dessus son épaule.

Mais il pensait connaître la réponse. Toutes les femmes voulaient savoir.

— Celles que tu as là, sur la poitrine. On dirait de la chirurgie.

— Hon hon. C'est une longue histoire, répondit-il,

mais en lui souriant. Je te raserai en te la racontant, ce soir.

— Ce soir ?

Oh, qu'il aimait cette manière qu'elle avait de froncer les sourcils !

— On a rendez-vous, tu l'as oublié ?
— Mais je... hmmm.
— Tu ne sais jamais à quoi t'en tenir avec moi, pas vrai ?

Ennuyée, elle rejeta brusquement les cheveux qui s'obstinaient à lui revenir dans la figure.

— Et cela t'amuse ?
— Chérie, je ne peux pas te dire à quel point ! Tu essaies systématiquement de me ranger dans un de tes petits tiroirs, et chaque fois je saute dans celui d'à côté. Tu t'imaginais être tombée sur un bon citadin sans histoire et sans risque, amoureux du bon vin et des femmes cultivées. Ce n'est pas faux, mais ce n'est qu'une toute petite partie du tableau.

En pénétrant dans le port, il amena les voiles et fit démarrer le moteur.

— Au premier regard sur toi, on pense obligatoirement : bien nourrie, bien élevée, citadine passionnée par sa carrière, qui préfère son vin blanc et ses hommes à distance. Mais ça aussi, ce n'est qu'une partie du tableau.

Il coupa le moteur, laissant le bateau terminer sur son erre, et lui tapota gentiment les cheveux.

— Je pense que nous allons tous les deux beaucoup nous amuser à découvrir le reste de ce fameux tableau.

— La prolongation d'une relation physique serait...

— Inévitable, conclut-il à sa place, avant de lui tendre la main. Ne perdons ni notre temps ni notre énergie à prétendre le contraire. On n'a qu'à l'appeler « chimie de base » pour l'instant.

Il l'attira à lui à l'instant même où ses pieds touchaient le pavé du port et, histoire de lui prouver la véracité de son raisonnement, l'embrassa aussi longuement que passionnément.

— En tout cas, pour moi, elle fonctionne super bien.
— Ta famille ne va pas approuver.
— L'approbation familiale est importante pour toi?
— Bien sûr.
— Je ne la conteste pas non plus. En temps normal, cela ne les regarderait absolument pas. Mais dans le cas présent, si.

Et cela le préoccupait. Pas qu'un peu, à vrai dire.

— Mais c'est ma famille, donc mon problème et pas le tien.
— Cela peut paraître hypocrite au point où nous en sommes, mais je ne veux rien faire qui puisse blesser ou perturber Seth.
— Moi non plus. Mais je n'ai pas l'intention de laisser un garçon de dix ans s'occuper de ma vie personnelle. Détends-toi, Sybill, ajouta-t-il en lui caressant le menton. Nous ne vivons tout de même pas l'histoire des Montaigu et des Capulet.
— J'aurais du mal à voir en toi Roméo.

Elle le dit si sèchement qu'il éclata de rire et l'embrassa encore une fois.

— Tu le pourrais, mon cœur, si je faisais un effort. Mais pour l'instant, contentons-nous de ce que nous sommes. Tu es fatiguée.

Il passa gentiment son pouce sous ses yeux cernés.

— Tu as la peau fine, Sybill. On voit tes veines. Va donc faire une petite sieste. On fera monter le service de chambre plus tard.
— Le...
— J'apporterai le vin! s'écria-t-il joyeusement tout en remontant sur le bateau. J'ai une petite bouteille de château-olivier que je gardais pour une occasion comme celle-ci, hurla-t-il par-dessus le bruit du moteur. Pas besoin de t'habiller, termina-t-il en lui décochant un sourire coquin.

Il sortit du port. Hors de portée de voix.

Et, de toute façon, elle ne savait pas trop ce qu'elle lui aurait crié, si elle avait perdu le peu de self-control qui lui restait. Au lieu de cela, elle resta là, plantée sur le port, à le regarder disparaître au loin. Dans son tailleur de soie froissé mais néanmoins toujours élégant, les cheveux trempés et emmêlés, et sa dignité aussi flageolante que ses jambes.

Cam reconnut aussitôt les signes. Une course en bateau par un bel après-midi d'automne a certes de quoi détendre un homme, lui assouplir les muscles et lui vider la tête. Mais une seule chose, il le savait, pouvait donner un éclat satisfait, presque paresseux, au regard de ce même homme.

Et il reconnut immédiatement cet éclat bien particulier dans le regard de son frère lorsque celui-ci accosta et lui envoya les amarres. Espèce d'enfoiré! fut sa première pensée.

Il attrapa le cordage et le fixa solidement.

— Espèce d'enfoiré!

Phillip se contenta de hausser les sourcils. Il ne s'attendait pas à une telle réaction — du moins pas si vite. Il avait déjà prévu de garder son calme tout en expliquant sa position.

— Toujours chaleureux, l'accueil, chez les Quinn! Un vrai plaisir!

— Je croyais pourtant que tu avais dépassé le stade où on pense avec autre chose que sa tête.

Pas aussi calme qu'il avait prévu de l'être, Phillip sauta sur l'appontement et fit face à son frère. Il reconnut les signes, lui aussi. Cam cherchait indéniablement la bagarre.

— En fait, j'ai tendance à laisser mes attributs penser par eux-mêmes. Cependant, je dois reconnaître que nous sommes souvent d'accord.

— Soit tu es fou, soit tu es complètement abruti, à moins que tu n'en aies rien à cirer. La vie d'un gosse est dans la balance, en ce moment, sa tranquillité d'esprit, sa confiance.

— Rien ne va arriver à Seth. Je fais tout ce que je peux pour m'en assurer.

— Oh, ça y est, je comprends ! Tu l'as sautée pour le bien du gamin !

Les mains de Phillip jaillirent avant même qu'il n'éclate. Il agrippa la veste de Cam. A présent, ils étaient nez à nez, tels des combattants.

— Tu t'envoyais bien en l'air avec Anna, le printemps dernier. Est-ce que tu pensais beaucoup à Seth à ces moments-là ?

Le poing de Cam remonta immédiatement, le prenant par surprise. Mais si sa tête partit en arrière, il ne relâcha aucunement sa prise. L'instinct prit alors le pas sur la raison. Il repoussa Cam en arrière et s'apprêta à se battre.

Mais à cet instant, Ethan le bloqua par-derrière, d'un bras passé autour de sa gorge. Il jura violemment.

— Du calme, ordonna le nouveau venu, plus dans un soupir qu'autre chose. Tous les deux, vous vous calmez. Sinon je vous balance à la flotte, histoire de vous rafraîchir les idées.

Il resserra sa prise sur la gorge de Phillip, afin de lui prouver qu'il parlait sérieusement, tout en fusillant Cam du regard.

— Un peu de tenue, bon sang ! Seth a déjà eu une journée épouvantable. Vous tenez vraiment à en rajouter ?

— Non, je n'y tiens pas spécialement, répondit Cam, amer. Celui-ci n'en a peut-être rien à cirer, mais moi, si.

— Ma relation avec Sybill et ma responsabilité vis-à-vis de Seth sont deux sujets totalement différents.

— A d'autres !

— Lâche-moi, Ethan.

Et, parce que Phillip avait délibérément dit cela d'un ton calme, son frère obtempéra.

— Tu sais, Cam, je ne me souviens pas que tu te sois autant intéressé à ma vie sexuelle depuis l'époque où on reluquait tous les deux Jenny Malone.

— On n'est plus au lycée, mon pote.

— Exact. Et tu n'es pas ma nounou. Ethan non plus, ajouta-t-il en se déplaçant, afin de les voir tous les deux.

Il allait s'expliquer, parce que cela avait de l'importance. Parce qu'ils avaient de l'importance pour lui.

— J'éprouve des sentiments pour elle, et je vais prendre mon temps pour comprendre de quelle nature ils sont. J'ai opéré tout un tas de changements dans mon existence, depuis quelques mois, et je vous ai soutenus dans ce que vous vouliez, tous les deux. Mais, merde, j'ai aussi droit à une vie privée !

— Je ne contesterai pas ce point-là, répondit Ethan en jetant un coup d'œil vers la maison.

Pourvu que Seth soit occupé à faire ses devoirs, ou à dessiner, enfin n'importe quoi, mais qu'il ne les espionne pas par la fenêtre !

— Je ne suis toutefois pas certain de la réaction de Seth vis-à-vis de cet aspect bien précis de ta vie privée.

— Il y a une chose que, visiblement, ni l'un ni l'autre ne semblez prendre en considération. Sybill est sa tante.

— Au contraire, c'est exactement ce que je fais, rétorqua Cam. Elle est la sœur de Gloria, et elle est arrivée ici en mentant.

— Elle est arrivée ici sur la foi d'un mensonge, corrigea aussitôt Phillip.

Cela faisait une sacrée différence, pour lui. Une différence vitale.

— Avez-vous lu la déclaration qu'elle a faxée à Anna ?

Cam jura entre ses dents, puis glissa ses pouces dans ses poches.

— Ouais, je l'ai lue.

— Que crois-tu que ça lui ait coûté, de mettre cela

noir sur blanc, de savoir que toute la ville va en parler, mais aussi qu'elle sera le principal sujet de conversation partout dans les prochaines vingt-quatre heures ?

Phillip attendit. Puis il nota que la mâchoire de Cam s'était détendue — juste un peu.

— Combien veux-tu lui faire payer de plus ?
— Je ne pense pas à elle. Je pense à Seth.
— Elle est la meilleure défense que nous ayons contre Gloria.
— Tu crois qu'elle résistera ? s'enquit Ethan. En envisageant le pire.
— Oui, je le crois. Il a besoin de sa famille. De toute sa famille. C'est ce que papa voudrait. Il m'a dit...

S'interrompant brusquement, Phillip détourna le regard vers la baie.

Cam pinça les lèvres, échangea un regard avec Ethan et sourit presque.

— On s'est senti un peu bizarre, ces temps-ci, Phillip ?
— Je vais très bien.
— Peut-être es-tu un peu stressé.

Puisqu'il n'avait reçu aucun coup de poing, Cam s'arrogea le droit de s'amuser un peu.

— Il m'a bien semblé te voir parler tout seul, une fois ou deux.
— Je ne parle pas tout seul.
— Peut-être as-tu pensé parler à quelqu'un qui n'était pas là.

Il souriait, à présent. D'un sourire aussi immense que malicieux.

— Le stress, ça vous bousille quelqu'un en moins de deux. Ça vous bouffe la tête.

Ethan ne parvint pas tout à fait à réprimer un gloussement. Phillip le fixa, furibond.

— Tu as quelque chose à dire sur l'état de ma santé mentale ?
— Eh bien...

Ethan se gratta pensivement le menton.

— Tu m'as paru un peu tendu, dernièrement.

— Pour l'amour de Dieu, j'ai le droit de paraître un peu tendu, il me semble ! s'écria Phillip en étendant les bras, comme pour soulager le poids qu'il se sentait trop souvent sur les épaules. Je travaille dix, douze heures par jour à Baltimore, et puis je viens ici pour transpirer comme un galérien au chantier. Ça, c'est quand je ne me prends pas la tête sur les bouquins de comptes et les factures, quand je ne joue pas les ménagères à l'épicerie et quand je ne fais pas faire ses devoirs à Seth !

— Il a toujours été vache, marmonna Cam.

— Tu veux vraiment que je sois vache ? s'énerva Phillip en faisant un pas vers lui, menaçant.

Cette fois-ci, Cam sourit et leva les mains, apaisant.

— Ethan te flanquera aussitôt à l'eau. Moi, je n'ai pas particulièrement envie d'un bain, ce soir.

— Au début, les quelques premières fois, j'ai cru que je rêvais.

Confus, ne sachant plus s'il avait envie de cogner Cam ou de s'asseoir un moment, Phillip se retourna vers Ethan.

— Mais de quoi parles-tu, à la fin ?

— Je croyais que nous parlions de l'état de ta santé mentale, répondit son frère à mi-voix, sur le ton de la conversation. C'était bon, de le voir. Ç'a été dur de savoir qu'il fallait à nouveau le laisser partir, mais ça valait vraiment le coup.

Un frisson parcourut l'échine de Phillip. Il plongea ses mains, soudain agitées de tremblements, dans ses poches.

— Peut-être devrions-nous discuter de ta santé mentale à toi, Ethan.

— On était persuadés que quand ce serait ton tour, tu filerais directement t'allonger sur le divan d'un psy, intervint Cam en souriant.

— Je ne vois pas de quoi vous parlez.

— Mais si, dit paisiblement Ethan tout en s'asseyant sur le ponton, jambes pendantes, et en sortant un cigare. C'est ton tour. On dirait qu'il a suivi notre ordre d'arrivée dans la famille.

— La symétrie, décréta Cam en s'installant à côté de son frère. Cette symétrie a dû lui plaire. La première fois que je lui ai parlé, c'était le jour où j'ai rencontré Anna.

Le frisson persistait. Il courait de bas en haut de la colonne vertébrale de Phillip, à présent.

— Qu'est-ce à dire, tu lui as parlé ?

— J'ai discuté avec lui, répondit Cam, placide, en chipant le cigare d'Ethan pour en tirer une bouffée. Oh, bien sûr, je me suis dit que j'avais perdu la boule, poursuivit-il en souriant. Et tu t'imagines que tu as toi aussi perdu la boule, Phillip.

— Non. Je travaille trop, tout simplement.

— Tu parles ! Faire des dessins et inventer des slogans, quel boulot !

— Va te faire voir.

Mais, tout en soupirant, il s'assit à côté de ses frères.

— Etes-vous tous les deux en train de me dire que vous avez parlé avec papa ? Celui-là même qui est mort en mars ? Celui-là même que nous avons enterré à quelques kilomètres d'ici ?

D'un simple geste, Ethan lui passa son cigare.

— Et toi, tu essaies de nous dire que tu ne l'as pas fait ?

— Je ne crois pas à ces trucs.

— Que tu y croies ou non n'a guère d'importance quand ça t'arrive, fit remarquer Ethan en récupérant son cigare. La dernière fois que je l'ai vu, c'est le soir où j'ai demandé à Grace de m'épouser. Il mangeait un sac de cacahuètes.

— Seigneur Dieu ! marmonna Phillip.

— Je pouvais sentir leur odeur comme je sens la fumée de ce cigare, l'eau, ou le cuir de la veste de Cam.

— Quand les gens meurent, c'est fini. Ils ne reviennent pas.

Il s'interrompit un moment, attendant qu'Ethan lui repasse le cigare.

— Est-ce que vous... l'avez touché ?

Cam pencha la tête.

— L'as-tu fait ?

— Il était solide. C'est impossible.

— Ou c'est bien cela, intervint Ethan, ou nous sommes tous fous.

— On n'a pas vraiment eu le temps de lui dire au revoir, aucun temps pour comprendre, fit Cam en soupirant, conscient que son chagrin s'était apaisé. Il nous offre à chacun un peu plus de temps. Du moins, c'est ce que je pense.

— Lui et maman nous ont offert du temps, à tous les trois, en faisant de nous des Quinn.

Mais il ne pouvait y penser, songea Phillip. Pas maintenant. A aucun prix.

— Cela a dû le déchirer de découvrir qu'il avait une fille dont il ne soupçonnait pas l'existence, dit-il.

— Il aura voulu l'aider, la sauver, murmura Ethan.

— Il a dû se rendre compte qu'il était trop tard pour elle. Mais pas pour Seth, conclut Cam. Alors, il a fait tout ce qu'il a pu pour sauver Seth.

— Son petit-fils.

Phillip contempla une aigrette qui nageait silencieusement sur les eaux sombres. Il n'avait plus froid.

— Il se sera reconnu dans ses yeux, mais il aura sûrement voulu obtenir des réponses, poursuivit-il. J'y ai pas mal réfléchi. Le plus logique serait qu'il ait essayé de localiser la mère de Gloria afin d'obtenir confirmation de ses dires.

— Cela a dû prendre pas mal de temps, déclara Cam. Elle avait changé de nom en se mariant, elle habite en Europe et, d'après Sybill, elle n'avait pas particulièrement envie de le contacter.

— Et il est parti trop vite, conclut Phillip. Mais maintenant, nous, nous savons. Et nous allons faire coller tout ça.

Elle n'avait pas prévu de dormir. Sybill s'était offert une longue douche chaude, puis elle s'était enveloppée dans une robe de chambre, dans l'intention de revoir ses notes. Elle s'était ordonné de trouver le courage d'appeler sa mère, de lui dire sa façon de penser et d'exiger une confirmation écrite de sa propre déposition.

Mais elle ne fit rien de tout cela. Elle s'écroula sur le lit, ferma les yeux et trouva refuge dans le sommeil.

Des coups frappés à la porte l'éveillèrent en sursaut. Groggy, elle tâtonna, à la recherche de l'interrupteur. L'esprit encore totalement embrumé, elle alla à la porte et faillit oublier de regarder par le judas.

Puis, poussant un énorme soupir de contrariété, elle entreprit de tourner les verrous.

Phillip remarqua la chevelure emmêlée, le regard endormi et la robe de chambre bleu marine. Il sourit.

— Eh bien, tu t'es rappelé que je t'avais dit de ne pas t'habiller.

— Désolée, je me suis endormie.

Distraite, elle repoussa vaguement ses cheveux. S'il y avait une chose qu'elle détestait, c'était bien d'être cueillie au saut du lit les cheveux emmêlés. Surtout par quelqu'un d'aussi frais, d'aussi alerte. D'aussi magnifique.

— Si tu es fatiguée, je reviendrai plus tard.

— Non, je... Si je me rendors, je vais me réveiller à trois heures du matin, en pleine forme. J'ai horreur des chambres d'hôtel à trois heures du matin, dit-elle en reculant pour le laisser passer. Je vais m'habiller.

— Reste comme tu es, suggéra-t-il en se servant de sa main libre pour l'attirer à lui et lui faire la bise. Je t'ai déjà vue nue. Joli spectacle, je dois dire.

Bon, selon toute vraisemblance, sa dignité venait encore d'en prendre un coup, décréta-t-elle *in petto*.

— Je n'ai pas l'intention de prétendre que c'était une erreur.

— Parfait.

Il posa sur la table la bouteille qu'il venait d'apporter.

— Mais, poursuivit-elle avec ce qu'elle considérait comme une infinie patience, ce n'était pas non plus très avisé. Nous sommes tous deux des gens sensés.

— Parle pour toi, Doc. Pour ma part, je perds tout sens commun dès que je respire ton parfum. Qu'est-ce que tu portes?

Elle se pencha en arrière quand il s'inclina pour la humer.

— Phillip!

— Sybill!

Il rit.

— Que penses-tu de mes efforts pour me montrer civilisé et ne pas te porter tout de suite sur le lit alors que tu n'es pas vraiment réveillée?

— J'apprécie que tu te retiennes, rétorqua-t-elle sèchement.

— Et j'apprécie que tu apprécies. Une petite faim?

— A quoi rime ce besoin pathologique que tu as de me nourrir?

— C'est toi, l'analyste, répondit-il dans un haussement d'épaules. J'ai apporté le vin. Tu as des verres?

Elle aurait pu soupirer, mais ce n'était pas ce que l'on appelle une attitude constructive. Elle désirait vraiment lui parler, remettre leur... relation sur un plan officiel. Lui demander son avis. Et, elle l'espérait, pouvoir compter sur son aide afin de persuader Seth d'accepter son amitié.

Elle alla chercher les deux gobelets épais fournis par l'hôtel, haussant les sourcils devant la moue de Phillip. Il avait une manière de faire la moue infiniment sexy.

— Ça, c'est carrément une insulte à ce vin délectable, dit-il en ouvrant la bouteille à l'aide de son propre tire-bouchon. Mais bon, si tu n'as rien de mieux sous la main, on va faire avec.

— J'ai oublié d'apporter mon service en cristal, pardon.

— N'oublie pas, la prochaine fois.

Il versa le vin mordoré dans les gobelets, puis lui en tendit un.

— Au commencement, au milieu et à la fin. Il semble que nous fassions partie des trois.

— Ce qui signifie ?

— La charade est terminée, l'équipe est constituée et nous sommes devenus amants. Je suis ravi par ces trois aspects de notre très intéressante relation.

— L'équipe ?

Mieux valait se focaliser sur le point qui ne la rendait pas honteuse, ou nerveuse.

— Seth est un Quinn. Avec ton aide, nous allons faire en sorte que cela devienne permanent, et vite.

Elle baissa les yeux vers son vin.

— Il est important pour vous qu'il prenne votre nom.

— Le nom de son grand-père, corrigea-t-il. Et cela a infiniment plus d'importance pour Seth que pour moi.

— Oui, tu as raison. J'ai vu son visage, quand je lui ai dit. Il avait l'air presque frappé de respect. Le Pr Quinn devait être un homme extraordinaire.

— Mes parents étaient... spéciaux. Leur mariage était une chose qu'on voit très rarement. Un vrai partenariat, basé sur la confiance, le respect, l'amour et la passion. Il ne nous a pas été facile de nous demander si notre père avait trahi cette confiance.

— Vous aviez peur qu'il ait trompé votre mère avec Gloria, qu'il lui ait fait un enfant, réfléchit Sybill en s'asseyant. C'est odieux de sa part, d'avoir insinué cela.

— C'était aussi l'enfer, pour moi, de vivre avec ce

doute que je ne pouvais écarter. J'éprouvais un certain ressentiment pour Seth. Etait-il le fils de mon père ? Son véritable fils, alors que moi, je n'étais qu'un des substituts ? Je n'y croyais pas vraiment, au fond de mon cœur, poursuivit-il en s'asseyant près d'elle, mais c'est tout à fait le genre de truc qui vous empêche de dormir à trois heures du matin.

Si elle n'avait rien réussi d'autre pour l'instant, se dit-elle, au moins était-elle parvenue à l'apaiser sur ce point-là. Mais ce n'était pas suffisant.

— J'ai l'intention de demander à ma mère un témoignage écrit corroborant mes dires. Je ne sais pas si elle acceptera. J'en doute, admit-elle. Mais je vais essayer. Je vais le lui demander.

— L'équipe, tu vois bien.

Il prit sa main et joua avec. Elle tourna la tête pour le regarder.

— Ta mâchoire est meurtrie.

— Oui.

Il sourit, la faisant jouer.

— Cam a toujours une sacrée droite.

— Il t'a frappé ?

Sa voix, profondément choquée, le fit rire. Le bon Dr Griffin ne venait visiblement pas d'un milieu où les poings volaient.

— J'allais lui flanquer mon poing dans la figure en premier, mais il m'a coiffé au poteau. Ce qui signifie tout bêtement que je lui en dois un. Je le lui aurais volontiers rendu tout de suite, mais Ethan m'a fait une prise d'étranglement.

— Ô mon Dieu !

Perdue, elle bondit sur ses pieds.

— C'est à cause de moi. A cause de ce qui est arrivé aujourd'hui dans le bateau. Cela n'aurait jamais dû arriver. Je savais que cela créerait des problèmes entre toi et ta famille.

— Oui, répondit-il sur le ton de la conversation. C'était à propos de nous. Et on a réglé le problème.

Sybill, mes frères et moi, on se bat à coups de poing depuis qu'on est devenus frères. C'est une tradition, dans la famille Quinn. Exactement comme la recette de gaufres de mon père.

La détresse la submergeait toujours. Mais mêlée à de la confusion, maintenant. Des poings et... des gaufres ? Quel rapport ? se demanda-t-elle en passant la main dans ses cheveux ébouriffés.

— Tu te bats... physiquement avec eux ?
— Bien sûr.

Elle pressa ses mains contre ses yeux.

— Pourquoi ?

Il la regarda en souriant.

— Parce qu'ils sont là ? suggéra-t-il.
— Et vos parents acceptaient ce genre de comportement violent ?
— Ma mère était pédiatre. Elle passait son temps à nous rapetasser.

Il se pencha pour leur resservir du vin.

— Je pense que je devrais t'expliquer un peu mieux le tableau. Tu sais que Cam, Ethan et moi, avons été adoptés.
— Oui. J'ai fait quelques recherches avant de venir...

Elle s'interrompit et jeta un coup d'œil à son ordinateur.

— Mais tu le sais déjà.
— Oui, en effet. Et tu connais certains des faits, mais pas leur motivation. Tu m'as demandé d'où venaient mes cicatrices. Cela ne commence pas là, réfléchit-il à voix haute. Cam a été le premier. Ray l'a surpris en train d'essayer de piquer la voiture de ma mère, un matin.
— Sa voiture ? Il essayait de voler sa voiture ?
— En plein dans l'allée. Il avait douze ans. Il s'était sauvé de chez lui et voulait aller jusqu'au Mexique.
— A douze ans, il essayait de voler une voiture pour aller au Mexique ?...

— Eh, oui. Le premier des mauvais garçons Quinn, dit-il en levant son verre à son frère. Il avait été battu une fois de trop par son alcoolique de père et avait décidé qu'il était grand temps de s'enfuir, s'il ne voulait pas y rester.

— Oh !

Elle se laissa de nouveau aller sur le canapé.

— Il est tombé dans les pommes, et mon père l'a porté à l'intérieur. Ma mère l'a soigné.

— Ils n'ont pas appelé la police ?

— Non. Cam était terrifié, et maman a reconnu les signes de maltraitances répétées. Ils ont pris des renseignements, des arrangements, ont travaillé avec le système et l'ont détourné. Ils lui ont offert un foyer.

— Ils ont juste… fait de lui leur fils ?

— Un jour, ma mère a dit qu'on lui appartenait déjà. Que nous ne nous étions simplement pas trouvés avant. Puis est arrivé Ethan. Sa mère faisait le trottoir à Baltimore, elle se droguait. Quand elle s'ennuyait, elle lui cognait dessus. Un jour, elle a eu la brillante idée qu'elle pourrait augmenter ses revenus en vendant son fils de huit ans à des pervers.

Sybill resserra les deux mains autour de son verre, statufiée, incapable de prononcer un mot.

— Il a vécu cela quelques années. Une nuit, un de ses clients a fini ce qu'il avait à faire avec Ethan et avec elle et a pété les plombs. Comme c'était elle qu'il visait, et pas le gosse, elle s'est défendue. Elle l'a poignardé, et puis elle s'est enfuie. Quand les flics sont arrivés, ils ont emmené Ethan à l'hôpital. Ma mère y faisait des tournées.

— Ils l'ont pris, lui aussi, murmura Sybill.

— Oui. Voilà, pour le gros de l'histoire.

Elle leva son verre, en but une gorgée, absente, tout en le regardant par-dessus le bord. Elle ne connaissait rien à l'univers qu'il venait de lui décrire, sinon qu'il existait. Mais elle ne s'était jamais sentie concernée. Jusqu'à aujourd'hui.

— Et toi ?

— Ma mère travaillait dans les bas quartiers de Baltimore. Elle dealait un peu, consommait beaucoup, se faisait un client ici ou là, bref, elle se débrouillait, dit-il en haussant les épaules. Mon père, ça faisait longtemps qu'il était parti. Il avait fait un temps en prison pour vol à main armée et, quand il est sorti, il ne nous a jamais cherchés.

— Est-ce qu'elle... est-ce qu'elle te battait ?

— De temps en temps, jusqu'à ce que je sois assez grand. Alors, elle a eu peur que je lui rende ses coups, ajouta-t-il en souriant, d'un sourire qui en disait long. Et elle avait raison. Nous ne nous aimions pas beaucoup. Mais si je voulais avoir un toit sur la tête — et je voulais en avoir un —, j'avais besoin d'elle, et donc, je devais gagner ma vie. Je piquais dans les poches ou je forçais des verrous. Bon sang, j'étais doué ! s'écriat-il avec presque une pointe de fierté. Mais je me contentais de bricoles. Le genre de trucs qu'on peut facilement revendre ou échanger contre de la drogue. Quand les temps étaient vraiment durs, je me vendais moi-même.

Il vit ses yeux s'agrandir d'horreur, se détourner de lui.

— Lutter pour survivre n'est pas toujours un chemin semé de roses, reprit-il d'un ton sec. La plupart du temps, je parvenais sans problème à mes fins. J'étais dur, méchant et futé. Parfois, je me faisais prendre, mais pas souvent. Alors, j'atterrissais dans le système, mais j'en ressortais vite. Quelques années supplémentaires de cette existence, et je finissais en prison — ou à la morgue. Quelques années supplémentaires de cette existence, reprit-il en la regardant, et Seth aurait suivi exactement le même chemin.

Faisant un terrible effort pour assimiler tout cela, Sybill fixait désespérément son verre.

— Tu dis que... vos situations sont similaires, mais...

— J'ai reconnu Gloria, hier, l'interrompit-il. Une jolie jeune femme au départ, devenue cassante. Des yeux durs, la bouche amère. Elle et ma mère se seraient reconnues, également.

Comment pouvait-elle argumenter alors qu'elle avait vu la même chose ? Eprouvé les mêmes sentiments ?

— Je ne l'ai pas reconnue, approuva-t-elle. Pendant un moment, j'ai cru qu'il s'agissait d'une erreur sur la personne.

— Elle n'a pas eu un instant de doute à ce propos, elle. Elle a arrondi les angles et appuyé sur les bons boutons. Elle n'avait pas oublié comment tu fonctionnais.

Il se tut un instant.

— Oui, elle le savait exactement. Et moi aussi, je le sais.

Alors seulement elle le regarda, et s'aperçut qu'il l'étudiait.

— C'est ce que tu fais ? Arrondir les angles et appuyer sur les bons boutons ?

Peut-être, se dit-il. Ils le sauraient bientôt.

— Pour l'instant, je réponds à ta question. Veux-tu la suite ?

— Oui, répondit-elle sans hésiter.

Elle voulait vraiment entendre la fin de l'histoire.

— Quand j'ai eu treize ans, j'ai cru que je pouvais me débrouiller tout seul. Je pensais que tout irait bien. Jusqu'à ce que je me retrouve le nez dans le caniveau, saignant à mort. Une balle perdue. Je m'étais trouvé au mauvais endroit au mauvais moment.

— Une balle ?

Son regard se reporta immédiatement sur lui.

— Tu as reçu une balle ?

— Deux. Dans la poitrine. Elles auraient probablement dû me tuer. Un des toubibs qui m'ont sauvé la vie connaissait Stella Quinn. Elle et Ray sont venus me voir à l'hôpital. Je les ai pris pour des tordus, au départ, le genre bons Samaritains un peu pervers ou simplets. Mais j'ai joué le jeu. Ma mère m'avait définitivement rejeté et cette fois-ci, j'étais bon pour le système. Alors je me suis dit que j'allais les utiliser jusqu'à ce que je sois de nouveau sur pied. Que j'allais prendre ce dont j'avais besoin et me faire la belle.

Quel était donc ce jeune garçon dont il lui brossait le portrait ? Et comment pourrait-elle le reconnaître dans l'homme assis à côté d'elle ?

— Tu comptais les voler ?

— C'est ce que j'ai fait. Mais ils...

Comment l'expliquer ? Comment expliquer le miracle qui s'était produit, l'infinie générosité, le dévouement sans bornes, l'amour infini des Quinn ?

— Ils ont oublié ça. Et puis, je me suis pris à les aimer. J'ai tout fait, tout, pour qu'ils soient fiers de moi. Ce ne sont ni les ambulanciers ni les chirurgiens qui m'ont sauvé la vie, mais Ray et Stella Quinn.

— Quel âge avais-tu, lorsqu'ils t'ont recueilli ?

— Treize ans. Mais je n'étais pas un gamin, comme Seth. Je n'étais pas une victime, comme Cam et Ethan. J'avais fait mes propres choix.

— Tu te trompes.

Pour la première fois, elle tendit les mains vers lui. Elle lui prit le visage et l'embrassa tendrement.

Il leva les mains vers ses poignets, et dut faire un effort pour ne pas lui pincer la peau comme ce doux baiser venait de lui pincer le cœur.

— Ce n'est pas la réaction à laquelle je me serais attendu.

Ce n'était pas non plus celle qu'elle avait pensé avoir. Mais elle ne pouvait s'empêcher d'éprouver de la pitié pour l'enfant qu'il venait de lui décrire, et de l'admiration pour l'homme qu'il avait fait en sorte de devenir.

— Quelle réaction obtiens-tu, en général ?

— Je n'ai jamais raconté cela à personne en dehors de la famille, répondit-il en réussissant à lui sourire. Ce serait très mauvais pour mon image.

Touchée, elle reposa son front contre le sien.

— Tu as raison. Cela aurait très bien pu être Seth, murmura-t-elle. Ce qui t'est arrivé aurait pu arriver à Seth. Ton père l'a sauvé de cela. Ta famille et toi, vous l'avez sauvé, alors que la mienne n'a absolument rien fait. Elle a même fait pire que de ne rien faire.

— Tu fais quelque chose, toi.

— J'espère que c'est assez.

Lorsque la bouche de Phillip fondit sur la sienne, elle se laissa aller au réconfort qu'il lui offrait.

14

Phillip déverrouilla les portes du chantier à sept heures, ce matin-là. Ses frères n'avaient pas prononcé un seul mot de récrimination à propos de la journée de la veille, ni de sa décision de prendre son dimanche, le week-end suivant. Bref, il se sentait horriblement coupable.

Bon, il avait bien devant lui une heure, voire un peu plus, avant que Cam n'arrive et se mette à travailler sur la coque. Quant à Ethan, il était prévu qu'il passe la matinée à ramasser ses casiers de crabes. On était en pleine saison. Il consacrerait son après-midi au chantier.

Phillip disposait donc de l'espace, du temps et du calme nécessaires pour s'occuper calmement de la paperasse, considérablement négligée la semaine précédente.

Mais calme ne veut pas forcément dire silence. Son premier geste, en entrant, fut d'allumer toutes les lampes. Le deuxième, d'appuyer sur le bouton de la radio. Dix minutes plus tard, le nez plongé dans les dossiers, il se sentait dans son élément.

Bon, on doit de l'argent à... eh bien, à peu près au

monde entier, conclut-il de son examen. Le propriétaire, les fournisseurs, l'assurance, la scierie et la MasterCard.

Sans oublier le gouvernement, qui avait demandé sa part du gâteau au milieu du mois de septembre. Une part qui, soit dit en passant, avait sérieusement entamé leurs finances. L'échéance suivante était trop proche pour sa tranquillité d'esprit.

Il jongla avec les chiffres, les retourna dans tous les sens et, pour finir, décréta que le rouge, après tout, n'était pas une couleur si laide. Ils avaient réalisé un joli bénéfice avec leur premier travail — bénéfice presque entièrement réinjecté dans l'affaire. Dès que la coque serait terminée, ils toucheraient un autre acompte de la part de leur client. Cela devrait suffire à leur maintenir la tête hors de l'eau.

Cependant, ils ne devraient pas sortir du rouge avant un bon bout de temps.

Il rédigea consciencieusement les chèques les plus urgents, les enregistra dans son livre, refit ses comptes et décida ne pas s'angoisser si deux et deux, ces satanées bourriques, s'obstinaient à faire quatre.

Il entendit les portes s'ouvrir, puis se refermer en claquant.

— Déjà dans ton terrier ? cria Cam.

— Oui. C'est le super-pied !

— Bon, eh bien, il y en a d'autres qui ont vraiment du travail, ici.

Phillip contempla les chiffres qui dansaient sur son écran et lâcha un bref éclat de rire. Il savait parfaitement que, pour Cam, la comptabilité n'était pas du travail. Du moins, pas du *vrai* travail, puisqu'on n'avait pas un outil dans la main.

— Je ne peux pas faire mieux, marmonna-t-il en éteignant l'ordinateur.

Il disposa les factures sur un coin du bureau en piles bien nettes, fourra les chèques de salaire dans sa poche arrière et descendit.

Cam attachait sa ceinture à outils, une casquette à l'envers sur le crâne, histoire de ne pas avoir les cheveux dans les yeux. Phillip le regarda enlever pieusement son alliance et la fourrer dans sa poche.

C'était devenu une habitude chez lui : il la ressortirait, une fois le travail fini, et la remettrait tout aussi pieusement à son annulaire. Un anneau peut parfaitement se coincer dans un outil et coûter un doigt à son propriétaire. Mais aucun de ses deux frères ne laissait jamais son alliance à la maison avant de venir. Phillip se demanda bien si cela tenait à une certaine symbolique, ou à la présence rassurante de cette preuve d'engagement.

Puis il se demanda pourquoi diable il se posait la question. Avant d'écarter avec force cette interrogation et ses éventuels corollaires de son esprit.

Puisque Cam venait d'arriver, la radio n'était, bien évidemment, plus branchée sur la station de blues préférée de Phillip, mais sur une autre, débitant un rock infernal. Il boucla sa propre ceinture à outils, sous le regard froid de son frère.

— Je ne t'aurais jamais attendu si tôt ce matin, frais et dispos. J'étais persuadé que tu te coucherais tard.

— Tu ne vas pas recommencer !

— Non. C'était juste un commentaire.

Pourquoi remettait-il ça ? Anna lui avait pourtant déjà remonté les bretelles, lorsqu'il s'était plaint auprès d'elle de l'engagement de Phillip vis-à-vis de Sybill, lui enjoignant de ne pas se mêler de la vie privée de son frère.

Mais c'était plus fort que lui, et se prendre le poing de ce frère sur le nez était largement plus drôle que se faire sermonner par sa femme !

— Tu veux perdre ton temps avec elle ? Grand bien te fasse ! C'est vrai qu'elle est mignonne à regarder, la bougresse. Néanmoins, je dirais qu'elle me paraît vachement froide.

— Tu ne la connais pas.

— Et toi, tu la connais ?

Cam leva une main apaisante en voyant flamboyer les yeux de son frère.

— J'essaie juste d'y voir plus clair. Parce que ça va avoir de l'importance pour Seth.

— Je sais qu'elle est fermement décidée à tout faire pour qu'il reste là où il se trouve bien. Si je lis correctement entre les lignes, je dirais qu'elle a grandi dans un milieu extrêmement répressif.

— Et rupin.

— Oui, confirma Phillip en se dirigeant vers une pile de planches. Absolument. Ecoles privées, chauffeurs, country clubs et domestiques.

— Un peu raide, ça, d'éprouver de la compassion pour elle.

— Je ne pense pas qu'elle recherche spécialement la compassion, rétorqua Phillip en soulevant la première planche de la pile. Tu me dis que tu veux comprendre, je t'explique. Et si je te confirme qu'elle a eu une enfance privilégiée, en revanche je ne suis pas certain qu'elle ait jamais connu l'affection ou la tendresse.

Cam remua une épaule puis, décidant qu'ils seraient bien plus efficaces à deux, il attrapa l'autre extrémité de la planche et aida Phillip à la mettre en place sur la carcasse de la coque.

— Elle ne me paraît pas particulièrement privée d'affection. A moi, elle me paraît surtout froide.

— Maîtresse d'elle-même, prudente seraient des termes plus appropriés.

Il revit la manière dont elle l'avait embrassé, la nuit précédente. Certes, cela avait été la première fois. Et la seule. Il repoussa sa frustration. Frustration grandement due à l'attitude dubitative de Cam.

— Ethan et toi seriez-vous les seuls à avoir droit à une relation avec une femme qui vous satisfasse autant les hormones que l'esprit ? répliqua-t-il enfin.

— Non.

Cam enquilla la planche en chevauchement de la

précédente. Puis, il fit jouer ses épaules afin de les détendre. Il y avait un je-ne-sais-quoi, dans la voix de Phillip, qui l'aida à chasser son mécontentement. Et quelque chose d'autre, aussi.

— Non, bien sûr que non. Je parlerai d'elle à Seth.
— Je lui en parlerai moi-même.
— Très bien.
— Il compte pour moi aussi.
— Je le sais.
— Ce n'était pas le cas, avant, lui précisa Phillip en empoignant son maillet. Mais c'est différent, maintenant.
— Cela aussi, je le sais.

Les quelques minutes suivantes, ils travaillèrent en tandem, sans un mot.

— Tu as fait front pour lui, finit par reprendre Cam, la planche une fois en place. Même quand il ne comptait pas autant pour toi.
— Je l'ai fait pour papa.
— On l'a tous fait pour papa. A présent, on le fait pour Seth.

A midi, le squelette de coque était entièrement habillé de bois. Tâche ardue, épuisante et astreignante, que ce recouvrement par chevauchement, mais c'était leur marque de fabrique. Un choix qui garantissait une solidité à toute épreuve, mais qui exigeait beaucoup de sueur et de savoir-faire.

Les deux frères s'arrêtèrent, satisfaits de leur ouvrage.

— Tu as apporté de quoi déjeuner ? demanda Cam à Phillip, avant d'avaler au moins un litre d'eau cul sec.
— Non.
— Et merde ! lança-t-il en s'essuyant la bouche du dos de la main. Je parie que Grace a préparé un super-déjeuner pour Ethan. Genre poulet frit ou tranches de jambon au miel épaisses comme la main.

— Tu as une femme, toi aussi, fit justement remarquer Phillip.

Cam s'esclaffa en levant les yeux au ciel.

— C'est cela, ouiii... Je me vois bien demander à Anna de m'emballer un déjeuner tous les jours ! Sûr qu'elle m'enverrait son attaché-case à la figure ! Bon, on est deux, réfléchit-il. On peut envisager de piquer le repas d'Ethan, si on fait fissa...

— Et si on optait pour une solution plus facile ? rétorqua Phillip en fouillant dans ses poches. Pile ou face ?

— Face. Celui qui perd va chercher à manger et paie la note.

Phillip lança la pièce en l'air et la plaqua sur le dos de sa main quand elle retomba. Pile.

— Crotte de bique ! Qu'est-ce que tu veux manger ?

— Des boulettes de viande, plein, une tonne de chips et trois litres de café.

— Super, pour te boucher les artères !

— La dernière fois que j'ai regardé, ils n'avaient pas de tofu chez Crawford. Je ne sais pas comment tu peux avaler cette cochonnerie. De toute façon, tu mourras, comme tout le monde. Et moi, je préfère mourir en ayant connu le plaisir de savourer des boulettes de viande.

— Tu fais ce que tu veux, et moi aussi, rétorqua Phillip en sortant de sa poche le chèque de Cam. Ne dépense pas tout d'un coup, veux-tu ?

— A présent, je vais vraiment pouvoir me retirer sur cette petite île paradisiaque du Pacifique. Tu as celui d'Ethan ?

— Evidemment.

— Et le tien ?

— J'en ai pas besoin.

Cam plissa les yeux. Son frère enfilait sa veste.

— C'est pas comme ça que ça marche.

— C'est moi qui suis chargé des comptes. Je sais exactement comment ça marche.

— Tu donnes ton temps, tu prends ta part.

— Je n'en ai pas besoin, je te dis, répondit Phillip plus fort. Quand ce sera le cas, je la prendrai, ne t'inquiète pas.

Sur ce, il sortit du bâtiment, laissant Cam fulminer.

— Fichue tête de bourrique ! marmonna celui-ci dans sa barbe. Et comment je vais le mettre en boîte, moi, s'il nous fait des blagues pareilles, hein ?

Phillip n'arrêtait pas de râler. Il poussait ses frères à bout à force de pinailler sur des détails ridicules. Détails qu'il finissait toujours par régler lui-même, songea Cam en avalant un deuxième litre d'eau. Oui, il vous acculait dans un coin et, ensuite, il fonçait dans le mur pour vous.

Bref, de quoi vous rendre chèvre.

Et voilà que maintenant, il s'embarrassait d'une femme dont aucun d'eux ne savait s'ils pourraient lui faire confiance au cas où les choses tourneraient mal. Lui, Cam, allait sérieusement garder Sybill Griffin à l'œil.

Et pas seulement pour le bien de Seth. Phillip avait peut-être du chou, mais il devenait aussi stupide qu'un autre dès qu'un jupon virevoltait devant ses yeux.

— Et la jeune Karen Lawson — tu sais bien, celle qui travaille à l'hôtel depuis qu'elle a mis le grappin sur le fils McKinney —, eh bien, elle l'a vu, de ses yeux vu. Elle a appelé sa mère, et comme Bitty Lawson est une de mes amies et ma partenaire de bridge, elle m'a téléphoné juste après pour me le dire.

Nancy Claremont était dans son élément. Car son élément était le commérage. Comme son mari possédait une bonne partie de St. Christopher, et elle aussi, donc, et que cette partie incluait la grange louée par les fils Quinn — un sacré trio, à son avis — pour y établir leur chantier — bien que Dieu seul sût ce qui se passait vraiment là-dedans —, elle estimait de son devoir de faire circuler la nouvelle croustillante qu'on lui avait apprise la veille.

Oh, bien sûr, elle avait utilisé la méthode la plus pratique pour commencer. Le téléphone. Mais au téléphone, on n'a pas le plaisir de voir les réactions de ses interlocuteurs. Alors elle avait décidé de sortir et avait enfilé son beau tailleur-pantalon tout neuf, couleur citrouille — celui qu'elle avait commandé dans son catalogue de vente par correspondance, une excellente adresse, d'ailleurs.

Cela n'aurait servi à rien d'être la femme la plus riche de St. Christopher et de ne pas en faire un peu étalage. Et le meilleur endroit, pour frimer comme pour cancaner, c'était bien chez Crawford.

Ensuite, sans conteste, venait le salon de beauté Stylerite, place du Marché. Ce serait donc sa prochaine étape, puisqu'elle venait juste de prendre rendez-vous pour une coupe, une teinture et une permanente. Il faut ce qu'il faut.

Maman Crawford, véritable institution à St. Christopher, du haut de ses soixante-deux ans, était installée derrière son comptoir, vêtue de son éternel tablier blanc.

Elle connaissait déjà la nouvelle — rien ne lui échappait très longtemps — mais elle prêta attention à la version de Nancy, pour ne pas lui gâcher son plaisir.

— Dire que ce garçon est le petit-fils de Ray Quinn ! Dire que cette femme écrivain, avec ses grands airs, est la sœur de cette traînée qui a raconté toutes ces choses épouvantables ! Ce garçon est donc son neveu, son propre sang. Mais s'en était-elle jamais préoccupée jusque-là ? Que non ! Ça se contentait de jouer les grandes dames et d'aller se promener en bateau avec Phillip Quinn ! Et bien plus que se promener, si vous voulez mon avis. Cette manière qu'ont les jeunes, de nos jours, de se moquer de la morale, c'est pas pensable.

Elle claqua des doigts sous le nez de Maman Crawford, les yeux brillants.

Maman Crawford comprit tout de suite que Nancy était sur le point de dévier de son sujet.

— Il me semble, commença-t-elle, sachant parfaitement que tout le monde l'écoutait dans le magasin, que pas mal de gens, dans cette ville, devraient adopter un profil bas, après tout ce qu'ils ont pu raconter sur Ray. Murmurer derrière son dos quand il vivait toujours et sur sa tombe quand il est mort, raconter qu'il avait trompé Stella — Dieu ait son âme ! — avec cette Gloria DeLauter... Eh bien, colporter tous ces bruits archifaux, c'était d'une cruauté...

Elle toisa les clients présents et, de fait, certains baissèrent piteusement la tête. Satisfaite, elle reporta son regard sur celui, luisant, de Nancy.

— Il me semble que vous étiez parfaitement disposée à croire du mal d'un homme aussi bon que Ray Quinn.

S'estimant insultée, Nancy gonfla la poitrine.

— Ah, pardon, je n'ai jamais cru un mot de tout cela, Maman Crawford !

Discuter de telles choses ne voulait pas forcément dire qu'on les croyait, quand même !

— Mais, à la vérité, même un aveugle n'aurait pas manqué de remarquer à quel point les yeux de cet enfant ressemblent à ceux de Ray. C'était forcé qu'ils soient liés par le sang. D'ailleurs, je le disais, pas plus tard que l'autre jour, à Silas. Je lui ai dit : « Silas, je me demande si ce garçon ne serait pas un cousin de Ray », ou quelque chose de ce genre.

Elle n'avait jamais rien dit de tel, bien sûr. Mais elle aurait pu, si elle y avait pensé.

— J'avoue cependant n'avoir jamais pensé qu'il pouvait être le petit-fils de Ray. Dire qu'il avait une fille, toutes ces années, et qu'on ne le savait pas !

Ce qui, bien évidemment, prouvait qu'il avait mal agi, de toute façon. Elle avait toujours pensé que Ray

Quinn avait dû faire les quatre cents coups, dans sa jeunesse. Peut-être même avait-il été un hippie. Et ça, tout le monde savait ce que ça voulait dire... Fumer de la marijuana, se livrer à des orgies, se promener tout nu...

Mais cela, elle n'allait certainement pas y faire allusion devant Maman Crawford. Ce petit détail pouvait attendre son shampooing. Elle le réservait pour le salon de coiffure.

— Et dire que cette fille est devenue pire que ces garçons que Stella et lui ont ramenés chez eux, poursuivit-elle. Cette fille, là-bas, à l'hôtel, elle doit être exactement comme...

Elle s'interrompit en voyant s'ouvrir la porte du magasin. Positivement ravie, elle vit Phillip Quinn pénétrer dans l'établissement. Mieux qu'un simple auditeur supplémentaire, un acteur de cette si passionnante saga !

En ce qui concernait Phillip, il lui avait suffi de pousser la porte pour savoir de quoi on parlait dans la boutique. Ou de quoi on avait parlé jusqu'à ce qu'il arrive. Un silence soudain s'abattit sur les clients et tous les regards se braquèrent sur lui avant de se détourner, gênés.

Excepté ceux de Nancy Claremont et de Maman Crawford.

— Eh bien, Phillip Quinn, je ne crois pas t'avoir revu depuis le pique-nique organisé par ta famille en juillet, claironna Nancy dans sa direction.

Sauvage ou pas, il était diablement beau, cet homme, songea-t-elle. Avant de se demander quel serait le meilleur moyen de lui délier la langue.

— Belle journée, n'est-ce pas ?

— Oui, en effet, répondit-il, placide, tout en marchant vers le comptoir, conscient de tous les yeux braqués sur son dos. Je voudrais deux plats à emporter, Maman. Une boulette de viande et une dinde.

— On te prépare ça tout de suite, Phillip. Junior! hurla-t-elle en direction de son fils.

Qui sursauta, malgré ses trente-six ans et ses trois enfants.

— Oui, m'man, ça vient!
— Dépêche-toi, au lieu de bayer aux corneilles!

Il rougit et fila dans l'arrière-cuisine.

— Tu travailles au chantier, aujourd'hui, Phillip?
— Oui, madame Claremont.

Il se mit en devoir de choisir un paquet de chips — le plus gros — pour Cam et se dirigea ensuite vers le rayon frais pour se prendre un yaourt.

— C'est le jeune garçon, qui vient chercher le déjeuner, d'habitude. Je me trompe?

Phillip tendit le bras et attrapa un paquet de yaourts au hasard.

— Il est à l'école, aujourd'hui. On est vendredi.
— Bien sûr, que je suis bête! s'exclama Nancy en se tapant sur le crâne. Je ne sais vraiment pas où j'ai la tête, ce matin. Belle allure, cet enfant. Ray devait en être très fier.
— Je n'en doute absolument pas.
— On a entendu dire qu'ils avaient une relation de parenté... très proche.
— Vous n'avez jamais eu de problèmes d'audition, madame Claremont. Je prendrai également deux grands cafés, Maman.
— On s'en occupe en même temps, mon garçon. Nancy, je crois que vous avez assez de choses à raconter pour la journée. Si vous continuez à essayer de tirer les vers du nez de ce jeune homme, vous allez rater votre rendez-vous chez le coiffeur.
— Je ne vois vraiment pas de quoi vous voulez parler, rétorqua Nancy en reniflant, méprisante, avant de décocher un regard furieux à son interlocutrice et de faire bouffer ses cheveux. Mais il faut effectivement que j'y aille. Mon mari et moi-même nous rendons à

la réception des Kiwanian ce soir ; je dois être à mon avantage.

Elle s'en fut sur ces mots.

Maman Crawford fronça les sourcils.

— Vous tous, là, au boulot ! Junior vous appellera s'il a besoin de vous. Mais ce n'est pas un salon, ici. Si vous voulez rester et cancaner, allez donc le faire dehors.

Phillip déguisa son gloussement derrière une quinte de toux simulée en voyant les gens sortir précipitamment de la boutique.

— Cette Nancy Claremont a autant de jugeote qu'une linotte, proclama Maman Crawford. Non seulement c'est une horreur de la voir se déguiser en citrouille des pieds à la tête, mais en plus elle ne connaît même pas le sens du mot « subtilité ».

Elle tourna son visage rond vers Phillip et fit une épouvantable grimace.

— Maintenant, je ne dirais pas que je suis moins curieuse que les autres mais, par Dieu, essayer d'en savoir plus en étant aussi fichtrement transparente n'est pas seulement une preuve de grossièreté, mais de bêtise absolue ! Je ne peux supporter ni les mauvaises manières ni les imbéciles.

Phillip se pencha sur le comptoir.

— Vous savez quoi, Maman ? Je me suis dit que je pourrais changer mon prénom en Jean-Claude, déménager en France — dans les pays de Loire — et m'acheter un vignoble.

Elle se mordit la langue, le regard brillant de malice. Cela faisait des années qu'elle entendait cette histoire, ou une de ses variantes.

— Arrête, Phillip !

— Je regarderais mes vignes mûrir, je mangerais du pain tout chaud, tout frais, avec du fromage qui mérite son nom. Ce serait la vie rêvée. Il y a juste un petit problème.

— Lequel ?

— Ce ne serait vraiment réussi que si vous veniez avec moi.

Il attrapa sa main et l'embrassa langoureusement, tandis qu'elle rugissait de rire.

— Quel phénomène tu fais, mon garçon ! Tu l'as toujours été, d'ailleurs.

Elle tâcha de reprendre son souffle, s'essuya les yeux.

— Nancy, elle est bête, mais pas méchante. Pas vraiment. Ray et Stella n'étaient que des gens comme les autres, pour elle. Ils étaient bien plus, infiniment plus, pour moi.

— Je le sais, Maman.

— Les gens adorent avoir quelque chose de neuf à se mettre sous la dent. Ils vont remâcher ses cancans à s'en rendre malades.

— Cela aussi, je le sais. Sybill en est parfaitement consciente, elle aussi.

Les sourcils de Maman Crawford se relevèrent, puis retombèrent. Elle venait de comprendre.

— Cette fille a un sacré cran. J'en suis heureuse pour elle. Seth peut être fier d'avoir des parents aussi courageux. Et il peut aussi être fier d'avoir quelqu'un comme Ray Quinn pour grand-père.

Elle s'interrompit, le temps de finir d'emballer les repas de Phillip.

— Je suis persuadée que Ray et Stella auraient adoré cette fille.

— Vraiment ? murmura Phillip.

— Oui. Moi, je l'aime, répondit-elle en souriant de toutes ses dents. Elle ne prend pas des grands airs, ainsi que le prétend Nancy, elle est timide comme c'est pas possible.

Phillip tendait déjà la main vers les paquets lorsqu'il suspendit son geste, bouche bée.

— Timide ? Sybill ?

— Bien sûr. Elle fait tout ce qu'elle peut pour que ça ne se voie pas, mais elle a du mal. Maintenant, emporte vite ces plats et mangez-les avant qu'ils refroidissent.

— Qu'est-ce que j'en ai à faire, de ce tas de pédés qui vivaient il y a deux cents ans ?

Son livre d'histoire ouvert devant lui, Seth mâchonnait son chewing-gum, l'air buté. Après une journée de dix heures de travail, Phillip n'était pas disposé à céder à ses caprices.

— Les pères fondateurs de notre pays n'étaient pas des homosexuels.

Seth renifla en pointant le doigt sur l'illustration pleine page du congrès de Philadelphie[1].

— Ils portaient d'affreuses perruques et des fringues de filles. Pour moi, c'est des homosexuels.

— C'était la mode, à cette époque.

Il savait parfaitement que le gamin faisait exprès de le faire tourner en bourrique, mais il ne pouvait s'empêcher de marcher.

— Et l'utilisation du qualificatif d'« homosexuel » pour désigner quelqu'un à cause de son sens de la mode ou de son style de vie n'est autre qu'une démonstration flagrante d'ignorance, doublée d'intolérance.

Seth faillit sourire. Parfois, il aimait bien faire grincer Phillip des dents. Ce soir, par exemple.

— Un type qui porte une perruque frisottée et des talons hauts, dis-moi ce que c'est, alors !

Phillip soupira. Autre réaction qui emplissait Seth de joie. Cela ne le dérangeait pas, d'apprendre son histoire. Il avait décroché un A au dernier contrôle. Mais bon, c'était juste super enquiquinant de devoir

---

[1]. Première assemblée, organisée en 1774 par les délégués des treize colonies américaines afin d'exposer les griefs de la population contre la Grande-Bretagne. Une seconde assemblée, réunie en 1775, adopta des mesures plus énergiques. Elle créa l'armée, organisa la révolution contre les Britanniques et prépara la déclaration d'Indépendance, en 1776. *(N.d.T.)*

choisir un de ces pédés et d'en rédiger la biographie. C'est tout.

— Tu sais qui étaient ces types ? lui demanda Phillip avant de froncer les yeux en signe d'avertissement. Non, ne le dis pas. Je vais te le dire, moi. C'étaient des rebelles, des fauteurs de troubles, de rudes gaillards.

— Rudes ? Tu plaisantes !

— Se rencontrer comme ils le faisaient, rédiger tous ces papiers, faire ces discours était une sacrée provocation contre l'Angleterre, et plus spécialement contre le roi George.

Phillip surprit une lueur d'intérêt amusé dans le regard de Seth.

— Ce n'était pas vraiment à cause de la taxe sur le thé. Ça, c'était juste un prétexte. Ils avaient décidé de ne plus rien accepter de l'Angleterre, jamais. C'est pour cela qu'ils avaient réuni ce congrès.

— Oui, mais faire des discours, rédiger des papiers, c'est pas comme faire la guerre et se battre.

— Ils s'assuraient ainsi qu'ils avaient quelque chose au nom de quoi se battre. On doit donner une alternative aux gens. Si tu veux qu'ils jettent la marque X, tu dois d'abord leur donner la marque Y et la rendre meilleure, plus goûteuse et plus forte. Et si je te disais que tes chewing-gums sont pourris ? poursuivit Phillip en saisissant le sac géant de Délicegomme posé sur le bureau.

— Moi, je les aime bien.

Il ponctua son affirmation d'une énorme bulle rose.

— Peut-être, mais moi je te dis qu'ils sont pourris, et que les gens qui les fabriquent sont des salopards. Tu ne vas pas les flanquer à la poubelle simplement parce que je t'ai dit ça, pas vrai ?

— Un peu.

— Mais si je te donnais un autre choix, si je t'offrais un paquet de ces Super-Bulle Gommes...

— Super-Bulle Gommes ? Ah, non, je meurs !

— La ferme. Super-Bulle Gomme, le chewing-gum

de l'homme. Il dure plus longtemps, il est moins cher. Mâchez Super-Bulle Gomme et vous, votre famille, vos voisins serez plus heureux et plus forts. Super-Bulle Gomme, le chewing-gum du futur, de *votre* futur! Super-Bulle Gomme, c'est bon, ajouta Phillip en modulant sa voix. Avec Super-Bulle Gomme, vous trouverez enfin la liberté, tant personnelle que religieuse, et personne ne vous dira jamais que vous ne pouvez en prendre qu'un à la fois!

— Génial!

Phillip était peut-être bizarre, songea Seth en souriant, mais il était aussi vachement drôle, quand il voulait.

— Où est-ce que je signe?

Riant à moitié, Phillip reposa le sac sur le bureau.

— Tu vois le tableau. Ces types-là, c'étaient à la fois des muscles et des cerveaux. C'était leur boulot d'exciter la population.

Des muscles et des cerveaux... Tiens, il aimait bien cette formule. Il faudrait qu'il pense à la caser dans son devoir.

— D'accord. Je vais peut-être prendre Patrick Henry. Il n'a pas l'air aussi tordu que les autres.

— Parfait. Tu trouveras des informations sur lui dans l'ordinateur. Quand tu en seras à la bibliographie, imprime-la donc. La bibliothèque municipale de Baltimore devrait offrir un choix plus large que celle de l'école.

— O.K.

— Et ta composition anglaise, elle est prête à rendre demain?

— Pff... Jamais tu me lâches, toi?

— Voyons voir un peu ce que tu as fait.

Seth plongea la main en grommelant dans son cartable et en sortit une feuille simple.

Son devoir était intitulé «Une vie de chien» et décrivait une journée vue à travers les yeux de Pataud. Phillip sentit ses lèvres s'étirer en un sourire tout en lisant le plaisir éprouvé par le narrateur canin à chasser les lapins, l'énervement que lui causaient les mouches, ou sa joie de courir après une balle avec son vieux copain Simon.

Seigneur, il était vraiment futé, ce môme !

Tandis que Pataud terminait son épuisante journée roulé en boule sur le lit qu'il partageait généreusement avec le garçon, Phillip lui rendit sa page.

— C'est super. Je crois que nous savons maintenant d'où te vient ce talent pour raconter des histoires.

Seth baissa les yeux tout en remettant précautionneusement le devoir dans son cartable.

— Ray était vachement futé et tout, puisqu'il était professeur d'université.

— Oui, il l'était. S'il avait su plus tôt que tu étais là, Seth, il aurait réagi bien plus vite.

— Oui, eh bien...

Seth remua son épaule. A la Quinn.

— Je vais parler à l'avocat demain. On va peut-être pouvoir accélérer un peu les choses, avec l'aide de Sybill.

Seth prit son crayon et commença à dessiner. Juste des ronds, des triangles, des traits.

— Peut-être qu'elle changera d'avis.

— Non, elle ne le fera pas.

— Les gens le font tout le temps.

Il avait attendu des semaines, prêt à fuguer si les Quinn faisaient de même. Quand il s'était aperçu qu'ils ne changeraient pas d'avis, il avait commencé à y croire. N'empêche qu'il était toujours paré à s'enfuir, au cas où...

— Il y a des gens qui tiennent leurs promesses, quoi qu'il arrive. Ray était comme ça.

— Elle ne s'appelle pas Ray. Et puis, elle est venue rien que pour m'espionner.

— Elle est venue voir si tout allait bien pour toi.

— Eh ben, tout va bien. Elle a qu'à s'en aller, maintenant.

— Il est plus difficile de rester, répondit paisiblement Phillip. Il faut infiniment plus de cran pour rester. Les gens cancanent déjà derrière son dos. Et tu sais parfaitement ce que c'est, quand les gens te regardent sans en avoir l'air et se disent des trucs à l'oreille, non ?

— C'est rien que des crétins.

— Peut-être, mais ça fait quand même mal.

Oh, oui, ça faisait mal ! Il en savait quelque chose. Il serra plus fort les doigts sur son crayon, surchargeant ses gribouillages.

— Tu as le béguin pour elle, c'est tout.

— Peut-être. Sûr qu'elle est mignonne à regarder. Mais même si j'ai le béguin pour elle, cela ne change rien aux faits. Dis donc, môme, si je me souviens bien, il n'y a jamais eu grand monde pour se faire du souci pour toi, dans ton existence.

Il attendit. Seth releva enfin les yeux vers lui.

— Il m'a fallu du temps, peut-être trop longtemps pour m'en faire moi-même, reprit-il alors. J'ai fait ce que m'avait demandé papa parce que je l'aimais.

— Mais tu ne voulais pas le faire ?

— Non, je ne voulais pas. Ça me gonflait. Toi aussi, tu me gonflais. Mais ça a commencé à changer, peu à peu. Je ne voulais toujours pas le faire, c'était toujours aussi gonflant, mais, je ne sais pas pourquoi, je le faisais autant pour toi que pour Ray.

— Tu pensais que peut-être j'étais son fils et ça, ça te foutait en rogne.

Et dire que les adultes croient garder leurs secrets vis-à-vis des enfants !

— Oui, je l'avoue. Et ce soupçon, je ne m'en suis débarrassé qu'hier. Je ne pouvais tout simplement pas admettre qu'il ait pu tromper ma mère, ni que tu sois son fils.

— Mais tu as quand même inscrit mon prénom sur l'enseigne.

Phillip fixa l'enfant un instant, déconcerté. Puis il

laissa échapper un bref éclat de rire. Parfois, on fait ce qui est bien sans vraiment y songer. Et ça change tout.

— Il devait y apparaître, c'était normal. Tout comme il est normal que toi, tu sois ici. Et Sybill se faisait déjà du souci pour toi, on le sait maintenant. Lorsque quelqu'un fait attention à toi, il est complètement ridicule de le repousser.

— Tu penses que je devrais la voir, lui parler et tout ?

Il y avait déjà songé de lui-même.

— Mais je ne saurais pas quoi lui dire.

— Tu l'as vue, tu lui as parlé avant de savoir qui elle était pour toi. Peut-être pourrais-tu continuer de la même manière.

— Peut-être.

— Tu sais à quel point Anna et Grace sont excitées, à propos de ton dîner d'anniversaire, la semaine prochaine ?

— Oui, répondit Seth en baissant la tête.

Juste histoire de cacher son immense sourire à Phillip. Il n'arrivait pas à y croire, enfin pas vraiment. Un dîner d'anniversaire rien que pour lui... où il pourrait décider de ce qu'on mangerait, et puis une sorte de surprise-party avec ses copains le lendemain. Mais bon, il allait pas dire une surprise-party parce que, à onze ans, hein, ça fait ringard.

— Que penserais-tu de lui demander si elle aimerait venir ? Au dîner en famille.

Le sourire s'évanouit aussitôt.

— Je ne sais pas. Je pense... Elle voudra probablement pas, de toute façon.

— Tu préfères que je le lui demande ? Ça pourrait te faire un cadeau en plus.

— Ah, oui ?

Un petit sourire réapparut lentement sur ses lèvres.

— Mais alors, faudrait qu'elle m'en fasse un beau.

— C'est l'évidence même.

15

Les quatre-vingt-dix minutes passées avec l'avocat de Baltimore laissèrent Sybill sur les nerfs, et totalement épuisée. Elle qui pensait y être préparée... surtout en ayant disposé de deux jours et demi pour se faire à l'idée de cette entrevue! Elle l'avait en effet appelé le lundi matin, mais il n'avait pu la caser dans son emploi du temps que le mercredi après-midi.

Enfin, c'était terminé. Du moins, pour cette fois. Ç'avait été infiniment plus difficile qu'elle ne l'avait cru, de confier à un parfait étranger, tout avocat qu'il fût, les secrets et les manquements de sa propre famille. Sans compter les siens à elle.

A présent, il lui fallait encore affronter une pluie glaciale, la circulation pour le moins encombrée de Baltimore et ses piètres talents de conductrice. Désireuse de reculer l'instant de se plonger dans les embouteillages, elle laissa sa voiture au parking et décida de faire quelques pas, en dépit du temps.

L'automne paraissait bien plus avancé en ville, nota-t-elle en traversant la rue au pas de course. Les arbres se paraient déjà de roux et d'or. La pluie avait fait sérieusement dégringoler le thermomètre et un vent violent menaçait à tout instant de faire se retourner son parapluie.

Si seulement il avait fait sec, elle aurait pu se promener, explorer la ville. Apprécier les vieux bâtiments joliment rénovés, le front de mer ou les vieux gréements amarrés dans le port. Mais bon, tout cela avait son charme, même pour une journée aussi pourrie que celle-ci.

La mer, gris sombre et agitée, s'étendait à perte de vue sous le ciel de plomb. La plupart des touristes s'étaient réfugiés à l'intérieur, et ceux qui passaient devant elle le faisaient en courant.

Debout, profondément solitaire, le regard perdu sur les flots, elle se demanda ce qu'elle pourrait bien faire.

Au bout d'un instant, elle se retourna et examina les boutiques. Après tout, n'avait-elle pas un anniversaire à souhaiter, vendredi prochain ? Autant se mettre en quête d'un cadeau pour son neveu.

Il lui fallut une bonne heure, sinon plus, pour faire son choix. Pour comparer, rejeter ou sélectionner les fournitures pour artistes qu'on lui proposait. Elle était tellement prise par son sujet qu'elle ne remarqua absolument pas l'éclat dans le regard du vendeur lorsqu'elle commença à empiler sur le comptoir ce qu'elle avait choisi. Plus de six ans qu'elle n'avait fait aucun cadeau à Seth. Il était grand temps de rattraper cela.

Il fallait absolument qu'elle trouve le bon crayon, les meilleurs pastels. Elle examina les pinceaux pour aquarelle comme si l'avenir du monde était en jeu. Elle passa vingt bonnes minutes à soupeser et comparer les différents papiers à dessin. Puis le choix d'une mallette la mit carrément à l'agonie.

A la fin, elle décréta que la simplicité devait prévaloir. Un jeune garçon se sentirait certainement plus à l'aise avec une mallette de cuir uni. Fauve. Sans compter qu'elle serait plus résistante. Il pourrait la garder des années.

Et peut-être, une fois toutes ces années passées, pourrait-il la regarder et avoir une pensée attendrie pour sa tante Sybill...

— Votre neveu va être fou de joie, lui dit le vendeur en tapant le total. Vous n'avez acheté que des fournitures de toute première qualité.

— Il a énormément de talent, répondit-elle en se

mordillant l'ongle du pouce — sale habitude, pourtant perdue des années auparavant. Est-ce que vous pourriez tout emballer soigneusement, et le mettre dans une jolie boîte?

— Bien sûr. Janice! Pourriez-vous venir me donner un coup de main, s'il vous plaît? Etes-vous du quartier, madame?

— Non. Non, je... C'est un de mes amis qui m'a recommandé votre boutique.

— Nous lui en sommes très reconnaissants. Janice, nous devons empaqueter tout ceci et le mettre dans une boîte.

— Pourriez-vous me faire un paquet-cadeau, également?

— Oh, je suis navré, nous n'en faisons pas, habituellement. Mais il y a une papeterie dans le centre, et je sais qu'ils vendent tout un choix de papiers cadeau, de rubans et de cartes.

Seigneur! Quel papier choisir, pour un enfant de onze ans? Quel ruban? Et puis d'abord, est-ce que les garçons veulent des rubans et des nœuds sur leurs paquets-cadeaux?

— Cela nous fait un total de cinq cent quatre-vingt-trois dollars et soixante-neuf *cents*, lui annonça le vendeur, rayonnant. Comment désirez-vous payer, madame?

— Cinq cent...

Elle s'interrompit brusquement. Elle avait visiblement perdu la tête. Presque six cents dollars pour un anniversaire d'enfant? Oui, pas de doute, elle était devenue zinzin.

— Acceptez-vous la carte Visa?

— Absolument.

Toujours rayonnant, le vendeur tendit la main vers la carte Gold.

— Je me demandais... Peut-être pourriez-vous me dire...

Elle sortit son Filofax et feuilleta le répertoire jusqu'à la lettre Q.

— Où se trouve cette adresse ?

— Oh, c'est juste à côté. En sortant du centre commercial, vous prenez à gauche et c'est la première à droite.

Advienne que pourra. Si seulement Phillip avait habité un peu plus loin, elle aurait peut-être pu résister.

Tu fais une grossière erreur, s'admonesta-t-elle, de retour sous la pluie, bataillant avec deux énormes sacs et son parapluie. Lui tomber sur le poil sans prévenir n'était-il pas un peu cavalier ?

Et puis, s'il s'était absenté ? Sept heures. Oui, il avait certainement dû sortir dîner. Elle ferait beaucoup mieux de retourner récupérer sa voiture et de rentrer à St. Christopher. Si la pluie persistait à tomber dru, la circulation devait s'être éclaircie, elle.

Au moins, elle pourrait d'abord téléphoner. Mais... Et, flûte ! Son portable se trouvait au fond de son sac et elle n'avait que deux mains, après tout. De toute façon, il faisait nuit et il pleuvait comme vache qui pisse. Autant dire qu'elle ne trouverait pas son immeuble. Bon, si elle ne tombait pas dessus dans les cinq minutes, demi-tour, direction la voiture !

Il ne lui en fallut que trois pour dénicher le bâtiment sobre et élégant. Malgré son état de nerfs, elle pénétra avec soulagement dans le vestibule.

Une entrée de résidence paisible et classique, avec ses arbustes ornementaux dans des pots de céramique, son bois poli, ses quelques fauteuils et ses couleurs neutres. Cette élégance familière aurait pu la rassurer, si elle n'avait pas eu l'impression d'être un rat mouillé embarqué par erreur sur un paquebot de luxe.

Pour l'amour du ciel, elle l'avait vu dimanche ! Elle n'avait donc aucune excuse valable pour avoir envie de le voir aujourd'hui! Elle allait rentrer dare-dare à St. Christopher, et pas plus tard que maintenant, parce qu'elle n'avait rien à faire ici.

Ce fut en se traitant de tous les noms d'oiseau possibles qu'elle se dirigea vers l'ascenseur, y pénétra et appuya résolument sur le bouton du seizième étage.

Qu'est-ce qui n'allait donc pas chez elle? Pourquoi se conduisait-elle ainsi?

Ô mon Dieu! Et s'il était chez lui, mais pas seul? Elle eut l'impression de recevoir un uppercut en plein dans l'estomac. Ils n'avaient jamais parlé d'une quelconque exclusivité. Il avait parfaitement le droit de voir une autre femme, après tout. Car, pour autant qu'elle le sût, il en avait tout un tas à sa disposition. Ce qui prouvait tout simplement qu'elle avait vraiment perdu tout sens commun en s'embarquant dans une aventure avec lui.

Impossible de débarquer ainsi, sans s'annoncer. Elle n'était ni invitée, ni attendue, ni... ni rien. Tout, dans l'éducation qu'elle avait reçue — tant en matière de bonnes manières, de protocole que de comportement social acceptable —, lui criait d'appuyer illico sur le bouton du rez-de-chaussée et de s'en aller. Sa fierté lui hurlait de filer avant l'humiliation totale.

Elle ne sut absolument pas ce qui la poussa hors de l'ascenseur et devant la porte 1605.

Ne le fais pas, ne le fais pas, ne le fais pas! L'ordre résonnant à l'infini dans sa tête, elle vit son doigt se poser sur le bouton de la sonnette. L'enfoncer.

Mon Dieu, mon Dieu, mon Dieu, qu'est-ce que j'ai fait? Qu'est-ce que je vais lui dire? Comment vais-je lui expliquer?

S'il te plaît, ne sois pas à la maison! fut sa dernière pensée avant que la porte s'ouvre.

— Sybill?

Les yeux de Phillip s'agrandirent de surprise, ses lèvres s'incurvèrent. Quant à elle — Dieu lui vienne en aide! —, elle se mit à bafouiller lamentablement.

— Je suis désolée. J'aurais dû appeler avant... Je ne voulais pas... Je n'aurais pas... Il fallait que je vienne en ville, et j'étais... simplement...

— Tiens, donne-moi tout ça. Tu as acheté le magasin ? demanda-t-il en lui prenant les sacs des mains. Tu es gelée. Entre, il fait bon à l'intérieur.

— J'aurais dû appeler. Je...

— Ne sois pas stupide, l'interrompit-il en posant les sacs par terre pour la dépouiller de son imperméable dégoulinant. Mais tu aurais dû me dire que tu venais à Baltimore aujourd'hui. Quand es-tu arrivée ?

— Je... Autour de deux heures et demie. J'avais rendez-vous. J'étais juste... Il pleut, bredouilla-t-elle, furieuse contre elle-même. Je n'ai pas l'habitude de conduire aux heures de pointe en ville. Pas l'habitude du tout, en fait, et ça m'a rendue un peu nerveuse.

Elle se perdit en explications plus vaseuses les unes que les autres tandis qu'il l'étudiait, sourcils haussés. Elle avait les joues rouges, mais il était persuadé que le froid n'avait rien à y voir, et son ton se voulait badin, ce qui constituait une nouveauté pour le moins intéressante. Sans parler du fait qu'elle semblait ne pas pouvoir décider quoi faire de ses mains.

Si l'imperméable avait relativement bien protégé son tailleur gris ardoise, ses chaussures étaient couvertes de boue et ses cheveux trempés.

— Tu es sur les nerfs, pas vrai ? murmura-t-il en lui massant les bras pour les réchauffer. Détends-toi, Sybill.

— J'aurais dû appeler, répéta-t-elle pour la millième fois au moins. C'était mal élevé et présomptueux de...

— Absolument pas. Un peu risqué, peut-être. Si tu étais arrivée vingt minutes plus tôt, tu ne m'aurais pas trouvé, répondit-il en l'attirant plus près. Détends-toi, Sybill.

— D'accord.

Elle ferma les yeux.

Une lueur amusée dansa dans ceux de Phillip.
— Que fais-tu ?
— Je me détends.
— Comment ?
— En respirant. En me concentrant.
Elle ouvrit les yeux en l'entendant rire.
— C'est comme ça que tu te détends ? En respirant et en te concentrant ?

Son irritation fut peut-être vague, mais nettement perceptible.
— Des études ont prouvé que l'apport d'oxygène, allié à une concentration mentale, soulageait le stress.
— Je sais. J'ai fait moi-même quelques études à ce sujet. Mais essayons ma manière à moi.

Il posa sa bouche sur la sienne et la caressa gentiment. Si persuasif qu'elle lui ouvrit la sienne.
— Oui, ça fonctionne pour moi, murmura-t-il en posant sa joue sur ses cheveux mouillés. Ça marche même très bien. Et pour toi ?
— La stimulation orale est également un remède éprouvé contre le stress.

Il gloussa.
— Je cours le danger de devenir dingue de toi. Que dirais-tu d'un verre de vin ?

Elle ne se soucia pas d'analyser sa définition de « dingue ». Ce n'était pas le moment.
— J'en prendrais volontiers un, bien que ce ne soit pas sérieux. Je conduis.

Des clous. Pas ce soir, ma cocotte, songea-t-il. Mais il se contenta de lui sourire.
— Assieds-toi. Je reviens.

Elle reprit ses exercices respiratoires tandis qu'il disparaissait. Puis, son système nerveux quelque peu apaisé, elle entreprit d'examiner l'appartement.

De profonds fauteuils vert sombre meublaient le salon. Au milieu, une table basse. Dessus, la délicate sculpture d'un voilier en verre de Murano et deux bougeoirs en étain.

A l'autre bout de la pièce, deux tabourets hauts en cuir noir devant un petit bar. Derrière le bar, une affiche publicitaire pour un vin de Bourgogne, le nuits-saint-georges, représentant un officier de cavalerie français du XVIIIe siècle assis derrière un bureau, un verre dans une main, une pipe dans l'autre, un sourire radieux aux lèvres.

Les murs étaient uniformément blancs. Quelques tableaux les parsemaient. Dans un sous-verre, une affiche stylisée des champagnes Taittinger représentait une femme très élégante — certainement Grace Kelly — en robe du soir, debout, un verre de champagne à la main, derrière un guéridon aux pieds tournés. Ailleurs, une reproduction de Joan Miró, plus loin, une autre de *L'Automne*, d'Alphonse Mucha.

Les lampes étaient soit carrément modernes, soit élégamment Arts déco. Le tapis épais et d'un joli gris souris. Une large baie sans rideaux dégoulinait de pluie.

Une pièce typiquement masculine, à l'ameublement éclectique. Elle admirait un repose-pieds de cuir brun en forme de cochon lorsqu'il revint, deux verres à la main.

— J'adore ton cochon.

— Il m'a tapé dans l'œil. Pourquoi ne me raconterais-tu pas ce qui a dû être une journée intéressante ?

— Je ne t'ai même pas demandé si tu avais prévu quelque chose pour ta soirée.

Il portait un sweat-shirt noir, visiblement confortable, un jean et pas de chaussures. Mais cela ne voulait pas forcément dire que...

— Je sais ! s'exclama-t-il en prenant sa main pour l'entraîner vers l'immense canapé en U. Tu as vu l'avocat.

— Tu le savais déjà.

— C'est un ami. Il me tient au courant.

Et, Phillip devait bien l'admettre, il avait été profondément déçu qu'elle ne le prévienne pas de sa venue.

— Comment ça s'est passé ?

— Bien, je pense. Il semble confiant dans l'issue de l'affaire. Je n'ai pas pu persuader ma mère de rédiger un témoignage.

— Elle est furieuse contre toi ?

Sybill avala précipitamment une gorgée de vin.

— Oui. Et elle regrette visiblement le moment de faiblesse qui l'a poussée à me raconter toute l'histoire.

Il prit sa main.

— Tout ça n'est pas facile pour toi. Je suis désolé.

Elle baissa les yeux vers leurs doigts entremêlés. Comme il la touchait facilement... Un peu comme si c'était la chose la plus naturelle au monde.

— Je suis une grande fille. Vu qu'il est peu probable que la nouvelle de ce petit incident — pourtant déjà fameux à St. Christopher — traverse l'océan Atlantique et arrive jusqu'à Paris, elle s'en remettra.

— Et toi ?

— La vie continue. Une fois les problèmes légaux résolus, Gloria n'aura plus aucune raison de vous harceler, toi et ta famille, Seth y compris. Elle continuera, je pense, à se fourrer dans les problèmes. Mais contre cela, je ne peux rien faire. Je ne *veux* rien faire.

De la froideur, comme dit Cam, ou une défense ? se demanda-t-il.

— Même quand les problèmes légaux seront réglés, Seth sera toujours ton neveu. Aucun d'entre nous ne t'empêchera jamais de le voir, ou de faire partie intégrante de sa vie.

— Je ne fais pas partie de sa vie. Et au fur et à mesure qu'il la construit, il serait perturbant et peut-être même carrément nocif pour lui de côtoyer des gens qui lui rappellent son ancienne existence. C'est déjà un miracle si tout ce que lui a fait subir Gloria ne l'a pas davantage détruit. Quel que soit le sentiment de sécurité qu'il éprouve en ce moment, c'est uniquement grâce à ton père, à toi et à ta famille. Il ne me fait pas confiance, Phillip, et il n'a aucune raison de le faire.

— La confiance se gagne. Tu dois vouloir la gagner.

Elle se leva, alla se planter devant la baie vitrée obscure et regarda les lumières de la ville scintiller sous la pluie.

— Quand tu es venu vivre avec Ray et Stella Quinn, quand ils t'ont aidé à reconstruire ta vie, à te reconstruire toi-même, as-tu gardé un quelconque contact avec ta mère ou avec tes amis de Baltimore?

— Ma mère était une prostituée à mi-temps qui m'en voulait pour chaque bouffée d'air que j'aspirais. Mes amis étaient des dealers, des camés et des voleurs. Je n'avais pas plus envie de garder le contact avec eux qu'ils ne le voulaient, eux.

— Mais quand même, répondit-elle en se retournant pour le regarder droit dans les yeux, tu comprends mon point de vue.

— Je le comprends, mais je ne suis pas d'accord.

— Je pense que Seth le serait.

Il posa son verre et se leva à son tour.

— Il veut que tu sois là, à son anniversaire, vendredi soir.

— *Tu* veux que je sois là, corrigea-t-elle. Je te suis très reconnaissante d'avoir persuadé Seth de m'inviter.

— Sybill...

— A propos, poursuivit-elle rapidement, j'ai trouvé ton fameux magasin de fournitures d'art.

Elle fit un geste en direction des sacs restés dans l'entrée.

— Hein? fit-il en les contemplant, ahuri. *Tout ça?*

Immédiatement, elle leva la main et recommença à se mordiller l'ongle.

— C'est dix fois trop, n'est-ce pas? Je le savais. Je me suis laissé prendre. Je pourrais peut-être en rapporter un peu au magasin — ou le garder pour moi. Je ne prends plus suffisamment le temps de dessiner.

Il alla examiner les sacs, les boîtes à l'intérieur.

— *Tout ça ?*

Eclatant de rire, il se redressa et secoua la tête.

— Il va adorer ! Seigneur, il va devenir marteau !

— Je ne voudrais surtout pas qu'il prenne cela pour de la subornation, pour un moyen d'acheter son affection. Je ne sais pas ce qui m'a pris. Une fois que j'ai commencé, je n'arrivais plus à m'arrêter.

— Si j'étais à ta place, j'arrêterais une bonne fois pour toutes de m'interroger sur les motivations qui m'ont poussée à faire un truc aussi super — même si c'est un peu impulsif, certes, et un chouia exagéré sans doute, dit-il en lui prenant doucement la main. Et arrête également de te ronger les ongles, veux-tu ?

— Je ne me ronge pas les ongles. Je ne l'ai jamais fait, rétorqua-t-elle, vexée, avant de baisser les yeux vers ledit ongle — ou ce qu'il en restait. Seigneur, je me ronge vraiment les ongles ! J'avais arrêté quand j'avais quinze ans ! Où est mon nécessaire ?

Phillip se mordit les lèvres en la voyant attraper son sac pour en sortir une petite trousse de manucure.

— Etais-tu du genre nerveuse, quand tu étais enfant ?

— Mmmm ?

— Du genre onychophage ?

— C'était une mauvaise habitude, rien de plus.

Lentement, efficacement, elle entreprit de réparer les dommages.

— Une sale habitude nerveuse, n'en conviendrez-vous pas, docteur Griffin ?

— Peut-être. Mais j'ai arrêté.

— Pas complètement. Onychophagie, murmura-t-il en se rapprochant d'elle, migraines...

— Seulement de temps en temps.

— ... repas sautés, poursuivit-il, imperturbable. Ne prends surtout pas la peine de me dire que tu as déjà mangé, ce soir. Je sais à quoi m'en tenir. Il me semble que tes exercices respiratoires n'agissent pas vraiment sur ton stress. Essayons encore une fois ma manière à moi.

— Il faut vraiment que j'y aille, se défendit-elle, déjà à moitié dans ses bras. Avant qu'il ne soit trop tard.

— Il est déjà trop tard, souffla-t-il en caressant ses lèvres des siennes. Tu dois vraiment rester. Il fait nuit, il fait froid, il pleut, murmura-t-il en lui mordillant les lèvres. Et de plus, tu es une conductrice épouvantable.

— Je suis juste…

Le nécessaire à ongles lui glissa des mains.

— Je manque juste d'habitude.

— Je veux t'emmener au lit. Je veux t'emmener dans *mon* lit.

Le baiser suivant fut plus long. Plus profond. Plus passionné.

— Je veux t'enlever ce ravissant tailleur, morceau par morceau, et voir ce qui se passe en dessous.

— Je ne sais pas comment tu fais cela, haleta-t-elle, le souffle déjà court, le corps déjà avide. Je ne parviens plus à aligner deux pensées cohérentes quand tu me touches.

— J'aime quand elles sont éparpillées, tes idées.

Il glissa ses mains sous sa veste, fit courir ses pouces sur les côtés de ses seins.

— J'aime te voir éparpillée. J'aime te sentir trembler. Ça me donne envie de te faire toutes sortes de… choses, quand tu trembles comme ça.

Elle avait déjà chaud. Trop chaud.

— Quelles sortes de… choses ?

Il émit un sourd grognement contre sa gorge. Un grognement ravi.

— Je vais te montrer.

Il la souleva dans ses bras.

— Je n'ai jamais fait ça avant, s'affola-t-elle en repoussant ses cheveux pour le regarder, tandis qu'il l'emmenait dans sa chambre.

— Tu n'as jamais fait quoi ?
— Aller dans l'appartement d'un homme, le laisser m'emmener dans son lit. Je n'ai jamais fait cela.
— Eh bien, nous allons considérer cela comme un changement dans tes schémas de comportement.

Il l'embrassa pensivement et la déposa sur le lit.
— Provoqué par...

Il alluma trois bougies plantées dans un chandelier en étain, sur la commode.
— ... une stimulation directe.
— Cela pourrait marcher.

Oh, ces bougies ! Elles faisaient des merveilles sur ce visage déjà incroyablement beau.
— C'est tout simplement que tu es... trop attirant.

Il gloussa en se glissant sur le lit auprès d'elle.
— Et que tu es trop faible.
— En général, non. En fait, mes appétits sexuels sont légèrement au-dessous de la normale, en temps ordinaire.
— Ah, vraiment ?

Il la souleva juste assez pour lui retirer sa veste.
— Oui. J'ai découvert, en ce qui me concerne... oh... que si un interlude sexuel peut se révéler plaisant...

Les doigts de Phillip déboutonnant son corsage lui coupèrent le souffle.
— Plaisant ? la pressa-t-il.
— Ce... cela n'a, en général et sauf erreur de ma part, qu'un impact momentané. Mais bien sûr, tout cela est dû à mon système hormonal.
— Bien évidemment.

Il baissa la tête vers les douces rondeurs de ses seins saillant orgueilleusement sous le soutien-gorge et y posa une langue taquine.
— Mais... mais...

Elle serra les poings, impuissante, en sentant sa langue s'infiltrer sous la soie.
— Mais tu essaies encore de penser.

— J'essaie de voir si j'en suis encore capable.
— Et comment ça se passe ?
— Pas génial.
— Tu me parlais de ton système hormonal, lui rappela-t-il en la regardant, tandis que ses mains faisaient glisser sa jupe sur ses hanches.
— Ah bon ? Oh, oui... il me semble que je voulais te dire quelque chose...

Mais quoi ? Impossible de rassembler ses idées, avec ce doigt courant paresseusement sur sa taille.

Ravi, il constata qu'elle portait encore des bas. Fumés, aujourd'hui. Assortis, donc, à ses sous-vêtements noirs.

— Sybill, ce qui se cache sous tes vêtements me plaît vraiment beaucoup.

Il posa sa bouche sur son ventre et huma son parfum de femme, perçut le frémissement de ses muscles tendus. Elle émit un son de gorge inarticulé, son corps s'arqua sous le sien.

Il pouvait lui faire absolument tout ce dont il avait envie, et cette seule pensée l'enivra plus encore qu'un excellent vin. Il décida donc de prendre son temps. Chacun devait anticiper, espérer l'étape suivante.

Il roula lentement les bas le long des cuisses fuselées, l'un après l'autre, et ponctua de la bouche le chemin suivi par la soie. Elle avait la peau crémeuse et douce. Parfumée. Parfaite. Et si excitante, ainsi parcourue de frissons.

Puis il glissa sa langue, ses doigts sous le fin rempart de soie, entre ses jambes, là où résidait l'apex de son désir. Elle gémit, frémit longuement et arqua encore plus son corps contre le sien.

Et, lorsque ses caresses les eurent rendus tous deux fous de désir, il arracha cette dernière barrière soyeuse et plongea les doigts dans sa chaleur. Elle sursauta, cria et empoigna sa chevelure à pleines mains. Lorsqu'il entendit son souffle erratique et précipité, lorsqu'elle demanda plus, il prit plus.

Et lui laissa espérer plus encore.

Il avait tout pouvoir sur elle. Elle était à présent impuissante et soumise, incapable de résister aux sensations que ses caresses faisaient naître en elle. Son monde se résumait à lui. Rien qu'à lui. La saveur de sa peau sous sa bouche, la texture de ses cheveux sous ses mains, le jeu de ses muscles sous ses doigts.

Des murmures — ses murmures — résonnaient dans l'esprit confus de Sybill. Le son de son propre prénom, pur gémissement de plaisir. Hors d'haleine, elle chercha sa bouche de la sienne, la trouva et s'offrit à son baiser.

Encore, encore, encore... résonnait sans fin dans sa tête. Et elle donnait, donnait, donnait...

A présent, c'était lui qui serrait les poings de chaque côté de la tête de Sybill, tant son désir devenait violent, exigeant, irrépressible.

Elle s'ouvrit à lui, muette invitation. Tandis qu'il plongeait enfin en elle, il redressa la tête et la regarda, dans le halo mordoré des bougies.

Elle avait le regard braqué sur lui, les lèvres entrouvertes et tremblantes. Alors quelque chose se produisit, un verrou se débloqua. La connexion s'établit. Il se rendit compte que ses mains partaient à la recherche des siennes, et entremêlaient leurs doigts aux siens.

Alors, chaque mouvement de leurs corps réunis ne fut plus que plaisir. Douce, soyeuse promesse dans l'obscurité. Il vit ses yeux se voiler, il perçut la tension dans son corps et referma sa bouche sur la sienne afin de capturer son cri de plaisir.

— Reste avec moi, murmura-t-il, les lèvres courant sur son visage, son corps se mouvant sur le sien. Reste avec moi.

Quel choix avait-elle? Elle était sans défense face à ce qu'il lui apportait. Incapable de refuser ce qu'il lui demandait.

La pression remonta en elle, incoercible exigence

du corps. Lorsqu'elle vécut une deuxième apogée de plaisir, il l'étreignit violemment. Et explosa en elle. Avec elle.

— J'avais prévu de me faire la cuisine, dit-il un peu plus tard, alors qu'elle reposait, sans force, sur lui. Mais je crois que nous allons nous faire livrer quelque chose. Et manger au lit.
— Génial.
Elle garda les yeux résolument clos et s'ordonna d'écouter les battements du cœur de son compagnon. D'ignorer la petite voix qui montait dans sa tête.
— Tu pourras faire la grasse matinée, demain matin, poursuivit-il en jouant distraitement avec ses cheveux.
Il voulait qu'elle soit là, demain matin. Il le voulait désespérément. Mais ça, il y réfléchirait plus tard. Pas maintenant.
— Peut-être pourrais-tu visiter un peu la ville, ou faire du shopping. Si tu restes la journée, ensuite tu pourras me suivre, pour rentrer.
— D'accord.
Elle n'avait tout simplement pas la force de contester. Et puis, en plus, c'était plus raisonnable. Le périphérique de Baltimore, quasi inconnu, était relativement effrayant. Sans compter qu'elle adorerait consacrer quelques heures à explorer la cité. Non, ce serait vraiment stupide de reprendre le volant ce soir, sous la pluie, dans le noir.
— Tu es affreusement consentante, ce soir, dis-moi.
— Tu me prends dans un moment de faiblesse. J'ai faim et je n'ai aucune envie de conduire cette nuit. De plus, la ville me manque. N'importe quelle ville.
— Hum, hum, dois-je en déduire que ton consentement n'est pas dû à mon charme torride ou à mes époustouflantes prouesses sexuelles ?

Elle ne put s'empêcher de rire.

— Ils ne gâchent rien.

— Je te ferai une omelette de blancs d'œufs pour le petit déjeuner et tu seras mon esclave.

Elle rit.

— On verra bien.

Mais il avait touché un point faible, éveillé l'une de ses plus terribles craintes. En effet, le servage n'était plus très loin. Car le cœur qu'elle persistait à ignorer ne cessait de lui répéter qu'elle était bel et bien tombée amoureuse.

Et cela, se gendarma-t-elle, pourrait bien se révéler une erreur bien plus grosse, bien plus irrémédiable que d'avoir cogné à la porte de Phillip un soir de pluie.

16

Pour qu'une femme de vingt-neuf ans change trois fois de vêtements avant de se rendre à l'anniversaire d'un enfant de onze ans, cela signifie que quelque chose ne va pas pour elle.

Sybill se répétait cette vérité première tout en se débarrassant de son corsage de soie blanche — de la soie blanche, Dieu du ciel, mais où avait-elle la tête ? — et en le remplaçant par un pull à col montant bleu canard.

Elle n'allait jamais qu'à une soirée familiale toute simple et sans chichi, pas à une réception diplomatique ! Réception qui, songea-t-elle dans un soupir, ne lui eût certainement pas posé autant de problèmes vestimentaires. Elle savait précisément quoi porter, comment se comporter ou ce qu'on attendait d'elle dans une réception officielle, un repas gouvernemental, un gala ou un bal de charité.

Constat pathétique de la faible étendue de son expérience sociale, conclut-elle, puisqu'elle ne savait ni comment s'habiller ni comment se comporter pour l'anniversaire de son propre neveu.

Elle glissa un long sautoir en argent par-dessus sa tête, l'enleva, se traita de tous les noms et le remit. Pas assez habillé, trop habillé, quelle importance cela avait-il, au fond ? De toute façon, elle ne collerait pas dans le tableau. Elle prétendrait le contraire, les Quinn prétendraient le contraire, et tout le monde pousserait un énorme soupir de soulagement lorsqu'elle leur dirait enfin bonsoir et s'en irait.

Deux heures. Elle ne resterait que deux heures. Pas plus. Deux heures, elle pensait pouvoir y survivre. Tout le monde se comporterait de façon polie et éviterait soigneusement sujets oiseux et scènes déplacées, pour le bien de Seth.

Elle empoigna une brosse et se lissa les cheveux avant de les rassembler sur sa nuque à l'aide d'une barrette. Puis elle s'examina d'un œil critique dans le miroir. Bon, elle avait l'air confiant. Plaisant. Inoffensif.

Excepté… Cette couleur de pull, n'était-elle pas trop vive, trop effrontée ? Peut-être du gris. Ou alors du brun.

Seigneur Dieu !

La sonnerie du téléphone lui fut une telle diversion qu'elle sauta littéralement dessus.

— Allô ! Dr Griffin à l'appareil.

— Tu es toujours là, Syb ? J'avais peur que tu sois partie.

— Gloria !

L'estomac lui tomba littéralement dans les chaussures. Prudemment, lentement, elle s'assit sur le bord du lit.

— Où es-tu ?

— Oh, dans le coin. Eh, chuis désolée de t'avoir plaquée, l'autre soir, mais j'avais les boules jusqu'aux yeux.

Jusqu'aux yeux... Excellent terme, dans certaines conditions, songea Sybill. Et à entendre le débit précipité de sa sœur, elle devait être exactement dans le même état à l'heure qu'il était.

— Tu m'as volé de l'argent.

— J't'ai dit qu'j'avais les boules ! J'ai paniqué, tu sais, il me fallait du pognon liquide. Je te rembourserai. T'as causé à ces bâtards de Quinn ?

— J'ai eu une réunion avec la famille Quinn, ainsi que je m'y étais engagée, répondit froidement Sybill tout en dépliant sa main, instinctivement refermée en poing. Je leur avais donné ma parole, Gloria, que nous les rencontrerions toutes les deux le lendemain matin afin de discuter de Seth.

— Bon, ben moi, j'avais rien promis, pas vrai ? Qu'est-ce qu'ils ont dit ? Qu'est-ce qu'ils veulent faire ?

— Ils m'ont appris que tu te prostituais, que tu maltraitais physiquement Seth, que tu autorisais tes... clients à lui faire des avances sexuelles.

— Menteurs ! Foutus menteurs ! Ils veulent juste se débarrasser de moi, c'est tout ! Ils...

— Ils m'ont dit, l'interrompit Sybill, le ton coupant à présent, que tu avais accusé le Pr Quinn de t'avoir violentée il y a une douzaine d'années et que tu avais prétendu que Seth était son fils. Que tu l'avais fait chanter, que tu lui avais vendu ton enfant. Qu'il t'avait donné plus de cent cinquante mille dollars.

— Foutaises !

— Pas tout, mais en partie. Ta partie à toi, ta version, si tu préfères, serait communément qualifiée de foutaises, je n'en disconviens pas. Le Pr Quinn ne t'a jamais touchée, Gloria, ni il y a douze ans ni il y a douze mois.

— Qu'est-ce que t'en sais, hein ? Qu'est-ce que tu peux savoir...

— Mère m'a dit que Ray Quinn était ton père.

Le silence se fit sur la ligne, seulement interrompu par la respiration précipitée de Gloria.

— Alors il me le devait, n'est-ce pas ? Il me le *devait*. Le bon professeur d'université, avec sa petite existence bien emmerdante. Il me devait un max. C'était sa faute. C'était entièrement sa faute, tout. Il m'a jamais donné un rond, pendant toutes ces années. Il a ramassé des crevures dans la rue, mais moi, jamais il m'a donné un rond, t'entends ?

— Il ne connaissait pas ton existence.

— Je lui ai dit, pas vrai ? J'lui ai dit ce qu'il avait fait, et qui j'étais. Et qu'est-ce qu'il fait, lui ? Il me regarde sans rien dire, il dit qu'il veut parler à ma mère, il dit qu'il me donnera pas un rond tant qu'il aura pas parlé à ma mère.

— Alors, tu es allée au rectorat et tu as porté plainte contre lui pour violences sexuelles.

— Je lui ai foutu une trouille du diable, à ce foutu fils de pute.

J'ai eu raison, songea alors Sybill. Oui, mon instinct disait vrai, quand je suis entrée dans ce petit poste de police. C'était une erreur. Cette femme n'est rien pour moi.

— Et quand cela n'a pas marché comme tu voulais, tu t'es servie de Seth.

— Le môme a ses yeux. N'importe qui peut le voir.

Il y eut un bruit de succion caractéristique. Gloria venait d'allumer une cigarette.

— Il a changé de refrain quand il l'a vu, le môme.

— Il t'a donné de l'argent pour Seth.

— C'était pas assez. Il me le devait. Ecoute, Sybill...

Sa voix se fit tremblante, geignarde, implorante.

— J'ai élevé ce gamin toute seule depuis qu'il avait deux mois et que ce fumier de Jeremy DeLauter s'était fait la malle. Personne m'a jamais aidée ni rien. Notre chère mère n'acceptait même pas que je lui parle au téléphone, pas plus que ce connard galonné qu'elle a épousé et fait passer pour mon paternel. J'aurais très bien pu l'abandonner, ce gamin, tu sais. J'aurais pu le faire quand je voulais. Les allocations qu'on touche pour un môme sont vraiment minables.

Sybill fixa le regard sur la porte-fenêtre donnant sur le balcon.

— Est-ce que tout revient toujours à l'argent, chez toi ?

— C'est facile de regarder ça de haut quand on est bourrée aux as, rétorqua sa sœur. T'as jamais eu à te battre, jamais eu à t'en faire. La parfaite fifille à sa maman, elle avait toujours tout ce qu'il faut, pas vrai ? Eh ben, maintenant, c'est mon tour.

— Je t'aurais aidée, Gloria. J'ai essayé de le faire, quand tu es venue à New York avec Seth.

— Ouais, ouais, toujours la même chanson. Trouve-toi un boulot, tiens-toi bien, arrête de picoler. Merde, je voulais pas danser sur ton rythme, tu piges ? C'est ma vie que j'vis, p'tite sœur, pas la tienne. Tu pouvais pas me payer pour que je la vive, la tienne. Et c'est mon môme, pas le tien.

— Quelle est la date, aujourd'hui, Gloria ?

— Hein ? Mais de quoi tu parles, à la fin ?

— Aujourd'hui, nous sommes le 28 septembre. Est-ce que cela te dit quelque chose ?

— Qu'est-ce que tu veux que ça me foute ? C'est vendredi, et alors ?

Et alors ? Rien, sinon que c'est l'anniversaire de ton fils, pensa Sybill en redressant les épaules, bien décidée à prendre définitivement position.

— Tu ne récupéreras jamais Seth, Gloria, même si nous savons parfaitement toutes les deux que tel n'est pas ton but.

— Tu ne peux...

— La ferme ! Cessons ces petits jeux, maintenant. Je te connais. Je ne l'ai pas voulu, je préférerais prétendre le contraire, mais je te connais. Si tu désires de l'aide, je suis toujours disposée à te faire entrer en clinique et à payer la note d'une cure de désintoxication.

— J'ai pas besoin de ton aide de merde.
— Parfait. C'est ton choix. Tu n'obtiendras plus un seul centime des Quinn, tu n'approcheras plus jamais Seth. J'ai fait une déposition auprès de leur avocat et donné une déclaration enregistrée et certifiée conforme à l'assistante sociale chargée du cas de Seth. Je leur ai tout dit et, si nécessaire, je témoignerai devant le tribunal afin d'affirmer que, pour son bien, Seth doit rester définitivement dans la famille Quinn. Je ferai tout ce qui sera en mon pouvoir afin de m'assurer que tu ne pourras plus jamais l'utiliser.
— Salope!
Si cette insulte était pleine de colère, on sentait le choc sous-jacent.
— Tu crois vraiment que tu peux me baiser comme ça? Tu t'imagines que vous pouvez m'écarter comme ça, ces bâtards et toi? Je te détruirai!
— Tu peux essayer, si ça t'amuse, mais tu n'y parviendras pas. Tu as fait tes affaires. Elles sont terminées, à présent.
— T'es exactement comme elle, hein? cracha Gloria, haineuse. T'es exactement comme notre salope glaciale de mère. Une parfaite princesse en société et, au-dessous, rien qu'une pâle garce.
Peut-être le suis-je, en effet, songea Sybill avec lassitude. Peut-être vais-je être obligée de l'être.
— Tu as fait chanter Ray Quinn, qui n'avait jamais essayé de te nuire. Cela a marché. Du moins, cela a marché suffisamment pour que tu touches de l'argent. Mais cela ne fonctionne pas avec ses fils, Gloria. Et cela ne marchera plus avec moi. Plus jamais.
— Vraiment? Eh bien, essayons donc cela: je veux cent mille. Cent mille dollars. Sinon, je vais tout balancer à la presse. Le *National Enquirer* et *Hard Copy*. Et puis on verra comment se vendent tes bouquins de merde, quand je leur aurai déballé toute mon histoire.
— Les ventes grimperont très probablement de

vingt ou trente pour cent, répondit Sybill, toujours aussi calme. Je ne me laisserai pas intimider, Gloria. Tu fais ce que tu veux, je m'en fiche. Tu es sous le coup d'une accusation criminelle dans le Maryland, doublée d'un ordre d'emprisonnement si jamais tu tentes d'approcher Seth. Les Quinn ont des preuves, des preuves que j'ai vues de mes yeux, poursuivit-elle, songeant aux lettres envoyées par sa sœur. Il se pourrait bien que tu sois, par la suite, accusée d'extorsion de fonds et de maltraitance d'enfant. Si j'étais à ta place, j'essaierais de sauver les meubles tant qu'il en est encore temps.

Un flot d'obscénités se déversa dans l'écouteur tandis qu'elle raccrochait. Puis, fermant les yeux, elle laissa reposer sa tête sur ses genoux. La nausée l'envahissait, les signes avant-coureurs d'une migraine carabinée se profilaient à l'horizon. Elle ne pouvait empêcher ses membres de trembler. Oh, elle avait tenu bon tout le temps qu'avait duré la communication, mais ne pouvait plus, à présent, contrôler ses réactions physiques.

Elle resta immobile un bon moment, jusqu'à avoir retrouvé une certaine maîtrise d'elle-même. Jusqu'à être parvenue à respirer normalement, jusqu'à ce que les prémices de la crise s'éloignent enfin. Alors elle se leva, avala un comprimé contre la migraine, empoigna son sac, les cadeaux de Seth, une veste, et sortit.

La journée lui avait paru interminable. Comment diable pouvait-on attendre d'un type qu'il reste sagement assis pendant des heures à l'école le jour de son anniversaire ? Il lui semblait se dédoubler à la perspective de cette soirée. Il allait manger de la pizza, des frites, du gâteau au chocolat et de la glace. Et il allait même probablement avoir des cadeaux.

En fait, il n'avait encore jamais reçu de cadeaux

pour son anniversaire. Même pas un. Ou alors, c'était tellement vieux qu'il ne s'en souvenait pas. Bon, il se retrouverait sans doute avec des fringues et des cochonneries de ce genre, mais bon, ce serait quand même des cadeaux.

Si quelqu'un se pointait jamais.

— Pourquoi ils mettent tant de temps? redemanda-t-il pour la énième fois.

Bien décidée à ne pas perdre patience, Anna continua, imperturbable, à couper les pommes de terre destinées aux frites réclamées par l'enfant.

— Ils ne vont plus tarder.

— Il est presque six heures. Comment ça se fait que j'aie dû rentrer à la maison après l'école au lieu d'aller au chantier?

— Parce que. Arrête de mettre ton nez partout, veux-tu? répondit-elle en le voyant ouvrir encore une fois le réfrigérateur, avant de le refermer encore. Tu vas te gaver bien assez tôt, ne t'inquiète pas.

— Mais je meurs de faim, moi!

— Ne suis-je pas en train de préparer les frites?

— Je croyais que c'était Grace qui les ferait.

Anna lui décocha un coup d'œil assassin par-dessus son épaule.

— Serais-tu en train d'insinuer que je ne sais pas faire les frites?

Il s'ennuyait suffisamment, il était suffisamment énervé pour ne pas éprouver un immense plaisir à titiller l'ego de la jeune femme.

— Ben... elles sont vraiment géniales, celles qu'elle fait.

— Oh! s'exclama-t-elle en pivotant sur elle-même. Et pas les miennes?

— Si, ça va. Et puis de toute façon, on aura la pizza, railla-t-il, mais sans parvenir à réprimer un gloussement.

— Sale garnement!

Anna fonça sur lui en riant. Il s'esquiva vite fait.

— On sonne ! On sonne ! J'y vais !

Il détala. Anna le regarda partir en souriant.

Mais le sourire s'estompa du regard de Seth lorsqu'il ouvrit grande la porte. C'était Sybill.

— Oh ! Salut !

Si son cœur fit un bond, elle garda sur les lèvres un sourire poli.

— Joyeux anniversaire, Seth !

— Merci.

Il s'effaça pour la laisser passer tout en la dévisageant, curieux.

— Je te remercie beaucoup de m'avoir invitée.

A court de mots, elle brandit ses deux sacs.

— As-tu le droit d'avoir déjà tes cadeaux ?

— Sûr ! Enfin, je pense, répondit-il avant d'ouvrir des yeux aussi ronds que des soucoupes. Tout ça ?

Elle réprima un soupir. Cela ressemblait tellement à la réaction de Phillip...

— Ça va ensemble, en quelque sorte.

— Super ! Eh, voilà Grace !

Lesté par les deux gros sacs, il se précipita sous le porche.

Cette joie dans sa voix, son sourire ravi et spontané... rien à voir avec l'accueil qu'il venait de lui réserver. Sybill en eut le cœur brisé.

— Salut, Grace, salut, Audrey ! Je vais dire à Anna que vous êtes là.

Il s'engouffra aussitôt à l'intérieur, laissant Sybill plantée là, dans l'entrée. Grace sortit de sa voiture et lui sourit.

— Il m'a l'air aussi excité qu'un boisseau de puces !

— Eh bien...

Elle regarda la jeune femme ouvrir son coffre, en sortir un sac en plastique et une boîte à gâteau, puis dégager Audrey de son siège de voiture.

— Avez-vous besoin d'un coup de main ?

— En fait, j'aurais même besoin de deux mains

supplémentaires. Un instant, bébé. Si tu continues à gigoter comme ça...

Elle sourit encore par-dessus son épaule en voyant s'approcher Sybill.

— Elle m'a fait la vie toute la journée. Seth est son copain préféré.

— Seth! C'est son anniversaire! On a fait un gros gâteau!

— Bien sûr, mon chou, répondit Grace en la sortant de l'habitacle, avant de la fourrer dans les bras d'une Sybill ahurie. Cela ne vous ennuie pas? Elle a voulu à toute force porter cette robe, mais si je la laisser galoper jusqu'à la maison, on court à la catastrophe.

— Euh...

Sybill se retrouva en train de contempler un petit visage poupin et rayonnant, de porter une petite fille qui gigotait de plaisir dans sa belle robe rose à rubans.

— On va faire la fête, lui confia la fillette en posant les deux mains sur ses joues afin de s'assurer de son attention pleine et entière. Et puis moi aussi, j'aurai une fête, quand j'aurai trois ans. Tu pourras venir.

— Merci.

— Tu sens bon. Moi aussi, je sens bon.

— Très, très bon.

Le premier mouvement de recul de Sybill n'avait pu résister très longtemps au sourire adorable. La Jeep de Phillip se gara alors derrière la voiture de Grace. Elle se raidit de nouveau en voyant Cam descendre du côté passager et lui jeter un regard glacial. Un regard d'avertissement.

Audrey se mit à hurler de joie.

— Comment vas-tu, ma beauté? lui lança Cam avant de l'embrasser sur les deux joues.

Puis il releva les yeux vers Sybill.

— Bonsoir, docteur Griffin.

— Sybill.

Parfaitement conscient de la froideur de l'échange, Phillip vint se placer à côté d'elle, posa une main rassurante sur son épaule et se pencha pour embrasser lui aussi la petite fille.

— Bonsoir, mon petit cœur.
— J'ai une belle robe toute neuve.
— Tu es stupéfiante, là-dedans.

Usant de son charme, Audrey abandonna Sybill sans un regard et tendit les bras vers Phillip. Il la cala sur sa hanche.

— Tu es là depuis longtemps? demanda-t-il à Sybill.
— Non, je viens d'arriver, répondit-elle en regardant Cam transporter les grands cartons à pizza vers la maison. Phillip, je ne veux causer aucune...
— Entrons, ordonna-t-il en lui prenant fermement la main. Il faut que cette fête commence, pas vrai, Aud?
— Seth va avoir des cadeaux. Mais c'est un secret, souffla la fillette sur un air de conspirateur. Qu'est-ce que c'est?
— Non, non, non, je ne dirai rien, lui répondit Phillip en la remettant sur ses pieds dans l'entrée.

Il l'envoya promener d'une petite tape sur le derrière. Elle hurla le nom de Seth et se précipita vers la cuisine.

— Elle s'empresserait d'aller lui répéter!

Décidée à bien prendre les choses, Sybill remit son sourire en place.

— Promis, je ne le ferai pas, moi.
— Tintin, je ne te dirai rien! Il faudra que tu attendes, comme tout le monde! Je vais prendre une douche vite fait, avant que Cam ne me grille la politesse et pique toute l'eau chaude, déclara-t-il en lui donnant un rapide baiser, presque absent. Anna va te servir un verre, ajouta-t-il en gravissant l'escalier.
— Super, marmonna Sybill.

Puis elle s'apprêta à descendre toute seule dans la fosse aux lions.

Dans la cuisine, c'était un véritable charivari. Audrey hurlait, Seth parlait à toute vitesse, les frites grésillaient dans la friteuse, Grace faisait tinter des casseroles et Cam avait coincé Anna contre le réfrigérateur, une lueur égrillarde dans le regard.

— Tu sais ce que ça me fait, de te voir avec un tablier autour des hanches.

— Je sais ce que ça te fait de me voir respirer.

Et elle espérait bien que cela ne changerait jamais. Cependant, elle le fusilla gentiment du regard.

— Bas les pattes, Quinn, j'ai du travail.

— Tu viens de travailler comme une esclave dans cette cuisine. Tu devrais vraiment venir prendre une douche avec moi.

— Il n'est pas question que...

Du coin de l'œil, elle perçut un mouvement et souffla pour repousser une mèche de cheveux.

— Tiens, bonsoir, Sybill.

D'un seul geste, visiblement maintes fois répété, elle se dégagea des bras de son mari et lui enfonça son coude dans les côtes.

— Que puis-je vous servir à boire ?

— Euh... le café sent diablement bon, merci.

— Moi, je vais m'offrir une bière, dit Cam en ouvrant le réfrigérateur. Et je vais me laver.

Il décocha à Sybill son regard glacé et s'en fut.

— Seth, enlève tes mains de ces sacs ! ordonna Anna. Ce n'est pas encore l'heure des cadeaux.

Il n'ouvrirait pas les cadeaux de Sybill avant la fin du dîner, décida-t-elle. Car elle avait déjà compris que la jeune femme trouverait le moyen de s'excuser et de filer à toutes jambes dès la fin de ce petit rituel.

— Mince, c'est mon anniversaire, ou quoi ?

— Oui, si tu y survis. Pourquoi n'emmènerais-tu pas Audrey au salon ? Fais-la jouer un peu. On passera à table dès qu'Ethan sera arrivé.

— Bon, et puis d'abord, il est où, lui ?

Grommelant dans sa barbe, Seth sortit de la cuisine, Audrey sur les talons. Il ne vit donc pas le rapide sourire qu'échangèrent Grace et Anna.

— Ce que je viens de dire, ça vaut aussi pour vous, les chiens, reprit la jeune femme en tendant l'index vers la porte.

L'air résigné, les deux animaux sortirent également de la cuisine.

— Enfin un peu de paix! lança Anna en fermant les yeux. Profitons-en, ça ne va pas durer.

— Que puis-je faire pour vous aider?

Secouant la tête, Anna lui tendit une chope de café.

— Je crois que nous avons la situation bien en main. Ethan devrait arriver sous peu. Dans la grande surprise.

Elle alla à la fenêtre pour jeter un coup d'œil au-dehors.

— J'espère que vous avez une faim de loup, reprit-elle. Au menu de ce soir: *pepperoni*, pizza quatre-saisons, frites, glace au caramel maison et le mondialement fameux gâteau au chocolat de Grace.

— On va tous finir à l'hôpital, commenta Sybill avant de réaliser ce qu'elle venait de dire.

Elle fit la grimace, tandis qu'Anna éclatait de rire.

— Ave, César, ceux qui vont mourir te saluent. Oh, oh, voici Ethan...

Elle avait baissé la voix jusqu'au murmure. Devant la cuisinière, Grace reposa brutalement sa cuiller en bois.

— Tu t'es brûlée?

— Non, non, gloussa Grace en reculant d'un pas. Non, je... euh... je vais juste courir dehors pour... lui donner un coup de main.

— Très bien, mais... hum! marmonna Anna en la voyant filer. Folle, va! commenta-t-elle en coupant les lumières extérieures. Il ne fait pas encore assez noir, mais la nuit sera tombée quand nous aurons fini.

Elle égoutta les dernières frites et éteignit le feu sous la friteuse.

— Cam et Phillip ont intérêt à se dépêcher. Ô mon Dieu, qu'il est mignon ! Vous le voyez ?

Trop curieuse pour pouvoir résister, Sybill la rejoignit devant la fenêtre. Elle vit Grace, debout sur le ponton dans les dernières lueurs du crépuscule, Ethan à ses côtés.

— C'est un bateau, murmura-t-elle. Un petit bateau.

— Un trois-mètres. Ils l'appellent un landau, lui confia Anna, un immense sourire aux lèvres. Ils l'ont construit tous les trois en douce, dans l'ancienne maison d'Ethan — vous savez, celle qu'il loue. Les locataires les ont laissés utiliser leur remise, afin que Seth n'en sache rien du tout.

— Ils l'ont construit pour lui ?

— Chaque fois qu'ils pouvaient voler deux heures par-ci par-là. Oh, il va l'adorer ! Mais qu'est-ce que c'est que ça ?

— Quoi donc ?

— Ça, répondit Anna, le regard braqué sur la fenêtre.

Grace parlait, les mains jointes. Ethan la dévisageait fixement. Puis il baissa légèrement la tête vers elle.

— J'espère qu'il n'y a pas de...

Alors Ethan attira Grace à lui, enfouit son visage dans ses cheveux et amorça un mouvement de balancier. Grace leva les bras et les referma sur lui.

— Oh, oh...

Des larmes perlèrent aux yeux d'Anna.

— Elle doit être... elle est enceinte et elle vient de lui dire ! Je le sais. Oh, regardez ! s'écria-t-elle en étreignant l'épaule de Sybill tandis qu'Ethan soulevait dans ses bras une Grace hilare. Ce n'est pas beau, ça ?

Ils ne faisaient plus qu'un, unique silhouette dans le crépuscule.

— Oh si, c'est beau.

— Mais regardez-moi ! s'écria Anna en riant d'elle-même, avant de sortir un mouchoir et de se moucher bruyamment. Je ne ressemble plus à rien ! Ça va m'arriver, je sais que ça va m'arriver. Je vais en vouloir un, moi aussi.

Elle souffla de nouveau dans son carré de tissu, puis soupira :

— J'étais tellement certaine de pouvoir attendre un an ou deux. Je ne vais jamais pouvoir attendre aussi longtemps ! Jamais. Je vois Cam, quand je lui dirai...

Elle s'interrompit brusquement.

— Désolée ! s'exclama-t-elle, riant et pleurant à la fois.

— Ce n'est rien. C'est tellement mignon de vous voir aussi heureuse pour eux. De vous voir aussi heureuse pour vous. C'est vraiment une fête de famille, ce soir. Surtout ce soir, Anna. Je crois que je ferais mieux de m'en aller.

— Ne soyez pas lâche, rétorqua Anna. Vous êtes ici, vous y restez. Pas question de vous défiler devant le cauchemar, l'indigestion et le boucan. Vous y aurez droit autant que nous.

— Je pensais simplement...

Elle ne put que refermer la bouche en voyant la porte s'ouvrir à la volée. Ethan portait toujours Grace dans ses bras. Tous deux affichaient un sourire jusqu'aux oreilles.

— Anna, on va avoir un enfant ! annonça Ethan, un tremblement dans la voix.

— Tu crois que je suis aveugle ? s'écria-t-elle en le repoussant pour embrasser d'abord sa belle-sœur. J'avais le nez collé à la fenêtre. Compliments, tous les deux, je suis si heureuse pour vous !

Elle les prit tous les deux dans ses bras.

— Tu seras sa marraine, lui dit Ethan en l'embrassant. On n'en serait jamais arrivés là sans toi.

— Oh, ça y est !

Anna éclata en sanglots tandis que Phillip pénétrait dans la cuisine.

— Que se passe-t-il ici ? Pourquoi Anna pleure-t-elle ? Dieu du ciel, Ethan, qu'est-il arrivé à Grace ?

— Je vais très bien. Merveilleusement bien. Je suis enceinte.

— Sans blague ?

Il l'enleva des bras d'Ethan pour l'embrasser comme du bon pain.

— Mais bon sang, qu'est-ce qui se passe, ici ? lança Cam depuis le seuil.

Grace toujours dans ses bras, Phillip lui adressa un immense sourire.

— On va avoir un bébé.

— Ah oui ?

Il leva un sourcil.

— Et Ethan, que pense-t-il de votre relation ?

— Ah, ah, ah, fut la seule réponse de son frère.

Il remit Grace sur ses pieds.

— Tu vas bien ? lui demanda alors Cam.

— Magnifiquement bien.

— Tu as l'air magnifique.

Il l'attira dans ses bras et lui caressa la tête du menton avec une telle tendresse que Sybill en cilla, ahurie.

— Joli départ, frérot, murmura-t-il à Ethan.

— Merci. Est-ce que je peux récupérer ma femme, maintenant ?

— Presque, répondit Cam en fixant Grace. S'il ne prend pas bien soin de toi et du petit Quinn que voilà, tu me le dis et je l'assomme pour toi, O.K. ?

— Bon, on mange, ou quoi ? demanda Seth avant de s'immobiliser sur le seuil, interdit. Pourquoi elles pleurent, les filles ? s'exclama-t-il en jetant un regard accusateur autour de lui — incluant bien évidemment Sybill. Qu'est-ce qui s'est passé ?

— On est heureuses, répondit Grace en acceptant le mouchoir que lui tendait Sybill. Je vais avoir un bébé.

— Vraiment ? Wouaouh, super ! Super géant ! Audrey le sait ?

— Non. Nous lui dirons plus tard, Ethan et moi.

Mais je vais la chercher, parce qu'il y a un truc que tu dois voir, là, dehors.

— Dehors ?

Seth voulut se diriger vers la fenêtre, mais Phillip lui coupa la route.

— Pas encore.

— Qu'est-ce que c'est ? Allez, bouge, quoi. Laisse-moi voir ce qu'il y a dehors.

— On devrait lui bander les yeux, suggéra Phillip.

— On devrait le bâillonner, renchérit Cam.

Ethan se chargea de la chose en jetant Seth sur son épaule comme un vulgaire ballot. Lorsque Grace revint avec Audrey, il pivota et sortit, un Seth gesticulant, tête en bas, sur le dos.

— Vous allez pas me flanquer à la flotte ce soir ! hurlait le gamin, ravi. Eh, elle est vraiment froide, maintenant !

— Femmelette, railla Cam.

— Vous essayez, couina Seth, les yeux brillants de plaisir, et j'en emmène au moins un avec moi au bain !

— Oui, c'est ça, cause toujours, commenta Phillip en lui plaquant la main sur la tête pour l'obliger à regarder par terre. Prêts ? demanda-t-il tandis que tous s'assemblaient au bord de l'eau. Bon, vas-y, Ethan.

— Hé, l'eau est *glaciale* ! commença Seth, près de hurler.

Mais Ethan se contenta de le remettre sur ses pieds. Et de le faire tourner sur lui-même. Face à lui, un joli petit bateau de bois aux voiles bleu ciel tanguait doucement sur l'eau.

— Qu'est-ce que... D'où ça vient ?

— De la sueur de nos fronts, répondit Phillip en le voyant ouvrir la bouche toute grande.

— C'est... Qui est-ce qui l'a acheté ?

— Il n'est pas à vendre, commenta simplement Cam.

— C'est... c'est... ?

Ce n'était pas possible, songea-t-il, le cœur battant

une chamade effrénée. Mais l'espoir était là, et bien là. Ces derniers mois, il avait appris à espérer.

— Il est à moi?

— Pour autant que je le sache, personne d'autre ne fête son anniversaire, dans le coin, lui rappela Cam. Tu veux y jeter un coup d'œil?

— Il est à moi? murmura-t-il de nouveau, avec un tel délice, une telle expression de bonheur que Sybill sentit ses yeux se mouiller. *A moi!* rugit-il alors en tourbillonnant.

Cette fois-ci, elle sentit sa gorge se serrer.

— Tu es un bon marin, lui dit paisiblement Ethan. C'est un bon petit bateau. Solide. Mais qui a du nerf.

— Vous l'avez construit pour moi... réussit à dire l'enfant en regardant tour à tour Ethan, puis Phillip, puis Cam. Pour moi?

— Non, on l'a construit pour le fils de la crémière! s'exclama Cam en lui donnant une petite claque affectueuse sur l'épaule. Qu'est-ce que tu crois? Va le regarder de plus près.

L'enfant se retourna.

— Je peux monter dessus? Je peux m'asseoir dedans?

— Pour l'amour du ciel, il est à toi, bon sang!

La voix rauque d'émotion, Cam empoigna sa main et le poussa sur le ponton.

— Je crois que c'est une histoire d'hommes, murmura alors Anna. Laissons-leur quelques minutes pour se retrouver.

— Ils l'aiment tant, souffla Sybill en regardant encore un peu les quatre frères s'affairer autour du petit bateau. Je ne pense pas m'en être jamais aussi bien rendu compte que ce soir.

— Il les aime également, lui, répondit Grace en pressant sa joue contre celle d'Audrey.

Il y avait plus, encore, songea Sybill plus tard, installée dans la cuisine bruyante. Ce choc, sur le visage de Seth. Cette quasi-impossibilité de croire qu'on l'aimait, qu'on l'aimait assez pour deviner ses désirs les plus profonds. Non seulement qu'on les devinait, mais qu'on avait fait l'effort de les réaliser.

Le schéma de sa vie avait été brisé, modifié, remodelé. Tout cela bien avant qu'elle n'arrive. Maintenant, c'était fait, et de la meilleure manière possible.

Elle n'avait rien à faire ici. Elle ne faisait pas partie de cette famille épanouie. Et cela, elle ne pouvait le supporter.

— Je devrais vraiment y aller, dit-elle en souriant, polie. Je voudrais vous remercier pour...

— Seth n'a pas encore ouvert votre cadeau, l'interrompit Anna. Laissons-le s'en occuper, ensuite nous attaquerons le gâteau.

— Gâteau! s'écria aussitôt Audrey, juchée sur sa chaise haute. Souffler les bougies! Faire un vœu!

— Bientôt, répondit sa mère. Seth, emmène donc Sybill dans le salon, tu pourras ouvrir ton cadeau.

— Bien sûr.

Il attendit que Sybill se lève puis sortit de la cuisine.

— Je l'ai trouvé à Baltimore, commença-t-elle, horriblement mal à l'aise. Comme ça, s'il ne te convient pas ou si tu ne l'aimes pas, Phillip pourra aller te le changer.

— O.K.

Il sortit une boîte du premier sac, s'assit en tailleur par terre et, en moins d'une seconde, déchira le papier qu'elle avait eu tant de mal à choisir.

— Tu aurais aussi bien pu l'emballer dans du journal, lui glissa à l'oreille un Phillip hilare avant de la pousser dans un fauteuil.

— Une mallette? dit Seth, interloqué.

Le cœur de Sybill flancha devant son attitude totalement indifférente.

— Oui, euh... j'ai gardé le ticket de caisse. Alors tu peux la rapporter et prendre ce que tu veux à la place.
— Oui, d'accord.

Mais il aperçut une lueur de menace dans le regard de Phillip et fit un effort.

— C'est une jolie mallette.

Puis il fit négligemment sauter le cadenas et souleva le couvercle.

— Nom de Dieu !
— Seth, bon sang ! marmonna Cam tout en regardant Anna arriver du coin de l'œil.
— Mais vise un peu ça ! Il y a tout ! Des pastels, des fusains, des crayons...

A présent, c'était Sybill qu'il fixait, ébahi.

— C'est tout pour moi ?
— Cela va ensemble, répondit-elle en tortillant nerveusement son sautoir entre ses doigts. Tu dessines si bien que j'ai pensé... Tu aimerais peut-être essayer d'autres choses. Il y en a encore de différentes dans l'autre sac.
— Encore ?
— Des aquarelles, des pinceaux, du papier...

Elle se laissa glisser au sol tandis que Seth déchirait joyeusement l'autre paquet-cadeau.

— Peut-être décideras-tu que tu préfères l'acrylique, ou dessiner à la plume, mais j'ai un penchant pour l'aquarelle, alors j'ai pensé que tu aimerais peut-être t'y essayer.
— Je ne sais pas comment on s'en sert.
— Oh, c'est très simple.

Elle se pencha, saisit un des pinceaux et entreprit de lui expliquer les techniques de base. Prise par son sujet, elle oublia son état de nerfs et lui sourit.

La lumière de la lampe jouant sur le visage de Sybill... quelque chose... quelque chose dans son regard éveilla un vague souvenir dans l'esprit de Seth.

— Est-ce que vous aviez une peinture au mur ? Des fleurs. Des fleurs blanches dans un vase bleu ?

Ses doigts se figèrent sur le pinceau.

— Oui. Dans ma chambre, à New York. C'est une de mes aquarelles. Pas la meilleure, loin de là.

— Et vous aviez des flacons de couleurs sur une table ? Plein. De toutes les tailles, de toutes les formes.

— Des flacons de parfum, répondit-elle, la gorge si serrée qu'elle dut s'éclaircir la voix plusieurs fois. J'en faisais collection.

— Vous me laissiez dormir dans votre lit avec vous.

Les yeux rétrécis, il se concentra sur la moindre bribe de souvenir. D'agréables odeurs, une voix douce, des couleurs, des formes.

— Vous me racontiez des histoires. Quelque chose à propos d'une grenouille.

La Grenouille et le Prince. Elle revit soudain un tout petit garçon lové contre elle, la lumière repoussant les ténèbres, ses grands yeux bleus fixés sur elle tandis qu'elle apaisait ses frayeurs nocturnes à l'aide d'un conte à la fin toujours heureuse.

— Tu avais... Lorsque vous êtes venus chez moi, tu faisais régulièrement des cauchemars. Tu n'étais qu'un tout petit garçon.

— J'avais un petit chien. Vous m'aviez acheté un petit chien.

— Pas un vrai, une peluche.

Sa vision se brouillait. Sa gorge se bloquait. Son cœur volait en morceaux.

— Tu... tu n'avais aucun jouet en venant. Quand je l'ai rapporté à la maison, tu m'as demandé à qui il était, et je t'ai répondu qu'il était à toi. C'est comme ça que tu l'avais appelé. *A toi*. Elle ne l'a pas pris quand elle... Je dois m'en aller.

Elle bondit sur ses pieds.

— Je suis désolée. Je dois m'en aller.

Et elle s'enfuit.

17

Elle courut à sa voiture comme si elle avait le diable aux trousses et en agrippa frénétiquement la poignée. Avant de se rendre compte qu'elle l'avait verrouillée. Elle se traita aussitôt de tous les noms. Sale habitude d'imbécile de citadine! Comme si sa voiture craignait quelque chose, ici!

Ce fut alors qu'elle prit conscience d'une deuxième chose. Elle s'était enfuie en oubliant son sac et sa veste. Ses clefs. Bon, il ne lui restait plus qu'à trotter jusqu'à l'hôtel. Impossible de retourner dans la maison et d'affronter les Quinn après ce qu'elle venait de faire.

Elle pivota en entendant un bruit de pas. Et ne sut si elle devait se sentir soulagée ou horriblement gênée en voyant Phillip arriver à grands pas. Elle ignorait jusqu'à qui elle était, n'avait aucune idée de ce qui bouillonnait furieusement en elle. Elle savait seulement que cela lui pinçait affreusement le cœur, lui brûlait douloureusement la gorge, et qu'elle devait trouver le moyen d'y échapper.

— Je... je suis désolée. Je me suis comportée avec une impolitesse impardonnable. Il faut vraiment que je m'en aille, bafouilla-t-elle misérablement. Est-ce que ça t'ennuierait d'aller me chercher mon sac? J'ai besoin de mes clefs. Je suis désolée. J'espère que je n'ai pas trop gâché...

Quelle que fût cette émotion qui croissait en elle, elle la mettait en état de choc.

— Je dois partir immédiatement.
— Tu trembles, dit-il en tendant les bras vers elle.

Elle recula brusquement.

— Il fait froid. J'ai oublié ma veste.
— Il ne fait pas si froid que ça, Sybill. Viens là.

— Non. Je m'en vais. J'ai mal à la tête. Je... Non, ne me touche pas !

Ignorant ses protestations, il l'attira à lui, referma les bras sur elle et la tint serrée contre sa poitrine.

— Tout va bien, bébé.

— Non, rien ne va.

Elle eût voulu pouvoir le hurler. Etait-il aveugle ? Etait-il stupide ?

— Je n'aurais jamais dû venir. Ton frère me déteste. Seth a peur de moi. Tu... tu... je...

Oh, que cela faisait mal ! Cet étau, autour de sa poitrine, qui se refermait inexorablement. Douloureux, si douloureux.

— Laisse-moi partir. Je n'ai rien à faire ici.

— Bien sûr que si.

Si elle croyait qu'il ne l'avait pas vu, ce tilt, lorsque Seth et elle s'étaient dévisagés. Ses yeux à elle, d'un bleu si limpide. Ceux de Seth, si brillants. Il avait presque pu l'entendre, le clic.

— Personne ne te déteste. Personne n'a peur de toi. Laisse-toi aller, tu veux ?

Il pressa sa bouche contre sa tempe. Ah, si seulement il pouvait arracher cette douleur qui la taraudait...

— Pourquoi ne te laisserais-tu pas aller, pour une fois ?

— Je n'ai pas l'intention de provoquer une scène. Si seulement tu voulais bien aller chercher mon sac, je m'en irais.

Elle était aussi figée que du marbre. Mais le marbre se craquelait, il le voyait bien. La pierre tremblait sous la pression. Si elle ne se laissait pas aller, elle finirait par exploser. Mieux valait enfoncer le clou une bonne fois pour toutes.

— Il s'est souvenu de toi. Il s'est souvenu que tu l'aimais.

Ce clou lui perça le cœur plus efficacement qu'un poignard.

— Je ne peux pas le supporter. Je ne peux plus le supporter !

Elle agrippa ses épaules. Serra les poings, les desserra.

— Elle l'a emmené. Elle l'a emmené. Elle m'a brisé le cœur.

Elle pleurait, à présent, ses bras crispés autour du cou de Phillip.

— Je le sais. Je sais que ça t'a brisé le cœur. Oui, c'est ça, murmura-t-il.

Il la souleva dans ses bras, s'assit dans l'herbe, l'installa sur ses genoux et la berça.

— Pleure, va. Tu as beaucoup trop attendu.

Il la berça tendrement. Des flots de larmes brûlantes jaillissaient à présent de ses yeux et trempaient sa chemise. Froide ? songea-t-il tandis qu'elle exprimait enfin sa douleur. Oh que non ! Rien de froid en elle. Simplement une sainte trouille des blessures émotionnelles.

Il ne lui dit pas d'arrêter, même lorsque ses sanglots se firent si violents que tout son corps en tressautait. Il ne lui dit absolument rien. Ni promesses, ni paroles de réconfort. Rien. Il connaissait trop la valeur d'une bonne purge. Il la berça simplement sur ses genoux et la laissa enfin évacuer son chagrin.

Lorsque Anna apparut sous la véranda, il secoua la tête dans sa direction, berçant toujours Sybill. La porte se referma doucement.

Lorsqu'elle eut pleuré toutes les larmes de son corps, Sybill se sentit la tête en coton. Brûlante. Aussi brûlante que sa gorge. Et ses yeux. Faible, désorientée, elle reposait sans force entre les bras de Phillip.

— Je suis désolée.

— Ne le sois surtout pas. Tu en avais besoin. Je crois n'avoir jamais connu quelqu'un qui ait eu autant besoin d'une bonne grosse crise de larmes.

— Cela ne résout jamais rien.

— Allons, ne sois pas bête.

Il se leva, l'aida à se remettre debout et la poussa vers sa Jeep.

— Grimpe.

— Non. J'ai besoin de...

— Grimpe, répéta-t-il, avec juste assez d'impatience dans la voix. Je vais chercher ton sac et ta veste, poursuivit-il en la soulevant pour l'installer dans la voiture, mais tu ne conduiras certainement pas ce soir.

Il la regarda dans les yeux. Des yeux tirés, gonflés.

— Et tu ne resteras certainement pas toute seule non plus.

Elle n'avait plus le courage d'argumenter. Elle était vidée, comme dépouillée de sa substance. S'il la ramenait à son hôtel, elle pourrait enfin dormir. Elle prendrait un somnifère s'il le fallait, mais elle se réfugierait dans le sommeil. Elle ne voulait plus penser. Si elle recommençait à penser, elle éprouverait encore des émotions. Et si elle en éprouvait, si ce flot revenait, elle s'y noierait.

Parce que Phillip affichait une mine lugubre et bien trop déterminée en sortant de la maison avec ses affaires, Sybill accepta sa propre lâcheté et ferma les yeux.

Il ne dit pas un mot. Il se contenta de monter dans la voiture, de se pencher sur elle pour lui attacher sa ceinture de sécurité et de tourner la clef de contact. Il conserva ce silence béni pendant tout le trajet. Elle ne protesta pas lorsqu'il pénétra dans l'hôtel à ses côtés, ni quand il lui prit son sac des mains, en sortit la clef et déverrouilla la porte de sa suite.

Il reprit sa main et l'emmena directement dans la chambre.

— Déshabille-toi ! ordonna-t-il.

Elle le fixa, les yeux rouges et gonflés.

— Je ne vais pas te sauter dessus ! Pour l'amour de Dieu, pour qui me prends-tu ?

Il ne sut d'où lui venait son énervement. Peut-être

était-ce tout simplement de la voir ainsi, anéantie, incapable de réagir. Tournant les talons, il fila droit vers la salle de bains.

Quelques secondes plus tard, elle entendit l'eau crépiter dans la baignoire. Il revint, un verre d'eau et un comprimé d'aspirine à la main.

— Avale. Si tu ne prends pas soin de toi, quelqu'un d'autre va s'en charger.

L'eau fraîche fut un véritable baume sur sa gorge meurtrie. Mais avant qu'elle puisse le remercier, il lui avait déjà repris le verre des doigts pour le poser sur la commode. Elle vacilla quelque peu et cilla quand il entreprit de lui passer son pull par-dessus la tête.

— Tu vas prendre un bon bain chaud et te détendre.

Trop stupéfaite pour protester, elle le laissa la déshabiller comme une poupée de chiffon. Lorsqu'il posa ses vêtements sur une chaise, elle frissonna un peu, mais ne dit rien. Elle se contenta de le fixer tandis qu'il la soulevait dans ses bras, l'emportait dans la salle de bains et l'allongeait délicatement dans la baignoire.

L'eau lui arrivait au menton. Une eau bien plus chaude que ce qu'elle considérait comme bon pour la santé. Avant même qu'elle parvienne à rassembler ses esprits pour le lui dire, il ferma les robinets.

— Laisse-toi aller en arrière et ferme les yeux. Fais-le ! lui intima-t-il avec une telle force — totalement inattendue — qu'elle ne put que lui obéir.

Elle garda les paupières closes, même lorsqu'elle l'entendit refermer la porte derrière lui.

Elle resta dans le bain vingt bonnes minutes, dodelinant parfois de la tête. Seule la peur de la noyade l'empêcha de plonger dans le sommeil. Comme ce fut la peur qu'il revienne, la tire de la baignoire et la sèche qui la fit sortir toute seule de l'eau.

Mais peut-être était-il parti. Peut-être son explosion de larmes avait-elle fini par le dégoûter, peut-être l'avait-il laissée seule. Qui pourrait lui en faire grief ?

Non. En sortant de la salle de bains, elle le trouva debout sur le petit balcon, le regard perdu sur la baie.

— Merci.

Elle savait combien la situation était embarrassante, pour l'un comme pour l'autre, et batailla afin de trouver la force de s'excuser. Il pivota et la regarda.

— Je suis désolée...

— Tu t'excuses encore une fois, Sybill, et je me mets en colère.

Il avança vers elle et posa les mains sur ses épaules. Puis il haussa les sourcils en la voyant sursauter.

— C'est mieux, décréta-t-il en faisant courir ses doigts le long de son cou et de ses épaules, mais ce n'est pas encore ça. Allonge-toi.

Il soupira, puis la poussa vers le lit.

— Je ne cherche pas uniquement le sexe. Je suis quand même doté d'un peu de retenue, figure-toi. Et j'y fais généralement appel lorsque je me retrouve en face d'une femme épuisée tant émotionnellement que physiquement. Allonge-toi. Sur le ventre. Zou !

Elle se glissa sur le lit. Et ne put retenir un gémissement étouffé lorsqu'il entreprit de lui masser les omoplates.

— Tu es psychologue, lui rappela-t-il. Qu'arrive-t-il à quelqu'un qui réprime régulièrement et systématiquement ses sentiments ?

— Sur un plan physique ou émotionnel ?

Il rit un peu, la chatouilla, puis se remit sérieusement au travail.

— Je vais te dire ce qui lui arrive, Doc. Des maux de tête, des brûlures d'estomac, des problèmes digestifs. Et quand le barrage cède, tout en jaillit si fort et si vite que cela rend malade.

Il dégagea ses épaules de la robe de chambre et plaqua les paumes de ses mains sur les muscles contractés.

— Tu es en colère contre moi ?

— Absolument pas, Sybill. Pas contre toi. Raconte-moi, quand Seth est venu vivre avec toi.

— C'était il y a très longtemps.

— Il avait quatre ans, précisa Phillip en se concentrant sur les muscles tendus. Tu vivais à New York. Tu habites toujours au même endroit ?

— Oui. A Central Park West. C'est un quartier tranquille. Sûr.

Et très fermé, songea-t-il. Pas d'East Village branché pour le Dr Griffin.

— Deux chambres ?

— Oui. J'utilise la deuxième comme bureau.

Il pouvait presque la voir. Bien rangée, bien organisée, accueillante.

— Je suppose que Seth dormait dans celle-là.

— Non. Gloria l'avait prise pour elle. On couchait Seth sur le canapé du salon. Il n'était qu'un tout petit garçon.

— Ils se sont simplement présentés à ta porte, un jour ?

— Plus ou moins, oui. Elle, je ne l'avais pas revue depuis des années. Je connaissais l'existence de Seth. Elle m'avait téléphoné quand l'homme qu'elle avait épousé l'avait abandonnée. Je lui envoyais de l'argent de temps en temps. Mais je ne voulais pas d'elle chez moi. Je ne le lui ai jamais dit, mais je ne voulais pas qu'elle vienne. Elle est tellement... perturbante, tellement difficile.

— Mais elle est venue.

— Oui. Je rentrais d'une conférence, un jour, et je l'ai trouvée qui m'attendait devant l'immeuble. Elle était dans une rage folle, parce que le portier ne lui avait pas permis d'entrer. Il refusait de la laisser monter dans mon appartement. Seth pleurait, elle hurlait. C'était...

Elle soupira.

— ... classique, je pense.

— Mais tu l'as accueillie.

311

— Je ne pouvais pas la renvoyer. Tout ce qu'elle possédait se résumait à un petit garçon et à un sac à dos. Elle m'a suppliée de la laisser habiter un moment chez moi. Elle disait qu'elle était venue en auto-stop. Qu'elle n'avait plus un sou vaillant. Elle a commencé à pleurer, Seth s'est juste recroquevillé sur le lit et s'est endormi immédiatement. Il devait être épuisé.

— Combien de temps sont-ils restés ?

— Quelques semaines.

Son esprit vagabondait de cette époque à aujourd'hui. Elle revoyait tout clairement.

— J'ai voulu l'aider à trouver un travail, mais elle m'a répondu qu'elle avait d'abord besoin de se reposer. Elle disait qu'elle avait été gravement malade. Puis elle m'a raconté qu'un chauffeur routier l'avait violée, dans l'Oklahoma. Une autre fois, c'était un homme d'affaires, à Detroit. C'est une menteuse pathologique, et ses mensonges ont pratiquement toujours un rapport avec la sexualité. Je savais qu'elle mentait, mais...

— Elle était ta sœur.

— Non, non, protesta-t-elle avec lassitude. Si j'essaie d'être honnête, je dois bien admettre que cela avait cessé de compter pour moi depuis longtemps. Mais Seth était... Il parlait à peine. Je ne savais absolument rien des enfants, alors j'ai acheté un livre. J'y ai lu qu'à son âge il aurait dû maîtriser infiniment mieux le langage.

Il sourit presque. C'était si facile de l'imaginer en train de choisir l'ouvrage *ad hoc*, de l'étudier et d'essayer de tout mettre en ordre.

— Il me faisait un peu penser à un tout petit fantôme, murmura-t-elle. Une minuscule ombre dans l'appartement. Quand Gloria sortait un moment et le laissait avec moi, il ne faisait pas le moindre bruit. Et la première nuit où elle a découché jusqu'au matin, il a fait des cauchemars.

— Alors tu l'as laissé dormir avec toi et tu lui as raconté des histoires.

— *La Grenouille et le Prince*. Ma nounou me la racontait tout le temps. Elle adorait les contes de fées. Il avait peur du noir. Moi aussi, j'ai longtemps eu peur du noir.

Sa voix se faisait plus lente à mesure que la fatigue la terrassait.

— Je voulais toujours dormir dans le lit de mes parents, quand j'avais peur, et ils ne m'y autorisaient pas. Mais... je ne pensais pas que ça pourrait lui faire du mal, de le faire juste un petit moment.

— Non.

Il pouvait la voir, à présent, cette petite fille aux longs cheveux foncés et aux yeux clairs, tremblant de peur dans le noir.

— Non, ça ne pouvait pas lui faire de mal.

— Il adorait regarder ma collection de flacons de parfum. Il aimait les couleurs, les formes. Je lui avais acheté des crayons de couleurs. Il a toujours aimé dessiner.

— Tu lui as offert un chien en peluche.

— Il passait son temps à regarder les gens promener leur chien dans Central Park. Il était tellement mignon, quand je le lui ai donné. Il le trimbalait partout avec lui. Il dormait avec.

— Tu es tombée amoureuse de lui.

— Je l'aimais tant. Je ne sais même pas comment c'est arrivé. Cela n'a duré que quelques semaines.

— Le temps ne fait parfois rien à l'affaire, dit-il en repoussant ses cheveux, afin de voir son profil, l'arrondi de ses joues, la courbe de ses sourcils. Il ne joue souvent aucun rôle dans ce genre de chose.

— Il devrait, pourtant, mais non. Je me moquais qu'elle ait pris mes affaires. Je me moquais qu'elle m'ait volée en partant. Mais elle l'a emmené. Elle ne m'a même pas laissée lui dire au revoir. Elle l'a emmené, et elle a soigneusement oublié son petit chien en peluche, parce qu'elle savait que cela me ferait mal. Elle savait que je penserais à lui, que je l'imaginerais en train de pleurer la nuit, que je m'inquiéterais. Alors, il a fallu que j'arrête. Que j'arrête d'y penser. Que j'arrête de penser à lui.

— O.K. C'est fini, tout ça, maintenant, souffla-t-il en lui caressant gentiment les cheveux à mesure qu'elle s'endormait. Elle ne fera plus jamais de mal à Seth. Ni à toi.

— J'étais bête.

— Non, ce n'est pas vrai.

Il caressa son cou, ses épaules. Sentit son corps se soulever, puis retomber en un long soupir.

— Dors, maintenant.

— Ne t'en va pas.

— Je ne m'en vais pas.

Il fronça les sourcils. Comme son cou paraissait fragile, entre ses mains !

— Je ne vais nulle part.

C'était bien là le problème. Il laissa courir doucement ses mains le long de ses bras, de son dos. Il voulait rester avec elle, être avec elle. Il voulait la regarder dormir comme elle dormait maintenant. Profondément. Il voulait être celui qui la berçait lorsqu'elle pleurait. Car s'il doutait qu'elle pleure souvent, il doutait aussi qu'elle ait quelqu'un pour la câliner quand elle craquait.

Il voulait voir ces yeux de lac tranquille briller de rire, cette adorable bouche ourlée s'incurver. Il pourrait passer des heures à écouter sa voix changer d'intonation, passer de l'amusement à la froideur guindée ou à la plus totale sincérité.

Il aimait la voir le matin, presque étonnée de le découvrir allongé près d'elle. Et la nuit, lorsque plaisir et passion lui illuminaient le visage.

Elle n'en avait visiblement aucune idée, mais son visage était particulièrement révélateur, songea-t-il en remontant les couvertures sur elle. Oh, c'était subtil. Comme son parfum. Il fallait s'en approcher vraiment très près pour comprendre. Mais il s'était approché vraiment très près sans même que ni l'un ni l'autre s'en rendît compte. Et il avait vu la manière dont elle avait regardé sa famille. Avec nostalgie. Avec envie.

Toujours un pas en retrait. Toujours l'observatrice.

Et il avait vu la manière dont elle avait regardé Seth. Avec amour. Avec regret. Mais toujours à distance.

Afin de ne pas s'imposer? De se protéger? Probablement un mélange des deux. Il n'était pas certain de savoir ce qui se passait dans son cœur, dans son esprit. Mais il avait bien l'intention de le découvrir.

— Je pense que je pourrais bien être amoureux de toi, Sybill, murmura-t-il paisiblement en s'allongeant près d'elle. Et ça pourrait diablement bien compliquer les choses, pour tous les deux.

Elle s'éveilla dans le noir et, un instant, juste un éclair, elle fut de nouveau une petite fille terrorisée par toutes ces choses qui la menaçaient dans l'ombre. Elle dut serrer les lèvres fort, très, très fort, jusqu'à en avoir mal. Parce que si elle criait, quelqu'un pourrait l'entendre. Une des domestiques, peut-être, qui irait le dire à sa mère. Et sa mère serait ennuyée. Sa mère n'aimerait pas qu'elle crie encore dans le noir.

Puis elle se souvint. Elle n'était pas une enfant. Rien de menaçant dans l'ombre, rien que des ombres. Elle était une femme faite. Elle savait qu'il est ridicule d'avoir peur du noir alors que tant d'autres choses sont à craindre.

Oh, pour se rendre ridicule, elle s'était rendue ridicule, songea-t-elle en retrouvant la mémoire. Totalement ridicule. Se laisser aller ainsi... Pis: le laisser voir jusqu'à perdre tout contrôle de soi. Au lieu de garder son calme et son sang-froid, elle s'était sauvée comme une imbécile.

Inexcusable.

Ensuite, elle avait trempé Phillip de ses pleurs. Elle

avait pleuré comme un bébé, en plein milieu du jardin, comme si elle...

Phillip.

La mortification la fit gémir tout haut. Elle se couvrit le visage de ses mains. Et réprima un hoquet lorsqu'un bras l'entoura.

— Chhtt...

Elle reconnut son toucher, son odeur, avant même qu'il ne l'attire à lui. Avant que sa bouche n'effleure sa tempe, avant que son corps ne se modèle au sien.

— Tout va bien, murmura-t-il.

— Je... Je croyais que tu étais parti...

— Je t'avais promis de rester.

Il ouvrit les yeux et consulta les chiffres lumineux du réveil.

— Trois heures du matin dans une chambre d'hôtel. J'aurais dû le prévoir.

— Je ne voulais pas te réveiller.

Ses yeux s'accoutumaient peu à peu à l'obscurité. Bientôt, elle parvint à distinguer ses pommettes, l'arête de son nez, la forme de sa bouche. Ses doigts lui démangèrent.

— Quand je me réveille à trois heures du matin, au lit, à côté d'une belle femme, il m'est très difficile de me sentir embêté.

Elle sourit, soulagée de constater qu'il ne paraissait pas vouloir évoquer son comportement de la soirée. Ils pouvaient simplement être là, tous les deux. Vivre l'instant présent. Sans hier à regretter. Sans demain à craindre.

— Je suppose que tu as l'habitude.

— Parfois, j'aimerais bien que tu aies raison.

Sa voix était si chaude, son bras si fort, son corps si ferme.

— Quand tu te réveilles en plein milieu de la nuit, au lit avec une femme, et que cette femme a envie de te séduire, est-ce que cela t'embête ?

— Pratiquement jamais.

— Eh bien, si cela ne t'embête pas...

Elle bougea et glissa son corps sur le sien. Trouva ses lèvres, sa langue.

— Je te dirai dès que ça commencera à m'embêter.

Elle rit. D'un rire bas et chaud. La gratitude se répandait en elle. Gratitude pour ce qu'il avait fait pour elle. Gratitude pour ce qu'il était devenu pour elle. Elle voulait désespérément la lui montrer, cette gratitude.

Il faisait nuit. Elle pouvait être tout ce qu'elle voulait, dans le noir.

— Peut-être n'arrêterai-je pas, même si tu me dis que cela t'embête.

— Des menaces?

Il fut surpris au plus haut point, et excité de même, par le ronronnement taquin de sa voix. Par ses doigts traçant des cercles concentriques sur sa peau.

— Tu ne me fais pas peur.

— Je pourrais, susurra-t-elle en commençant à suivre de la bouche le tracé de ses doigts. Je vais te faire peur.

— Alors applique-toi. Seigneur! gémit-il en louchant. En plein dans le mille.

Elle rit encore et le lapa comme un chat. Lorsque son corps fut parcouru de frissons, lorsque son souffle se précipita, elle fit lentement courir ses ongles sur ses flancs.

Quelle merveille qu'un corps d'homme! songea-t-elle, frappée d'admiration, tout en l'explorant rêveusement. Dur et tendre à la fois, des courbes si parfaitement tracées afin de s'accorder avec un corps de femme. Avec son corps à elle.

Doux là, rude ici. Ferme, puis palpitant. Elle avait le pouvoir de le faire la désirer à en avoir mal, exactement comme il savait la faire le désirer à en avoir mal. Elle pouvait prendre, elle pouvait donner, ainsi qu'il le faisait. Toutes ces choses merveilleuses et coquines que les gens faisaient dans le noir, elle pouvait les faire.

Il allait devenir fou si elle continuait. Il mourrait si elle arrêtait. Sa bouche, brûlante et impatiente, était partout. Ses doigts fins et élégants lui faisaient littéralement bouillir le sang. Leurs corps devenaient moites. Elle glissait sur lui, encore et encore, pâle silhouette dans l'obscurité.

Elle était toutes les femmes. La seule femme. Elle lui était plus indispensable que la vie.

Presque irréelle, elle se dressa au-dessus de lui, se débarrassa de sa chemise de nuit, arqua le dos et repoussa sa chevelure en arrière. Elle n'était plus que liberté. Pouvoir. Luxure. Ses yeux, luisant dans le noir comme des yeux de chat, le maintenaient sous le charme.

Elle descendit sur lui, le prenant infiniment lentement en elle, parfaitement consciente des efforts qu'il devait faire pour la laisser maîtresse de la situation. Le souffle coupé, elle laissa échapper un gémissement de pur plaisir. Puis un deuxième, lorsqu'il posa les mains sur ses seins, les pressa, les caressa.

Elle entreprit de se balancer, petits mouvements lents jusqu'à la torture, plus que jamais excitée par son pouvoir. Tout en gardant les yeux braqués sur les siens. Il frémit sous elle, ses muscles se tendirent, son corps se crispa entre ses cuisses. Fort, il était si fort. Assez fort pour la laisser le prendre comme elle l'avait choisi.

Elle effleura sa poitrine de ses mains, puis se pencha en avant. Sa chevelure caressa son visage. Elle referma sa bouche avide sur la sienne. Langues mêlées. Dents mêlées. Souffles mêlés.

L'orgasme roula en elle telle une vague gigantesque, sublime déferlante l'emportant encore plus haut, encore plus loin. Elle se rejeta en arrière, dos cambré, et le chevaucha, inlassablement.

Soudain, il empoigna ses hanches, y enfonça les

doigts. Tout n'était plus que galop rapide, échevelé, chaleur, désir. L'esprit vide, les poumons en feu, tout son corps exigeait l'assouvissement.

Il le trouva. Un éblouissement brutal et glorieux.

Elle sembla fondre au-dessus de lui et s'affala, le corps aussi doux, aussi brûlant, aussi mou que de la cire liquide. Leurs deux cœurs réunis battaient à un rythme effréné. Il ne put parler, ne put trouver la force de dire quoi que ce fût. Mais les mots qui lui démangeaient la langue étaient au nombre de trois. Ces trois mots qu'il s'était juré de ne jamais dire à une femme.

Triomphante, elle s'étira, aussi paresseuse, aussi satisfaite qu'un chat. Puis elle se pelotonna contre lui.

— Ça, murmura-t-elle d'une voix endormie, c'était bien.

— Quoi donc ?

Elle gloussa doucement, avant de bâiller.

— Je ne t'ai peut-être pas fait peur, mais je t'ai mis le cerveau à rude épreuve.

— Ne te vante pas exagérément !

Mais elle avait raison, bien sûr. Un homme qui commence à penser à l'amour, qui a failli en dire les mots alors qu'il gisait, nu et moite, sous une femme est un homme au cerveau brouillé.

— C'est bien la première fois que j'aime être réveillée à trois heures du matin.

Presque assoupie, elle se fit un oreiller de son épaule. Puis elle frissonna.

— Froid, marmonna-t-elle.

Il lança la main et récupéra couvertures et drap emmêlés. Elle les saisit du bout des doigts et se les remonta jusqu'au menton.

Pour la deuxième fois de la nuit, Phillip resta allongé dans le noir, les yeux fixés sur le plafond, tandis qu'elle reposait, profondément endormie, à côté de lui.

18

Le jour se levait tout juste quand Phillip s'extirpa du lit, sans même prendre la peine de râler. A quoi cela aurait-il servi ? Ce n'était pas parce qu'il avait à peine fermé l'œil, qu'il avait l'esprit préoccupé et embrumé de fatigue et qu'une longue journée d'un travail à lui bousiller le dos l'attendait qu'il allait récriminer, quand même !

L'absence de café, elle, était autrement gênante.

Sybill s'étira, tandis qu'il commençait à s'habiller.

— Tu dois aller au chantier ?
— Oui.

Il se passa la langue sur les dents tout en remontant son pantalon. Flûte ! il n'avait même pas une brosse sur lui.

— Tu veux que je commande le petit déjeuner ? Du café ?

Du café. Ce seul mot lui fouetta le sang plus que le breuvage lui-même.

Mais il empoigna sa chemise. Autour d'un café, ils seraient amenés à parler, ce qui n'était peut-être pas la chose à faire, étant donné son état d'esprit actuel, dû uniquement à Sybill. Tout cela, parce qu'elle avait réussi à se glisser mine de rien derrière ses légendaires défenses en profitant d'un moment d'inattention, parce qu'elle avait réussi à le faire tomber amoureux d'elle.

— Je mangerai quelque chose à la maison, lui répondit-il d'une voix presque cassante. Il faut que j'aille me changer, de toute façon.

C'était d'ailleurs pour cela qu'il s'était levé si tôt.

Les draps bruissèrent lorsqu'elle s'assit dans le lit. Il la regarda du coin de l'œil et attrapa ses chaussettes.

Ainsi ébouriffée, chiffonnée, elle avait l'air incroyablement douce.

Oh, oui, pour être sournoise, elle l'était! Lui faire ainsi tourner la tête avec sa vulnérabilité, sangloter ainsi dans ses bras avec un air si blessé, si perdu. Et puis se réveiller en plein milieu de la nuit pour se transformer en une sorte de déesse tout droit sortie du plus pur fantasme érotique...

Et voilà qu'elle lui offrait du café, à présent. Gonflée, la nana!

— Merci d'être resté cette nuit. Cela m'a fait un bien fou.

— Je suis à ton service, répondit-il sèchement.

— Je...

Elle se mordilla la lèvre inférieure, alertée et en même temps gênée par le ton qu'il venait de prendre.

— La journée d'hier a été très dure, aussi bien pour toi que pour moi. Je suppose que j'aurais agi plus intelligemment en restant à l'écart. J'étais déjà pas mal sur les nerfs après le coup de téléphone de Gloria, et puis...

Il redressa la tête d'un coup.

— Quoi? Gloria t'a appelée?

— Oui.

Elle aurait été plus avisée de suivre son instinct et de garder cela pour elle, songea-t-elle aussitôt. Il était en boule. Tout le monde l'aurait été.

— Elle t'a téléphoné hier?

Une chape de glace lui emprisonna soudain le cœur. Il attrapa sa chaussure, l'examina attentivement.

— Tu ne crois pas qu'il aurait mieux valu le dire avant?

— Je n'en voyais pas l'utilité.

Parce que ses mains semblaient ne pas vouloir demeurer immobiles, elle repoussa ses cheveux en arrière. Lissa les draps.

— En fait, je n'avais pas l'intention de mentionner cet incident.

— Ah, non ? Peut-être as-tu temporairement oublié que Seth est sous la responsabilité de ma famille. Que nous avons le droit de savoir si ta sœur mijote encore un mauvais coup. Nous avons *besoin* de savoir, insista-t-il, furieux à présent. Afin de pouvoir le protéger.

— Elle ne fera rien pour...

— Comment le sais-tu ? explosa-t-il en sautant si violemment sur le lit qu'elle agrippa les draps, blême. Comment peux-tu le savoir ? En *observant*, dix pas en arrière ? Merde, Sybill, il n'est pas question d'une observation scientifique, mais de la vie ! Qu'est-ce qu'elle voulait ?

Elle eut envie de se ratatiner, comme chaque fois qu'elle devait affronter la colère. Alors elle se cuirassa, comme chaque fois.

— Elle voulait de l'argent, bien sûr. Elle voulait que j'en exige de vous et que je lui en donne plus moi-même. Elle s'est mise à hurler, aussi, et à m'insulter, exactement comme tu le fais. Selon toute vraisemblance, rester à dix pas derrière m'a collée au beau milieu de l'arène.

— Je veux savoir quand et pourquoi elle te contactera encore. Que lui as-tu répondu ?

Sybill tendit la main vers sa robe de chambre. Une main qui ne tremblait pas.

— Je lui ai dit que ta famille ne lui donnerait plus rien. Je lui ai dit qu'elle n'obtiendrait plus jamais aucun argent ni aucune aide de ma part. Que j'avais rencontré votre avocat. Que j'avais ajouté et que j'ajouterais encore mon poids et mon influence dans la balance afin que Seth demeure en permanence un membre de ta famille.

— C'est déjà quelque chose, marmonna-t-il, fronçant les sourcils en la voyant enfiler sa robe de chambre.

— C'est le moins que je puisse faire, n'est-ce pas ? répliqua-t-elle d'un ton froid, distant et définitif. Excuse-moi.

Elle entra dans la salle de bains et referma la porte derrière elle.

Phillip entendit le *clic!* du verrou.

— Super! Vraiment super! cracha-t-il en direction de la porte.

Puis il attrapa sa veste et s'en fut avant d'aggraver encore les choses.

Mais elles ne s'arrangèrent pas lorsqu'il arriva chez lui. D'abord, il ne restait plus qu'une demi-tasse de café. Puis, à mi-douche, le corps couvert de savon, il s'aperçut que Cam avait utilisé pratiquement toute l'eau chaude. Eh bien, tout est vraiment parfait dans le meilleur des mondes possibles! décréta-t-il en se rinçant sous le jet glacé.

Enfin, comme il retournait dans sa chambre, une serviette nouée autour des reins, il y découvrit Seth assis sur son lit.

Oui, tout était vraiment parfait!

— Salut.

Seth fixa son frère, impavide.

— Tu t'es levé tôt.

— Je me suis dit que je pourrais venir avec toi et bosser deux heures.

Phillip alla à la commode et en sortit un slip et un jean.

— Tu n'es pas censé travailler, aujourd'hui. Tes copains viennent faire la fête avec toi cet après-midi.

— Oui, mais c'est cet après-midi, rétorqua l'enfant en remuant l'épaule. On a le temps.

— Comme tu veux.

Il s'était bien attendu à trouver Phillip à cran. Il avait le béguin pour Sybill, pas vrai? Dans ces conditions, ça n'avait pas été facile pour Seth de venir l'attendre, sachant ce qu'il avait à lui dire.

Il se lança:

— Je ne voulais pas la faire pleurer.

Merde ! fut tout ce que put penser Phillip en secouant son slip pour l'enfiler. Il n'en sortirait décidément pas.

— Tu ne l'as pas fait pleurer. Il fallait qu'elle le fasse, c'est tout.

— Je crois qu'elle était en rogne.

— Non, c'est faux.

Résigné, à présent, Phillip enfila son jean.

— Tu sais, les femmes sont difficiles à comprendre, même dans les circonstances les plus faciles. Et celles-ci sont loin de l'être.

— Sans doute.

Et si Phillip était moins énervé qu'il le paraissait ? Seth tenta le coup :

— J'ai jamais fait que me rappeler des trucs.

Il avait les yeux braqués sur les cicatrices de Phillip. Parce que c'était bien plus facile que de le regarder dans les yeux. Et puis aussi parce qu'elles étaient géniales, ces cicatrices.

— Mais elle a eu l'air toute détraquée et tout.

— Certaines personnes ne savent pas comment réagir aux sentiments qu'elles éprouvent.

Il s'assit à côté de Seth, profondément honteux. En l'occurrence, s'il s'était montré odieux avec Sybill, c'était bien parce que lui-même n'avait pas su comment réagir à ce qu'il éprouvait. Il n'en poursuivit pas moins :

— Alors elles pleurent, ou elles hurlent, ou elles sortent et vont bouder dans un coin. Sybill t'aime, mais elle ne sait pas très bien comment t'exprimer cet amour. Ni si toi tu l'acceptes.

— Je ne sais pas. Elle est... Elle n'est pas comme Gloria. Elle est honnête. Ray était honnête, aussi, et... Ce sont des parents, pas vrai ? D'ailleurs, j'ai...

La compréhension vint d'un coup, lui serrant le cœur.

— Tu as les yeux de Ray, continua Phillip à sa place, l'air de rien, parce qu'il savait que Seth le croirait. La couleur, la forme, mais aussi ce quelque chose qui se cachait derrière. Ce quelque chose d'honnête. Tu as l'esprit vif, exactement comme Sybill. Un esprit qui pense, qui analyse, qui interroge. Et, par-dessus tout cela, qui essaie de décider de la chose la plus juste à faire. La plus honnête. Ça, vous l'avez tous les deux en vous.

Il donna un coup d'épaule à l'enfant.

— C'est sympa quand on y pense, pas vrai ?

— Oui, répondit Seth en se fendant d'un immense sourire. C'est super.

— Bon, maintenant, on active un peu, sinon on ne décollera jamais d'ici.

Il arriva au chantier près de quarante-cinq minutes après Cam, et s'apprêta donc à se faire remonter les bretelles. Debout devant l'établi, Cam rabotait toute une série de planches. A la radio, Bruce Springsteen hurlait. Phillip baissa le volume. Cam redressa aussitôt la tête.

— Je n'entends rien, avec les outils, si le son n'est pas assez fort.

— On finira tous sourdingues, si tu continues à nous casser les oreilles pendant des heures tous les jours.

— Hein ? Tu as dit quelque chose ?

— Ah, ah, ah !

— Joyeuse ambiance, ce matin ! lança Cam en tendant le bras pour débrancher son rabot. Alors, comment va Sybill ?

— Ne commence pas, veux-tu ?

Cam pencha la tête de côté. Seth regarda tour à tour les deux hommes, puis se prépara à apprécier à sa juste valeur le spectacle d'une bataille entre Quinn.

— J'ai simplement posé une question.

— Elle survivra, répondit Phillip en attrapant sa ceinture à outils. Je me rends parfaitement compte que tu préférerais la voir filer d'ici sans autre forme de procès, mais tu vas devoir te satisfaire de la raclée verbale que je lui ai assenée ce matin.

— Et pourquoi diable as-tu fait ça ?

— Parce qu'elle m'emmerde ! hurla Phillip. Parce que tout m'emmerde ! Et toi particulièrement !

— Super ! Si tu te sens d'humeur à te battre, je suis à ta disposition. Mais je n'ai jamais fait que te poser une simple question, répondit Cam en transportant sa planche rabotée jusqu'au bateau en construction. Elle en a pris plein la poire, hier soir, pourquoi en as-tu rajouté ce matin ?

— Tu prends sa défense ? tonna Phillip en se plaçant devant lui, nez contre nez.

Les hurlements de Springsteen ne pouvaient couvrir les siens.

— Tu prends sa défense, après toutes les saloperies que tu m'as serinées sur elle ?

— J'ai des yeux pour voir, n'est-ce pas ? Et j'ai vu son visage, hier soir. Bon sang, pour qui me prends-tu, à la fin ? s'énerva Cam en plantant l'index dans la poitrine de son frère. Quiconque frappe une femme qui est déjà à terre mériterait d'être écartelé !

— Espèce de fils de...

Son poing s'envolait déjà quand Phillip le retint. Oh, il aurait apprécié à leur juste valeur quelques rounds bien sanglants — surtout qu'Ethan n'était pas là pour les arrêter —, mais là, maintenant, c'était lui qui méritait de se retrouver en sang.

Il desserra le poing, étira les doigts afin de les détendre et se détourna, histoire de retrouver un peu de son calme. Alors il vit Seth qui le contemplait, l'œil brillant, hautement intéressé.

— Ne commence pas, toi non plus !

— Mais j'ai rien dit !

— Ecoutez, je me suis occupé d'elle, non ?

Il se passa la main dans les cheveux et tenta de rationaliser.

— Je l'ai laissée pleurer et je lui ai tenu la main.

Ensuite, je l'ai plongée dans un bain chaud et fourrée au lit. Je suis resté avec elle toute la nuit. J'ai dû dormir à peine une heure, avec cette histoire, alors je suis un peu sur les nerfs, ce matin.

— Pourquoi tu lui as crié après ? voulut savoir Seth.
— O.K., je vais vous l'expliquer.

Il inspira profondément, pressa ses doigts sur ses yeux fatigués.

— Ce matin, elle m'a dit que Gloria l'avait appelée hier. Hier ! Peut-être que j'ai réagi un peu vivement, mais merde, elle aurait dû nous le dire avant.

— Qu'est-ce qu'elle voulait ?

Les lèvres de Seth étaient devenues livides. Instinctivement, Cam se rapprocha et posa la main sur son épaule.

— Ne la laisse pas t'effrayer, môme. C'est fini, tout ça. Quel était le marché ? demanda-t-il à Phillip.

— Je n'ai pas tous les détails. J'étais bien trop occupé à engueuler Sybill de ne pas nous l'avoir dit plus tôt. Mais bon, c'était l'argent, bien sûr, répondit Phillip en braquant son regard sur Seth. Elle a dit à Gloria d'aller se faire voir. Plus d'argent, plus rien, jamais. Elle lui a dit qu'elle était allée voir notre avocat et qu'elle s'assurerait que tu restes toujours avec nous.

— Ta tante ne s'est pas laissé avoir, fit remarquer tranquillement Cam en serrant l'épaule de l'enfant. Elle a du cran.

— Oui, répondit Seth en retrouvant le sien. Elle est bien.

— Ton frère, là, poursuivit Cam en désignant Phillip du menton, est un véritable crétin. Mais nous autres, on est suffisamment futés pour deviner pourquoi Sybill n'en a pas parlé hier soir. On faisait la fête. Elle ne voulait pas la gâcher. C'est pas tous les jours qu'un type fête ses onze ans.

— Puisque j'ai tout gâché, marmonna Phillip en saisissant une planche, histoire de passer ses nerfs sur les clous, je me débrouillerai pour arranger ça.

Sybill avait deux trois choses à mettre au point, elle aussi. Il lui avait fallu presque toute la journée pour rassembler et son courage et ses idées. Elle engagea sa voiture dans l'allée des Quinn peu après quatre heures, soulagée de constater l'absence de la Jeep de Phillip.

Il travaillerait encore une bonne heure au chantier, calcula-t-elle. Seth serait très probablement avec lui. Et comme c'était samedi soir, ils s'arrêteraient très certainement en chemin pour acheter de quoi dîner.

C'était ainsi qu'ils fonctionnaient, et elle connaissait ces schémas de comportement, même si elle ne semblait pas capable de communiquer pleinement avec les gens qui les suivaient.

«Dix pas en arrière»! Dieu que cela lui faisait encore mal!

Mécontente d'elle-même, elle s'obligea à descendre de voiture. Elle ferait ce qu'elle avait à faire. Il ne lui faudrait pas plus de quinze minutes pour présenter ses excuses à Anna, pour que ces excuses soient acceptées — du moins en apparence. Puis elle expliquerait le coup de fil de Gloria en détail. Ensuite, elle partirait.

Elle serait retournée à son hôtel et plongée dans le travail bien avant le retour de Phillip.

Elle frappa vivement à la porte.

— C'est ouvert! cria quelqu'un à l'intérieur. Plutôt mourir à l'instant que de me lever!

Gênée, Sybill posa la main sur la poignée, hésita, puis l'actionna. Elle ne put que regarder, ahurie.

En temps normal, le salon des Quinn n'était jamais vraiment en ordre, mais là, il semblait avoir été dévasté par une armée entière de farfadets déjantés.

Des assiettes en carton, des tasses et des gobelets en plastique, certains d'entre eux aplatis et écrasés, jonchaient le sol et les meubles. Des petits bonshommes en plastique gisaient dans tous les coins, comme si une bataille rangée les avait opposés. Les voitures, les camions Dinky Toy qui gisaient, renversés sur le toit, avaient sans conteste subi maints et maints accidents. Des lambeaux de papier-cadeau étaient répandus partout dans la pièce, tels des confettis après une soirée de réveillon particulièrement agitée.

Au milieu de tout cela, affalée sur une chaise, Anna contemplait le désastre. Elle avait les cheveux dans les yeux, le visage blême.

— Oh, super! marmonna-t-elle en tournant le regard vers Sybill. Maintenant, la voilà.

— Je... je vous demande pardon?

— En clair: je viens de passer deux heures et demie à me battre avec des enfants de onze ans — que dis-je, des enfants? corrigea-t-elle entre ses dents. Des animaux. Des bêtes sauvages. Des créatures de Satan. Je viens de renvoyer Grace chez elle avec ordre de s'allonger. J'ai bien peur que cette expérience n'affecte l'enfant. Elle pourrait très bien mettre au monde un mutant.

La fête d'anniversaire avec les amis de Seth! comprit soudain Sybill. Elle avait oublié!

— Elle est finie?

— Elle ne sera jamais finie. Je passerai le restant de mes jours à m'éveiller au milieu de la nuit en hurlant, jusqu'à ce qu'on m'enferme dans une cellule capitonnée. J'ai de la crème glacée dans les cheveux, il y a une espèce de... masse sur la table de la cuisine. J'ai peur d'y aller. Je crois l'avoir vue bouger. Trois garçons ont trouvé le moyen de tomber à l'eau. Il a fallu les repêcher et les sécher. Ils vont très probablement attraper une pneumonie et les parents nous feront un procès. Pour tout arranger, une de ces... créatures déguisées en jeunes garçons a mangé à peu près soixante-cinq morceaux de gâteau avant d'aller dans ma voiture — ne me demandez pas comment, ils bougeaient plus vite que l'éclair — et de décider d'y vomir tout son saoul...

— Ô mon Dieu !

Si Sybill savait qu'il n'y avait vraiment pas de quoi rire, elle avait pourtant un mal fou à se retenir.

— Je suis vraiment navrée. Puis-je vous aider à ranger, à nettoyer ?

— Je n'ai pas l'intention de bouger le petit doigt. Celui qui prétend être mon mari et ses imbéciles de frères vont s'en charger. Ils vont récurer, gratter, ranger, laver. Ils vont tout faire. Ils savaient, poursuivit-elle dans un murmure haineux, ils savaient parfaitement comment se déroulerait l'anniversaire d'un garçon de onze ans. C'est pour ça qu'ils se sont dépêchés d'aller se planquer au chantier naval, sous le prétexte vaseux de délais à respecter. Ils nous ont laissées toutes seules, Grace et moi, pour affronter *ça* !

Elle ferma les yeux.

— Quelle horreur !

Elle fit une brève pause, puis reprit :

— Allez-y. Vous avez le droit de rire. De toute façon, je suis trop faible pour me lever et vous ceinturer.

— Vous avez travaillé si dur afin de préparer cela pour Seth.

— Il a eu la fête de sa vie.

Anna sourit en rouvrant les yeux.

— Et comme je vais obliger Cam et ses frères à tout nettoyer, en fin de compte, je suis ravie. Comment allez-vous ?

— Bien. Je suis venue vous présenter mes excuses pour hier soir.

— Des excuses ? A quel sujet ?

La question laissa Sybill sans voix. Mais elle était déjà en retard sur son horaire. Le monologue pour le moins décousu d'Anna l'avait distraite de son objectif. Elle s'éclaircit la gorge et refit une tentative.

— Pour hier soir. C'était très mal élevé de ma part, de partir sans même vous remercier pour...

— Sybill, je suis trop fatiguée pour écouter des balivernes. Vous n'avez pas été impolie, vous n'avez à vous excuser de rien, et vous allez me mettre en colère si vous continuez. Vous étiez mal, et vous aviez toutes les raisons de l'être.

Et cela suffit à faire voler en éclats le discours soigneusement préparé.

— Honnêtement, je ne comprends pas pourquoi personne, dans cette famille, ne veut écouter, encore moins accepter, des excuses sincères pour une conduite déplorable.

— Sapristi, si vous employez le même ton quand vous donnez des conférences, s'exclama Anna, admirative, les gens doivent tous vous écouter sans bouger d'un pouce ! Mais, pour répondre à votre question, nous ne le faisons pas parce que nous nous permettons nous-mêmes très souvent ce qui pourrait être qualifié de conduite déplorable. Je vous proposerais bien de vous asseoir, mais ce pantalon est vraiment très joli et je n'ai absolument aucune idée des mauvaises surprises qui peuvent vous attendre, sur l'un ou l'autre de ces coussins.

— Je n'ai pas l'intention de m'attarder.

— Vous ne pouviez pas voir votre visage, reprit plus gentiment Anna, lorsqu'il vous a regardée, lorsqu'il vous a dit ce dont il se souvenait. Mais moi, je l'ai vu, Sybill. Et j'ai vu que ce qui vous avait amenée ici n'était pas seulement le sens des responsabilités ou une vaillante tentative de faire ce qui était bien, mais infiniment plus. Je pense que quand Gloria est partie avec Seth, vous avez été anéantie.

— Je ne peux pas refaire cela, répondit Sybill, les yeux brûlants de larmes. Je ne peux tout simplement pas recommencer.

— Vous n'aurez pas à le faire, murmura Anna. Je veux juste vous dire que je comprends. Dans mon travail, je vois tant de gens esquintés. Des femmes battues, des enfants violés, des hommes au bout du rouleau, des vieux qu'on déracine sans égards. Je les aime, Sybill. Je prends à cœur le cas de chacun de ceux qui viennent me demander de l'aide.

Elle poussa un faible soupir, étira les doigts.

— Mais afin de pouvoir les aider, je dois prendre du recul, je dois me montrer objective, réaliste, pratique. Si je réagissais en fonction de mes émotions, je ne pourrais pas faire mon travail. Le besoin de garder un peu de distance émotionnelle, je le comprends très bien.

— Oui, répondit Sybill, moins tendue à présent, je sais que vous comprenez.

— Avec Seth, les choses ont été un peu différentes, poursuivit la jeune femme. Dès la première minute, quelque chose en lui m'a irrépressiblement attirée. Je ne pouvais rien y faire. J'ai essayé, mais je n'ai pas réussi. J'y ai beaucoup repensé depuis, et je crois, sincèrement, que mes sentiments pour lui étaient là, avant même que je fasse sa connaissance. Nous étions destinés à faire partie intégrante de la vie de l'autre. Il était destiné à faire partie de cette famille, tout comme cette famille était destinée à devenir la mienne.

Disposée à assumer les conséquences de son attitude, Sybill s'installa sur un des bras du canapé.

— Je voulais vous dire... Vous êtes tous si bons avec lui. Grace et vous... vous êtes merveilleuses pour lui. La relation qu'il a avec ses frères est vitale. L'influence d'hommes forts est extrêmement importante pour un jeune garçon. Mais le soutien féminin — que vous lui donnez, Grace et vous — est tout aussi vital.

— Vous aussi, vous avez quelque chose à lui donner. Tenez, il est là, dehors, en train de baver devant son bateau.

— Je ne veux pas le déranger. Et puis, il faut vraiment que je m'en aille.

— Votre départ d'hier soir était compréhensible, et acceptable, commenta Anna en la fixant d'un regard de défi. Aujourd'hui, ce serait une fuite.

— Vous devez faire des merveilles, dans votre travail, répondit Sybill au bout d'un instant.

— Je suis fichtrement bonne, oui! Allez lui parler. Si je parviens à m'extraire de cette chaise, j'irai préparer du café frais.

Ce qui l'attendait était rien moins que facile, mais Sybill le savait. Aussi fut-ce d'un pas résolu qu'elle traversa la pelouse pour aller trouver le jeune garçon assis dans son beau bateau tout neuf.

Pataud la vit en premier, donna l'alerte et se précipita vers elle en aboyant. Elle se figea et tendit la main dans l'espoir de le stopper. Il fourra sa tête juste sous cette main, transformant en caresse le geste défensif.

Il avait le poil si chaud et si soyeux, l'œil si affectueux, la gueule si clownesque qu'elle ne put que se détendre. Et sourire.

— Tu es un vrai tout-fou, toi!

Le chien se laissa tomber sur son arrière-train et lui tendit la patte jusqu'à ce qu'elle la saisisse et la secoue. Alors, satisfait, il retourna à toutes pattes vers le bateau. Seth regardait. Attendait.

— Salut, lança-t-il sans bouger, une main jouant avec le filin qui retenait la voile.

— Bonjour. Es-tu déjà sorti avec?

— Nan. Anna n'a jamais voulu qu'on l'étrenne, avec mes copains, répondit-il en haussant une épaule. Comme si on allait se noyer et tout.

— Mais tu t'es bien amusé, à ta fête d'anniversaire.

— C'était super! Anna est un peu fumasse...

Il s'interrompit, braqua le regard vers la maison. Elle avait horreur qu'il ne surveille pas son langage.

— Elle est furieuse que Jack ait été malade partout dans sa voiture, alors je me suis dit que je ferais mieux de rester à l'écart le temps qu'elle se calme un peu.

— C'est probablement bien vu.

Le silence retomba. Ils regardèrent tous deux les

flots, se demandant par où commencer ce qu'ils avaient à se dire.

Sybill se reprit la première.

— Seth, je suis désolée de ne pas t'avoir dit au revoir hier soir. Je n'aurais pas dû partir comme ça.

— C'est pas grave.

Il haussa de nouveau l'épaule.

— Je ne pensais pas que tu te souviendrais de moi. Ou de l'époque où j'avais vécu avec toi à New York.

— Je croyais que je l'avais inventé.

Il était trop dur de rester là, assis dans le bateau. Il en sortit, s'installa sur le ponton et laissa pendre ses jambes au-dessus de l'eau.

— Parfois, je me disais que j'avais rêvé ça, reprit-il. Que j'avais inventé le chien en peluche et tout.

— A toi, murmura-t-elle.

— Oui… Elle ne parlait jamais de vous, ni rien, alors je croyais que j'avais rêvé.

— Parfois…

Elle prit le risque de s'asseoir à côté de lui.

— Parfois c'était presque comme ça pour moi aussi. Je l'ai toujours, ton chien.

— Vous l'avez gardé ?

— C'était tout ce qui me restait de toi. Tu sais, tu as toujours compté, pour moi. Même si cela peut te paraître invraisemblable, aujourd'hui, c'est la vérité. Tu as toujours beaucoup compté, même si cela me dérangeait.

— Parce que j'étais à elle ?

— En partie.

Elle devait être honnête. Elle devait lui offrir au moins cela.

— Elle n'a jamais été… gentille, Seth. Il y avait quelque chose de tordu en elle. On avait l'impression qu'elle ne pouvait pas être heureuse si les gens autour d'elle l'étaient. Je ne voulais pas qu'elle réapparaisse dans ma vie. J'avais prévu de lui accorder un jour ou deux chez moi, pas plus, et puis de me débrouiller pour vous faire admettre tous les deux dans un foyer. En agissant ainsi, j'aurais à la fois rempli mes obligations familiales et protégé ma propre existence.

— Mais vous ne l'avez pas fait.

— Au début, je me suis trouvé des excuses. Juste une nuit supplémentaire. Et puis j'ai fini par admettre que je la laissais rester parce que je voulais te garder près de moi. Parce que si je lui trouvais un travail, si je l'aidais à trouver un appartement, à remettre sa vie sur les rails, je pourrais te garder près de moi. Je n'avais jamais… Tu étais le…

Elle s'intima l'ordre de se reprendre. D'inspirer calmement et de simplement le dire.

— Tu m'aimais. Tu étais la première personne à m'aimer. Je ne voulais pas perdre cela. Et quand je t'ai perdu, je me suis rétractée dans ma coquille, exactement la même coquille que j'avais avant ta venue. Je pensais beaucoup plus à moi qu'à toi. J'aimerais rattraper tout ça, même un tout petit peu, en pensant exclusivement à toi maintenant.

Il détourna le regard, fixa son pied qui dansait au-dessus de l'eau.

— Phil a dit qu'elle vous a appelée et que vous lui avez dit d'aller se faire voir.

— Pas exactement dans ces termes.

— Mais ça voulait dire la même chose, pas vrai ?

— Je pense que oui, répondit-elle, souriant presque. Oui.

— Vous deux, vous avez la même mère, c'est ça ? Mais des pères différents ?

— C'est exact.

— Est-ce que vous savez qui était mon père ?

— Je ne l'ai jamais rencontré.

— Non, je veux dire : est-ce que vous savez qui il était ? Elle inventait toujours des types différents, des noms différents, enfin des craques, quoi. Alors je me demandais, c'est tout.

— Je sais seulement qu'il s'appelait Jeremy DeLauter. Ils ne sont pas restés mariés très longtemps, et...

— Mariés? s'exclama-t-il en la regardant de nouveau. Elle a jamais été mariée! Elle vous a encore raconté des craques.

— Non, j'ai vu leur acte de mariage. Elle l'avait sur elle lorsque vous êtes venus à New York. Elle pensait que je pourrais l'aider à retrouver la trace de Jeremy et l'obliger à payer une pension alimentaire pour toi.

Il réfléchit un instant, digérant cette nouvelle.

— Peut-être. Ça n'a pas d'importance. Je pensais qu'elle m'avait peut-être donné le nom d'un de ces types avec qui elle vivait de temps en temps. S'il s'est laissé piéger par elle, alors il ne devait pas valoir grand-chose.

— Je pourrais lancer un avis de recherche. Je suis certaine que nous parviendrions à le localiser. Cela prendrait simplement un peu de temps.

— Je ne veux pas, répondit-il sans panique aucune dans la voix — avec juste un profond désintérêt. Je me demandais seulement si vous le connaissiez, c'est tout. J'ai une famille, maintenant, conclut-il en entourant Pataud de son bras.

— Oui, tu en as une.

Elle commença à se lever, hésitante, le regard attiré par un éclair blanc. Elle vit un héron s'envoler, glisser sur l'eau, là-bas, au bout de la rangée d'arbres. Puis il disparut.

Quelle beauté! songea-t-elle. Quel bel endroit! Un havre pour âmes en peine. Pour de jeunes garçons ayant besoin qu'on leur offre une chance de devenir un jour des hommes. Elle ne pouvait pas remercier Ray et Stella Quinn pour ce qu'ils avaient accompli ici. Le seul moyen de leur exprimer sa gratitude était de s'effacer à présent, en laissant leurs fils terminer le travail qu'ils avaient entrepris avec Seth.

— Bon, il va falloir que j'y aille.

— Les fournitures que vous m'avez offertes, elles sont géniales.
— Je suis ravie que cela t'ait plu. Tu as vraiment du talent.
— J'ai perdu mon temps avec les fusains, hier soir.
Elle hésita de nouveau.
— Ah ?
— J'arrive pas à prendre le coup de main, dit-il en renversant la tête pour la regarder. C'est complètement différent du crayon à papier. Peut-être que vous pourriez me montrer comment on s'en sert.
De nouveau, elle se concentra sur l'eau. Parce qu'elle savait parfaitement qu'il ne demandait pas. Il offrait. Il semblait bien qu'elle avait une chance, maintenant, un choix.
— Oui, je pourrais te montrer.
— Maintenant ?
— Oui.
Elle fit un effort surhumain afin de garder une voix normale.
— Je peux te montrer maintenant, si tu veux.
— Géant !

19

Bon, il y avait été un peu fort, avec elle, se dit Phillip. Même s'il avait le sentiment qu'elle aurait dû l'informer immédiatement de l'appel de Gloria, fête ou pas fête, ce n'était pas une raison pour l'agresser ainsi et s'en aller.
Cependant, et à sa décharge, il s'était senti à vif, contrarié, et... perturbé. Ce dernier point, il était bien forcé de l'admettre. Il avait passé la première moitié de la nuit à se faire du mauvais sang pour elle et la deuxième à s'en faire pour lui-même. Devait-il être heu-

reux qu'elle ait réussi à percer ses défenses ? Devait-il sauter de joie en découvrant qu'il ne lui avait fallu que quelques petites semaines pour forer un trou dans cette muraille pourtant solidement fortifiée qu'il avait érigée autour de lui depuis plus de trente ans ?

Il ne le pensait pas.

Cependant, il était tout disposé à admettre qu'il n'avait pas eu une attitude correcte. Il était même prêt à lui offrir un gage de paix. Sous la forme d'une bouteille de champagne millésimé et d'une douzaine de roses.

Il avait lui-même préparé son panier. Deux bouteilles de dom pérignon frappées, deux flûtes de cristal — pas question de faire insulte au divin moine français en le servant dans de vulgaires gobelets d'hôtel — et une boîte de caviar béluga.

Il avait lui-même toasté à point les tranches de pain de mie, puis soigneusement choisi les roses rouges ainsi que le vase.

Peut-être opposerait-elle une certaine résistance à sa visite. Les roses et le champagne pourraient bien aider. D'autant qu'il avait lui aussi l'intention d'attaquer les défenses de Sybill. De lui parler et, surtout, de la faire parler. Il ne partirait pas de sa chambre tant qu'il n'aurait pas un aperçu plus clair de ce qu'était réellement Sybill Griffin.

Il cogna joyeusement à la porte de sa suite. C'était ainsi qu'il avait décidé de l'approcher. L'air de rien et jovial. Il entendit un bruit de pas et adressa un immense sourire au judas que l'on venait visiblement de soulever.

Les pas s'éloignèrent.

Un peu plus qu'une certaine résistance ? O.K. Il frappa de nouveau.

— Allez, Sybill ! Je sais que tu es là. Il faut que je te parle.

Ce fut alors qu'il découvrit une chose : le silence n'est pas forcément vide. Il peut être carrément glacial.

Bon, d'accord, songea-t-il en adressant une grimace à la porte. Elle fait la mauvaise tête ? Pas de problème !

Il déposa son panier à côté de la porte, suivit le couloir jusqu'à l'escalier de secours et le descendit. Pour ce qu'il avait en tête, mieux valait que personne ne le voie traverser l'entrée de l'hôtel.

— Tu lui as bien cassé les pieds, pas vrai ? commenta Ray en dévalant les marches juste à côté de son fils.

— Dieu tout-puissant ! gémit Phillip en tournant la tête vers son père. La prochaine fois, pourquoi est-ce que tu ne me tirerais pas directement une balle dans la tête ? Ce serait mille fois moins embarrassant que de mourir d'une crise cardiaque à mon âge.

— Tu as le cœur suffisamment solide. Alors comme ça, elle ne veut plus te parler ?

— C'est ce qu'on va voir, grommela Phillip, l'air mauvais.

— La corruption par les bulles ? lança Ray en tendant le pouce vers l'étage supérieur.

— En général, ça marche.

— Les fleurs, c'est une bonne idée. J'arrivais toujours à amadouer ta mère avec des fleurs. A genoux, ça allait encore plus vite.

— Je ne me mettrai jamais à genoux.

Là-dessus, il resterait intraitable.

— C'était autant sa faute que la mienne.

— Ce n'est jamais autant leur faute, rétorqua Ray en clignant de l'œil. Plus vite on l'admet, plus vite on se réconcilie sur l'oreiller.

— Seigneur, papa ! s'exclama Phillip en se passant la main sur le visage, je ne vais certainement pas discuter sexe avec toi.

— Et pourquoi pas ? Ce ne serait pas la première fois. Il me semble que ta mère et moi vous avons beaucoup parlé, entre autres de sexe, et sans faire de chichi. On vous a aussi donné vos premiers préservatifs.

— Ça fait longtemps, marmonna Phillip. J'ai le coup de main, à présent.

Ray éclata de son rire tonitruant.

— J'espère bien! Mais, encore une fois, le sexe n'est pas ta motivation première en ce moment. C'est toujours une motivation, ajouta-t-il en souriant. Nous sommes des hommes, et nous ne pouvons rien y faire. Mais la dame, là-haut, si elle te cause du souci, c'est bien parce qu'il ne s'agit pas simplement de sexe, justement. Mais d'amour.

— Je ne suis pas amoureux d'elle. Pour employer un terme exact, je suis… lié.

— L'amour a toujours été un sujet épineux pour toi.

Ray mit le pied sur le trottoir venteux. Puis il remonta la fermeture Eclair de la veste qu'il portait sur son jean.

— Oui, toujours, reprit-il. Chaque fois que les choses te semblaient vouloir devenir sérieuses, tu prenais tes jambes à ton cou pour filer dans la direction opposée, fit-il en souriant à Phillip. J'ai comme dans l'idée que tu fonces droit dans le mur, cette fois-ci.

— Elle est la tante de Seth, répondit-il, vaguement contrarié, à présent, tout en faisant le tour de l'immeuble. Si elle est appelée à faire partie de sa vie, donc des nôtres, j'ai besoin de la comprendre.

— Seth constitue seulement l'un des éléments de ton histoire avec Sybill. Si tu l'as rejetée si violemment ce matin, c'était parce que tu étais terrifié.

Phillip planta fermement ses pieds sur le trottoir, remua les épaules et étudia le visage de son père.

— Primo, je ne peux pas croire que je suis là, à me disputer avec toi. Deuzio, je me rends compte que tu étais mille fois mieux lorsque tu étais vivant et que tu me laissais vivre ma vie que maintenant que tu es mort.

Ray se contenta de sourire.

— Eh bien, disons que j'ai ce que tu pourrais appeler un point de vue plus étendu. Je veux que tu sois heureux, Phil. Je n'irai nulle part tant que je ne serai pas certain du bonheur des gens que j'aime. Je suis prêt à partir, ajouta-t-il paisiblement. A rejoindre ta mère.

— As-tu… Est-ce que tu… Comment va-t-elle ?
— Elle m'attend.

Une lueur éclaira le visage de Ray. Ses yeux.

— Et elle n'a jamais été du genre patient, tu le sais.
— Elle me manque tant.
— Je le sais. A moi aussi, elle me manque. Elle serait flattée — et contrariée, également — que tu n'aies jamais voulu te fixer avec une femme qui ne la vaille pas.

Bouleversé — parce que c'était la vérité, un secret toujours soigneusement tu —, Phillip le contempla.

— Ce n'est pas cela — pas tout à fait cela.
— Mais un peu quand même, répliqua Ray en hochant la tête. Tu dois trouver ta femme à toi, Phil, bâtir ta propre vie. Tu y es presque. Tu as fait du joli boulot avec Seth, aujourd'hui. Elle aussi, ajouta-t-il en levant les yeux vers la fenêtre éclairée de la chambre de Sybill. Vous faites une sacrée équipe, tous les deux, même si vous avez des approches différentes. Ce qui vous rapproche, c'est que vous aimez, tous les deux, bien plus que vous ne le pensez.

— Savais-tu qu'il était ton petit-fils ?
— Non, pas au début, soupira Ray. Quand Gloria m'a retrouvé, elle m'a tout balancé d'un coup. Je n'avais jamais rien su de son existence et voilà qu'elle se tenait devant moi, criant, hurlant, jurant, accusant, exigeant. Je ne parvenais ni à la calmer ni à trouver un sens à tout cela. La deuxième chose que j'ai apprise, c'est qu'elle était allée au rectorat porter plainte contre moi. C'est une jeune femme qui a de gros problèmes.

— Une garce, oui.

Ray remua les épaules.

— Si j'avais su plus tôt, pour elle… Mais bon, ce qui est fait est fait. Je ne pouvais plus sauver Gloria, mais je pouvais sauver Seth. Il m'a suffi d'un seul regard sur lui pour comprendre. Alors, je lui ai donné de l'argent. Peut-être ai-je eu tort, mais l'enfant avait besoin de moi. Il m'a fallu des semaines pour retrouver la trace de Barbara. Tout ce que je voulais, c'était une confirmation, rien d'autre. Je lui ai écrit trois fois. J'ai même téléphoné à Paris, mais elle a refusé de me parler. J'y travaillais toujours quand j'ai eu cet accident. Stupide, admit-il. J'ai laissé Gloria me mettre en colère. J'étais furieux contre elle, contre moi, contre le monde entier, j'étais également inquiet pour Seth, comme pour la manière dont vous alliez prendre cela, tous les trois, quand je vous raconterais toute l'histoire. Je conduisais trop vite et j'étais distrait. Bref...

— Nous aurions fait front avec toi.

— Je le sais bien. Je me suis laissé l'oublier, et ça aussi, c'était stupide. Mais vous faites front, maintenant, avec Seth, et c'est cela qui compte.

— On y est presque. Avec l'appui de Sybill, la garde permanente est d'ores et déjà acquise.

— Elle ajoute plus que son appui, et elle ajoutera plus encore. Elle est bien plus forte qu'elle ne le pense. Que quiconque ne le pense.

Changeant de sujet, Ray clappa de la langue et secoua la tête.

— Je suppose que tu vas grimper là-haut.

— Bien vu.

— Tu n'as jamais vraiment perdu ce... fâcheux talent. Peut-être est-ce une bonne chose, cette fois-ci. Cette fille aurait bien besoin de quelques petites surprises, dans son existence, commenta Ray en clignant à nouveau de l'œil. Fais attention où tu mets les pieds.

— Tu n'as pas l'intention de... monter, dis-moi ?

— Non ! s'exclama Ray en lui donnant une claque affectueuse sur l'épaule. Il y a certaines choses qu'un père n'a tout simplement pas besoin de voir.

— Bon. Mais tiens, puisque tu es là, donne-moi

donc un coup de main. Aide-moi à attraper ce premier balcon, veux-tu ?

— Bien sûr. De toute façon, ils ne peuvent pas m'arrêter, pas vrai ?

Ray joignit ses mains, attendit que Phillip mette un pied dessus et lui imprima une vigoureuse poussée. Puis il recula d'un pas, leva la tête et le regarda escalader la façade. En souriant.

— Tu vas me manquer, dit-il paisiblement avant de disparaître peu à peu.

Dans son petit salon, Sybill se concentrait de toutes ses forces sur son travail. Si elle s'était horriblement mal conduite en ignorant les coups de Phillip à la porte, elle s'en moquait éperdument. Elle avait eu plus que sa dose d'émotions pour le week-end. Et puis, de toute façon, n'avait-il pas renoncé bien facilement ?

Elle écouta le vent mugir derrière sa fenêtre, serra les dents et martyrisa délibérément son clavier.

L'importance des nouvelles intérieures semble prévaloir sur celle des nouvelles extérieures. Alors même que la télévision, les journaux et autres sources d'information sont aussi facilement accessibles dans les petites communautés que dans les métropoles, les faits et gestes du voisin prennent une importance démesurée.

L'information passe verbalement de l'un à l'autre, avec un degré variable d'exactitude. Le commérage est un mode de communication reconnu et accepté. Ce réseau de diffusion est incroyablement rapide et efficace.

L'indifférence — voulue ou non — vis-à-vis des conversations privées dans les lieux publics n'existe pas dans les communautés restreintes, si ce n'est dans les endroits de passage tels que les hôtels. Sans doute ce phénomène est-il explicable par les allées et venues régulières d'étrangers dans ce genre d'endroits. L'intérêt est clairement affiché partout ailleurs, ainsi...

Ses doigts se figèrent, sa bouche s'ouvrit toute grande. Stupéfaite, elle regarda Phillip faire glisser la porte-fenêtre du balcon et pénétrer dans le salon.

— Que...

— Ces loquets ne valent vraiment pas tripette, dit-il.

Puis il alla à la porte, l'ouvrit, se pencha et récupéra son panier ainsi que le vase de roses.

— Je savais bien que je pouvais m'y risquer. On n'a pas beaucoup de vols, dans le coin. Tu devrais peut-être ajouter ça à tes remarques.

Il posa le vase sur le bureau.

— Tu as escaladé l'immeuble ?

Elle ne pouvait que le contempler, les yeux ronds.

— Saleté de vent ! Brrr, il te coupe en deux, commenta-t-il en ouvrant le panier pour en sortir une des bouteilles. Je boirais bien quelque chose. Pas toi ?

— Tu as escaladé l'immeuble ? répéta-t-elle.

— Nous avions déjà démontré ce point, répondit-il en ouvrant habilement la bouteille.

— Tu ne peux pas t'introduire ici par effraction et ouvrir une bouteille de champagne comme si de rien n'était ! protesta-t-elle.

— C'est pourtant ce que je viens de faire.

Il emplit les deux flûtes. Et découvrit que cela ne faisait aucun mal à son ego, de la voir dans un tel état d'ébahissement.

— Je suis désolé pour ce matin, Sybill, poursuivit-il en souriant, avant de lui tendre un verre. Je me sentais fichtrement mal, et j'ai passé mes nerfs sur toi.

— Tu t'excuses aussi d'avoir pénétré par effraction ici ?

— Je n'ai rien cassé. De plus, tu n'avais pas l'intention d'ouvrir la porte, et les fleurs voulaient être à l'intérieur. Moi aussi. On conclut une trêve ? demanda-t-il.

Puis il attendit.

Il avait escaladé l'immeuble ! Elle n'en revenait toujours pas. Jamais personne n'avait accompli un acte aussi audacieux, aussi fou, pour elle. Elle le fixa, fixa ces yeux d'ange dorés, et se sentit fondre.

— J'ai du travail.

Il sourit. Il l'avait sentie fléchir.

— J'ai du béluga.

— Des fleurs, du champagne, du caviar. Es-tu toujours aussi équipé, lorsque tu entres quelque part par effraction ?

— Seulement quand je viens me faire pardonner et me mettre à la merci d'une belle dame. As-tu de la merci en reste, Sybill ?

— Je suppose, oui. Je ne voulais pas te cacher l'appel de Gloria, Phillip.

— Je le sais bien. Crois-moi, si je ne l'avais pas compris tout seul, Cam me l'aurait enfoncé dans le crâne à coups de poing, ce matin.

— Cam ?

Elle cilla, choquée.

— Il ne m'aime pas.

— Tu as tort de le penser. Il s'inquiétait beaucoup pour toi. Puis-je espérer te persuader de faire une pause dans ton travail ?

— Très bien.

Elle sauvegarda le document et éteignit l'ordinateur.

— Je suis heureuse que notre colère soit passée. Cela ne pourrait que compliquer les choses. J'ai vu Seth, cet après-midi.

— C'est ce qu'on m'a dit.

Elle accepta la flûte de champagne et le goûta.

— Est-ce que tes frères et toi avez nettoyé la maison ?

Il prit une mine à apitoyer une porte de prison.

— Je ne veux même pas en parler. Ça va me donner suffisamment de cauchemars comme ça. Jusqu'à la fin de mes jours, j'en ai peur.

Il lui prit la main et l'attira vers le canapé.

— Parlons de choses moins effrayantes. Seth m'a

montré le croquis au fusain de son bateau que tu l'as aidé à réaliser.

— Il est vraiment doué. Il comprend tout si vite. Il sait écouter. Et puis, il a un œil incroyable pour ce qui est des détails et de la perspective.

— J'ai également vu le croquis que tu as fait de la maison, dit Phillip en se penchant pour remplir son verre, l'air de rien. J'ai même été étonné que tu n'aies pas eu envie de te lancer dans une carrière artistique.

— J'ai pris des cours, lorsque j'étais petite. De dessin, de musique et de danse. J'en ai également suivi quelques-uns à l'université.

Infiniment soulagée que leurs relations se soient normalisées, elle se détendit, se laissa aller contre le dossier et décida de savourer son champagne. Elle poursuivit :

— Mais cela n'a jamais rien eu de sérieux. J'ai toujours su que je ferais une carrière de psychologue.

— Toujours ?

— Plus ou moins. L'art n'est pas pour des gens comme moi.

— Pourquoi ?

La question la perturba. La mit sur ses gardes.

— Ne t'ai-je pas entendu parler de béluga ?

Et voilà ! songea-t-il aussitôt. Le premier pas en arrière. Il allait devoir user de détours.

— Hon, hon.

Il alla chercher la glacière, en sortit la boîte et les toasts. Puis il remplit encore le verre de Sybill.

— De quel instrument joues-tu ?

— Du piano.

— Ah, oui ? Moi aussi, répondit-il en lui souriant. Il va falloir qu'on joue à quatre mains, un jour. Mes parents adoraient la musique. Nous jouons tous d'un instrument différent.

— Il est important pour un enfant d'apprendre à aimer la musique.

— Bien sûr. Et puis c'est rigolo.

Il tartina un toast de caviar et le lui tendit.

— Parfois, tous les cinq, on passait toute la soirée du samedi à jouer ensemble.

— Tous ensemble ? Ce devait être épatant ! Moi, j'ai toujours détesté jouer devant quelqu'un. C'est tellement facile de faire une fausse note.

— Et alors ? Personne ne t'aurait coupé un doigt pour autant.

— Ma mère en aurait été mortifiée, et cela, c'était pire que…

Elle se reprit, fronça les sourcils au-dessus de son verre et voulut le poser à côté d'elle. D'un mouvement fluide, il y rajouta du champagne et prit la parole.

— Ma mère aimait vraiment jouer du piano. C'est pour ça que j'ai d'abord choisi cet instrument. Je voulais partager quelque chose avec elle, quelque chose de bien particulier. J'étais totalement amoureux d'elle. On l'était tous, mais pour moi elle représentait la quintessence de ce qu'il peut y avoir de meilleur chez une femme. Je voulais qu'elle soit fière de moi. Et quand j'ai vu qu'elle l'était, quand elle me l'a dit, j'ai éprouvé un sentiment totalement ahurissant.

— Certaines personnes s'évertuent toute leur vie à chercher l'approbation de leurs parents, sans jamais parvenir à susciter leur fierté.

Il y avait quelque chose d'amer, de froid dans sa voix. Elle se reprit et essaya de sourire.

— Je bois trop. Cela me monte à la tête.

Il remplit délibérément son verre.

— Nous sommes entre amis.

— Trop céder à l'alcool — même un alcool divin — relève de l'abus.

— Trop y céder à intervalles réguliers en est un, corrigea-t-il doucement. Tu as déjà été ivre, Sybill ?

— Bien sûr que non.

— Alors, il faut que tu essaies, dit-il en trinquant avec elle. Raconte-moi la première fois que tu as goûté du champagne.

— Je ne m'en souviens pas. Nous buvions souvent du vin coupé d'eau, lorsque nous étions enfants. Il était important que nous apprenions à apprécier le bon vin, à savoir comment le servir, à connaître les plats que l'on pouvait servir avec, le bon verre à utiliser pour le vin rouge et celui pour le vin blanc. A douze ans, j'étais parfaitement capable d'organiser un dîner d'apparat pour vingt personnes.

— Vraiment ?

Elle rit un peu, laissant le vin pétiller dans sa tête.

— C'est un talent important. Peux-tu imaginer l'horreur, si on bousille le placement des invités ? Ou si on sert un vin de moindre qualité avec le plat principal ? Une soirée gâchée, des réputations à jamais entachées. Les gens s'attendent à un certain degré d'ennui dans de telles réceptions, mais pas à un merlot imbuvable.

— Tu as assisté à beaucoup de dîners d'apparat ?

— Oh, oui ! Certains plus intimes, de ceux que l'on pourrait qualifier de dîners d'entraînement, avec de proches amis de mes parents, où l'on pouvait juger vraiment de mes compétences. Quand j'ai eu seize ans, ma mère a organisé une énorme réception pour l'ambassadeur de France et son épouse. Cela a été ma première apparition officielle. J'étais terrorisée.

— Pas assez d'entraînement ?

— Oh, si ! J'en avais des heures, des journées entières derrière moi. J'étais tout simplement d'une timidité à hurler.

— Vraiment ? murmura-t-il en repoussant délicatement ses cheveux derrière son oreille.

Et un point pour vous, Maman Crawford.

— Une véritable idiote. Mais chaque fois que je devais rencontrer des gens comme ça, l'estomac me remontait dans la gorge et mon cœur s'affolait littéralement. Je vivais dans la terreur de renverser quelque chose, de dire ce qu'il ne fallait pas, ou de n'avoir rien à dire du tout.

— L'avais-tu expliqué à tes parents ?
— Expliqué quoi ?
— Que tu avais peur.
— Oh ?...

Elle balaya l'idée de la main, comme si la question était totalement absurde, puis attrapa la bouteille et remplit leurs deux flûtes.

— A quoi cela aurait-il servi ? Je devais faire ce qu'on attendait de moi.

— Pourquoi ? Que se serait-il passé si tu ne l'avais pas fait ? T'auraient-ils battue ? Enfermée dans un placard ?

— Bien sûr que non. Ce n'étaient pas des monstres. Ils auraient été déçus, ils m'auraient signifié leur désapprobation. C'était horrible, quand ils me regardaient comme ça, lèvres serrées, regard glacial, comme si j'étais malade ou idiote. Il valait infiniment mieux agir comme ils voulaient, faire avec.

— Observer plutôt que participer, commenta-t-il paisiblement.

— Je l'ai transformée en carrière, cette obligation. Peut-être n'ai-je pas rempli mes devoirs en faisant un beau mariage, en consacrant ma vie à donner ces réceptions répugnantes et à élever deux ou trois enfants parfaitement éduqués, mais j'ai fait bon usage de mon éducation. Mon verre est vide...

— On pourrait ralentir un peu...

— Pourquoi ? s'exclama-t-elle en riant, avant d'empoigner elle-même la seconde bouteille. Nous sommes entre amis, tu l'as dit. Je me sens ivre, et je crois que j'aime bien ça.

Allons, assume tes responsabilités, songea Phillip en lui prenant la bouteille des mains pour l'ouvrir. C'est moi qui ai voulu creuser cette surface bien propre et bien polie, non ? Alors maintenant que j'ai réussi, je ne vais pas reculer, tout de même !

— Mais tu t'es mariée, lui rappela-t-il.
— Je t'ai dit que cela n'avait pas compté. Ce n'était

pas un vrai mariage. Plutôt une impulsion, une petite tentative de rébellion ratée. J'ai toujours été une très mauvaise rebelle. Mmm... apprécia-t-elle en goûtant son champagne. En fait, j'étais censée épouser un des fils d'un associé de mon père, un Anglais.

— Lequel?

— Oh, n'importe lequel. Ils étaient tous les deux relativement acceptables. Parents éloignés de la reine. Ma mère avait bien l'intention de voir sa fille apparentée à la famille royale par le mariage. Cela aurait représenté un véritable triomphe pour elle. Oh, bien sûr, je n'avais que quatorze ans quand elle y a pensé, alors elle avait tout le temps pour préparer tranquillement tout cela, pour prévoir les dates. Je crois qu'elle avait décidé que je pourrais me fiancer officiellement à l'un ou l'autre des fils quand j'aurais dix-huit ans. Me marier à vingt ans, avoir mon premier enfant à vingt-deux ans. Elle avait absolument tout prévu.

— Mais tu n'as pas coopéré.

— Je ne l'ai pas pu. Oh! pas à cause de ma mère: il m'était extrêmement difficile de lui résister, mais à cause de Gloria.

Elle rumina un instant, puis chassa ses idées noires avec une gorgée de champagne.

— Ma sœur les a séduits — tous les deux en même temps. Dans le salon, pendant que mes parents étaient à l'Opéra.

Elle balaya encore l'air de la main. But une autre gorgée.

— Ils sont rentrés à la maison et les ont trouvés ensemble. Il y a eu une sacrée scène. Je m'étais cachée dans l'escalier pour regarder. Ils étaient nus. Eux, pas mes parents.

— Naturellement.

— Et bien défoncés, aussi. J'ai entendu des hurlements, des menaces, des prières. Ces dernières de la part des jumeaux Oxford. T'avais-je dit qu'ils étaient jumeaux?

— Non.
— Identiques. Blonds, pâles, les joues creuses. Gloria n'en avait rien à faire, d'eux, évidemment. Elle avait agi comme ça parce qu'elle savait qu'ils seraient pris sur le fait et que ma mère les avait choisis pour moi. Elle me haïssait. Gloria, pas ma mère, précisa-t-elle, avant de froncer les sourcils. Ma mère ne me haïssait pas.

— Que s'est-il passé ?
— Les jumeaux ont été renvoyés chez eux la honte au front et Gloria a été punie. Ce qui l'a conduite à riposter en accusant l'ami de mon père d'avoir abusé d'elle. D'où, ensuite, une autre scène épouvantable, et enfin sa fugue. C'était certainement moins perturbant de la savoir partie, mais cela a aussi laissé plus de temps à mes parents pour se concentrer sur moi. Pour me modeler. Je me suis toujours demandé pourquoi ils voyaient en moi plus une création qu'une enfant. Pourquoi ils ne pouvaient pas m'aimer. Mais là aussi...

Elle se laissa retomber contre le dossier.

— Je ne suis pas du genre qu'on aime. Personne ne m'a jamais vraiment aimée.

Phillip eut le cœur serré pour elle. Pour la femme autant que pour l'enfant. Il reposa son verre et lui prit le visage entre les mains.

— Tu as tort.
— Non, je n'ai pas tort, rétorqua-t-elle, affichant un sourire mouillé de vin. Je suis une professionnelle. Je connais ces choses-là. Mes parents ne m'ont jamais aimée, et il est certain que Gloria non plus. Mon mari ne m'aimait pas. Il n'y a même jamais eu une seule de ces domestiques au grand cœur dont on parle dans les livres pour me serrer contre sa poitrine généreuse et pour m'aimer. Personne ne se préoccupait de cela, à la maison. Toi, au contraire, tu es de ceux qu'on aime, lui confia-t-elle en passant sa main libre sur sa joue. Je n'ai jamais fait l'amour saoule. Tu crois que c'est comment ?

— Sybill... l'arrêta-t-il en attrapant la main qui s'aventurait déjà vers sa ceinture. Ils t'ont sous-estimée, dépréciée. Tu ne devrais vraiment pas faire la même chose vis-à-vis de toi-même.

— Phillip, reprit-elle en se penchant et en se débrouillant pour attraper sa lèvre inférieure entre ses dents, mon existence a été d'un ennui totalement prévisible. Jusqu'à toi. La première fois que tu m'as embrassée, mon esprit a tout simplement disjoncté. Personne ne m'avait jamais fait cet effet avant. Et quand tu me touches...

Lentement, elle amena leurs mains jointes sur sa poitrine.

— ... ma peau devient brûlante, mon cœur s'emballe... Tu as escaladé l'immeuble...

Elle suivit de sa bouche le tracé de sa gorge.

— ... tu m'as apporté des roses. Tu me voulais, n'est-ce pas ?

— Oui, je te voulais, mais pas simplement...

— Prends-moi.

Elle laissa retomber sa tête en arrière afin de pouvoir plonger le regard dans ces yeux fabuleux.

— Je n'ai encore jamais dit cela à un homme. Tu imagines ? Prends-moi, Phillip.

Ces mots étaient en partie une supplication, en partie une promesse.

— Simplement, prends-moi.

Le verre vide lui glissa des doigts. Elle enroula son bras autour de lui. Incapable de lui résister, il l'allongea sur le canapé.

Cette douleur lancinante derrière les yeux, ce battement sourd à ses tempes... C'était bien fait pour elle, se dit Sybill tout en essayant de noyer les deux sous une douche brûlante.

Jamais, plus jamais — que Dieu lui en fût témoin ! —

elle ne succomberait à l'attrait de l'alcool! Quelque nom qu'il portât.

Si seulement «cuite» voulait bien signifier «perte de mémoire» en même temps que «gueule de bois»… Mais non. Même pas. Tout ce qu'elle avait livré d'elle-même lui revenait clairement. Bien trop clairement. Toutes ces choses qu'elle avait confiées à Phillip. Des choses humiliantes. Intimes. Des aveux qu'elle se faisait rarement à elle-même.

Pour couronner le tout, il allait falloir, là, maintenant, lui faire face. A lui, mais également au fait qu'en l'espace d'un malheureux week-end elle lui avait pleuré dessus avant de lui offrir et son corps et ses secrets les mieux enfouis.

Sans compter cet autre constat, bien plus inquiétant: elle était désespérément amoureuse de Phillip.

Ce qui ne tenait pas debout, évidemment. La vitesse à laquelle de tels sentiments s'étaient développés attestait à elle seule de leur vacuité. De leur danger.

Selon toute vraisemblance, elle ne parvenait plus à penser de façon cohérente. Cette avalanche de sentiments qui l'avaient assaillie l'avait bel et bien empêchée de maintenir une distance raisonnable. De préserver ses facultés d'analyse.

Une fois que tout serait réglé pour Seth, que toutes les difficultés seraient aplanies, il lui faudrait reprendre du recul. Et le moyen le plus sûr, le plus efficace, serait certainement de commencer par un éloignement géographique. En d'autres termes, de retourner dare-dare à New York.

Elle retrouverait sans aucun doute la raison, une fois mise sur les rails de son existence confortable et sans surprise, si ennuyeuse qu'elle lui parût en ce moment même.

Elle prit le temps de se démêler consciencieusement les cheveux, de s'enduire le corps de crème et d'ajuster les revers de sa robe de chambre. Mais elle eut beau faire, elle ne parvint pas à reprendre l'attitude compassée que lui permettait de récupérer sa technique de respiration. La gueule de bois, sans doute.

Elle n'en sortit pas moins de la salle de bains, l'air calme. Puis elle pénétra dans le salon. Un plateau devant lui, Phillip versait du café dans deux tasses.

— Je me suis dit que ça pourrait t'être utile.
— Oui, merci.

Elle s'interdit de voir les bouteilles de champagne vides. Tout comme les vêtements éparpillés.

— As-tu pris de l'aspirine ?
— Oui. Ça va aller, répondit-elle avec raideur.

Elle accepta la tasse qu'il lui tendait et s'assit avec mille précautions. Elle avait une mine de papier mâché, les yeux cernés, et le savait. Le miroir de la salle de bains ne lui avait pas fait de cadeau !

Alors elle regarda Phillip. Le teint frais, l'œil de même.

De quoi avoir envie de le battre !

Elle but son café en l'observant, l'esprit légèrement plus clair, à présent. Combien de fois avait-il rempli son verre, la nuit précédente ? Et le sien à lui ? Elle avait comme l'impression que la différence était énorme.

Alors le ressentiment la gagna, tandis qu'elle le regardait étaler une épaisse couche de confiture sur une tartine. Beurk ! La seule idée de manger lui soulevait carrément l'estomac.

— Tu as faim ? s'enquit-elle, doucereuse.
— Une faim de loup, répondit-il en ôtant le couvercle d'un plat d'œufs brouillés. Tu devrais manger un morceau, toi aussi.

Plutôt mourir.

— Bien dormi ?
— Oui.
— Ni mal aux yeux ni vaseux ?

Il lui coula un regard en biais. Il avait décidé d'y aller doucement, ce matin, de lui laisser le temps de récupérer avant de parler de quoi que ce fût. Mais elle récupérait vite, apparemment.

— Tu as bu un peu plus que moi... commença-t-il.
— Tu m'as saoulée. Délibérément saoulée. Tu as usé de ton charme pour t'introduire ici et tu as aussitôt commencé à me refiler ton champagne !
— On ne peut pas dire que je t'aie tenu le nez pour te le faire avaler !
— Tu as pris prétexte des excuses que tu voulais me faire.

Ses mains commencèrent à trembler. Elle reposa violemment sa tasse sur la table.

— Tu savais forcément que j'étais en colère contre toi. Et tu t'es frayé un chemin jusqu'à mon lit grâce au dom pérignon.
— C'est toi qui as voulu faire l'amour, rétorqua-t-il, vexé. Moi, je voulais que nous parlions. Et c'est vrai que tu m'en as dit deux fois plus, beurrée, que dans ton état ordinaire. Alors je t'ai laissée parler...

Si elle s'attendait qu'il en éprouve une quelconque culpabilité, elle en serait pour ses frais.

— ... et tu t'es confiée à moi.
— Tu m'as laissée parler... souffla-t-elle en se remettant lentement debout.
— Je voulais savoir qui tu es. J'ai le droit de le savoir.
— Tu... tu avais planifié tout ça. Tu avais prévu de t'introduire ici, de me charmer et de me pousser à boire un peu trop afin de t'immiscer dans mes affaires personnelles.
— Je tiens à toi.

Il se dirigea vers elle. Elle le repoussa brutalement.

— N'approche pas. Je ne suis pas assez bête pour tomber encore une fois dans le panneau.
— Je tiens vraiment à toi. Et maintenant que j'en sais plus, je te comprends mille fois mieux, Sybill. Qu'y a-t-il de mal à cela ?
— Tu m'as roulée.
— Peut-être, admit-il en lui prenant le bras de force. Calme-toi. Tu as eu une enfance privilégiée, structu-

rée. Pas moi. Tu as bénéficié d'avantages matériels, tu as eu accès à la culture. Pas moi. Penses-tu que je doive baisser dans ton estime parce que j'ai été un gosse des rues jusqu'à douze ans ?

— Non, mais cela n'a rien à voir.

— Personne ne m'a aimé non plus, continua-t-il. Pas avant que j'aie douze ans. Donc, je sais ce que c'est. Penses-tu que je doive te rabaisser dans mon estime parce que tu as survécu à l'indifférence ?

— Je n'ai pas l'intention de discuter de cela.

— Ça ne marche plus, maintenant. Tiens, voilà de l'émotion pour toi, Sybill.

Il prit sa bouche et l'entraîna dans un baiser passionné.

— Peut-être ne sais-je pas trop quoi en faire, moi non plus, mais elle est là, et bien là. Tu as vu mes cicatrices. Elles sont juste là-dessous. Maintenant, j'ai vu les tiennes.

Il recommençait. Il l'incitait à faiblir. Elle savait qu'elle pourrait reposer sa tête sur son épaule, se réfugier dans l'étreinte de ses bras si elle le lui demandait. Mais cela, elle ne le pouvait pas.

— Tu n'as pas besoin de te sentir désolé pour moi.

— Oh, mon chou !

Gentiment, cette fois, il effleura ses lèvres des siennes.

— Bien sûr que si ! Et j'admire ce que tu as fait pour devenir ce que tu es malgré eux.

— J'avais trop bu, reprit-elle calmement. Je te les ai fait paraître froids. Indifférents.

— Est-ce que l'un d'entre eux t'a jamais dit qu'il t'aimait ?

Elle ouvrit la bouche pour répondre. Puis soupira.

— Nous n'étions tout simplement pas du genre démonstratif. Toutes les familles ne ressemblent pas à la tienne. Toutes les familles ne montrent pas leurs sentiments, ne se câlinent pas, ne...

Elle s'interrompit en reconnaissant les accents

d'une défense paniquée dans sa voix. Pour quoi faire ? se demanda-t-elle, infiniment lasse. Pour qui ?

— Non, aucun d'entre eux ne me l'a jamais dit. Ni à Gloria, pour autant que je le sache. Et n'importe quel thérapeute sérieux en conclurait que leurs deux enfants ont réagi à cette atmosphère restrictive, pesante et exigeante en choisissant les extrêmes. Gloria a choisi un comportement outrancier afin d'attirer l'attention. Moi, je me suis conformée, pensant ainsi mériter leur approbation. Tandis qu'elle privilégiait le sexe, synonyme à ses yeux d'affection et de pouvoir, fantasmant sur le viol et l'inceste — qu'il s'agisse de son père légitime ou de son père biologique —, j'ai évité ce domaine comme la peste, par peur de l'échec, et choisi un domaine d'étude me permettant d'observer en toute sécurité les comportements humains sans risque d'investissement personnel. Vois-tu ce que je veux dire ?

— Je crois que le mot clef est « choix ». Gloria a choisi de blesser, tu as choisi de ne pas être blessée.

— C'est exact.

— Mais tu n'as pas été capable de maintenir tes défenses. Tu as pris le risque d'être blessée, avec Seth. Et tu cours le même avec moi.

Il caressa sa joue.

— Je ne veux pas te blesser, Sybill.

Il était bien trop tard pour l'éviter, songea-t-elle. Aussi n'hésita-t-elle pas à reposer sa tête contre son épaule et le laissa-t-elle l'entourer de ses bras.

— Observons bien ce qui va se passer ensuite, se contenta-t-elle de commenter.

20

La peur, écrivit Sybill, *est une émotion humaine ordinaire. Et être humain est aussi complexe et difficile à analyser que l'amour, la haine, la cupidité ou la passion. Les émotions, leurs causes et leurs effets, ne relèvent pas particulièrement de mon domaine d'étude. Le comportement est à la fois appris et instinctif, et n'a que très rarement de véritables racines émotionnelles.*

J'ai peur.

Seule dans cet hôtel, tout adulte, cultivée, intelligente et raisonnable que je sois, j'ai peur de soulever le combiné du téléphone posé sur mon bureau et d'appeler ma mère.

Il y a seulement quelques jours, je n'aurais pas qualifié pareille attitude de peur, mais de répugnance. Il y a seulement quelques jours, j'aurais argué, et de bonne foi, que lui parler de Seth n'aboutirait qu'à perturber le cours des événements, et serait donc nul et non avenu.

Il y a seulement quelques jours, j'aurais pu rationaliser, écrire que mes sentiments pour Seth découlaient d'un sens de la morale et des obligations familiales.

Il y a seulement quelques jours, j'aurais pu — et je l'ai fait — refuser de reconnaître ma jalousie envers les Quinn et leur comportement interactif bruyant, non structuré et indiscipliné, tout en admettant que ce comportement ainsi que leur mode de relations peu orthodoxe étaient intéressants. En revanche, je n'aurais jamais admis que je rêvais de me couler d'une manière ou d'une autre dans ce schéma et d'en devenir partie intégrante.

Bien évidemment, cela m'est impossible, et j'accepte ce fait.

Il y a seulement quelques jours, je tentais de réfuter la profondeur et la signification de mes sentiments pour Phillip. L'amour, me disais-je, ne vient jamais aussi vite ni avec une telle intensité. Ce n'est que de l'attirance, du désir, peut-être même une soif de luxure, mais pas de l'amour. Il est infiniment plus facile de réfuter que d'affronter. J'ai peur d'aimer, de ce que cela exige. Et j'ai encore plus peur, bien plus peur, de ne pas être aimée en retour.

Et je ne me sens pas encore capable de courir ce risque. Je préfère accepter que ma relation avec Phillip soit limitée par nos choix, nos engagements respectifs. Je suis néanmoins satisfaite que nos chemins se soient croisés. J'ai beaucoup appris durant ce court laps de temps où je l'ai connu, notamment sur moi-même.

En fait, je ne crois pas pouvoir jamais redevenir celle que j'étais auparavant.

Et je ne le veux pas. Mais afin de changer — de changer réellement, de progresser —, il me faut agir.

Mettre tout cela sur le papier m'aide beaucoup.

Phillip vient de m'appeler de Baltimore. Il avait l'air fatigué, mais exalté. Il rentrait d'un rendez-vous avec son avocat au sujet de la réclamation concernant l'assurance-vie de son père. Cela fait des mois, maintenant, que la compagnie d'assurances refuse de boucler le dossier. Elle a mandaté une enquête à propos du décès du Pr Quinn, et refusait de verser la prime, sous prétexte d'un hypothétique suicide. Bien sûr, cela a gêné financièrement les Quinn, aussi bien pour l'entretien de Seth que pour leur nouvelle entreprise, mais ils se sont acharnés à faire régler cette affaire par les voies légales.

Je ne pense pas avoir jamais pris conscience, avant aujourd'hui, de l'importance vitale que représenterait pour eux une victoire dans cette bataille. Non pas pour l'argent, ainsi que je l'avais présumé au départ, mais afin d'éliminer définitivement toutes les ombres entachant le nom de leur père. Je ne crois pas que le suicide soit systématiquement synonyme de lâcheté. J'y ai songé moi-même, une fois. J'avais rédigé le mot de rigueur en ces circonstances, les pilules nécessaires reposaient déjà au creux de ma main. Mais j'avais seulement seize ans, et ma stupidité était compréhensible. Naturellement, j'ai déchiré la lettre et jeté les pilules.

Un suicide eût été grossier. Inconvenant pour ma famille.

Cette dernière assertion n'est-elle pas amère ? Je n'aurais jamais cru avoir engrangé tant de colère.

Les Quinn, eux, considèrent le fait de se supprimer comme un acte égoïste et lâche. Ils ont toujours refusé d'accepter, ou d'autoriser les autres à penser que cet homme qu'ils aimaient tant avait été capable d'un tel acte. A présent, et selon toute vraisemblance, ils vont gagner la bataille.

Les assurances ont proposé un règlement du dossier à l'amiable. Phillip pense que ma déposition a pu les pousser dans cette voie. Il est possible qu'il ait raison. Bien sûr, les Quinn sont peut-être génétiquement hostiles aux demi-mesures. Tout ou rien, voilà précisément les termes qu'a employés Phillip. Il croit, et son avocat également, qu'ils obtiendront tout très vite.

J'en suis heureuse pour eux. Bien que je n'aie jamais eu le privilège de rencontrer Ray ou Stella Quinn, j'ai le sentiment de les connaître au travers de leur famille. Le Pr Quinn mérite de reposer en paix. Tout comme Seth mérite de porter le nom de Quinn et de connaître la sécurité au sein d'une famille qui l'aime et prend soin de lui.

Et je suis en mesure d'intervenir pour qu'il en soit ainsi. Je vais devoir passer ce coup de fil, prendre position. J'en tremble. Je suis lâche. Non. Seth me qualifierait de dégonflée. Ce qui, en quelque sorte, est pire.

Elle me terrifie. C'est là, noir sur blanc. Ma propre mère me terrifie. Elle n'a jamais levé la main sur moi, a très rarement élevé la voix, cependant elle m'a façonnée selon sa volonté, et je me suis à peine débattue.

Mon père était trop occupé à être important pour le remarquer.

Oh, oui, je vois percer là une bonne dose de colère !

Il est en mon pouvoir d'appeler ma mère. Il est de mon devoir de le faire, usant du statut même qu'elle m'a poussée à acquérir pour obtenir d'elle ce que je veux. Je suis une scientifique respectée, un personnage public. Si je lui dis que je vais me servir de ma notoriété, de mon influence pour déclencher un scandale si elle refuse de faire auprès de l'avocat des Quinn une déposition écrite détaillant précisément les circonstances de la naissance de Gloria et admettant que le Pr Quinn a tenté plusieurs fois de la contacter afin de vérifier qu'il en était le père, elle me méprisera, mais elle obtempérera.

Il me suffit de décrocher le téléphone afin de m'acquitter de ma dette envers Seth, lui offrir un foyer, une famille, et l'assurance qu'il n'aura jamais plus rien à craindre.

— Saloperie ! gronda Phillip en s'essuyant le front du dos de la main.

Le sang d'une vilaine éraflure, heureusement peu profonde, maculait sa peau. Il sourit bêtement devant la coque que ses frères et lui venaient de retourner.

— Je vous présente une saloperie à roulettes.

— Oui, mais une belle saloperie, précisa Ethan en faisant rouler ses épaules.

Mettre enfin la coque à l'endroit était un signe incontestable de succès. Les Bateaux Quinn s'enorgueilliraient bientôt d'un nouveau fleuron, impeccable, splendide.

— Quelle allure ! commenta Ethan en passant une main calleuse sur l'habillage de bois. Une super jolie forme !

— Quand je commence à trouver une coque sexy, décréta Cam, ça veut dire qu'il est grand temps que je rentre à la maison pour retrouver ma femme. Bon, soit on calcule la ligne de flottaison et on se remet au boulot, soit on s'accorde le temps de l'admirer.

— Vous vous occupez de la ligne de flottaison, suggéra Phillip, et moi je monte faire les papiers pour le deuxième acompte. Il est grand temps d'en tirer un de ton vieux copain. Il nous sera bien utile.

— Tu as établi les chèques de paye ? s'enquit Ethan.
— Oui.
— Le tien aussi ?
— Je n'en...
— ... ai pas besoin, termina Cam pour lui. Fais-t'en quand même un, bon sang ! Offre une jolie babiole à ta mignonne copine, gaspille-le dans une bouteille de vin mille fois trop chère ou joue-le aux dés, on s'en fout, mais prends ton chèque, cette semaine, ajouta-t-il en étudiant la coque du regard. Cette semaine surtout.

— Ouais, bon... acquiesça Phillip.
— La compagnie d'assurances ne va plus tarder à plier, ajouta Cam. On va gagner grâce à ton aide.
— Quant aux mauvaises langues, renchérit Ethan en époussetant la couche de sciure sur la coque, tous ces gens qui colportaient des mensonges sur papa, ils la bouclent, maintenant. Ça aussi, c'est ton œuvre, ajouta-t-il en regardant Phillip, la conséquence de ton bras de fer avec les assurances.

— Bah ! Je suis simplement un type minutieux. Si l'un d'entre vous essayait de discuter plus de cinq minutes d'affilée avec un avocat... Eh bien, toi, Ethan, tu mourrais d'ennui aussitôt. Et toi, Cam, tu finirais par l'assommer. J'ai gagné par défaut, c'est tout.

— Peut-être, répondit Cam en lui souriant. Mais tu nous as évité une bonne partie du travail en te chargeant du téléphone, du courrier et du fax. C'est bien toi qui, par la force des choses, t'es transformé en secrétaire. Sans les jolies jambes ni le mignon petit cul, hélas !

— Non seulement ce commentaire est épouvantablement sexiste, mais je te signale que j'ai de très jolies jambes et un petit cul à tomber par terre !

— Ah oui ? Voyons voir ça, un peu.

Plus rapide que l'éclair, Cam plongea sur son frère

et le fit tomber sur son si bien nommé « petit cul à tomber par terre ».

Aussitôt, Pataud émergea de sa sieste et se précipita vers eux.

— Seigneur, il est devenu barjot! hurla Phillip entre deux éclats de rire, incapable de se dégager. Enlève tes sales pattes de là, espèce de sombre crétin!

— Viens me donner un coup de main, Ethan.

Cam sourit, avant de marmonner un juron quand Pataud lui lécha joyeusement le menton. Puis il s'assit sur un Phillip qui gigotait désespérément.

— Allez, viens, quoi, insista-t-il en voyant Ethan secouer la tête. Dis-moi, vieux frère, quand as-tu déculotté quelqu'un pour la dernière fois?

— Euh... ça doit bien faire dix ans, répondit Ethan en observant Phillip, qui tentait à toute force de se dégager. La dernière fois, c'était peut-être bien Junior Crawford, le soir de la fête qu'il a donnée pour enterrer sa vie de garçon.

— Bon, de toute façon, grogna Cam alors que Phillip venait presque de réussir à lui échapper, ça ne te dispense pas de venir. Ce zig s'est rudement musclé, ces derniers mois, on sera pas trop de deux. Et puis, je suis sûr qu'il est à point pour une bonne bagarre!

— Uniquement en souvenir du bon vieux temps, hein?

Sur ce, Ethan se jeta dans la mêlée, évita deux coups de pied de leur victime et empoigna fermement la ceinture du jean de Phillip.

— Excusez-moi, fut tout ce que réussit à dire Sybill en pénétrant dans le hangar.

Au milieu des cris et des jurons, elle venait d'apercevoir Phillip solidement maintenu au sol tandis que ses frères essayaient de... de quoi, au juste? Elle n'en avait pas la moindre idée.

— Eh! lança Cam.

Il évita un crochet du droit et lui décocha un immense sourire.

— Vous voulez bien nous donner un coup de main ? Ça fait une demi-heure qu'il nous bassine avec ses jambes soi-disant époustouflantes. Alors on essaie juste de lui piquer son pantalon, histoire de vérifier par nous-mêmes.

— Je... hum.

— Relâche-le, maintenant, Cam, tu vois bien qu'elle est gênée.

— Bon sang, Ethan, elle a déjà vu ses jambes !

Néanmoins, il abandonna — bien à contrecœur.

— On finira plus tard.

— Mes frères ont oublié qu'ils ne sont plus à l'école, lança Phillip en se relevant.

Il épousseta son jean. Et sa dignité en même temps.

— Ils se sentaient d'humeur... blagueuse parce qu'on vient de retourner la coque.

— Oh !

Elle tourna son attention vers le bateau, avant d'ouvrir tout grands les yeux.

— Vous avez fait d'immenses progrès !

— Il nous en reste encore beaucoup à accomplir, commenta Ethan en l'observant lui aussi. Le pont, l'entrepont, les cabines, et j'en passe. Ce type veut un véritable palace flottant.

— Tant qu'il paie pour l'avoir... conclut Phillip en caressant les cheveux de Sybill. Désolé, je suis arrivé trop tard pour passer te voir, hier.

— Ce n'est pas grave. Je savais que tu serais très pris par ton travail et l'avocat, répondit-elle en tripotant son sac à main. En fait, j'ai quelque chose qui pourrait être de nature à vous aider. Avec l'avocat, et pour les deux problèmes. Euh...

Elle plongea la main dans son sac et en sortit une enveloppe en papier kraft.

— C'est une déclaration de ma mère. En deux exemplaires, tous deux certifiés. Je les ai reçus ce matin. Je n'en ai pas parlé avant parce que je... Enfin, bref, je l'ai lue... je pense qu'elle vous sera utile.

— De quoi s'agit-il ? s'enquit Cam alors que Phillip dépliait deux feuillets impeccablement dactylographiés.

— Ce papier confirme que Gloria était bien la fille biologique de papa. Qu'il ignorait tout de son existence et qu'il a tenté plusieurs fois de contacter Barbara Griffin entre décembre dernier et le mois de mars. Il y a aussi la copie d'une lettre qu'il lui a envoyée en janvier, dans laquelle il lui parlait de Seth et de l'accord qu'il avait passé avec Gloria pour obtenir sa garde.

— J'ai lu la lettre de votre père, intervint Sybill. Peut-être n'aurais-je pas dû, mais je l'ai fait. S'il était furieux contre ma mère, cela ne transparaît absolument pas. Il désirait simplement qu'elle lui confirme la véracité de tout ceci. Il allait de toute façon aider Seth, mais il voulait pouvoir le rétablir dans ses droits légitimes. Un homme qui se préoccupait autant de son enfant pouvait très difficilement se supprimer. Il avait trop à donner, et il était trop déterminé à le donner. Je suis vraiment désolée d'avoir lu cette lettre...

— *Il a juste besoin qu'on lui donne une chance, et un choix*, lut Ethan quand Phillip lui passa celle-ci.

Il dut s'éclaircir la gorge avant de poursuivre :

— *Je n'ai pu en offrir une à Gloria, si elle est véritablement ma fille, et elle ne l'accepterait plus, maintenant. Mais je veillerai à ce qu'il en aille autrement pour Seth. Qu'il soit de mon sang ou non, il est à moi, désormais.* C'est tout à fait lui, ça. Il faut que nous fassions lire cette lettre à Seth.

— Sybill, pourquoi a-t-elle accepté, juste maintenant ? lui demanda Phillip.

— Je l'ai convaincue que c'était mieux pour tout le monde.

— Non.

Il lui prit fermement le menton. L'obligea à le regarder dans les yeux.

— Ce n'est pas tout. Je le sais.

— Je lui ai promis que son nom ainsi que les

détails seraient gardés aussi secrets que possible, répondit-elle en tentant de se dégager, avant de pousser un profond soupir. Bon, d'accord. Je l'ai également menacée d'écrire un livre qui raconterait toute l'histoire si elle refusait de m'envoyer cette déclaration.

— Tu l'as fait chanter ! s'exclama Phillip, aussi stupéfait qu'admiratif.

— Je lui ai donné une alternative. Elle a opté pour cette solution.

— Ça a dû être sacrément dur pour toi.

— C'était nécessaire.

Il appuya ses deux mains de part et d'autre de son visage, doucement.

— Ç'a été dur, et courageux.

— Non, logique, commença-t-elle, avant de fermer les yeux. Dur, oui. Elle est furieuse, mon père aussi. Ils ne me le pardonneront peut-être jamais. Ils en sont parfaitement capables.

— Ils ne te méritent pas.

— L'important, c'est que Seth vous mérite, donc...

Il captura sa bouche, l'obligeant à se taire.

— Bon, bouge-toi, maintenant, lança Cam en lui donnant un coup de coude pour prendre Sybill par l'épaule. Tu as bien fait, lui dit-il.

Puis il l'embrassa si affectueusement qu'elle en cilla de surprise.

— Oh ! fut tout ce qu'elle trouva à répondre.

— A ton tour, vieux, dit-il à Ethan en la poussant gentiment vers lui.

— Mes parents auraient été fiers de toi, lui confia celui-ci avant de l'embrasser lui aussi.

Puis il lui tapota le dos en voyant ses yeux se remplir de larmes.

— Ah, non, ne la laisse pas faire ça ! s'écria Cam en la repoussant dans les bras de Phillip. Pas de pleurs ici. Les pleurs ne sont pas autorisés au chantier.

— Une femme qui pleure, ça a toujours flanqué la pétoche à Cam.

— Je ne pleure pas.
— Elles disent toutes ça, marmonna l'intéressé, mais elles n'en pensent pas un mot. Allez, zou, dehors ! Quiconque veut pleurer le fait dehors. C'est une toute nouvelle règle.

Phillip gloussa. Puis il entraîna Sybill vers la porte.

— Viens. De toute façon, je veux te voir toute seule un moment.

— Je ne pleure pas. Simplement, je n'aurais jamais pensé que tes frères... je n'ai pas l'habitude de...

Elle s'interrompit brusquement.

— C'est tellement agréable quand on te fait comprendre qu'on t'apprécie et qu'on t'aime bien...

— Je t'apprécie, dit-il en l'attirant plus près. Je t'aime bien.

— Et c'est drôlement agréable, souffla-t-elle en s'abandonnant. J'ai déjà parlé à votre avocat et à Anna. Je ne pouvais pas leur faxer la déclaration depuis l'hôtel, puisque j'ai promis de garder le secret autant que possible. Mais tous les deux pensent que ce document pourra grandement faire avancer les choses. Anna est même persuadée que votre demande de garde permanente pourrait passer en commission dès la semaine prochaine.

— Si tôt que cela ?

— Plus rien ne s'y oppose. Toi et tes frères êtes les fils légitimes du Pr Quinn. Seth est son petit-fils. Sa mère a accepté par écrit de vous transférer sa garde. Contester ce dernier point pourrait éventuellement retarder la décision, mais personne ne pense que cela serait susceptible de la modifier. Seth a onze ans, donc ses dires seront pris en compte par le tribunal. Anna va insister pour que la commission se réunisse en début de semaine.

— Cela fait un drôle d'effet, que tout se règle comme ça. En même temps.

— Oui.

Elle leva les yeux. Un vol d'oies sauvages passait,

là-haut, dans le ciel. Changement de saison, songea-t-elle.

— Je me suis dit que je pourrais peut-être aller jusqu'à l'école. J'aimerais bien lui parler, lui en dire un peu moi-même.

— C'est une excellente idée. Tu as juste le temps d'y filer avant la sortie des classes.

— J'ai toujours été bonne en minutage.

— Alors, que dirais-tu de prévoir un dîner en famille chez les Quinn, ce soir, afin de fêter l'événement ?

— D'accord. Je reviendrai avec lui.

— Super ! Attends une seconde, veux-tu ?

Il retourna dans le hangar. Et en ressortit un instant plus tard, tenant en laisse un Pataud à la queue frétillante.

— Une balade ne lui ferait pas de mal non plus.

— Oh. Eh bien, je…

— Il connaît le chemin. Tout ce que tu auras à faire, c'est de tenir l'autre bout de la laisse.

Amusé, il lui fourra la poignée de cuir rouge dans la main, puis la regarda ouvrir des yeux comme des soucoupes quand Pataud commença à tirer dessus comme un malade.

— Dis-lui : « Au pied ! » cria-t-il en la voyant partir au petit trot derrière le chien. Il n'obéira pas, mais toi, tu auras l'air de savoir ce que tu fais !

— Très drôle, grommela-t-elle en courant derrière Pataud. On ralentit, le chien ! Au pied ! Et merde !

Non seulement l'animal ralentit, mais il stoppa net et enfouit son nez au plus profond d'une haie. Terrifiée, elle se dit qu'il allait certainement foncer droit à travers et l'entraîner en vol plané derrière lui. Mais il se contenta de lever la patte, visiblement ravi de lui-même.

Si elle ne se trompait pas dans ses comptes, il avait levé au moins huit fois la même patte avant qu'ils ne parviennent en vue de l'école, où elle aperçut le bus.

— Quel genre de vessie possèdes-tu donc ? demanda-t-elle à Pataud, cherchant désespérément Seth du regard en agrippant la laisse afin d'empêcher le chien de tourner autour des gamins qui sortaient en hurlant du bâtiment. Non! Assis! Couché! Au pied! On ne mord personne!

Pataud lui décocha un regard éloquent. Du genre: *Ça va pas, non? Tu dis vraiment n'importe quoi, ma vieille!* Mais il s'assit, fouettant régulièrement ses chevilles de sa queue.

— Il va arriver dans une minute, commençait-elle quand elle lâcha un hurlement.

Pataud venait de bondir sur ses pattes et de filer à fond de train vers son maître adoré.

— Non, non, non, non! s'époumonait Sybill lorsque Seth les aperçut.

Poussant lui aussi un hurlement de joie, il bondit sur le chien comme s'il ne l'avait pas vu depuis des années.

— Hé! Salut! s'écria Seth en riant tandis que son chien lui léchait consciencieusement la figure. Comment ça va, mon petit pote? Oui, tu es un bon chien.

Ce ne fut qu'avec un peu de retard qu'il leva les yeux vers Sybill.

— Salut!

— Salut à toi. Tiens, dit-elle en lui tendant la laisse. Il n'a pas l'air d'en tenir compte, de toute façon.

— On a eu un peu de mal pour le dresser.

— Sans blague?

Mais elle réussit à sourire. D'un sourire également destiné à Danny et à Will, arrivés derrière son neveu.

— J'ai pensé que je pourrais retourner au chantier avec toi. Il faut que je te parle.

— Oui? Super.

Elle s'écarta prestement du chemin de Pataud, avant de sauter brusquement en arrière. Une voiture de sport rouge vif venait de passer le virage à toute allure. Elle s'immobilisa à quelques mètres d'eux dans un hurlement de freins. Sybill s'apprêtait à insulter le chauffeur, à lui signaler qu'il était dans une zone scolaire, lorsqu'elle aperçut Gloria sur le siège passager.

D'un mouvement aussi rapide qu'instinctif, elle repoussa Seth derrière elle.

— Bien, bien, bien, lança Gloria d'une voix traînante en les regardant par la fenêtre.

— Cours chercher tes frères, ordonna Sybill au jeune garçon. Vas-y tout de suite!

Mais il était incapable de faire le moindre mouvement. Pétrifié, il ne pouvait que fixer sa mère, l'estomac retourné de peur.

— J'irai pas avec elle. J'irai pas. J'irai pas!

— Bien sûr que tu n'iras pas, le rassura Sybill en lui prenant fermement la main. Danny, Will, courez tout de suite jusqu'au chantier dire aux Quinn que nous avons besoin d'eux. Vite! Foncez!

Elle entendit le bruit de leur course, mais ne les regarda pas. Elle gardait les yeux braqués sur sa sœur qui descendait de la voiture.

— Salut, le môme! Je t'ai manqué?

— Que veux-tu, Gloria?

— Tout ce que je peux récupérer.

Elle se déhancha dans son jean rouge sang et cligna de l'œil en direction de Seth.

— Tu viens faire un tour, le môme? On pourrait rattraper le temps perdu.

— J'irai nulle part avec toi.

Si seulement il avait pu courir! Courir jusque dans le bois. Il y avait une cachette, là. Un endroit qu'il avait découvert et arrangé. Une super-planque. Mais c'était bien trop loin. Alors il sentit la main de Sybill, chaude et forte, autour de la sienne.

— J'irai plus jamais nulle part avec toi.

— Tu f'ras exactement c'que j'te dirai.

Les yeux étincelants de fureur, elle le fixa. Et, pour la toute première fois de sa vie, Pataud retroussa les babines avant de se mettre à gronder méchamment.

— Rappelle ce foutu clébard !
— Non.
C'était Sybill qui avait répondu. Tranquillement, simplement, soudain emplie d'amour pour le chien.
— Je serais toi, je garderais mes distances, Gloria. Il adore mordre.
Elle inspecta la voiture du regard. Derrière le volant, un homme en veste de cuir écoutait la radio hurler un air de rock en battant la mesure sur le tableau de bord.
— Eh bien, il semblerait que tu sois encore une fois retombée sur tes pieds.
— Ouais. Pete est O.K. On se taille en Californie. Il connaît des gens, là-bas. J'ai besoin de fric.
— Ce n'est pas ici que tu vas en trouver.
Gloria sortit une cigarette et sourit à Sybill en l'allumant.
— Ecoute, je veux pas du gosse, mais je vais le prendre si on me le paie pas. Les Quinn raqueront pour le récupérer. Tout le monde sera heureux, et c'est tout. Si tu me fous la merde sur ce coup-là, Syb, je vais devoir dire à Pete de sortir de la voiture.
Pataud grogna un ton plus haut, franchement menaçant, à présent, babines retroussées sur des crocs aussi luisants qu'acérés. Sybill leva un sourcil.
— Vas-y, dis-lui.
— Je veux ce qui m'est dû, merde !
— Tu as eu plus que ton dû, depuis le début.
— Foutaises ! C'est toi qui as toujours tout eu ! La parfaite petite fille à sa maman. Je te hais. Je t'ai détestée toute ma vie !
Elle empoigna Sybill par le devant de sa veste et lui cracha pratiquement au visage :
— Je voudrais que tu sois morte !
— Je le sais déjà. Maintenant, enlève tes sales pattes de moi.
— Tu crois vraiment me faire peur ? lança Gloria en ricanant, avant de la repousser d'une bourrade. T'as jamais eu de cran. Maintenant, tu fais exacte-

ment ce que je te dis, et tu me donnes ce que je veux ! Toi, fais taire cette saloperie de chien ! hurla-t-elle en direction de Seth, qui avait de plus en plus de mal à retenir Pataud. Fais-le taire, et monte dans cette saloperie de bagnole avant que je...

Sybill ne vit pas partir son poing. Elle ne fut pas consciente de l'ordre que venait de donner son cerveau à son bras. Elle sentit simplement ses muscles se raidir, sa rage exploser. Une seconde plus tard, Gloria la fixait, ahurie. A plat dos sur le trottoir, le nez en sang.

— Maintenant *tu* remontes dans cette foutue bagnole, énonça-t-elle paisiblement, sans même tourner la tête vers la Jeep qui venait de passer le virage dans un hurlement de pneus.

Ni même ciller lorsque Pataud entraîna Seth à deux pas de la femme étendue au sol, crocs en avant.

— Tu t'en vas en Californie ou au diable, je m'en moque, mais tu t'éloignes de cet enfant, et de moi par la même occasion. Reste en dehors de ça, jeta-t-elle à Phillip alors qu'il surgissait de la Jeep en même temps que ses frères.

Ils s'immobilisèrent, stupéfaits, mais prêts à intervenir.

— Remonte dans cette voiture et fous le camp, Gloria, à moins que tu veuilles que je te rembourse tout de suite pour tout ce que tu as fait subir à Seth ? Pour tout ce que tu m'as fait subir à moi ? Lève-toi et va-t'en avant que la police vienne t'arrêter et te flanque en prison pour obstruction à la justice. Parce qu'une fois que nous aurons ajouté à la liste de tes méfaits les violences sexuelles à enfant et l'extorsion de fonds, il ne restera pas grand-chose de toi à balancer au fond d'une cellule.

Gloria ne bougea pas d'un pouce. Alors Sybill tendit le bras et, avec une force née de sa fureur, la remit sur ses pieds d'un seul mouvement.

— Monte dans cette voiture, fous le camp et n'essaie plus jamais, au grand jamais, d'approcher encore ce gamin. Tu ne parviendras jamais à m'écarter de ton chemin, Gloria, j'en fais serment devant Dieu.

— Je veux pas de ce foutu môme. Je veux du fric.

— Sauve les meubles tant qu'il est encore temps. Je n'ai pas l'intention de retenir ce chien ni les Quinn plus de trente secondes à partir de maintenant. Tu as vraiment envie qu'on te saute tous sur le poil ?

— Gloria, tu viens, ou quoi ? lança le type de la voiture en jetant sa cigarette par la vitre. J'ai pas l'intention de traîner toute la journée dans ce trou pourri.

— Ouais, j'arrive, rétorqua-t-elle en rejetant sa tête en arrière. Si tu le veux, je te le laisse bien volontiers, ajouta-t-elle à l'intention de sa sœur. Tout ce qu'il a jamais fait, c'est de me foutre en retard et de se mettre en travers de ma route. Je vais faire un malheur, à Los Angeles. J'ai besoin de rien venant de toi.

— Parfait, murmura Sybill tandis que Gloria montait dans la voiture. Parce que tu n'obtiendras jamais plus rien de moi, justement.

— Tu l'as envoyée au tapis... lança Seth.

Il ne tremblait plus et avait retrouvé ses couleurs. Tandis que la voiture de sport disparaissait en trombe, il décocha à Sybill un regard de gratitude mêlée d'effroi.

— Tu lui as envoyé ton poing dans la figure, répéta-t-il.

— Je crois bien, oui. Mais toi, ça va ?

— Elle ne m'a même pas vraiment regardé. Pataud allait la mordre.

— C'est un sacré chien que tu as là ! commenta Sybill en s'agenouillant un instant pour fourrer son nez dans le cou de Pataud. Un chien fabuleux.

— Mais tu l'as envoyée au tapis. Elle lui a flanqué un direct sur le nez ! cria-t-il à l'intention de Phillip et de ses frères.

— C'est ce qu'on a vu, répondit Phillip en posant

la main sur la joue de Sybill. Jolie droite, cocotte. Comment te sens-tu ?

— Je me sens... bien, répondit-elle, soudain consciente que c'était la stricte vérité.

Pas de crampes d'estomac, pas de frissons glacés, pas de maux de tête à hurler.

— Parfaitement bien.

Puis elle cilla, ahurie. Seth venait de l'étreindre avec frénésie.

— Tu as été super ! Elle ne reviendra plus jamais. Tu lui as flanqué la frousse de sa vie !

Le petit rire qui montait dans sa gorge la prit, lui aussi, par surprise. Elle se pencha vers Seth et enfouit le visage dans ses cheveux.

— Tout va exactement comme il faut que ça aille, maintenant.

— Rentrons à la maison, intervint Phillip en passant le bras autour de ses épaules. Rentrons tous à la maison.

— Il va raconter cette histoire pendant des jours et des jours, décréta Phillip. Que dis-je, des jours ! Des semaines !

— Il a déjà commencé à l'embellir.

Incroyablement sereine, Sybill se promenait au bord de l'eau avec Phillip, tandis que l'héroïque Pataud galopait dans le jardin avec son copain Simon.

— A l'entendre, déjà maintenant, j'ai réduit Gloria en bouillie et Pataud a lapé le sang !

— On dirait que ça ne te déplaît pas tant que ça.

— De ma vie, je n'avais jamais encore frappé quelqu'un. Jamais je n'avais ainsi défendu ma position. J'aimerais pouvoir prétendre que je l'ai fait uniquement pour Seth, mais je dois admettre que je l'ai fait aussi un peu pour moi. Elle ne reviendra pas, Phillip. Elle a perdu. Elle *est* perdue.

— Je ne pense pas que Seth puisse avoir encore peur d'elle.

— Il est chez lui, dans un merveilleux foyer.

Elle pivota et regarda la maison au crépuscule, admirant les derniers reflets du soleil couchant sur les eaux de la baie.

— Cet endroit va me manquer, quand je serai retournée à New York.

— New York ? Tu n'y retournes pas encore, c'est trop tôt.

— En fait, j'ai prévu de rentrer aussitôt après la réunion de la commission, la semaine prochaine.

Oui, c'était une chose à laquelle elle s'était préparée. Il lui fallait absolument réintégrer son ancienne existence. Rester ici plus longtemps ne ferait rien d'autre qu'ajouter au désordre émotionnel déjà existant.

— Attends. Pourquoi ?

— J'ai du travail.

— Tu travailles, ici.

D'où lui venait cette panique soudaine ? se demanda-t-il. Qu'est-ce qui pouvait bien la déclencher ?

— J'ai repoussé pas mal de réunions avec mon éditeur. Je dois rentrer. Je ne peux pas vivre éternellement à l'hôtel. Et puis, Seth est installé, maintenant.

— Il a besoin de toi à côté de lui. Il...

— Je viendrai vous rendre visite. Et j'espère qu'il voudra bien venir me voir, de temps en temps.

Elle avait déjà tout préparé dans sa tête. Elle se tourna vers lui et lui sourit.

— Je lui ai promis de l'emmener à un match des Yankees[1], le printemps prochain.

Elle parlait de cela comme si tout était déjà terminé, s'aperçut Phillip tout en luttant contre sa panique. Comme si elle était déjà partie.

— Tu lui en as déjà parlé ?

---

1. Célèbre équipe de base-ball de New York. *(N.d.T.)*

— Oui. J'ai pensé qu'il fallait le lui dire.
— Et c'est comme ça que tu me le dis, à moi ? rétorqua-t-il brusquement. On a passé un bon moment, mon pote, à un de ces jours ?
— Je ne suis pas certaine de te suivre, là.
— Il n'y a rien à suivre.

Il s'en fut à grands pas. Il voulait retourner à sa propre existence, lui aussi, pas vrai ? Eh bien, il en avait enfin l'occasion ! Fin des complications ! Tout ce qu'il aurait à faire, ce serait de lui souhaiter tout le bien possible et de lui dire au revoir. Point.

— C'est ce que je veux. C'est ce que j'ai toujours voulu.
— Je te demande pardon ?
— Je ne cherche rien d'autre. Aucun de nous deux ne cherche autre chose, lança-t-il en lui faisant face, les yeux étincelants de fureur. Exact ?
— Je ne suis pas certaine de comprendre ce que tu dis.
— Tu as ta vie. J'ai la mienne. Nous avons juste suivi le courant, et voilà. Il est temps de sortir de l'eau.

Non, décréta-t-elle. Elle ne le suivait pas.

— Très bien.
— Parfait, en ce cas.

Tout en s'assurant qu'il était calme, il revint vers elle.

Les derniers rayons du soleil scintillaient dans ses cheveux, dans ses yeux si clairs. Ils soulignaient la ligne délicate de son cou, au-dessus du col du chemisier.

— Non, s'entendit-il dire.

Sa bouche s'assécha.

— Non ?
— Une minute. Accorde-moi juste une minute.

Il repartit à grands pas, vers la berge, cette fois-ci. Il baissa la tête et fixa la surface de l'eau, comme un homme qui se demande s'il va plonger ou non.

— Qu'est-ce qui ne va pas, à Baltimore ?
— A Baltimore ? Rien du tout.

— C'est une ville qui a du caractère, des musées, des restaurants, des théâtres.
— C'est une ville très agréable, acquiesça Sybill, prudente.
— Pourquoi ne pourrais-tu pas y travailler ? Le jour où tu devrais te rendre à New York, il te suffirait de sauter dans la navette ou dans le train. Mince, tu peux même y être en moins de quatre heures par la route.
— Je suis certaine que tu dis vrai. Si tu es en train de me suggérer de déménager à Baltimore...
— Ce serait l'idéal. Tu vivrais toujours en ville, mais tu serais à même de voir Seth beaucoup plus souvent.
Et toi aussi, songea-t-elle, rêvant déjà. Mais elle secoua la tête. Elle serait incapable de franchir un tel pas. Et elle savait parfaitement que cela gâcherait ce bonheur qu'elle avait connu ainsi que la nouvelle personnalité qu'elle s'était découverte.
— Ce n'est tout simplement pas pratique, Phillip.
— Bien sûr, que c'est pratique !
Il revint se planter en face d'elle.
— C'est extrêmement pratique. Ce qui ne l'est pas du tout, c'est que tu retournes à New York et que tu réinstalles cette fameuse distance. Cela ne va pas marcher, Sybill. Cela ne va tout simplement pas marcher.
— Ce n'est pas un sujet dont j'ai envie de discuter maintenant.
— Parce que tu crois que c'est facile, pour moi ? explosa-t-il. Je suis *obligé* de rester ici. J'ai des engagements, des responsabilités, sans même parler de racines. Je n'ai pas le choix. Pourquoi ne peux-tu pas céder ?
— Je ne comprends pas.
— Il faut que je te fasse un dessin ? Merde !
Il l'attrapa aux épaules et la secoua brusquement.
— Tu n'as pas encore compris ? Je t'aime. Tu ne peux pas t'attendre que je te laisse partir comme ça. Tu *dois* rester. On s'en fout, de ta vie, de ma vie. De ta

famille, de la mienne. Je veux que nous ayons *notre* vie, *notre* famille.

Elle le regarda fixement, le sang tambourinant à ses oreilles.

— Hein ? Quoi ?

— Tu as parfaitement entendu ce que je viens de dire.

— Tu as dit... tu as dit que tu m'aimais. Le pensais-tu vraiment ?

— Non, je plaisantais !

— Je... J'ai déjà aligné quelqu'un pour le compte, aujourd'hui. Je peux recommencer sans problème.

En cet instant, elle pensait effectivement être capable de tout. D'absolument tout. La fureur qui habitait le regard de Phillip n'avait aucune importance. Ni ses doigts, enfoncés durement dans ses bras. Ni — encore moins — le fait qu'il avait l'air prêt à tuer. Elle pouvait s'en arranger. Elle pouvait faire ce qu'elle voulait de lui. Elle pouvait faire ce qu'elle voulait de tout.

— Si tu le pensais vraiment, reprit-elle d'une voix incroyablement posée, j'aimerais bien que tu le dises encore. Je n'ai jamais entendu quelqu'un me le dire.

— Je t'aime.

Apaisant, il effleura ses sourcils de ses lèvres.

— Je te veux.

Ses tempes, l'une après l'autre.

— J'ai besoin que tu restes près de moi.

Sa bouche, enfin.

— Laisse-moi plus de temps pour te montrer à quoi nous ressemblerons, ensemble.

— Je sais à quoi nous ressemblerons. Je veux ce que nous serons ensemble.

Elle exhala un soupir tremblé et résista à l'envie de fermer les yeux. Elle avait besoin de voir son visage. Pour se souvenir précisément de ce à quoi il ressemblait en cet instant. Dans le soleil couchant, sur ce fond de ciel teinté de pêche et de rose, avec ce vol de grues à l'horizon.

— Je t'aime, Phillip. J'avais horriblement peur de te le dire. Ne me demande pas pourquoi, je n'en sais rien. Mais je crois bien que plus rien ne pourra m'effrayer, maintenant. As-tu l'intention de me demander de t'épouser ?

— J'étais sur le point de bafouiller lamentablement un truc de ce genre, oui.

Sur une impulsion, il tendit la main et arracha le bandeau blanc qui retenait ses cheveux en arrière et déploya ceux-ci sur ses épaules.

— Je veux sentir tes cheveux dans mes mains, murmura-t-il en enfouissant ses doigts dans leur épaisse masse brune. Tu sais, toute ma vie, j'ai dit et répété que je ne ferais jamais cela parce qu'aucune femme ne m'en donnerait jamais le besoin ou l'envie. J'avais tort. Cette femme, je l'ai trouvée. J'ai trouvé ma femme. Epouse-moi, Sybill.

— Toute ma vie, j'ai dit et répété que je ne ferais jamais cela parce qu'aucun homme n'aurait jamais besoin de moi ni me m'aimerait. Parce qu'aucun homme n'aurait assez d'importance pour m'en donner l'envie. J'avais tort. Je t'ai trouvé. Epouse-moi, Phillip, et vite.

— Que dirais-tu de samedi prochain ?

— Oh !...

Une vague d'émotion la submergea, emplit son cœur et en déborda. Tiède et douce. Bien réelle.

— Oui !

Elle bondit et lui jeta les bras autour du cou. Phillip la fit tournoyer et, l'espace d'un instant, juste un éclair, il crut voir deux silhouettes sur l'appontement. Un homme à la crinière argentée, aux yeux d'un bleu éclatant, et une femme au visage parsemé de taches de rousseur dont la chevelure cuivrée et emmêlée voletait dans la brise du soir. Ils avaient les mains jointes. Ils restèrent là un instant. Puis ils disparurent.

5306

Composition Interligne B-Liège
Achevé d'imprimer en France (Manchecourt)
par Maury-Eurolivres
le 2 décembre 2005.
Dépôt légal décembre 2005. ISBN 2-290-34569-5
1ᵉʳ dépôt légal dans la collection : août 1999

Éditions J'ai lu
87, quai Panhard-et-Levassor, 75013 Paris
Diffusion France et étranger : Flammarion